LEVENSLANG

Harlan Coben bij Boekerij:

Vals spel
Tegenwerking
Vermist
Ontwricht
Schijnbeweging
Schaduwleven
Laatste kans
Niemand vertellen
Spoorloos
Geen tweede kans
Momentopname
De onschuldigen
Eens beloofd
Geleende tijd
Houvast
Verloren
Verzoeking
Levenslijn
Blijf dichtbij
Schuilplaats (jeugdthriller)
Zes jaar
Nu of nooit (jeugdthriller)
Ik mis je
Gevonden (jeugdthriller)
De vreemde
De verbeelding
Naar huis
Laat niet los
De ontdekking
Wild
Win
De match
Levenslang

boekerij.nl

HARLAN COBEN

LEVENSLANG

DAVID ONTSNAPT UIT DE GEVANGENIS
MET MAAR ÉÉN MISSIE: ZIJN ZOON REDDEN
EN ZIJN EIGEN NAAM ZUIVEREN

Vertaald door Jan Pott

BOEKERIJ

Eerste druk 2023
Zevende druk 2023

ISBN 978-90-492-0174-6
ISBN 978-94-023-2048-0 (e-book)
ISBN 978-94-023-6585-0 (audio)
NUR 330

Oorspronkelijke titel: *I Will Find You*
Vertaling: Jan Pott
Omslagontwerp: DPS Design & Prepress Studio, Amsterdam
Omslagbeeld: © Arcangel
Zetwerk: Mat-Zet bv, Huizen

Published by arrangement with Lennart Sane Agency AB.

Voor mijn neven en nichten
Thomas, Katharine, McCallum, Reilly, Dovey, Alek,
Genevieve, Maja, Allana, Ana, Mary, Mei, Sam,
Caleb, Finn, Annie, Ruby, Delia, Henry en Molly

Ik hou van jullie,
oom Harlan

DEEL 1

1

Ik ben veroordeeld tot levenslang wegens de moord op mijn eigen kind. Dit is het vijfde jaar van mijn gevangenisstraf.

Spoileralert: ik heb het niet gedaan.

Mijn zoon Matthew was drie jaar oud toen hij op wrede wijze om het leven werd gebracht. Hij was het beste wat me ooit overkomen was, maar plotseling was hij er niet meer en sinds die tijd zit ik een levenslange gevangenisstraf uit. Dat bedoel ik zowel letterlijk als in overdrachtelijke zin, want dit zou ook een levenslange straf zijn geweest als ik niet was gearresteerd, als ik niet had terechtgestaan en niet was veroordeeld.

Je kunt je afvragen hoe ik in hemelsnaam onschuldig zou kunnen zijn?

Ik bén onschuldig.

Maar heb ik de beschuldiging dan niet met alles wat ik in me heb aangevochten?

Nee, niet echt. Ik denk dat ik daarvoor weer terug moet naar die overdrachtelijke veroordeling. Het kon me niet zo veel schelen dat ik schuldig werd bevonden. Ik weet dat dat een schokkende opmerking lijkt, maar dat is het niet. Mijn zoon is dood. Dat is de kop die in hoofdletters boven het hele verhaal moet. Mijn zoon is dood en weg en of de vrouw die de jury voorzat nu de woorden 'schuldig' of 'niet schuldig' uitsprak, maakte dat niet anders. Schuldig of niet schuldig, ik heb gefaald als vader. In tweeërlei opzicht. Matthew zou niet minder dood zijn geweest als de jury de waarheid onder ogen had kunnen zien en mij op vrije voeten had gesteld. Een vader beschermt zijn zoon. Dat is zijn hoogste prioriteit. Dus zelfs als ik niet het wapen in handen heb gehad waarmee mijn schitterende kind tot pulp werd geslagen, zoals ik hem aantrof die vreselijke avond vijf jaar geleden, ik heb het ook niet voorkomen. Ik heb gefaald als vader. Ik heb hem niet beschermd.

Al dan niet schuldig aan de feitelijke moord, het is in wezen mijn schuld en derhalve verdien ik mijn straf.

Ik reageerde dan ook amper toen de vrouw die de jury voorzat het oordeel voorlas. Iedereen die het proces volgde, concludeerde vanzelfsprekend dat ik een psychopaat was, dat ik gestoord was of mentaal beschadigd. Ik kon niets vóélen, beweerden de media. Ik had geen gen voor empathie, ik was gewetenloos, mijn ogen waren doods, ze riepen alles wat me maar tot een vreselijke moordenaar maakte. Niets van dat alles was waar. Ik kon domweg niet inzien wat de zin ervan was. Het was een allesverwoestende klap geweest om mijn zoon zo aan te treffen in zijn pyjama met de superhelden uit de Marvel-strips. Die klap had me op de knieën gedwongen. Ik kon met geen mogelijkheid meer overeind komen. Toen niet, nu niet, nooit niet.

De overdrachtelijke levenslange gevangenisstraf was begonnen.

Misschien denkt u dat dit het verhaal is van een ten onrechte veroordeelde man die wil bewijzen dat hij onschuldig is. Dat is het niet. Zoiets levert amper een verhaal op. Uiteindelijk zou het niets uitmaken. Bevrijd worden uit deze helse cel zou geen verlossing betekenen. Mijn zoon zou nog steeds dood zijn.

Verlossing is in dit geval niet mogelijk.

Tenminste, dat was wat ik dacht tot het moment dat de zonderlinge gevangenbewaarder die we Curly noemen, zich bij mijn cel meldt met de mededeling: 'Bezoek.'

Ik reageer niet, omdat ik denk dat hij iemand anders aanspreekt, niet mij. Ik ben hier nu vijf jaar en heb in die vijf jaar geen bezoek gehad. In het eerste jaar probeerde mijn vader me op te zoeken, evenals tante Sophie en een handjevol vrienden en familieleden die van mening waren dat ik onschuldig was, of op zijn minst niet écht schuldig. Ik weigerde die bezoeken. Matthews moeder Cheryl, toen nog mijn vrouw, maar niet zo verwonderlijk nu mijn ex-vrouw, had mij ook willen bezoeken, zij het niet van harte, maar ook haar bezoek had ik geweigerd. Ik had het volstrekt duidelijk gemaakt: geen bezoek. Dat had niets met zelfmedelijden te maken, of welke andere vorm van medelijden dan ook. Bezoek helpt de bezoekende niet en evenmin de bezochte. Ik zag er het nut niet van in, en dat zie ik nog steeds niet.

Er ging een jaar voorbij, en een tweede. Daarna staakte iedereen zijn pogingen mij te bezoeken. Niemand had geprotesteerd dat het zo ver was, helemaal naar Maine, maar je begrijpt wel wat ik bedoel. En nu heeft voor het eerst sinds lange tijd iemand zich bij de poort van Briggs Penitentiary gemeld om mij te spreken.

'Burroughs,' commandeert Curly, 'in de benen. Je hebt bezoek.'

Ik trek een grimas. 'Wie?'

'Denk jij dat ik je persoonlijk assistent ben?'

'Da's een goeie.'

'Wat?'

'M'n persoonlijk assistent. Heel grappig.'

'Probeer je me voor de gek te houden?'

'Bezoek interesseert me niet,' zeg ik. 'Stuur ze alsjeblieft weg.'

Curly zucht. 'Burroughs.'

'Ja, wat nou?'

'Haal je luie reet van je bed. Je hebt de formulieren niet ingevuld.'

'Welke formulieren?'

'Je moet formulieren invullen als je geen bezoek wilt,' zegt Curly.

'Ik dacht dat mensen eerst op mijn gastenlijst moesten staan.'

'Gastenlijst,' herhaalt Curly hoofdschuddend. 'Jij denkt dat dit een hotel is of zo.'

'Hebben ze bij hotels een gastenlijst?' werp ik tegen. 'Hoe dan ook, ik heb iets ingevuld om aan te geven dat ik geen bezoek wil.'

'Dat was toen je hier kwam.'

'Precies.'

Curly zucht nog een keer. 'Dat moet ieder jaar opnieuw.'

'Wat?'

'Heb jij dit jaar een formulier ingevuld dat je geen bezoek wilt?'

'Nee.'

Curly spreidt zijn handen. 'Nou dan. Overeind.'

'Kun je niet gewoon tegen die bezoeker zeggen dat hij weer naar huis moet gaan?'

'Nee, Burroughs, dat kan ik niet, en ik zal je zeggen waarom. Dat zou meer werk voor mij opleveren dan jou gewoon naar de bezoekersruimte slepen. Want, kijk, als ik dat doe, moet ik uitleggen waarom je er niet bent en dan stelt de bezoeker mij misschien vragen, en waarschijnlijk moet ik dan zelf een of ander formulier invullen en dat haat ik, en dan moet jij weer een formulier invullen en dan moet ik heen en weer sjouwen en, kijk, ik zit niet op gedoe te wachten, en jij ook niet. Dus we doen het volgende: jij gaat nu met mij mee en je gaat daar maar zitten en wat mij betreft zeg je helemaal niets. Daarna vul je de juiste formulieren in zodat wij dit niet allemaal nog een keer hoeven te doen. Begrijp je wat ik bedoel?'

Ik zit hier al lang genoeg om te weten dat te veel weerstand niet alleen geen zin heeft, maar zelfs gevaarlijk kan zijn. Om eerlijk te zijn ben ik ook wel een beetje nieuwsgierig. 'Ik begrijp het,' zeg ik.

'Mooi, dan gaan we.'

Ik weet natuurlijk hoe het werkt. Ik laat me door Curly de handboeien omdoen en daarna de ketting om mijn middel. Daar zet hij de handboeien aan vast. Hij laat de enkelboeien achterwege, maar vooral omdat het een rotklus is ze aan te brengen en weer los te maken naderhand. Het is een aardige wandeling van de PC (de Protective Custody, de afdeling waar je wordt opgesloten om je te beschermen tegen je medegevangenen) naar de bezoekersruimte. Momenteel zijn we met achttien man in de PC – zeven kindermisbruikers, vier verkrachters, twee kannibaliserende seriemoordenaars, twee 'gewone' seriemoordenaars, twee mannen die een politieagent hebben doodgeschoten en een of andere maniak die zijn eigen kind heeft vermoord (ik dus). Beslist een bijzonder gezelschap.

Curly kijkt me aan met een harde blik in de ogen. Dat is ongebruikelijk. De meeste bewakers zijn mensen die eigenlijk liever politieagent waren geworden. Vaak zijn het lui met meer spieren dan hersens onder de schedel. Die behandelen ons met nogal wat onverschilligheid. Ik wil Curly vragen wat er aan de hand is, maar ik weet wanneer ik mijn mond moet houden. Dat leer je hier.

Mijn benen voelen slap tijdens het lopen. Ik ben op een rare manier nerveus. Eerlijk gezegd ben ik hier gesetteld. Het is hier verschrikkelijk – het is erger dan je je kunt voorstellen – maar ik ben niettemin gewend geraakt aan deze specifieke verschrikking. Wie het dan ook mag zijn die me na al die tijd nog komt bezoeken, hij komt met nieuws dat mijn bestaan op zijn grondvesten zal doen schudden.

Daar zie ik niet naar uit.

Ik zie het bloed van die avond weer voor me. Ik denk vaak aan het bloed. Ik droom erover. Ik weet niet hoe vaak. In het begin gebeurde het iedere nacht. Nu is het, denk ik, meer iets van eens in de week, maar ik houd het niet bij. De tijd verstrijkt niet op een normale manier in de gevangenis. De tijd staat stil, komt weer op gang, sputtert en stottert. Ik herinner me dat ik met knipperende oogleden wakker werd in het bed dat ik met Cheryl deelde. Alleen, want Cheryl had net haar opleiding algemene chirurgie afgesloten en werkte in de nachtdienst in de transplantatiekliniek van het Boston General. Ik keek niet hoe laat het was, maar voor wie het weten wil, het was vier uur 's nachts. Het was stil in huis, doodstil, maar toch voelde ik dat er iets niet in de haak was. Misschien is dat ook wel iets wat ik nu – onterecht – achteraf geloof. Ons geheugen is vaak een bron van fantasierijke verhalen. Dus misschien, of misschien wel waarschijnlijk, heb ik helemaal niets 'gevoeld'. Ik weet het niet meer. Ik schoot in ieder geval niet rechtovereind en direct uit bed. Ik had tijd nodig om wakker te worden. Ik lag nog een paar minuten in bed en mijn brein zweefde in die vreemde schijnwereld tussen slapen en waken langzaam naar een toestand van volledig bewustzijn.

Op een gegeven moment ben ik overeind gaan zitten. Ik liep de gang in naar Matthews kamer.

Dat was het moment waarop ik het bloed zag.

Het was roder op het witte laken dan ik me had voorgesteld dat bloed zou zijn, de felle rode kleur van Crayola-waskrijt, even opzichtig en spottend als de rode lippenstift van een clown.

Ik raakte in paniek. Ik begon zijn naam te roepen. Ik botste hard tegen de deurpost toen ik zijn kamer wilde binnenstormen. Ik riep opnieuw, maar kreeg geen reactie. Ik tuimelde naar binnen en zag... iets onherkenbaars.

Ze hebben me verteld dat ik begon te schreeuwen.

Zo vond de politie me. Ik schreeuwde nog steeds. Iedere schreeuw was een glassplinter die dwars door me heen ging. Ik zal wel een keer gestopt zijn, denk ik. Dat kan ik me ook niet meer herinneren. Misschien hebben mijn stembanden het begeven. Ik weet het niet. Maar de nagalm van die schreeuwen blijft altijd bij me. Die glassplinters rijten nog steeds nieuwe wonden open.

'Schiet op, Burroughs,' zegt Curly. 'Ze zit op je te wachten.'

Ze.

Hij zei 'ze'. Heel even gaat het door me heen dat het Cheryl is. Mijn hart gaat iets sneller slaan. Maar nee, zij zou nooit komen en ik zou ook niet willen dat ze kwam. We zijn acht jaar getrouwd geweest en het grootste deel van de tijd waren we gelukkig, denk ik.

Op het einde was het niet zo goed meer. Spanningen hadden tot haarscheurtjes geleid en de haarscheurtjes waren breuken geworden. Zouden Cheryl en ik het hebben gered? Ik weet het niet. Soms denk ik wel eens dat Matthew ons zou hebben aangezet beter ons best te doen, dat hij ons bij elkaar gehouden zou hebben, maar dat klinkt vooral als ijdele hoop.

Niet zo heel lang na mijn veroordeling tekende ik de papieren voor het voltrekken van de scheiding die ze had aangevraagd. We hebben elkaar nooit meer gesproken. Dat was meer mijn keuze dan de hare. En dus is dit alles wat ik weet van haar verdere leven. Ik heb geen idee waar ze nu is. Of ze nog steeds lijdt, of ze nog rouwt, of dat ze erin is geslaagd een nieuw leven op te bouwen. Ik denk dat het maar het beste is dat ik dat niet weet.

Waarom heb ik die nacht niet beter op Matthew gepast?

Ik zeg niet dat ik een slechte vader was. Ik denk het niet. Maar die nacht was ik domweg niet in de stemming. Kinderen van drie kunnen lastig zijn. En vervelend. Dat weten we allemaal. Ouders doen het graag voorkomen alsof elk moment met hun kind een genot is. Dat is het niet. Dat dacht ik tenminste die avond. Ik las Matthew voor het naar bed gaan geen verhaaltje voor, want ik kon het niet meer opbrengen. Vreselijk, hè? Ik stuurde mijn kind gewoon naar bed omdat mijn eigen onbeduidende besognes en onzekerheden me bezighielden. Stom, heel stom. Als het ons voor de wind gaat, permitteren we ons allemaal de luxe om ons stompzinnig te gedragen.

Ik was alleen thuis met Matthew. Ik begon te drinken. Ik ben geen zware drinker, ik kan niet zo heel goed tegen alcohol, maar in de voorgaande paar maanden, waarin de spanningen tussen Cheryl en mij waren gegroeid, had het drinken overal de scherpe kantjes af geslepen, ook al had de drank me niet getroost. Dus ook die avond dronk ik en ik vermoed dat het behoorlijk aankwam. Ik dronk te veel en gleed af in een diepe roes. Dus waakte ik niet over mijn kind. Ik beschermde mijn zoon niet, ik controleerde niet of de deuren afgesloten waren (dat waren ze niet), ik was niet alert op insluipers. Ik hoorde geen kind gillen van pijn of angst, maar lag, zoals de officier van justitie het omschreef, 'te snurken in Morpheus' armen'.

Ik herinner me verder niets meer tot die geur mijn neus binnendrong.

Ik weet wat je denkt: misschien heeft hij (en dan bedoel je mij natuurlijk) het wél gedaan. Per slot van rekening was het bewijs overweldigend. Dat snap ik. Een alleszins aanvaardbaar standpunt. Ik vraag het me ook zelf wel eens af. Je zou echte stekeblind moeten zijn of in een andere wereld moeten leven om dat niet als een reële kijk te zien op wat er is gebeurd. Laat ik je dus een kleine anekdote vertellen die hier volgens mij verband mee houdt: ik heb Cheryl in mijn slaap eens heel hard geschopt. Ik zat midden in een nachtmerrie waarin een enorme wasbeer ons kleine hondje Laszlo aanviel, dus schopte ik de wasbeer, overvallen door paniek, zo hard ik maar kon, en bleek ik uiteindelijk Cheryl tegen de schenen te schoppen. Achteraf was het op een rare manier heel grappig om te zien hoe Cheryl haar gezicht in de plooi hield toen ik mijn handelen verdedigde ('Zou jij dan niets hebben gedaan als Laszlo werd aangevallen door een wasbeer?'), maar inwendig ziedde mijn fantastische mevrouw de dokter, die zielsveel hield van Laszlo en eigenlijk van alle honden, van woede.

'Misschien,' zei Cheryl, 'wilde je diep vanbinnen míj pijn doen.'

Ze zei het met een glimlach, dus ik denk dat ze het niet meende, maar misschien vergis ik me. We dachten er verder niet meer aan en het werd een geweldige dag voor ons tweeën. Toch denk ik er tegenwoordig vaak aan. Ook die nacht had ik liggen slapen en dromen. Een trap tegen de schenen is geen moord, maar wie weet? Het moordwapen was een honkbalknuppel. Mevrouw Winslow, die al veertig jaar aan de andere kant van het bosje achter ons huis woonde, had gezien dat ik die begroef. Dat gaf de doorslag, al vroeg ik me wel af hoe ik zo stom had kunnen zijn om die knuppel zo dicht bij de plaats van de moord te begraven, terwijl het ding onder de vingerafdrukken zat. Mijn vingerafdrukken welteverstaan. Ik pieker veel over dergelijke zaken. Ik was bijvoorbeeld wel eens eerder in slaap gevallen als ik een of twee glazen drank te veel had gehad – dat overkomt immers iedereen wel eens? – maar nog nooit op deze manier. Misschien was ik gedrogeerd, al was het te laat om daar onderzoek naar te doen tegen de tijd dat ik een serieuze verdachte was. De mensen van de politie, van wie velen mijn vader respecteerden, gedroegen zich aanvankelijk welwillend. Ze trokken een aantal zware criminelen na die mijn vader achter de tralies had gezet, maar dat voelde niet als het juiste spoor, daar was zelfs ik van overtuigd. Mijn vader had mensen tegen zich in het harnas gejaagd, zeker, maar dat was allemaal lang geleden. Waarom zou een van hen een drie jaar oud kind vermoorden om wraak te nemen? Dat was niet geloofwaardig. Er waren geen sporen van seksueel misbruik, er waren ook geen sporen die op een andere manier naar een motief leidden, dus, eerlijk is eerlijk, uiteindelijk was er maar één serieuze verdachte.

Ik.

Daarom denk ik dat ik me misschien schuldig heb gemaakt aan een soort wasbeerschop. Dat lijkt niet onmogelijk. Mijn advocaat Tom Florio wilde dat gebruiken in zijn pleidooi. Een deel van de familieleden om me heen was dezelfde mening toegedaan. Verminderde toerekeningsvatbaarheid, zo'n soort verdediging. In het verleden had ik me schuldig gemaakt aan slaapwandelen en er was ook wel het een en ander gebeurd wat je zou kunnen omschrijven als geestelijke onbalans, als je de definities een beetje ruim interpreteerde. Dat zou ik kunnen gebruiken, zeiden ze.

Maar nee, ik wilde niet bekennen want in weerwil van al die aanwijzingen voor het tegendeel: ik heb het niet gedaan. Ik heb mijn zoon niet doodgeslagen. Ik wéét dat ik het niet heb gedaan. Jazeker, ik weet ook dat iedere dader dat zegt.

Curly en ik slaan de laatste hoek om. Briggs Penitentiary is als het ware aangekleed met asfalt. Alles heeft een verwassen grijze kleur, de kleur van een afgesleten weg na een regenbui. Ik ben overgeplaatst van een vrijstaand huis in koloniale stijl, met drie slaapkamers, tweeënhalve badkamer, zonovergoten heldergele gevels met groene luiken, een interieur in gedempte tonen met antiek grenenhouten meubilair, fraai gelegen op een perceel van drieduizend vierkante meter aan het einde van een doodlopende straat, naar hier. Het geeft niet. De omgeving is onbelangrijk. Je komt er wel achter dat de buitenkant tijdig is, een illusie, en dus betekenisloos.

Er klinkt een zoemend geluid. Curly duwt een deur open. In veel gevangenissen zijn de bezoekersruimtes aangepast aan de tijd. Gedetineerden met een laag risicoprofiel kunnen dan aan een tafel zitten met de bezoeker of bezoekers, zonder scheidingswanden of andere afscheidingen. Zo is het niet in Briggs. We hebben hier nog steeds kogelvrij plexiglas. Ik zit op een stalen kruk die met bouten is vastgezet op de vloer. Curly maakt de ketting om mijn middel los, zodat ik de hoorn van de telefoon kan pakken. Zo communiceren bezoekers in de extra beveiligde gevangenissen. Dwars door plexiglas, met een telefoon.

De bezoekster is niet mijn ex-vrouw Cheryl, al lijkt ze wel op haar. Het is haar zuster Rachel.

Rachel zit aan de andere kant van het plexiglas. Ik zie haar grote ogen opzetten als ik in haar gezichtsveld verschijn. Ik moet bijna glimlachen om die reactie. Ik, de man die ooit haar zwager was van wie ze zo veel hield, de man met een apart gevoel voor humor en een laconieke glimlach, is zeker veranderd in de afgelopen vijf jaar. Ik vraag me af wat haar het eerste opvalt. Misschien al die kilo's die ik ben kwijtgeraakt. Alhoewel, waarschijnlijk de gevolgen van de nooit goed geheelde, tot moes geslagen botten in mijn gezicht. Misschien zijn het mijn lijkbleke gezicht, de niet meer zo atletische schouders, mijn haar dat dunner en grijzer was geworden.

Ik ga zitten en kijk haar aan door het glas. Ik pak de telefoon en gebaar naar haar dat ze hetzelfde moet doen. Als ze de hoorn bij haar oor houdt, open ik het gesprek.

'Waarom ben je hier?'

Het lukt Rachel bijna om te glimlachen. We voelden elkaar altijd goed aan, Rachel en ik. Ik was graag bij haar in de buurt. 'Weinig zin in gezellige prietpraat, geloof ik.'

'Ben je gekomen voor gezellige prietpraat, Rachel?'

Als het al een flauwe glimlach was geweest op haar gezicht, verdwijnt daarvan op dit moment ook het laatste overblijfsel. Ze schudt haar hoofd. 'Nee.'

Ik wacht. Rachel ziet er vermoeid uit, maar ze is nog altijd mooi. Haar haar is nog altijd asblond, net als dat van Cheryl, en ze heeft dezelfde donkergroene ogen. Ik ga een beetje gedraaid op mijn kruk zitten zodat ik haar iets van opzij kan aankijken, want het doet pijn om haar zo direct aan te zien.

Rachel knippert tranen weg en schudt opnieuw haar hoofd. 'Dit is krankzinnig.'

Ze kijkt omlaag en even zie ik weer het achttien jaar oude meisje met wie ik kennismaakte toen Cheryl me voor het eerst mee naar huis nam van Amherst College, tijdens het tweede jaar van onze studie. De ouders van Cheryl en Rachel keurden me eigenlijk af, afkomstig als ik was uit een wat lager milieu. Mijn vader was politieman en ik was opgegroeid in een rijtjeshuis. Bij Rachel had ik echter meteen de juiste snaar getroffen. Ik hield al snel van haar als het jongere zusje dat ik nooit had gehad. Ik gaf om haar. Ik wilde haar beschermen. Een jaar later hielp ik haar met haar verhuizing naar Lemhall University, en nog weer later naar Columbia University, waar ze journalistiek studeerde.

'Het is lang geleden,' zegt Rachel.

Ik knik. Ik wil dat ze weer weggaat. Het doet me pijn haar aan te kijken. Ik wacht. Ze zegt niets. Na verloop van tijd zeg ik dan toch maar iets, want het lijkt alsof Rachel een reddingsboei nodig heeft en ik kan me niet inhouden.

'Hoe gaat het met Sam?' vraag ik.

'Goed,' zegt Rachel. 'Hij werkt nu bij Merton Pharmaceuticals. Hij is salesmanager en reist veel.' Dan haalt ze haar schouders op en zegt: 'We zijn gescheiden.'

'O,' zeg ik. 'Wat vervelend.'

Ze haalt nog een keer haar schouders op. Ik vind het niet echt vervelend om dit te horen, want ik vond dat ze meer verdiende dan Sam, al moet ik erbij zeggen dat ik dat van de meeste vriendjes vond die ze had.

'Schrijf je nog steeds voor de *Globe*?' vraag ik.

'Nee,' zegt ze met een stem die de deur naar dat onderwerp in het slot gooit.

Even zitten we zwijgend tegenover elkaar. Dan probeer ik het nog een keer.

'Gaat het om Cheryl?'

'Nee, niet echt.'

Ik slik. 'Hoe gaat het met haar?'

Rachel begint zich in haar handen te wrijven. Ze kijkt alle kanten op, maar ze kijkt mij niet in de ogen. 'Ze is hertrouwd.'

De woorden raken me als een stomp in de maag, maar ik vang de klap op zonder ook maar met mijn ogen te knipperen. Dat is het, denk ik bij mezelf. Dat is waarom ik geen bezoek wil.

'Ze heeft jou nooit de schuld gegeven, hoor. Niemand van ons heeft dat gedaan.'

'Rachel?'

'Ja?'

'Waarom ben je hier verdomme?'

We vervallen opnieuw in stilzwijgen. Achter Rachel zie ik een bewaker, eentje die ik niet ken, die naar ons staat te staren. Er zijn nog drie andere gedetineerden in de bezoekersruimte, die ik geen van drieën ken. Briggs is groot en ik ben erg op mezelf. Ik heb de neiging om te gaan staan en me terug te laten brengen naar mijn cel als Rachel eindelijk begint te praten.

'Sam heeft een vriend,' zegt ze.

Ik wacht.

'Of eigenlijk niet echt een vriend, meer een collega, die ook marketing doet. Een salesmanager bij Merton Pharmaceuticals, net als Sam. Hij heet Tom Longley. Hij heeft een vrouw en twee jongens. Een aardig gezin. Zo nu en dan deden we iets samen. Bedrijfsbarbecues en zo. Zijn vrouw heet Irene. Ik mag haar wel. Ze is heel grappig.'

Ze valt stil en schudt haar hoofd. 'Ik vertel dit helemaal verkeerd.'

'Nee, nee,' zeg ik. 'Tot nu toe is het een geweldig verhaal.'

Rachel glimlacht. Ze glimlacht warempel om mijn sarcasme. 'Een klein beetje van de oude David,' zegt ze.

We vallen weer stil.

Als Rachel daarna weer iets zegt, spreekt ze langzamer, afgemeten. 'De Longleys deden twee maanden geleden mee aan een bedrijfsuitje naar een pretpark in Springfield. Volgens mij heet het Six Flags. Ze namen de jongens mee. Irene en ik zijn bevriend gebleven en ze nodigde me vorige week uit om te komen lunchen. Ze vertelde over dat uitje – een beetje roddelend, omdat Sam ook mee was geweest met zijn nieuwe vriendin. Alsof dat mij iets kan schelen, maar goed, daar gaat het niet om.'

Ik slik een sarcastische opmerking in en kijk haar aan.

Ze kijkt mij recht in de ogen. 'Toen liet Irene me foto's zien.'

Rachel zwijgt. Ik heb geen flauw idee waar ze met dit verhaal naartoe wil, maar ik hoor bijna onheilspellende muziek in mijn hoofd. Rachel haalt een grote gele envelop uit haar tas. Twintig bij vijfentwintig, schat ik. Ze legt hem op haar helft van het tafelblad en kijkt er iets te lang naar, alsof ze overweegt of ze de volgende stap wel moet zetten. Dan maakt ze in één keer de envelop open, schuift haar hand erin, haalt er iets uit en klapt dat tegen het plexiglas.

Zoals te verwachten was, blijkt het een foto te zijn.

Ik weet niet wat ik ermee aan moet. De foto lijkt duidelijk in een pretpark te zijn gemaakt. Een vrouw – dat zal wel die grappige Irene zijn, denk ik – kijkt verlegen in de lens. Twee jongens, dat moeten de beide zonen Longley zijn, leunen links en rechts tegen haar heupen. Ze kijken geen van beiden in de lens. Helemaal rechts staat iemand die verkleed is als Bugs Bunny. Links staat Batman. Irene ziet er op een grappige manier een beetje uitgeblust uit. Je kent dat wel, Tom, de joviale marketingman van Pharmaceutical, had zijn grappige Irene en geweldige zonen zover gekregen dat ze poseerden voor een foto. Irene was niet echt in de stemming en de jongens vonden het maar niets. We hebben het allemaal meegemaakt. Op de achtergrond is een gigantische achtbaan te zien. De Longleys staan tegen de zon in te kijken. Dat verklaart waarom ze de ogen tot spleetjes hebben geknepen en een beetje wegkijken.

Rachel observeert mij.

Ik kijk van de foto naar haar. Ze houdt de foto nog steeds tegen het plexiglas gedrukt.

'Je moet beter kijken, David.'

Ik staar haar nog een seconde of twee aan en laat mijn blik dan weer omlaagglijden naar de foto. Deze keer zie ik het meteen. Een hand van staal reikt in mijn borstkas en sluit zich om mijn hart. Ik snak naar adem.

Er staat een jongen op de foto.

Op de achtergrond, rechts bij de rand. Hij staat er nog net op. En profil, alsof hij poseert voor zijn beeltenis op een munt. Hij lijkt een jaar of acht oud. Iemand, waarschijnlijk een volwassene, houdt zijn hand vast. De jongen kijkt op naar die verondersteldе volwassene die niet op de foto staat.

Ik voel tranen achter mijn ogen opwellen en steek reikhalzend mijn hand uit. Dwars door het plexiglas streel ik de wang van de jongen. Het is natuurlijk onmogelijk. Een wanhopig man ziet wat hij wil zien en, laten we wel wezen, ik ben zo wanhopig als een verdwaalde in de woestijn die zijn laatste slok water heeft genomen. Matthew was nog niet eens drie toen hij werd vermoord. Niemand, zelfs niet de vader die zo zielsveel van hem hield, zou kunnen zeggen hoe dat kind er vijf jaar later uit zou zien. Niet zonder twijfels. Het moet om een gelijkenis gaan, meer niet. Die jongen lijkt op Matthew. Lijkt op. Gelijkenis. Meer niet. Overeenkomst.

Een geweldige snik ontsnapt uit het diepst van mijn ziel. Ik druk een vuist tegen mijn mond en zet er mijn tanden in. Ik heb een paar seconden nodig voordat ik iets kan uitbrengen. Als ik dan iets zeg, zijn het maar een paar eenvoudige woorden.

'Het is Matthew.'

2

Rachel houdt de foto nog steeds tegen het plexiglas. 'Je weet dat dat niet kan,' zegt ze.

Ik reageer niet.

'Hij lijkt op Matthew,' zegt Rachel. Haar stem klinkt geforceerd vlak. 'Ik geef toe dat hij veel van hem weg heeft. Heel veel. Maar Matthew was nog maar een peuter toen hij…' Ze valt stil, herpakt zich en begint opnieuw. 'Zelfs als je afgaat op de wijnvlek op zijn wang – deze is kleiner dan die op de wang van Matthew.'

'Dat zou ook zo moeten zijn,' zeg ik.

De medische term voor de enorme wijnvlek die de rechterkant van het gezicht van mijn zoon bedekte, was infantiel of congenitaal hemangioom. De jongen op de foto heeft ook een wijnvlek, iets kleiner dan die van Matthew en iets lichter van tint, maar ongeveer op dezelfde plek.

'De artsen zeiden dat dat zou gebeuren,' zeg ik. 'Uiteindelijk zou hij helemaal verdwijnen.'

Rachel schudt haar hoofd. 'David, we weten allebei dat het onmogelijk is.'

Ik reageer niet.

'Het is gewoon een bizar toeval. Een treffende gelijkenis die aansluit bij wat we willen – wat we voor ons gevoel móéten – zien. Vergeet het forensisch onderzoek en jouw DNA niet…'

'Stop,' zeg ik.

'Wat?'

'Je bent hier niet met die foto gekomen omdat je dacht dat die jongen als twee druppels water op Matthew lééк.'

Rachel knijpt haar ogen stijf dicht. 'Ik ben naar een fototechnicus gegaan die voor de politie in Boston werkt. Ik heb hem een oude foto van Matthew gegeven.'

'Welke foto?'

'De foto waarop hij een T-shirt van Amherst aanheeft.'

Ik knik. Cheryl en ik hadden dat T-shirt voor hem gekocht toen we tien jaar bij elkaar waren. We hadden de foto gebruikt voor de kerst-en-nieuwjaarskaart.

'Die man heeft de nieuwste versies van verouderingssoftware. Die gebruiken ze bij de politie voor het opsporen van vermiste personen. Ik heb hem gevraagd om de jongen op de foto vijf jaar ouder te maken en...'

'Dit kwam eruit,' maak ik haar zin af.

'Het kwam er dichtbij. Maar het zegt niet alles. Dat begrijp je hopelijk? Zelfs die vriend zei dat, terwijl hij niet eens wist wat de bedoeling was. Ik wil dat je dat weet. Ik heb hier niemand iets over verteld.'

Dat verbaast me. 'Heb je die foto niet aan Cheryl laten zien?'

'Nee.'

'Waarom niet?'

Rachel gaat verzitten op de ongemakkelijke kruk. 'Het is krankzinnig, David.'

'Wat?'

'Dit. Alles. Het kan Matthew niet zijn. We hebben er allebei last van dat ons gezonde oordeel bezwijkt onder wat we willen zien.'

'Rachel,' zeg ik.

Ze kijkt me aan.

'Waarom heb je dit niet aan je zuster laten zien?' Ik dring aan.

Rachel frummelt aan de ringen om haar vingers. Ze wendt haar blik af. Even schiet haar blik links en rechts door de bezoekersruimte, dan kijkt ze me weer aan. 'Je moet goed begrijpen,' zegt ze, 'dat Cheryl een volgende stap probeert te zetten. Ze probeert dit allemaal achter zich te laten.'

Ik voel mijn hart in mijn borst bonken.

'Als ik haar dit vertel, scheur ik alle oude wonden open. Dergelijke valse hoop zou haar kapotmaken.'

'Maar je vertelt het mij wel.'

'Omdat jij niets hebt, David. Als ik die oude wonden openscheur... wat dan nog? Jij hebt geen leven. Je hebt je leven al tijden geleden opgegeven.'

Haar woorden mogen hard klinken, in haar stem klinkt geen woede of dreiging door. Ze heeft gelijk. Natuurlijk. Het is een eerlijke observatie. Ik heb niets te verliezen. Als wat wij denken over deze foto niet juist blijkt te zijn – en als ik objectief probeer te zijn, moet ik bekennen dat de kans dat we ernaast zitten vrij groot is – zal er voor mij niets veranderen. Dan zit ik hier nog steeds weg te kwijnen, dan gaat het uithollen van mijn bestaan nog altijd door zonder het verlangen dat proces te vertragen.

'Ze is hertrouwd,' zegt Rachel.

'Dat zei je al.'

'En ze is zwanger.'

Een linkse directe op de kin, gevolgd door een maaiende hoekstoot van rechts. Ik wankel achteruit en neem mijn acht tellen rust.

'Ik wilde het je niet vertellen...' zegt Rachel.

'Het is goed...'

'... en als we hiermee iets willen doen...'

'Ik begrijp het,' zeg ik.

'Goed, want ik weet niet wat ik moet doen,' zegt Rachel. 'Dit is nou niet bepaald bewijsmateriaal waarmee je een redelijk denkend mens kunt overtuigen. Tenzij je graag wilt dat ik dat probeer. Ik bedoel, ik zou ermee naar een officier van justitie of de politie kunnen gaan.'

'Ze zouden je hun kantoor uit lachen.'

'Precies. Misschien kunnen we ermee naar de pers.'

'Nee.'

'Of... of naar Cheryl. Als jij denkt dat dat goed is. Misschien kunnen we een gerechtelijk bevel krijgen voor het opgraven van de stoffelijke resten. Dan zou een nieuwe lijkschouwing of een DNA-onderzoek misschien iets kunnen aantonen. Misschien zou je proces heropend kunnen worden...'

'Nee.'

'Wat? Hoezo?'

'Vooralsnog niet,' zeg ik. 'We kunnen niemand iets vertellen.'

Rachel lijkt in de war. 'Ik begrijp het niet.'

'Jij bent journalist.'

'Nou, en?'

'Jij weet...' zeg ik. Ik buig me een beetje naar haar toe. 'Jij weet dat het voorpaginanieuws wordt, als dit bekend wordt. Dan krijgen we de volledige pers weer over ons heen.'

'Dan krijgen wíj de pers over óns heen? Bedoel je niet: dan krijg jíj de pers over jóú heen?'

Dit is de eerste keer dat ik iets in haar stem hoor. Ik wacht. Ze zit ernaast. Dat zal ze zo zelf ontdekken. Meteen na de moord op Matthew was de pers heel aardig voor ons en ons heel goedgezind. Ze molken de tragedie helemaal uit, overgoten met een sausje dat de dreiging er nog altijd was, omdat de dader nog niet was gepakt, dus kijk uit, beste lezers, kijkers en luisteraars. De sociale media waren minder welwillend. *Het is een gezinskwestie*, tweette iemand al vrijwel meteen, *ik wil wedden dat dat lulletje rozenwater, meneer de echtgenoot die het huishouden doet, de dader is.* Een andere twitteraar, die veel hartjes kreeg op Twitter, beweerde: *Waarschijnlijk kon hij niet overweg met de geslaagde carrière van zijn vrouw*. Enzovoort.

Toen er niemand werd gearresteerd – toen het verhaal zijn nieuwswaarde begon te verliezen – raakten de media gefrustreerd en werden ze ongeduldig. Deskundigen vroegen zich hardop af hoe het mogelijk was dat de slachtpartij hem niet had gewekt. Vervolgens zwol een aarzelend stroompje verdachte omstandigheden aan tot een machtige rivier van beschuldigingen en niet te weerleggen bewijzen. Het moordwapen, een honkbalknuppel die ik vier jaar eerder had gekocht, bleek vlak bij ons huis te zijn begraven. Mevrouw Winslow, onze buurvrouw, beweerde dat ze had gezien dat ik hem daar had begraven in de nacht van de moord. Forensisch onderzoek bevestigde dat alleen mijn vingerafdrukken op die honkbalknuppel zaten.

De media genoten van deze nieuwe invalshoek, vooral omdat het een uitdovend vuur nieuw leven inblies. Ze vielen er van alle kanten als haviken bovenop. Een psychiater die me ooit had behandeld, lekte mijn verleden van nachtmerries en slaapwandelen. Het huwelijk tussen Cheryl en mij stond onder druk. Misschien had zij een relatie met iemand anders gehad. Je begrijpt wel wat er allemaal werd gesuggereerd. In redactioneel commentaar werd geëist dat ik zou worden gearresteerd en berecht. Vol verontwaardiging werd beweerd dat ik een voorkeursbehandeling kreeg omdat mijn vader een politieman was. Wat was er allemaal nog meer onder het vloerkleed geveegd? Als ik geen witte man was geweest, zou ik al achter de tralies hebben gezeten. Het was racisme, het was klassenjustitie en er werd met twee maten gemeten.

Veel daarvan was ongetwijfeld waar.

'Denk je dat een vijandige pers mij veel kan schelen?' vraag ik.

'Nee,' zegt ze zacht. 'Maar ik begrijp het niet. Wat kan de pers nou nog voor kwaad doen?'

'Ze zullen er verslag van doen.'

'Dat snap ik, maar wat dan nog?' Ze kijkt me vragend aan.

'Iedereen zal het weten,' zeg ik. 'Hij ook.' Ik wijs naar de hand op de foto die de hand van Matthew vasthoudt.

Stilte.

Ik wacht tot Rachel iets zal zeggen. Als ze blijft zwijgen, zeg ik: ‘Snap je het niet? Je hebt geen flauw idee van wat hij zal doen als hij erachter komt dat we hem op het spoor zijn. Misschien slaat hij op de vlucht. Misschien duikt hij ergens onder zodat we hem nooit meer kunnen vinden. Of misschien denkt hij dat hij het risico niet kan lopen. Misschien dacht hij dat hij het allemaal goed voor elkaar had, maar nu blijkt dat het niet zo is, dus zal hij zich misschien wel voorgoed ontdoen van het bewijsmateriaal.’

‘Maar de politie, die kan toch in alle stilte onderzoek doen?’ zegt Rachel.

‘Uitgesloten. Er is altijd een lek. Bovendien zullen ze ons verhaal niet serieus nemen. Niet alleen op grond van deze foto. Dat weet je.’

Rachel schudt haar hoofd. ‘Maar wat wil je dan doen?’

‘Jij bent een gerespecteerd onderzoeksjournalist,’ zeg ik.

‘Niet meer.’

‘Hoezo? Wat is er gebeurd?’

Ze schudt opnieuw haar hoofd. ‘Dat is een lang verhaal.’

‘We moeten meer te weten komen.’

‘We?’

Ik knik. ‘Ik moet hier weg.’

‘Waar heb je het in hemelsnaam over?’

Ze kijkt me bezorgd aan. Dat kan ik begrijpen. Ik hoor het ook terug in mijn eigen stem. Er klinkt weer iets van de oude toon in door. Toen Matthew was vermoord, krulde ik me op als een foetus en wachtte ik tot ik dood zou gaan. Mijn zoon was dood. Niets was nog belangrijk.

Maar nu...

De zoemer gaat. Bewakers komen de bezoekersruimte in. Curly legt een hand op mijn schouder. ‘Het is tijd.’

Rachel schuift de foto snel terug in de envelop. Als ze dat doet, wordt een hunkering in me wakker, een verlangen om almaar naar die foto te blijven kijken, want de angst steekt de kop op dat het een zinsbegoocheling was. Nu ik de foto niet meer zie, ook al is het nog maar een paar seconden geleden dat ik hem wel zag, vervliegt alles in rook die me door de vingers glipt. Ik probeer het beeld van mijn zoon vast te schroeien in mijn brein, maar zijn gezicht begint al te vervagen, als in de laatste beelden van een droom.

Rachel gaat staan. 'Ik heb een kamer in de Motor Lodge verderop.'

Ik knik.

'Ik kom morgen weer.'

Het lukt me opnieuw te knikken.

'En voor wat het waard is, ik denk ook dat hij het is.'

Ik doe mijn mond open om haar te bedanken, maar ik krijg geen woord over mijn lippen. Het maakt niet uit. Ze keert zich om en loopt weg. Curly knijpt me nog eens in mijn schouder.

'Waar ging dat allemaal over?' vraagt hij.

'Zeg tegen de directeur dat ik hem wil spreken,' zeg ik.

Curly grijnst zijn tanden, die de vorm hebben van piepkleine pepermuntjes, bloot. 'De directeur ontvangt geen bezoek van gedetineerden.'

Ik ga staan en kijk hem aan. Voor het eerst in jaren glimlach ik. Werkelijk, ik glimlach. Curly is geschokt, hij doet een stap achteruit.

'Mij wil hij wel zien,' zeg ik. 'Ga maar zeggen dat ik hem wil spreken.'

3

‘Wat wil je, David?’

Directeur Philip Mackenzie lijkt niet erg blij te zijn met mijn bezoek. Zijn kantoor is saai en spaarzaam ingericht. In een hoek staat een vlaggenmast met de Amerikaanse vlag naast een foto van de huidige gouverneur van de staat. Zijn stalen bureau is grijs en functioneel. Het is net zo’n bureau als dat van een van de onderwijzers van wie ik les heb gehad op de basisschool. Rechts staat een koperen constructie die tegelijkertijd dienstdoet als pennenbakje en klok, zo’n ding dat je in de giftshop van TK Maxx kunt kopen. Twee hoge grijze, stalen ladekasten staan als een soort wachttorens achter de directeur.

‘Nou?’

Ik heb in gedachten doorgenomen wat ik zou gaan zeggen, maar ik houd me niet aan mijn script. Ik probeer mijn stem vlak te houden, gelijkmatig, misschien zelfs wel zakelijk. Ik weet dat wat ik zeg pure waanzin lijkt, dus moet mijn toon het tegenovergestelde uitstralen. Het strekt de directeur tot eer dat hij een tijdje ontspannen luistert en niet eens al te verbijsterd kijkt. Als ik uitgesproken ben, leunt hij achterover en kijkt opzij weg. Hij haalt een paar keer diep adem. Philip Mackenzie is over de zeventig, maar hij oogt nog altijd sterk genoeg om met een sloophamer een van de muren van gewapend beton rondom deze gevangenis eigenhandig met de grond gelijk te maken. Hij heeft een stevige borstkas, zijn hoofd zit ingeklemd tussen twee schouders als bowlingballen, wat een nek zo ongeveer overbodig maakt. Hij heeft verweerde kolenschoppen van handen. Ze liggen nu als twee stormrammen voor hem op zijn bureau.

Na verloop van tijd keert hij zich naar mij en kijkt hij me van onder zijn borstelige witte wenkbrauwen aan met zijn waterige blauwe ogen.

'Dit meen je niet serieus,' zegt hij.

Ik ga rechtop zitten. 'Die jongen is Matthew.'

Hij wuift mijn woorden weg met een van die enorme handen. 'Ah, kom op, David. Waar ben je in vredesnaam mee bezig?'

Ik staar hem zwijgend aan.

'Je probeert naar buiten te komen. Dat doet elke gedetineerde.'

'Denk je dat dit een plannetje is om vrij te komen?' Ik moet mijn best doen om de woorden uit te spreken zonder dat mijn stem breekt. 'Denk je echt dat het mij ook maar ene moer kan schelen of ik ooit nog een keer uit deze hel vrijkom?'

Philip Mackenzie zucht en schudt zijn hoofd.

'Philip,' zeg ik, 'mijn zoon is daarbuiten, ergens.'

'Je zoon is dood.'

'Nee.'

'Jij hebt hem gedood.'

'Nee. Ik kan je de foto laten zien.'

'De foto die je schoonzuster jou liet zien?'

'Ja.'

'Oké, natuurlijk. En dan word ik verondersteld om te kunnen vaststellen dat een of ander jongetje op de achtergrond jouw zoon Matthew is die vijf jaar geleden is overleden. Hoe oud was hij toen ook alweer? Drie?'

Ik zeg niets.

'En laten we eens zeggen dat ik dat vaststel. Dat kan ik niet. Ik bedoel, dat is onmogelijk, dat geef je zelf toe. Maar laten we eens zeggen dat die jongen als twee druppels water op Matthew lijkt. Zei je dat Rachel het had uitgezocht met verouderingssoftware?'

'Ja.'

'Hoe weet je dan zeker dat ze niet domweg de kop die ze met die software heeft gemaakt in die foto gefotoshopt heeft?'

'Wat?'

'Weet je hoe gemakkelijk het is om met foto's te knoeien?'

'Dat is een grapje, hoop ik?' Ik frons mijn wenkbrauwen. 'Waarom zou ze dat doen?'

Philip Mackenzie wil iets zeggen, maar bedenkt zich. 'Wacht, natuurlijk.'

'Wat?'

'Jij weet niet wat Rachel overkomen is.'

'Waar heb je het over?'

'Haar carrière als journalist. Dat is verleden tijd.'

Ik zeg niets.

'Dat wist je niet, toch?'

'Dat doet er niet toe,' zeg ik. Maar natuurlijk doet het dat wel. Ik buig me naar hem toe en kijk hem, de man die ik mijn hele leven heb gekend als oom Philip, diep in de ogen. 'Ik zit hier nu vijf jaar,' zeg ik afgemeten. 'Hoe vaak heb ik je om hulp gevraagd?'

'Nooit,' zegt hij. 'Maar dat wil niet zeggen dat ik je niet heb geholpen. Denk je dat je toevallig in mijn gevangenis terecht bent gekomen? Of dat het toeval is dat je zo veel extra tijd hebt gekregen in de PC? Ze wilden je terugzetten bij de gewone gedetineerden, zelfs na dat pak slaag.'

Dat was drie weken na het begin van mijn gevangenisstraf. Ik zat tussen alle andere gevangenen, niet hier in de PC. Vier mannen, wier omvang alleen werd overtroffen door hun laaghartigheid, sloten me bij de douches in. Bij de douches, nota bene. Banaler kan het niet. Geen verkrachting, niets seksueels. Ze wilden alleen maar iemand verrot slaan om zich op een primitieve manier superieur te voelen. En wie leende zich beter voor zo'n exercitie dan die nieuwe beruchte kindermoordenaar? Ze braken mijn neus. Ze verbrijzelden mijn jukbeen. Mijn gebroken kaak hing te klapperen als een deur waaraan een scharnier ontbrak. Vier gebroken ribben. Een hersenschudding. Inwendige bloedingen. Met mijn rechteroog zie ik nu alleen nog maar vage omtrekken.

Ik heb twee maanden in de ziekenboeg gelegen.

Ik trek mijn troefkaart. 'Je bent me nog iets schuldig, Philip.'

'Correctie: ik ben je vader iets schuldig.'

'Dat is nu één pot nat.'

'Jij vindt dat de schuld vererft van vader op zoon?'

'Wat zou mijn vader zeggen?'

Philip Mackenzie kijkt gepijnigd en oogt plotseling doodmoe.

'Ik heb Matthew niet vermoord,' zeg ik.

'Een gedetineerde die mij vertelt dat hij onschuldig is,' zegt hij, bijna geamuseerd zijn hoofd schuddend. 'Voor alles is een eerste keer.'

Philip Mackenzie komt overeind en gaat voor het raam staan. Hij kijkt naar buiten, naar de bossen achter de omheining. 'Toen jouw vader het hoorde van Matthew... maar nog erger, toen hij hoorde dat jij gearresteerd was...' Zijn stem sterft weg. 'Vertel me eens, David, waarom heb je je niet beroepen op tijdelijke ontoerekeningsvatbaarheid?'

'Denk je dat ik geïnteresseerd was in juridische trucjes om straf te ontlopen?'

'Dat was geen trucje,' zegt Philip. Ik hoor nu sympathie in zijn stem. Hij keert zich om naar mij. 'Je hebt een black-out gehad. Er moet iets in je zijn gebroken. Er moet een verklaring zijn. We zouden je allemaal gesteund hebben.'

Ik krijg hoofdpijn. Ook een gevolg van dat pak slaag, maar misschien komt het ook door zijn woorden. Ik sluit mijn ogen en haal diep adem. ‘Luister alsjeblieft. Het was niet Matthew en wat er is gebeurd, heb ik niet gedaan.’

‘Je bent erin geluisd, hè?’

‘Dat weet ik niet.’

‘Wiens lichaam heb jij daar dan gevonden?’

‘Dat weet ik niet.’

‘Hoe verklaar je jouw vingerafdrukken op het moordwapen?’

‘Het was mijn honkbalknuppel. Ik bewaarde hem in de garage.’

‘En die oude dame die zag dat je hem begroef?’

‘Dat weet ik niet. Ik weet alleen wat ik op die foto heb gezien.’

De oudere man zucht opnieuw. ‘Besef je wel hoe gestoord dat klinkt?’

Ik kom nu ook overeind. Tot mijn verbazing doet Philip een stap achteruit, alsof hij bang voor me is.

‘Je moet me hieruit helpen,’ fluister ik. ‘Op zijn minst voor een paar dagen.’

‘Ben je gek geworden?’

‘Geef me rouwverlof of zoiets.’

‘Voor het soort misdrijven waarvoor jij bent veroordeeld, wordt geen rouwverlof verleend.’

‘Help me dan maar zoeken naar een manier om te ontsnappen.’

Hij begint te lachen. ‘O natuurlijk, geen probleem. En stel nu eens dat ik dat zou kunnen, dan komen ze achter je aan met alles wat ze maar op de been kunnen brengen. Nietsontziend. Jij staat te boek als kindermoordenaar, David. Ze schieten je aan flarden zonder ook maar een seconde te aarzelen.’

‘Dat is mijn probleem.’

‘Om de dooie dood niet.’

‘Veronderstel eens dat het jou overkwam.’

‘Wat?’

‘Veronderstel dat je in mijn schoenen stond. Veronderstel dat het om Adam ging. Wat zou je dan doen om hem te vinden?’

Philip Mackenzie schudt zijn hoofd en laat zich op zijn stoel vallen. Hij legt beide handen tegen zijn gezicht en begint te wrijven. Dan schakelt hij de intercom in en roept een bewaker op.

'Dag, David.'

'Alsjeblieft, Philip.'

'Het spijt me. Echt, het spijt me werkelijk.'

Philip Mackenzie keek weg, zodat hij niet hoefde toe te kijken toen de bewaker David meenam. Hij nam niet nogmaals afscheid van zijn petekind. Toen de deur achter David dichtgevallen was, bleef hij alleen achter in zijn kantoor. De lucht voelde zwaar aan. Hij had gehoopt dat Davids verzoek hem te spreken – de eerste keer in de bijna vijf jaar dat hij hier nu opgesloten zat – een positief teken was. Misschien had David eindelijk besloten om hulp te vragen van een therapeut. Misschien wilde David zich verdiepen in wat hij die vreselijke avond had gedaan, of op zijn minst iets productiefs met zijn leven doen, zelfs hier en zelfs na wat hij gedaan had.

Philip trok een la van zijn bureau open en haalde er een foto uit 1973 uit. Er stonden twee mannen op – correctie: maak daar maar onnozele jongens van – in gevechtstenue, in Khe San. Philip Mackenzie en Lenny Burroughs, Davids vader. Ze hadden samen op Revere Highschool gezeten voordat ze werden opgeroepen voor militaire dienst. Philip was opgegroeid in een flat driehoog aan Centennial Avenue. Lenny woonde om de hoek in Dehon Street. Ze waren boezemvrienden, maatjes tijdens de oorlog. Ze hadden als politieagent samen patrouille gelopen op Revere Beach. Philip was Davids peetvader, Lenny was peetvader van Philips zoon Adam. Adam en David hadden ook samen op school gezeten, waren boezemvrienden geweest op Revere High. De cirkel was gesloten.

Philip staarde naar de beeltenis van zijn oude vriend. Lenny lag op zijn sterfbed. Daar was niets meer aan te doen. Het was slechts een kwestie van tijd. De Lenny op de foto glimlachte zoals alleen de oude Lenny kon glimlachen. Een glimlach die harten deed smelten, maar het leek alsof zijn ogen diep in Philips ziel boorden.

'Er is niets wat ik kan doen, Lenny,' zei Philip hardop.

De Lenny op de foto glimlachte alleen maar en staarde Philip aan.

Philip haalde een paar keer diep adem. De dag liep op zijn eind. Over niet al te lange tijd zou er niemand meer op kantoor zijn. Hij drukte een tweede keer op de knop van de intercom.

'Directeur?' zei zijn receptioniste.

'Boek een stoel voor me op de eerste vlucht naar Boston, morgenvroeg.'

4

In een gevangenis is het nooit stil.

Mijn afdeling is een experiment. Achttien cellen liggen op de rand van een cirkel. De kant naar de centrale hal is nog steeds de traditionele traliewand die het onmogelijk maakt iets te verbergen. Een principe dat tot in het absurde is doorgevoerd door de plaatsing van de in roestvrij staal uitgevoerde toilet-wasbakcombinatie – inderdaad, een combinatie – pal bij die tralies. In tegenstelling tot de afdeling met de gewone gevangenen hebben wij een kleine douche achter in de cel. De bewaking kan de watertoevoer afsluiten met een hoofdkraan als ze vinden dat we te lang onder de douche staan. Er is een in beton gegoten bed met een matras die zo dun is dat je er bijna doorheen kunt kijken. Op de vier hoeken van het bed zijn handvatten gemonteerd om gedetineerden aan enkels en polsen te boeien. Dat is tot dusverre voor mij niet nodig geweest. Er staat ook een in beton gegoten bureautje met een in beton gegoten krukje. Ik heb een tv en een radio die alleen religieuze en educatieve programma's uitzenden. Hoog in de muur zit een smal venster, dat me alleen een verlokkend uitzicht op een strookje lucht biedt.

Ik lig op mijn betonnen bed en kijk naar het plafond. Ik ken alle bijzonderheden van dat plafond. Ik sluit mijn ogen en probeer de feiten op een rijtje te zetten. Ik beleef de dag opnieuw – die afgrijselijke dag – en zoek naar iets wat ik over het hoofd kan hebben gezien. Ik had Matthew meegenomen, eerst naar het lokale speeltuintje bij een eendenvijver en daarna naar de supermarkt in Oak Street. Had ik op een van die twee plaatsen iemand gezien die verdenking opriep? Nee, natuurlijk niet, maar ik keer nu in gedachten terug en ga met een stofkam door mijn herinneringen in de hoop op nieuwe details. Die zijn er niet. Je zou denken dat ik me die dag beter zou kunnen herinneren, dat elk moment ervan in mijn geheugen gegrift zou staan, maar in werkelijkheid vervagen die herinneringen steeds meer.

Ik had op een bankje bij de speeltuin gezeten naast een jonge moeder met een absurd geavanceerde kinderwagen. De jonge moeder had een dochtertje dat net zo oud was als Matthew. Had ze me verteld hoe haar dochtertje heette? Waarschijnlijk wel, maar ik kan het me niet meer herinneren. Zij had een yogaoutfit aan. Waar hadden we over gepraat? Ik kan het me niet meer herinneren. Waar zoek ik eigenlijk naar? Dat weet ik ook niet. De eigenaar van die hand, denk ik – die hand van een volwassen man die Matthews hand vasthoudt op de foto van Rachel. Had hij ons bespioneerd in die speeltuin? Had hij ons achtervolgd?

Ik heb geen idee.

Ik laat de rest van de herinneringen door mijn gedachten gaan. We kwamen thuis. Ik bracht Matthew naar bed. Ik schonk me iets te drinken in en zapte langs de zenders op tv. Op welk moment was ik in slaap gevallen? Dat weet ik ook niet meer. Ik weet alleen dat ik wakker werd met de geur van bloed in mijn neus. Ik herinner me dat ik door de gang liep…

Het licht in de gevangenis gaat met een luide klik aan. Ik schiet overeind op mijn bed, een laag zweet bedekt mijn gezicht. Het is ochtend. Mijn hart bonkt in mijn borstkas. Ik haal een paar keer diep adem om te kalmeren.

Wat ik in die pyjama met superhelden zag, die afschuwelijke verminkte bloederige kindergestalte... dat was Matthew níét. Daar draait het nu om. Het was níét mijn zoon.

Toch?

Twijfel overvalt me. Het kan toch niet dat hij het niet was? Ik vecht tegen de twijfel en ban die uit. Twijfel heeft me nu niets te bieden. Als ik geen gelijk heb, zal ik daar uiteindelijk achter komen en dan ben ik weer terug bij af. Niet geschoten, altijd mis. Dus voorlopig: geen twijfel. Vragen wel: hoe zou het in vredesnaam mogelijk kunnen zijn? Misschien, overweeg ik, was die wrede verminking bedoeld om de identiteit van het slachtoffer te verbergen – ja, het is goed om te denken in termen als het 'slachtoffer', niet 'Matthew'. Het slachtoffer was natuurlijk van het mannelijk geslacht. In grote lijnen had hij het postuur, de huidskleur en de grootte van Matthew, maar ze hadden geen DNA-test gedaan, of op een andere manier zijn identiteit onomstotelijk vastgesteld. Waarom zouden ze? Niemand twijfelde immers aan de identiteit van het slachtoffer?

Toch?

Mijn collega-gedetineerden beginnen aan hun ochtendrituelen. We delen onze cel van drieënhalf bij twee meter niet met andere gedetineerden, maar we kunnen bij vrijwel alle anderen naar binnen kijken. Dat zou 'gezonder' moeten zijn dan de oude situatie waarin sociale interactie uitgesloten was en de gedetineerde helemaal geïsoleerd in zijn cel zat. Wat mij betreft hadden ze zich die moeite kunnen besparen. Hoe minder interactie hoe beter. Earl Clemmens, een serieverkrachter, begint zijn dag met een gedetailleerd verslag van zijn bezoek aan de roestvrijstalen combinatie meteen achter de tralies. Hij trakteert ons als een sportverslaggever op de gebeurtenissen en lardeert dat verslag met geluidseffecten als het juichen van publiek. Daarbij wisselt hij de toon van de sportverslaggever af met een tweede stem, die een meer kleurrijk commentaar geeft. Ricky Krause, een seriemoordenaar die zijn slachtoffers de duimen afknipte met een snoeischaar, begint zijn dag graag met een parodie op een bekend lied. Hij verdraait de tekst van oude klassiekers en geeft er een heel eigen inhoud aan. Op dit moment verminkt hij de oude song van Nat King Cole 'Someone's in the Kitchen with Dinah'. Hij maakt er *'Someone's in the kitchen getting vagina'* van, en barst na iedere vertolking uit in een bulderende lach, des te harder naarmate meer van zijn buren hem toeroepen dat hij zijn muil moet houden.

We gaan in de rij staan voor het ontbijt. Vroeger kregen we op deze afdeling onze maaltijden geserveerd in onze cel. Dat klinkt alsof we konden bestellen bij Uber Eats of iets dergelijks. Maar dat is voorbij. Een van onze collega-gedetineerden diende een klacht in en beweerde dat het ongrondwettelijk was om een gedetineerde te dwingen in isolement in zijn cel te eten. Hij maakte er een rechtszaak van. Bajesklanten zijn dol op rechtszaken. In dit geval bleek het gevangeniswezen maar al te graag gehoor te geven aan de eis voor verandering, want gedetineerden stuk voor stuk in hun cel te eten geven was arbeidsintensief en duur.

In de kleine eetzaal staan vier tafels met stalen krukken. Alles is aan de vloer vastgeschroefd. Ik lummel graag een beetje rond om te wachten tot iedereen ergens zit, zodat ik een kruk kan uitkiezen die zo ver mogelijk verwijderd is van de meer levendige gevangenen. Al moet ik zeggen dat hun gesprekken de moeite van het luisteren beslist waard zijn. Onlangs raakten een paar van hen verwikkeld in een rondje ver pissen over de vraag wie de oudste vrouw had verkracht. Earl verpletterde zijn tegenstanders met de bewering dat hij zich had vergrepen aan een zevenentachtigjarige nadat hij zich via de brandtrap toegang tot haar woning had verschaft. De anderen zetten vraagtekens bij die bewering – ze vermoedden dat hij overdreef om indruk te maken – maar een dag later kwam Earl aanzetten met krantenknipsels die hij had bewaard.

Ik heb geluk vandaag. Er is een tafel helemaal vrij. Als ik een portie eipoeder, bacon en toast op een bord heb geladen – ik sla de voor de hand liggende opmerking over hoe verschrikkelijk goor het eten in de gevangenis is maar over – neem ik de kruk in de hoek en begin ik te eten. Voor het eerst, echt voor het allereerst, heb ik trek. Ik realiseer me dat ik in gedachten niet meer afdwaal naar die nacht en evenmin naar de foto. Ik concentreer me helemaal op iets wat belachelijk en niet van deze gevangeniswereld is.

Ontsnappen uit Briggs.

Ik heb hier lang genoeg gezeten om alle routines te kennen, en de bewakers, het andere personeel, de indeling, de roosters, zo'n beetje alles. En de conclusie is dat het onmogelijk is om te ontsnappen. Volstrekt onmogelijk. Ik moet buiten de geijkte patronen denken.

Ik schrik van een dienblad dat met een klap op de tafel wordt gezet. Een geopende hand die ik moet schudden wordt onder mijn neus gehouden. Ik kijk op en kijk iemand aan. Ze zeggen dat de ogen de vensters van de ziel zijn. Als dat waar is, verklappen deze ogen dat er geen ziel in de man huist.

'David Burroughs, als ik me niet vergis?'

Hij heet Ross Sumner, dat weet ik. Hij is een week geleden overgeplaatst naar onze afdeling, ogenschijnlijk om de uitslag af te wachten van een beroep dat nooit gehonoreerd zal worden, maar het verbaast me dat ze hem überhaupt uit zijn cel hebben gelaten. De zaak-Sumner was voorpaginanieuws, het was het spul waar Netflix en consorten documentaires van maken, waar podcasts mee gevuld worden. Hij was een *prep* – noemen ze die nog steeds zo, die verwende rijkeluiszoontjes die op elitaire scholen worden klaargestoomd om zich boven Jan en alleman verheven te voelen? – die knettergek was geworden. Ross, gezegend met het uiterlijk van een model uit een Ralph Lauren-advertentie, had minstens zeventien mensen vermoord – mannen, vrouwen en kinderen in alle leeftijden – en hun darmen verorberd. Dat was het. Alleen de darmen. Allerlei lichaamsdelen waren aangetroffen in de luxe Sub-Zero-vriezer in de kelder van het landhuis van de Sumners. Stuk voor stuk onomstreden feiten. Sumner heeft zijn beroep gebaseerd op de conclusie van de jury dat hij geestelijk gezond is.

Ross Sumner staat nog steeds te wachten met zijn uitgestrekte hand onder mijn neus. Hij glimlacht. Ik zou nog liever tongzoenen met een levende rat dan die man de hand te schudden, maar in de gevangenis doe je wat je moet doen. Schoorvoetend schud ik zo snel mogelijk zijn hand. Die hand is verrassend klein en tenger. Als ik mijn hand weer terugtrek, vraag ik me automatisch af wat die hand allemaal heeft aangeraakt. Hij zou zijn slachtoffers hebben opengesneden terwijl ze nog in leven waren en met zijn handen – dus ook díé hand – de snee hebben opengescheurd om de darmen te pakken.

Zei ik zojuist niet dat ik voor het eerst trek had?

Ross Sumner glimlacht alsof hij mijn gedachten kan lezen. Hij is ongeveer dertig jaar oud, heeft pikzwart haar en verfijnde trekken. Hij gaat op de kruk recht tegenover me zitten. Wat ben ik toch een geluksvogel.

'Ik ben Ross Sumner,' zegt hij.

'Ja… dat weet ik.'

'Ik hoop dat je er geen bezwaar tegen hebt dat ik bij je kom zitten.'

Ik zeg niets.

'Want zie je, die andere mannen hier,' Ross schudt zijn hoofd, 'vind ik nogal grof. Niet erg verfijnd, zou je kunnen zeggen. Wist je dat jij en ik de enige twee zijn die gestudeerd hebben?'

'O ja?' Ik blijf omlaag kijken naar mijn bord.

'Jij hebt aan Amherst gestudeerd, hè?'

Hij spreekt Amherst uit zoals het hoort. Hij laat de h achterwege.

'Prima universiteit,' gaat hij door, 'maar ik vond het beter toen ze zich nog de Lord Jeffs noemden. De Amherst Lord Jeffs. Een majesteitelijke naam. Maar natuurlijk vond het woke volk dat maar niets. Die moeten per se een man afmaken die in de achttiende eeuw leefde. Belachelijk, vind je ook niet?'

Ik speel met mijn eipoeder.

'Ik bedoel, nu noemen ze zich de Amherst Mammoths. Mammoeten. Alsjeblieft, zeg. Dat is zo verschrikkelijk politiek correct. Ja, toch? Maar luister, dit zul je graag horen. Ik heb aan Williams College gestudeerd. De Ephs. Dus zijn we rivalen. Grappig, hè?'

Sumner grijnst naar me als een puber.

'Ja...' zeg ik, 'om je te bescheuren.'

'Ik heb gehoord dat je gisteren bezoek hebt gehad,' zegt hij dan ineens.

Ik verstijf.

Ross Sumner ziet het. 'O, niet zo verbaasd kijken, David.'

Die pubergrijns zit nog steeds op zijn gezicht geplakt. Die grijns heeft hem waarschijnlijk ver gebracht. Puur fysiek bekeken is het een aardige charmante grijns, een grijns die deuren openmaakt en mensen ontwapent. Het is waarschijnlijk het laatste geweest wat zijn slachtoffers zagen.

'Het is maar een kleine gevangenis. Het nieuws gaat snel rond.'

Dat is waar. Het gerucht gaat dat de Sumners er niet voor terugschrikken om met geld invloed te kopen op de behandeling van Ross. Ik geloof dat gerucht zonder meer.

'Ik probeer er een gewoonte van te maken goed geïnformeerd te blijven.'

'Uhuh,' zeg ik. Ik blijf naar het eipoeder op mijn bord kijken.

'En hoe was het?' vraagt hij.

'Hoe was wat?'

'Je bezoek. Van je schoonzus... toch?'

Ik zeg niets.

'Dat moet wel iets bijzonders zijn geweest, hè? Je eerste bezoeker na al die tijd. Je zag er een beetje afwezig uit, zojuist.'

Ik kijk op. 'Luister Ross, ik probeer te eten, oké?'

Ross gooit beide handen in de lucht en doet net of hij zich gewonnen geeft. 'O, sorry, David, het was niet mijn bedoeling om je uit te horen. Ik wil alleen graag dat we vrienden worden. Ik hunker zo langzamerhand naar een beetje intellectuele uitdaging. Ik kan me voorstellen dat het jou net zo vergaat. Als alumni van een van de Small Ivies dacht ik dat we wel een soort band zouden hebben. Iets van verbinding. Maar ik begrijp dat ik je op een verkeerd moment heb aangesproken. Neem me alsjeblieft niet kwalijk.'

'Het geeft niet,' mompel ik. Ik neem een hap. Ik voel dat Sumner naar me kijkt.

'Denk je aan je zoon?' fluistert hij ineens.

Een kilte maakt zich meester van het gebied onder mijn schedel, boven mijn nek, en glijdt steeds sneller langs mijn ruggengraat omlaag. 'Wat?'

'Hoe was dat, David?' Zijn ogen zijn gloeiende kolen. 'Ik bedoel dit op een puur intellectueel niveau. Een waardig gesprek tussen twee goed opgeleide mannen. Ik beschouw mijzelf als een onderzoeker van de condition humaine. Dus wil ik het graag weten. Giet je reactie in een emotionele of een analyserende vorm, dat is aan jou. Maar wat ging er door je heen toen je die honkbalknuppel hief en hem liet neerkomen op de schedel van je bloedeigen kind? Voelde dat als een catharsis? Ik bedoel, vond je dat je dat móést doen? Of probeerde je stemmen in je hoofd het zwijgen op te leggen? Of was het meer iets euforisch...'

'Krijg de klere, Ross.'

Sumner fronst zijn wenkbrauwen. 'Krijg de klere? Echt? Kun je niets beters bedenken? Hé, David, ik ben teleurgesteld. Ik kom hier bij je zitten voor een serieuze filosofische discussie, omdat wij dingen weten die anderen niet weten. Ik wil begrijpen wat een man kan bewegen om zoiets barbaars te doen. Je eigen zoon vermoorden. Vlees van je eigen vlees. Ik weet dat het nogal hypocriet klinkt uit mijn mond...'

'Krankzinnig,' corrigeer ik.

'... maar ik vermoord vreemden. Vreemden zijn de decorstukken van ons leven, vind je ook niet? De aankleding van het podium. De diepe achtergrond voor onze wereld – de binnenwereld die we creeren. Uiteindelijk zijn wij het enige wat belangrijk is, toch? Denk er maar eens over na. We jammeren harder wanneer een geliefd huisdier sterft dan wanneer een tsunami honderdduizenden mensen wegspoelt. Snap je wat ik bedoel?'

Ross Sumner buigt zich voorover naar me toe. 'Ik heb vreemden vermoord. Decorstukken, aankleding, etalagemateriaal. Maar je eigen kind, je eigen vlees en bloed...'

Hij schudt zijn hoofd alsof hij voor raadsels staat. Ik kook van woede, maar ik zwijg. Het heeft geen zin. Ik wil niets te maken hebben met deze psychopaat. Ik kijk rond of ik ergens anders kan gaan zitten, maar elk andere potentiële tafelgenoot is minstens zo verontrustend.

Ross Sumner vouwt met delicate gebaartjes zijn servet open en vlijt het op zijn schoot. Hij neemt een muizenhapje van het eipoeder en trekt een grimas. 'Dit eten is gewoon afschuwelijk,' zegt hij. 'Absoluut smakeloos.'

Ik kan me niet inhouden. 'Je bedoelt vergeleken met mensendarmen?'

Sumner staart me even roerloos aan. Ik staar terug. Je laat hier je angst niet zien. Nooit. Geen seconde. Dat is, in zeker opzicht, precies waarom ik die opmerking maakte. Hoezeer je hier ook wilt zwelgen in je eigen zwijgzaamheid, je kunt de shit niet eindeloos over je heen laten komen, want dat zorgt er alleen maar voor dat je nog meer shit over je heen krijgt.

Ross Sumner blijft me nog een seconde of twee strak aankijken, gooit dan het hoofd in de nek en barst uit in een schaterlach. Iedereen kijkt naar ons.

'Dát,' roept hij als hij weer een beetje op adem is, 'was grappig. Nee, echt, David, Dat is wat ik bedoelde. Daarom ben ik hier komen zitten. Voor dergelijke scherpe verbale spelletjes, voor die intellectuele stimulans. Dank je wel, David, dank je wel.'

Ik reageer niet.

Hij lacht nog steeds als hij gaat staan. 'Ik ga even toast halen. Moet ik voor jou nog iets meebrengen?'

'Nee, ik hoef niets.'

Ik doe even mijn ogen dicht en wrijf over mijn slapen. Een hoofdpijn dendert als een vrachttrein onder mijn schedel heen en weer. Die aanvallen van hoofdpijn heb ik overgehouden aan dat eerste pak slaag. Het zijn de naweeën van de hersenschudding en een schedelbreuk. De gevangenisarts noemt het clusterhoofdpijn. Ik masseer mijn slapen en heb – hoe stom kun je zijn – al mijn waakzaamheid laten varen, als een arm om mijn hals glijdt. Voordat ik kan reageren, wordt die arm aangetrokken en drukt hij mijn luchtpijp dicht. Mijn keel staat in brand, mijn ogen puilen uit en mijn handen klauwen tevergeefs aan de arm.

Ross Sumner verstevigt de greep. Hij trekt me harder achterover. Mijn benen schieten omhoog. Mijn schenen knallen tegen de rand van de tafel. Ik begin achterover te vallen. Sumner laat de ijzeren greep om mijn hals varen op het moment dat mijn achterhoofd tegen de vloer slaat.

Ik zie sterren.

Ik knipper met mijn ogen. Ross Sumner springt woest omhoog. De jongensgrijns heeft een maniakale verbetenheid gekregen. Ik probeer weg te rollen. Ik probeer mijn handen als een schild voor me te houden om hem af te weren, maar het is te laat. Ross landt boven op me met zijn volle gewicht. Zijn beide knieën verbrijzelen mijn ribbenkast.

Ik zie veel meer sterren.

Ik probeer te schreeuwen, ik probeer weg te krabbelen, maar Sumner zit schrijlings boven op me. Ik verwacht elk moment een regen van vuistslagen en vraag me af wat ik kan doen om hem af te stoppen. Maar die vuistslagen komen niet. In plaats daarvan trekt hij zijn mond wagenwijd open en laat hij zijn hoofd zakken naar mijn borst.

Dwars door de gevangenisoverall heen, bijt hij door mijn huid.

Ik jank van pijn en ellende. Roos zet zijn tanden dieper in het vlezige gebied onder mijn tepel. De pijn is ondraaglijk. De andere gedetineerden vormen een kring om ons heen en haken de armen in elkaar, een gebruikelijke techniek in gevangenissen om de bewakers op afstand te houden. Maar ik weet op de een of andere manier diep vanbinnen dat er geen bewakers zullen opdagen. Voorlopig niet in ieder geval. Pas als een van ons tweeën het bewustzijn heeft verloren. Dat is veiliger voor de bewakers. Bewakers houden niet van het risico op verwonding.

Ik sta er helemaal alleen voor.

Ik lig nog steeds op mijn rug. Hij drinkt mijn bloed. Ik verzamel alle laatste restjes energie uit mijn lege tank. Ik hef mijn handen, de handpalmen naar elkaar toegekeerd en met wat ik nog aan kracht heb, sla ik ze tegen Ross Sumners oren. De klappen landen niet helemaal synchroon, maar toch verslappen Sumners kaken. Op meer had ik niet durven hopen. Ik gooi me om in een poging hem van me af te werpen. Hij beweegt mee. Als hij op zijn voeten staat, slaat hij me hard op mijn rug zodat ik verder omtol. Meteen glijdt zijn arm weer om mijn hals.

Hij verstevigt de greep.

Ik krijg geen lucht.

Ik wring me in bochten. Ross' greep verslapt niet. Ik maak woeste bewegingen op en neer. Het heeft geen enkel effect voor de om mijn hals gesnoerde arm. De druk in mijn hoofd neemt toe. Mijn longen schreeuwen om verse lucht. Ik zie opnieuw sterren, ze wentelen rond, maar ik zie nu vooral duisternis. Ik worstel om één enkele teug lucht binnen te krijgen. Slechts één teug, maar zelfs dat lukt niet.

Ik kan niet ademhalen.

Mijn ogen vallen dicht. De juichkreten van de omstanders zijn niet meer dan een vaag gejoel. Ross Sumner laat zijn hoofd naast dat van mij zakken.

'Dat oor ziet er heel smakelijk uit.'

Hij staat op het punt een hap uit mijn oor te nemen, maar het kan me amper nog iets schelen. Ik probeer nog een keer een woeste bokkensprong, maar hij is krachteloos. Het enige waaraan ik nog kan denken is ademhalen. Slechts één teug lucht. Meer hoef ik niet. Ik voel zijn lippen tegen mijn oor. Ik worstel als een stervende vis op het droge.

Waar zijn verdomme de bewakers?

Zo langzamerhand zouden ze toch moet verschijnen. Ze willen niet dat er een gedetineerde doodgaat. Dat is voor iedereen foute boel. Maar dan schiet me weer te binnen hoe rijk de Sumners zijn, de bereidheid om gunsten in te kopen, en ik besef dat niemand mij zal komen redden.

Als ik het bewustzijn verlies – en daar ben ik niet ver meer van af – ben ik er geweest.

En als ik sterf, wat betekent dat dan voor Matthew?

Slechts seconden resteren voordat ik het bewustzijn zal verliezen, haarvaatjes barsten in mijn gesloten ogen, ik laat mijn kin zakken en ga slap over Sumners arm hangen. Dat is niet gemakkelijk. Instinctief verzet ik me ertegen. Maar het lukt niettemin. Het is het enige wat ik nog kan doen. Vuur met vuur bestrijden.

Ik doe mijn mond open en bijt Ross Sumner in zijn arm.

Hard.

De kreet van pijn die hij slaakt is het mooiste geluid dat ik in lange tijd heb gehoord.

De greep om mijn luchtpijp verslapt meteen omdat hij probeert zijn arm weg te trekken. Gulzig zuig ik de lucht naar binnen langs mijn brandende lippen. Maar mijn tanden laten niet los. Hij schreeuwt een tweede keer, wat mij alleen maar aanzet nog harder door te bijten. Hij schudt zijn arm. Ik hang als een pitbull aan zijn arm. De haren op zijn arm strijken langs mijn gezicht. Ik bijt nog harder.

Zijn bloed druppelt mijn mond in. Het kan me niet schelen.

Ross is erin geslaagd te gaan staan. Ik zit op mijn knieën. Hij deelt een vuistslag uit. Ik geloof boven op mijn hoofd, maar ik voel het niet. Hij probeert genoeg hefboom te krijgen om zijn arm vrij te trekken, maar daar ben ik op bedacht. De omstanders staan nu aan mijn kant. Ik ram een elleboog in Sumners kruis. Hij slaat dubbel als een klapstoel. Zijn gewicht scheurt zijn arm vrij van mijn tanden. Een deel van de spiermassa blijft achter in mijn mond.

Ik spuug het uit.

Nu spring ik op hem, ga schrijlings op hem zitten en begin te slaan.

Ik sla zijn neus plat. Ik voel daadwerkelijk hoe het kraakbeen onder mijn knokkels uitspreidt. Ik grijp hem bij de revers en trek zijn hoofd van de vloer. Ik maak opnieuw een vuist, op mijn dooie gemak, en raak hem hard in zijn gezicht. En nogmaals, en een derde keer. Sumners hoofd tolt en wiebelt alsof zijn nek een slappe springveer is. Ik voel me bijna duizelig. Mijn ogen zijn opengesperd. Ik trek mijn arm naar achteren om opnieuw uit te halen, maar dan haakt iemand zijn arm in de mijne. Op hetzelfde moment word ik van achteren getackeld.

De bewakers hebben me nu beet en klemmen me vast op de vloer. Ik verzet me niet. Ik blijf kijken naar het bloederige resultaat van mijn strijdbaarheid.

En dan, heel even, moet ik glimlachen.

5

Het vliegtuig met gevangenisdirecteur Philip Mackenzie aan boord landde zonder wederwaardigheden op Logan Airport in Boston. Mackenzie was op een steenworp afstand van Logan opgegroeid in Revere. In die tijd hadden de meest lawaaiige straalvliegtuigen gebruikgemaakt van de aanvliegroute pal over die flat. Voor een klein jongetje was dat lawaai oorverdovend geweest, wereldschokkend. Zijn twee oudere broers, met wie hij een slaapkamer deelde, sliepen daar op de een of andere manier dwars doorheen, maar de kleine Philip klemde beide vuisten om de stang aan het hoofdeinde van zijn hoogslaper als de vliegtuigen overkwamen en het bed zo hevig stond te schudden dat Philip bang was dat hij eruit zou vallen. Soms leken de vliegtuigen zo laag te vliegen dat ze ogenschijnlijk moeiteloos het verweerde dak van het flatgebouw zouden kunnen rukken.

In die dagen was Revere Beach een arbeiderswijk net buiten Boston. In veel opzichten was het dat nog steeds. De vader van Philip was huisschilder geweest, zijn moeder huisvrouw (in die dagen werkten getrouwde vrouwen niet buitenshuis, al hadden ongetrouwde vrouwen banen in het onderwijs of als verpleegster of secretaresse) die het bewind voerde over zes kinderen. Drie jongens deelden de ene slaapkamer, drie meisjes de andere. Met z'n allen deelden ze één badkamer.

De taxi zette Philip af voor een vervallen huis in Dehon Street waar vier gezinnen woonden. Verbleekte groene verf bladderde af van de voordeur. Het bordes, een bordes waarop Philip in zijn jonge jaren eindeloze uren had doorgebracht met zijn vriendjes, in het bijzonder met Lenny Burroughs, was van afbrokkelend beton. Dertig jaar lang hadden de Burroughs alle vier de flats bewoond. Lenny's gezin woonde rechts op de begane grond. Zijn nicht Selma, die al jong weduwe was geworden, woonde met haar dochter Deborah in de flat erboven. Tante Sadie en oom Hymie woonden links op de begane grond, terwijl een bonte verzameling bloedverwanten – ooms, tantes, neven, nichten, en nog veel meer – om de beurt in de vierde flat boven Hymie en Sadie woonden. Zo ging het in die tijd in die buurt. Immigrantengezinnen – dat van Philip was van oorsprong Iers, dat van Lenny Joods – waren in een tijdsbestek van dertig jaar in groten getale over de oceaan naar de Nieuwe Wereld getrokken. Wie er al was, ving familieleden op. Altijd. Ze hielpen de nieuwkomers met het zoeken naar werk. Soms sliepen die wekenlang, of zelfs maandenlang, op een bank of op de vloer. Er was geen privacy, maar dat was oké. Die huizen waren levende, ademhalende organismen, voortdurend in beweging. Vrienden en familieleden stroomden constant door de gangen en trappenhuizen als bloed door aderen. Niemand sloot zijn deuren af, niet omdat het allemaal zo veilig was, maar omdat familieleden nooit aanklopten en ook nooit werden geweigerd. Privacy was iets van een andere wereld. Iedereen bemoeide zich met iedereen. Je vierde de successen van een ander en rouwde mee met zijn verdriet. Je was één.

Je was familie.

Die wereld was gesneuveld onder de zogenaamde vooruitgang. De meeste Burroughs en Mackenzies waren weggetrokken. Ze woonden nu in vrijstaande woningen in voorsteden als Brookline en Newton, met struiken en heggen en mooie badkamers met veel marmer, en zwembaden, waar het hele idee dat je zou moeten samenwonen met méér familieleden dan je eigen gezin, gezien werd als een onbegrijpelijke nachtmerrie. Weer andere familieleden waren naar ommuurde, bewaakte gemeenschappen in warme staten als Florida en Arizona getrokken en hadden een door de zon gebruinde huid als gelooid leer ontwikkeld en zich gouden kettingen aangemeten. Nieuwere generaties immigranten, uit Cambodja en Vietnam en andere landen, hadden in veel van de oude huizen hun intrek genomen. Ook zij werkten hard en boden onderdak aan allerlei familieleden, waarmee de cirkel rond was.

Philip betaalde de taxichauffeur en liep het afbrokkelende bordes op. Hij ving hier, een paar huizenblokken van het strand, nog net een vleug van de zoute oceaanlucht op. Revere Beach had nooit veel glamour uitgestraald. Zelfs in zijn jeugd waren de versleten minigolf, de roestende achtbaan en de haperende Skee Ball-machines al vergane glorie. Dat kon hem en Lenny en hun vrienden niets schelen. Ze ontmoetten elkaar op hun hangplek achter Sal's Pizzeria, waar ze sigaretten rookten en Old Milwaukee dronken, omdat die het goedkoopst was, en dobbelden. De jongens met wie hij optrok – Carl, Ricky, Heshy, Mitch – hadden het allemaal ver geschopt, ze waren arts en advocaat geworden en weggetrokken. Lenny en Philip waren achtergebleven en politieman geworden. Philip overwoog even snel een omweg langs Shirley Avenue te maken om het huis te zien waar Ruth en hij hun vijf kinderen hadden grootgebracht. Maar hij besloot het niet te doen. De herinneringen waren aangenaam, maar hij was niet in de stemming om afleiding te zoeken.

Herinneringen steken altijd een beetje, toch? De goede herinneringen het meest.

De treden omhoog naar het bordes waren veel te hoog. Als jochie, als puber, als jongeman had hij ze met twee treden tegelijk genomen. Nu trok hij een grimas en kraakten zijn knieën. Nog slechts een van de vier flats bood onderdak aan de Burroughs. Lenny, zijn oudste vriend, en partner bij het politiekorps van Revere, woonde nog altijd in de flat rechts op de begane grond die al zeventig jaar lang het thuis van zijn familie was geweest. Hij woonde er nu met zijn zuster Sophie. Om een of andere reden was Sophie nooit uitgevlogen, bijna alsof toch iemand moest achterblijven om zich te bekommeren om het oude thuis.

Hij dacht aan Lenny's zoon, die levenslang uitzat in Briggs. Alles wat tot die veroordeling had geleid was hartverscheurend. David was niet in orde. Dat was duidelijk. Philip was Davids peetvader, al hadden ze dat geheim kunnen houden, zodat ze de zaken zo hadden kunnen manipuleren dat David in Briggs achter de tralies kwam.

David had geen broers en zusters (Lenny's vrouw Maddy had een of andere 'aandoening' – in die tijd praatte je niet over dergelijke zaken), maar Philips oudste zoon Adam was de beste vriend van David. Ze waren bijna broers. Het was een vriendschap die veel overeenkomsten vertoonde met die tussen Philip en Lenny. Adam had ook talloze uren in dit pand met vier flats doorgebracht, net als Philip. Het huishouden van de Burroughs was destijds een vreemde, maar prachtige omgeving geweest om te vertoeven. Toen Philip jong was, en zelfs nog toen Adam jong was, was het een kleurig huis dat warmte uitstraalde. De Burroughs leidden een luidruchtig leven, als een radio die altijd veel te luid stond afgesteld. Iedere emotie was diep doorvoeld. Bekvechten – en er waren hier regelmatig mensen aan het bekvechten – deden ze met alle passie die ze in zich hadden.

Toen overleed Davids moeder Maddy. Alles werd anders.

Nu stond het pand stil en troosteloos te verpieteren. Heel even stond Philip besluiteloos op het bordes naar de deur te staren. Toen hij op de verbleekt groene deur wilde kloppen, zwaaide die open. Philip verstijfde. Eerder was hij gedesoriënteerd geweest, nu voelde hij zich volledig verloren. Terugkeren naar de oude buurt had allerlei nostalgische herinneringen losgeweekt, maar door de aanblik van Sophies gezicht was het of hij in een tijdmachine terechtkwam.

Ze was nog altijd mooi, ondanks de jaren. Ze liep tegen de zeventig maar Philip zag alleen het beeldschone meisje dat op de avond van het eindejaarsbal de deur voor hem had opengedaan op precies deze zelfde plek. Een halve eeuw geleden waren ze samen opgetrokken. Ze waren verliefd geweest, meende hij. Maar ze waren jong. Er was iets gebeurd, maar wat dat precies was, was lang geleden vergeten. Het leger? De politieacademie? Hoe dan ook, het was vijftig jaar geleden. Sophie was getrouwd met een militair uit Lowell die Frank heette. Hij was om het leven gekomen tijdens een exercitie in Ramstein, zodat Sophie al voor haar vijfentwintigste weduwe was. Ze was bij Lenny ingetrokken na het overlijden van Maddy om te helpen bij de opvoeding van David. Ze was nooit hertrouwd. Philip was al meer dan veertig jaar getrouwd met Ruth, maar er waren nog altijd nachten dat hij meer aan Sophie dacht dan hij zou durven toegeven. Het vlindereffect, de ene afslag in plaats van de andere, het grote wat-als, de Ware die hij had laten lopen…

Was dat een misdaad?

Hij stond Sophie aan te staren, in gedachten nog verkerend in een parallel universum waarin hij haar nooit had laten gaan.

Sophie zette haar handen in haar zij. 'Is er iets, Philip?'

Hij schudde zijn hoofd.

'Waarom sta je dan zo te kijken?'

'Nergens om.' Toen voegde hij eraan toe: 'Je ziet er goed uit, Sophie.'

Ze rolde met haar ogen. 'Kom binnen, gladjakker. Ik word duizelig van je gevlei.'

Philip stapte over de drempel. Er was vrijwel niets veranderd. Hij voelde de geesten die het huis bevolkten om zich heen.

'Hij slaapt,' zei Sophie. Ze liep door de gang naar achteren. Philip volgde haar. 'Maar hij zal zo wel weer wakker worden. Wil je koffie?'

'Graag.'

Ze liepen de keuken in. Die was gerenoveerd. Sophie zette koffie met zo'n machine waar je capsules in moet stoppen. Tegenwoordig leek iedereen wel zo'n ding te hebben. Ze reikte hem de beker van dik aardewerk aan. Ze vroeg niet hoe hij zijn koffie dronk. Dat hoefde niet, want ze wist het antwoord.

'En waarom ben je hier, Philip?'

Hij produceerde een glimlach over de rand van de koffiebeker. 'Hé, kan een man niets eens meer zomaar zijn oude vriend en diens mooie zus bezoeken?'

'Weet je nog dat ik zei dat je gevlei me duizelig maakte?'

'Jazeker.'

'Nou, dat was een grap.'

'Ja... daar was ik al bang voor.' Hij zette de beker neer. 'Ik moet hem spreken, Sophie.'

'Gaat het over David?'

'Ja.'

'Hij is ziek, weet je. Lenny, bedoel ik.'

'Ik weet het.'

'Hij is bijna volledig verlamd. Hij kan niet meer spreken. Ik weet niet eens of hij mij nog wel herkent.'

'Ik vind het heel erg, Sophie.'

'Zal hij hierdoor van streek raken?'

Philip dacht na. 'Ik weet het niet.'

'Ik kan niet zeggen dat ik de noodzaak ervan zie.'

'Die is er waarschijnlijk ook niet.'

'Maar zo doen jullie tweeën dat.'

'Ja.'

Sophie keerde haar gezicht naar het raam. 'Lenny zou niet ontzien willen worden. Dus, ga je gang maar. Je weet waar je moet zijn.'

Philip stond op. Hij wilde iets zeggen, maar kon geen woorden vinden. Ze keek hem niet na toen hij de keuken uit liep, rechts de gang in, naar de slaapkamer achter in de flat. De staande klok stond nog altijd in de gang. Maddy had hem honderd jaar geleden op een boedelveiling in Everett gekocht. Lenny en Philip hadden hem opgehaald met Philips oude pick-up. Het ding woog bijna vijftig kilo. Ze waren er uren mee bezig geweest om hem uit elkaar te halen en op de pick-up te krijgen. Ze hadden de pendule, de veer, de kabels, kettingen en gewichten, de stangen van het klokkenspel en nog veel meer, in dikke dekens en luchtkussenfolie moeten wikkelen. Met schilderstape hadden ze karton over het facetglas van het deurtje geplakt en nog was er een stukje van de sierlijst op de voet afgebroken. Maar Maddy vond hem prachtig en Lenny deed alles voor haar, en hé, als je alles tegen elkaar afwoog, profiteerde hij het meest van hun vriendschap, dus Philip was graag bereid zich voor Lenny uit te sloven.

Philip stond stil voor de slaapkamerdeur. Hij haalde diep adem en plakte een glimlach op zijn gezicht. Toen hij over de drempel stapte, kostte het hem moeite die glimlach in stand te houden. Hij hoopte maar dat zijn ogen niet zouden verraden hoe geschokt hij was, hoezeer hij door droefenis werd overvallen. Hij bleef even net achter de drempel staan en staarde naar zijn beste vriend. Hij herinnerde zich hoe sterk Lenny was geweest, één bonk spieren, met de bouw van een bokser in de bantamklasse. Een gezondheidsfreak voordat dat een hype werd. Hij koos al zorgvuldig uit wat hij at voordat dergelijke diëten mainstream werden. Lenny begon de dag met honderd keer opdrukken. Precies honderd, zonder rust tussendoor. Zijn onderarmen waren stalen kabels geweest, waar de aderen overheen kronkelden. Nu zagen die eens zo sterke armen eruit als bleke rietstengels. Lenny's omfloerste ogen staarden in het niets op dezelfde manier als de ogen van die arme klootzakken die te veel hadden meegemaakt in Vietnam. Alle kleur was van zijn lippen geweken. Zijn huid leek nog het meest op perkament.

'Lenny,' zei Philip.

Geen reactie. Philip dwong zichzelf een stap in de richting van het bed te zetten. 'Lenny, wat is er verdorie aan de hand met de Celtics? Hé? Wat is er gebeurd met die jongens?'

Nog steeds niets.

'En de Patriots. Ik bedoel, ze zijn zo lang zo goed geweest dat we niet mogen klagen, maar kom, zeg...' Philip glimlachte en schuifelde verder naar het bed. 'Hé, weet je nog dat we Yaz tegenkwamen na de wedstrijd tegen de Orioles? Man, dat was wat. Wat een kerel. Maar jij zei het al vanaf het begin. Spelers zonder contract. Daar gaan de teams aan kapot, precies zoals jij hebt voorspeld.'

Niets.

Achter zich, bij de slaapkamerdeur, hoorde hij de stem van Sophie. 'Ga bij hem zitten en pak zijn hand. Soms knijpt hij in je hand.'

Hij hoorde haar weer weglopen. Philip ging op de stoel naast het bed van Lenny zitten. Hij pakte diens hand niet. Zo gingen ze niet met elkaar om. Elkaar aanraken om gevoelens over te brengen. Misschien deden Adam en David dat, maar Lenny en hij niet. Philip had Lenny nooit verteld dat hij van hem hield. Of omgekeerd. Dat hoefde niet. En in weerwil van wat David had gezegd, had Lenny hem nooit laten weten dat hij, Philip, hem iets schuldig was. Zo gingen ze niet met elkaar om.

'Ik moet met je praten, Lenny.'

Philip gooide de rem eraf. Hij vertelde Lenny over de ontmoeting met David in zijn kantoor. Het hele verhaal. Alles wat hij zich kon herinneren. Lenny reageerde vanzelfsprekend niet. Zijn ogen staarden onveranderd in het niets. Misschien werd zijn gelaatsuitdrukking wat grimmiger, maar Philip schreef die constatering toe aan zijn eigen verbeelding. Het was alsof hij tegen een ijzeren ledikant praatte. Toen hij een tijdje aan het woord was geweest – hij naderde het einde van zijn verhaal – schoof hij toch zijn hand over die van zijn oude vriend. De hand voelde niet aan als een hand. Hij voelde als een vreemd dood ding, iets breekbaars.

'Ik weet niet zo goed wat ik ermee aan moet,' zei Philip, zo ongeveer aan het einde van het verhaal. 'Daarom ben ik gekomen. We hebben allebei criminelen meegemaakt die op allerlei manieren proberen te rechtvaardigen wat ze hebben gedaan of zich in onmogelijke bochten wringen om zich vrij te pleiten. Jezus, we hebben aan de lopende band naar dat psychopatengeleuter moeten luisteren. Maar dat is het in dit geval niet. Dat geloof ik echt. Zo zit jouw zoon niet in elkaar. David gelooft wat hij zegt. Het klopt natuurlijk niet. Ik zou willen dat het waar was, o god, wat zou ik dat graag willen, maar Matthew is dood. David heeft het gedaan in een of andere toestand van dissociatie. Dat denk ik. Daar hebben wij het samen over gehad. Hij herinnert het zich niet en shit, dan heb ik het niet over schuld of zo. We waren geen van beiden aanhangers van pleidooien met ontoerekeningsvatbaarheid, maar we weten ook allebei dat David een prima kerel is. En dat hij dat altijd is geweest.'

Philip keek naar Lenny. Geen enkele reactie. Slechts aan de borstkas die omhoogkwam en weer neerviel met de ademhaling kon Philip zien dat hij niet tegen een lijk zat te praten.

'Luister, nou komt het.' Philip boog zich een beetje naar Lenny toe en begon om een of andere reden zachter te praten. 'David wil dat ik hem help om uit te breken. Ik bedoel, dat is geschift. Dat weet jij en dat weet ik. Daar heb ik de middelen niet voor. En zelfs als ik die wel had, waar zou hij dan naartoe moeten? Ze zouden een gigantische klopjacht organiseren. Waarschijnlijk zou het eind van het liedje zijn dat hij werd doorzeefd met kogels. Dat is niet wat we voor hem willen. Ik zou nog steeds graag willen dat hij zich liet behandelen, zodat het proces misschien overgedaan kon worden. Want dat is de beste kans die hij heeft, begrijp je?'

Een verwarmingsbuis knalde. Philip schudde zijn hoofd en glimlachte. Die stomme buis. Die knalde nu al veertig, vijftig jaar. Hij herinnerde zich dat Lenny en hij de radiatoren hadden afgetapt om uit zoeken waar het probleem vandaan kwam, maar ze waren er nooit achter gekomen wat de oorzaak van die knallen was. Ze dachten dan dat ze het hadden gevonden en dat ze het probleem hadden opgelost, maar een paar weken later was het toch weer raak.

'Wij zijn oude mannen, Lenny. Te oud voor deze teringzooi. Over een jaar ga ik met pensioen. Ik krijg een dubbel pensioen. Als ik nu in de fout ga, zou ik alles kwijt kunnen raken. Snap je wat ik bedoel? Dat risico kan ik niet nemen. Dat zou niet eerlijk zijn tegenover Ruth. Ze heeft haar zinnen gezet op zo'n *gated community* in South Carolina. Het hele jaar door mooi weer. Maar je weet dat ik altijd voor David zal zorgen, maakt niet uit wat er aan de hand is. Dat heb ik beloofd. Hij is jouw zoon. Dus je moet weten dat ik voor hem zal zorgen...'

Hij hield op met praten. Zijn borstkas ging heftig op en neer. Hier, op dit moment, vandaag, dit was waarschijnlijk de laatste keer dat hij Lenny zou zien. De gedachte overviel hem vanuit het niets. Hij kwam aan als een onaangekondigde mokerslag. Hij voelde de tranen achter zijn ogen opwellen, maar hij dwong ze terug. Hij knipperde hard met zijn oogleden en keek weg. Hij ging staan en legde zijn hand op de schouder van zijn vriend. Hij voelde geen vlees, geen spiermassa. Het was alsof hij zijn hand op het naakte bot legde.

'Ik moet er weer vandoor, Lenny. Zorg goed voor jezelf, oké? Ik zie je binnenkort.'

Hij liep naar de deur, waar Sophie hem opwachtte.

'Gaat het, Philip?' vroeg ze.

Hij knikte. Hij vertrouwde zijn stem niet.

Sophie keek hem aan. Het werd hem allemaal bijna te veel. Toen keek ze naar haar bedlegerige broer. Ze gebaarde Philip dat hij moest omkijken. Langzaam volgde hij haar blik. Lenny lag nog even roerloos in bed als eerder. Zijn gezicht was nog steeds een doodsmasker. Zijn ogen staarden nog altijd in het niets, doods, en uit de iets openhangende mond leek geluidloos een afgrijselijke schreeuw te ontsnappen. Maar hij zag wat Sophie hem wilde laten zien.

Op de doodsbleke huid van de wang glinsterde het spoor van een enkele traan.

Philip keerde zich weer om. 'Ik moet gaan.'

Sophie liep voor hem uit door de gang, langs de staande klok en de piano. Ze maakte de buitendeur open. Hij stapte naar buiten op het bordes. De frisse lucht voelde goed. De zon scheen hem in de ogen. Hij legde even zijn hand boven de ogen en glimlachte zwakjes naar Sophie.

'Het was goed om je te zien, Sophie.'

Slechts een strakke glimlach plooide zich om haar lippen.

'Wat is er?' vroeg hij.

'Lenny zei altijd dat jij de sterkste man was die hij ooit is tegengekomen.'

'Wás,' herhaalde hij. 'Verleden tijd.'

'En nu?'

'Nu ben ik alleen maar oud.'

Sophie schudde haar hoofd. 'Jij bent niet oud, Philip,' zei ze. 'Je bent alleen maar bang.'

'Ik weet niet zo goed of er wel een verschil is.'

Hij draaide weg. Hij keek niet meer om toen hij de treden van het bordes afdaalde, maar hij voelde haar ogen in zijn rug, zwaar en misschien, na al die jaren, wel onverzoenlijk.

6

Ik ben veel te opgefokt om te kunnen slapen.

Ik loop te ijsberen in mijn kleine cel. Twee stappen, omkeren, twee stappen, omkeren. De adrenaline die de knokpartij met Ross Sumner in me heeft losgemaakt, stroomt nog door mijn aderen. Vanavond wilde de slaap niet komen. Ik vraag me af of dat ooit nog zal gebeuren.

'Bezoek.'

Het is Curly weer. Ik ben verbaasd. 'Mag ik nog steeds bezoek ontvangen?'

'Totdat iemand me vertelt dat het niet meer mag.'

Mijn hele lichaam doet pijn, maar het is een weldadige pijn. Nadat de bewakers me van Ross Sumner af hadden gesleurd, werden we beiden naar de ziekenboeg gebracht. Ik kon erheen lopen. Sumner werd er op een brancard naartoe gebracht. Dikke pech voor hem. De verpleegster ontsmette mijn bijt- en schaafwonden en stuurde me terug naar mijn cel. Ross Sumner kwam er minder goed van af. Voor zover ik weet hebben ze hem in de ziekenboeg gehouden. Dat zou me geen goed gevoel moeten geven, ik zou erboven moeten staan. Ik zou moeten inzien dat ik me alleen maar verkneukel over zijn lot omdat ik min of meer gecorrumpeerd raak door de primitieve omgeving waarin ik in deze gevangenis verkeer, maar het doet me werkelijk heel erg goed te weten dat hij zo veel pijn heeft.

Curly voert me in doodse stilte langs dezelfde route naar de bezoekersruimte. Deze keer stap ik meer als een trotse haan dan dat ik loop als een gevangene.

‘Zelfde bezoeker?’ vraag ik, alleen maar om te peilen welke reactie ik krijg.

Geen enkele reactie.

Ik ga op dezelfde kruk zitten.

Rachel doet deze keer geen enkele poging haar ontzetting te verbergen. ‘Mijn god, wat is er met jou gebeurd?’

Ik glimlach en zeg iets wat ik nooit verwacht had te zullen zeggen: ‘Je zou die ander eens moeten zien.’

Rachel bestudeert mijn gezicht een tijdlang zwijgend. Gisteren was ze veel behoedzamer. Ze heeft alle terughoudendheid nu laten varen. Ze wijst naar me met haar kin. ‘Hoe kom je aan al die littekens?’

‘Wat denk je?’

‘Je oog…’

‘Daar zie ik niet zo veel mee, maar het is oké. Ik heb grotere zorgen.’

Ze blijft me aanstaren.

‘Kom op, Rachel, kop erbij. Vergeet maar hoe ik eruitzie, oké?’

Haar ogen volgen de lijnen van de littekens nog een paar seconden. Ik blijf stil zitten, gun haar een kans te wennen aan wat ze ziet. Dan stelt ze de voor de hand liggende vraag. ‘Dus wat gaan we doen?’

‘Ik moet hier weg,’ zeg ik.

‘Heb je een plan?’

Ik schud mijn hoofd. ‘Om mijn hersens te trainen en maar een beetje geestelijk gezond te blijven heb ik een tijdlang vluchtplannen bedacht. Niets wat ik ooit van plan was uit te voeren, maar gewoon voor de lol en om iets te hebben om over na te denken.’

'En?'

'En ondanks mijn oplossingsgerichte brein en zeker niet te vergeten de sluwheid en de kennis die je als gedetineerde in een gevangenis als vanzelfsprekend opdoet, was het resultaat nada. Het is onmogelijk.'

Rachel knikt. 'Er is niemand uitgebroken vanuit Briggs sinds 1983 – en die kerel hebben ze na drie dagen weer gepakt.'

'Jij hebt je huiswerk gedaan.'

'Een oude gewoonte. Maar wat ga je dan doen?'

'Laten we dat eerst maar even laten rusten. Ik wil graag dat je een paar dingen voor me opzoekt.'

Ik moet onwillekeurig glimlachen als Rachels reactie op die woorden bestaat in het tevoorschijn halen van haar notitieblok, het vertrouwde blok van tien bij twintig met een spiraal langs de bovenrand. Ze gebruikte ze al jaren, zelfs al voordat ze die baan bij de *Globe* kreeg, en het leek altijd net alsof ze bezig was met een verkleedpartijtje, alsof ze vervolgens een slappe gleufhoed op zou zetten, met zo'n kaartje met PERS erop schuin achter de hoedband.

'Zeg het maar,' zegt Rachel.

'Om te beginnen,' zeg ik, 'moeten we uitzoeken wie het werkelijke slachtoffer van de moord was.'

'Omdat we beiden weten dat het Matthew niet was.'

'Wéten is misschien een te optimistische term, maar oké.'

'Goed, dan begin ik bij het Nationale Centrum voor Vermiste en Misbruikte Kinderen.'

'Maar je moet verdergaan. Zoek ook op alle websites die je maar kunt bedenken, op sociale media, in oude kranten, waar dan ook. We moeten een lijst maken met alle witte kinderen tussen de twee en vier jaar oud die als vermist zijn aangegeven in een periode van twee maanden voor de moord. Begin eerst maar in een gebied met een straal van driehonderd kilometer, en breid het gebied later uit. Een beetje jonger, een beetje ouder, iets verder weg, je begrijpt wel wat ik bedoel.'

Rachel maakt aantekeningen. 'Misschien zijn er nog een paar bronnen bij de FBI die ik nog niet tegen me in het harnas heb gejaagd,' zegt ze. 'Misschien kan een van hen me helpen.'

'Bronnen die je niet tegen je in het harnas hebt gejaagd?'

Ze haalt haar schouders op. 'Wat nog meer?'

'Hilde Winslow,' zeg ik.

We vallen allebei even stil.

'Wat is er met haar?' vraagt Rachel dan.

Mijn keel verkrampt. Ik kan bijna niet praten.

'David?'

Ik maak een gebaar dat alles in orde is. Ik herpak mijzelf stukje bij beetje. Als ik erop vertrouw dat ik weer gewoon kan praten, vraag ik: 'Herinner je je haar getuigenis nog?'

'Natuurlijk.'

Hilde Winslow, een weduwe op leeftijd met goede ogen, legde een verklaring af dat ze had gezien dat ik iets begroef in de bosjes tussen onze huizen. De politie begon op die plek te graven en vond het moordwapen met uitsluitend mijn vingerafdrukken.

Ik voel dat Rachel naar me kijkt en wacht op wat ik ga zeggen.

'Dat heb ik nooit kunnen verklaren.' Het lukt me om dat te zeggen, al krijg ik de woorden bijna niet uit mijn mond. Ik geef ze iets van afstandelijkheid mee, alsof ik over iemand anders praat, niet over mezelf. 'Aanvankelijk dacht ik dat ze misschien iemand had gezien die op mij leek. Een vergissing, een persoonsverwisseling. Het was donker. Het was drie uur 's nachts. Het was een heel eind van haar slaapkamerraam verwijderd.'

'Dat was wat Tansmore zei tijdens het kruisverhoor.'

Abe Tansmore was mijn advocaat.

'Precies,' zeg ik. 'Maar hij kwam er niet ver mee.'

'Mevrouw Winslow was een sterke getuige,' geeft Rachel toe.

Ik knik, want ik voel de emoties weer omhoogkomen. Ze dreigen me opnieuw te overweldigen. 'Ze leek niet meer dan een lief, oud dametje met een goed stel hersens en een uitstekend geheugen. Ze had geen enkele reden om te liegen. Haar getuigenis was mijn ondergang. Dat was het moment dat de dierbaren pal om mij heen ernstig begonnen te twijfelen.' Ik kijk op. 'Zelfs jij, Rachel.'

'Zelfs jij, David.'

Ze weerstaat mijn woedende blik met glans. Ik ben degene die wegkijkt.

'We moeten haar zoeken.'

'Waarom? Als ze zich heeft vergist...'

'Ze heeft zich niet vergist,' zeg ik.

'Ik begrijp het niet.'

'Hilde Winslow heeft gelogen. Het kan niet anders. Ze heeft onder ede gelogen en we moeten te weten komen waarom.'

Rachel zegt niets. Een jonge vrouw, nog geen twintig, schat ik, loopt achter Rachel langs en gaat op de kruk naast haar zitten. Een gezette medegevangene die ik niet herken, overdekt met scheermesjestattoos, wordt binnengebracht en gaat tegenover haar zitten. Zonder enige inleiding begint hij tegen haar te schelden in een taal die ik niet ken, onderwijl wilde gebaren makend. Het meisje laat haar hoofd hangen en zegt niets.

'Oké,' zegt Rachel. 'En verder?'

'Voorbereiden.'

'Als in?'

'Als er nog zaken zijn die je moet regelen, moet je dat nu doen. Neem iedere dag het maximale op wat je met je pinpas mag opnemen. Probeer zo veel mogelijk contant geld te krijgen, maar neem bij de banken niet meer dan tienduizend per dag op, zodat er geen bellen gaan rinkelen. Begin meteen vandaag. We hebben zo veel mogelijk contant nodig, voor het geval dat.'

'Voor het geval dat?'

'Voor het geval ik iets bedenk wat me hieruit krijgt.' Ik buig me naar haar toe. Ik weet dat mijn ogen bloeddoorlopen zijn en afgaand op de uitdrukking op haar gezicht, zie ik er... bijzonder uit. Eng zelfs, waarschijnlijk. 'Luister,' fluister ik. 'Ik weet dat ik nu de grote toespraak moet houden over dat je, als ik erin slaag te ontsnappen – ik weet het, ik weet het, maar laat me uitpraten – als ik erin slaag te ontsnappen, jij je schuldig maakt aan medeplichtigheid. Dat is een misdrijf. Als ik nobeler was dan ik ben, zou ik je nu een mooi verhaal voorhouden dat dit mijn gevecht is, niet het jouwe, maar dat kan ik me niet veroorloven. Zo simpel is het. Zonder jou heb ik geen schijn van kans.'

'Hij is mijn neefje,' zegt ze. Ze gaat iets rechterop zitten.

Is. Ze zegt: is. Tegenwoordige tijd. Niet: hij was. Ze gelooft het. Moge de hemel zich over ons ontfermen, we geloven echt dat Matthew nog in leven is.

'En wat verder nog, David?'

Ik reageer niet. Ik ben stilgevallen. Mijn ogen dwalen af, ik pluk met mijn duim en wijsvinger aan mijn onderlip.

'David.'

'Matthew is ergens daarbuiten,' zeg ik. 'Hij is daar de hele tijd al geweest.'

Mijn woorden blijven tussen ons in hangen in de stille muffe gevangenislucht.

'De afgelopen vijf jaar zijn een hel voor me geweest, maar ik ben zijn vader. Ik kan het aan.' Mijn blik vindt haar ogen weer. 'Hoe moet het voor mijn zoon zijn geweest?'

'Ik weet het niet,' zegt Rachel. 'Maar we moeten hem vinden.'

Ted Weston hoorde het graag als mensen hem Curly noemden.

Thuis noemde niemand hem zo. Alleen hier. In Briggs. Het schiep afstand tot het tuig waarmee hij elke dag moest omgaan. Hij vond het niet prettig als die lui wisten hoe hij werkelijk heette. Als zijn dienst erop zat, ging hij onder de douche in de kleedkamer van de bewakers. Altijd. Hij ging nooit in uniform naar huis. Hij douchte met heet water en schrobde de gevangenis van zich af. De gevangenis en de afgrijselijke gevangenen en hun afgrijselijke adem die misschien nog aan zijn kleren hing en in zijn haar, hun zweet en hun DNA, het kwaad dat ze belichaamden, dat hij ervoer als een levende, ademende parasiet die zich aan ieder beschikbaar micro-organisme hechtte en het van binnenuit verorberde. Ted douchte dat allemaal van zich af met gloeiend heet water, industriële zeep en een harde borstel. Daarna nam hij de tijd om zijn burgerkleding aan te trekken, zijn echte kleren, en dan pas ging hij naar huis, naar Edna en hun twee dochters, Jade en Izzy. Maar zelfs dan, als hij weer thuis was, stapte hij opnieuw onder de douche, en trok hij opnieuw schone kleren aan. Om geen twijfel te laten bestaan, om zeker te weten dat niets van de gevangenis zijn thuis en zijn gezin zou kunnen besmetten.

Jade was acht, ze zat in groep vijf. Izzy was zes. Ze was autistisch of paste in ieder geval in het spectrum, of welke modeterm de zogenaamde specialisten tegenwoordig gebruikten om de liefste dochter te beschrijven die God ooit had geschapen. Ted hield van allebei met hart en ziel, hij hield zo veel van ze dat hij wel eens domweg naar hen zat te staren als ze samen aan de keukentafel zaten, en dat de liefde voor hen het bloed met zo veel kracht door zijn aderen pompte dat hij bang was te zullen barsten.

Maar nu hij hier in de ziekenboeg van de gevangenis naast het bed stond van een uitzonderlijk walgelijke gedetineerde die Ross Sumner heette, berispte hij zichzelf omdat hij überhaupt aan zijn dochters dacht, dat hij dergelijke pure reinheid in zijn gedachten liet opkomen in het gezelschap van een monster als Sumner.

'Vijftigduizend,' zei Sumner.

Ross Sumner lag in de ziekenboeg. Heel goed. David Burroughs had hem een pak slaag gegeven. Wie zou gedacht hebben dat Burroughs het in zich had? Al was Sumner nu ook weer niet iemand die Ted 'gehard' zou willen noemen, eerder walgelijk. Burroughs had dat mooie jongensgezichtje van Sumner gewoon opengeslagen. Hij had een gebroken neus. Zijn ogen zaten zo ongeveer dicht. Het had er alle schijn van dat hij pijn leed, en alles bij elkaar deed dat Ted plezier.

'Hoorde je wat ik zei, Theodore?'

Sumner wist natuurlijk hoe hij werkelijk heette. Dat vond Ted niet fijn. 'Ik heb het gehoord.'

'Nou, en?'

'En het antwoord is nee.'

'Vijftigduizend. Denk er even over na.'

'Nee.'

Sumner probeerde iets rechterop te gaan zitten. 'De man heeft zijn eigen kind vermoord.'

Ted Weston schudde zijn hoofd. 'Jij bent de moordenaar hier, niet ik.'

'Moordenaar? O, Ted, je zit er helemaal naast. Je zou geen moordenaar zijn, maar een held. Een engel der wrake. Met vijftigduizend dollar in je zak.'

'Waarom moet hij van jou zo nodig dood?'

'Kijk eens naar mijn gezicht. Kijk eens wat Burroughs met mijn gezicht heeft gedaan.'

Ted Weston keek, maar hij geloofde het niet. Er was meer aan de hand.

'Honderdduizend,' zei Sumner.

Ted slikte. Honderdduizend. Hij dacht aan Izzy en aan wat al die specialisten kostten. 'Ik kan het niet doen.'

'Natuurlijk kun je het wel. Je hebt ons immers ook al getipt over die bezoekster met die foto.'

'Dat was... eh, gewoon een aardigheidje.'

Sumner reageerde slechts met een glimlach tussen de bloeduitstortingen. 'Beschouw dit dan ook maar als een aardigheidje. Misschien ietsje groter, maar ik heb een plan. Een plan dat niet kan mislukken.'

'Ha, juist,' zei Ted. 'Dat heb ik hier nog niet eerder gehoord.'

'Als ik jou nou eens zou vertellen wat ik denk. Puur hypothetisch, weet je wel? Gewoon even luisteren. Voor de lol.'

Ted zei niet nee, Ted zei niet dat hij zijn kop moest houden. Ted liep niet weg en hij schudde zelfs niet zijn hoofd. Hij bleef domweg staan wachten.

'Laten we eens zeggen dat een bewaker – zo iemand als jij, Ted – me een soort mes bracht. Een *shiv*, zoals ze dat noemen. Daar zijn er zat van hier in de bak, dat weet jij net zo goed als ik. Laten we vervolgens zeggen, nog steeds hypothetisch natuurlijk, dat ik dat ding eens stevig vastgrijp om er zeker van te zijn dat mijn vingerafdrukken erop staan. En dan trekt die bewaker een paar hypothetische handschoenen aan, bijvoorbeeld van die dingen die ze hier in de ziekenboeg gebruiken.' Ross glimlachte, wat zo te zien pijn deed. 'Dan neem ik de schuld op me. Ik beken ongevraagd en van harte – wat heb ik per slot van rekening nog te verliezen? Het zou er zelfs nog voor kunnen zorgen dat ik hier weer uit kom.'

Ted Weston fronste zijn wenkbrauwen. 'Hoezo?'

'Mijn verzoek om vrijlating is gebaseerd op mijn geestelijke gezondheid. Als ik Burroughs vermoord, lijkt ik nog gestoorder. Snap je? Ze hebben het moordwapen met vingerafdrukken erop. Ze hebben mijn bekentenis. Tientallen getuigen hebben net gezien hoe we elkaar te lijf gingen in een gevecht op leven en dood. Kortom, een en al motief voor mij om hem koud te maken.' Hij hief beide handpalmen naar het plafond. 'Wat wil je nog meer?'

Ted Weston wist zich geen raad. Honderdduizend. Dat was meer dan een jaarsalaris. Bovendien handje contantje, geen belastingen, dus eigenlijk ging het meer in de richting van twee jaarsalarissen. Hij dacht aan wat Edna en hij met zo veel geld zouden kunnen doen. De stapels met rekeningen groeiden hem boven het hoofd. Zo veel geld was alsof hem een reddingsboei werd toegeworpen. Beter: ze gooiden een heel jacht naar hem toe. En hij wist dat Sumner geen loze praatjes verkocht. Dat wist iedereen. Hij had al een keer tweeduizend overgeboekt naar zijn rekening en die van Bob om de andere kant op te kijken in de kantine. Dat hadden Bob en hij gedaan tot het niet meer nodig was.

Wegkijken voor tweeduizend was tot daaraan toe, net zo goed als vijfhonderd per maand om te rapporteren wat Burroughs allemaal in zijn schild voerde. Dat was ook een aardige aanvulling op zijn salaris geweest. Maar honderdduizend, man, o man. Het getal maakte Ted duizelig. En daarvoor hoefde hij alleen maar een waardeloze babymoordenaar neer te steken, die eigenlijk de elektrische stoel had moeten krijgen, een man die bovendien, als Sumner hem dood wilde hebben, uiteindelijk hartstikke dood zou zijn. Wat was er dan op tegen? Geen centje pijn toch?

Sumner had gelijk. Niemand zou aan Ted denken. Zelfs als het fout zou gaan, zou het wel goed komen. Ted was geliefd. Zijn collega's zouden hem steunen.

Het zou zo gemakkelijk zijn.

'Theodore?'

Ted schudde zijn hoofd. 'Ik kan het niet doen.'

'Als je probeert te onderhandelen voor meer geld...'

'Nee, dat is het niet. Ik ben niet zo dat ik dit kan doen.'

Sumner lachte. 'O, je denkt dat je erboven staat?'

'Ik moet mijn gezin in de ogen kunnen kijken,' zei Ted. 'En mijn God.'

'Jouw God?' Sumner lachte opnieuw. 'Die bijgelovige flauwekul? Die God van jou die iedere dag duizenden kinderen van de honger laat doodgaan, maar mij na al die verkrachtingen en vreselijke moorden laat leven? Heb je daar wel eens aan gedacht, Theodore? Heeft de God van jou zitten toekijken toen ik mensen folterde? Was jouw God een slapjanus die mij niet kon tegenhouden – of koos hij ervoor om toe te kijken terwijl mijn slachtoffers een vreselijke dood stierven?'

Ted verkoos niet te reageren. Terwijl zijn gezicht rood aanliep, keek hij naar de vloer.

'Je hebt geen keus, Theodore.'

Ted keek op. 'Wat moet dat betekenen?'

'Dat betekent dat je het voor mij moet doen. Je hebt al geld van ons aangenomen. Ik kan je baas inseinen – om maar te zwijgen van de politie, de pers en je gezin. Daar heb ik geen zin in. Ik mag je wel. Je bent een goede kerel. Maar wij zijn wanhopig. Dat lijk jij niet te beseffen. Wij willen Burroughs dood hebben.'

'Je hebt het steeds over "wij". Wie is wij?'

Sumner keek hem zo goed en zo kwaad als dat ging met zijn dichtgeslagen ogen strak aan. 'Dat wil je niet weten. Hij moet dood. Van ons moet hij dood. En van ons moet hij vannacht dood.'

'Vannacht?' Ted kon zijn oren niet geloven. 'Zelfs als ik...'

'Als je dat wilt, kan ik nog meer dreigementen bedenken. Ik kan je helpen herinneren hoe rijk wij zijn. Ik kan je helpen herinneren dat wij buiten nog steeds onze bronnen hebben. Ik kan je helpen herinneren dat we alles over je weten, dat we weten waar je gezin...'

Teds hand schoot naar Sumners keel. Sumner vertrok geen spier toen Teds vingers zich om zijn hals sloten. Dat duurde dan natuurlijk ook maar heel even. Teds greep verslapte bijna onmiddellijk weer.

'We kunnen het leven heel onaangenaam voor je maken, Theodore. Je hebt geen idee hoe onaangenaam.'

Ted voelde zich verloren, alsof de grond onder zijn voeten werd weggeslagen.

'Maar laten we ophouden met al dat vervelende gedoe. We zijn vrienden en vrienden uiten geen loze dreigementen. We staan samen aan dezelfde kant. Als je alles bij een goede vriendschap tegen elkaar wegstreept, komt er niet nul uit. Goede vriendschappen zijn een win-winsituatie. En ik heb het gevoel dat ik me tot nu toe slecht heb gedragen. Ik hoop dat je mijn excuses wilt accepteren. Met een bonus van tienduizend dollar.' Sumner likte zijn lippen. 'Honderdtienduizend dollar. Denk eens aan al dat geld.'

Ted was misselijk. Loze dreigementen. Mannen als Ross Sumner uitten geen loze dreigementen.

Het was zoals hij had gezegd, Ted had geen keus. Hij stond op het punt om gedwongen een grens te overschrijden naar iets waarvan geen weg terug was.

'Vertel nog eens precies wat je plan is,' zei Ted.

7

Terug in haar motelkamer staarde Rachel naar de foto met de potentiële Matthew. Ze pakte haar telefoon en overwoog haar zuster Cheryl te bellen en een bom onder haar nieuwe bestaan te leggen.

Het was vreemd dat David niet opnieuw naar de foto gevraagd had. Daar had ze wél op gerekend. De twijfel stak de kop op als je de foto niet pal voor je had liggen. Als je ernaar zat te kijken, wist je op een of andere manier dat het Matthew wel moest zijn. Legde je de foto weg en moest je op je verbeeldingskracht terugvallen in plaats van op zoiets concreets als een foto, dan besefte je hoe belachelijk het idee was dat jij geloofde dat een jong kind op de achtergrond van een foto werkelijk de peuter was die vijf jaar geleden was vermoord, en dat dit kind nog altijd in leven zou zijn.

Ze zou Cheryl niet moeten bellen. Ze zou haar dit moeten besparen.

Maar had Rachel het recht om die beslissing te nemen?

Ze had haar intrek genomen in Briggs Motor Lodge of Maine, vast en zeker geliefd om zijn muren van stevig wondverband of gaasdoek. Ze hoorde haar buren hartstochtelijk en wellustig van hun verblijf genieten, alsof ze het bed met hen deelde. De vrouw riep almaar 'O Kevin' en 'Toe Kevin' en 'Ja, ja, ja Kevin', en zelfs – Rachel hoopte maar dat de vrouw het in een staat van vervoering riep en niet om grappig te lijken – 'Laat me de hemel zien, Kevin'.

Een beetje hemels genot in de namiddag, peinsde Rachel bitter. Vast heel fijn.

Wanneer had zij voor het laatst een namiddag zo doorgebracht?

Het was de moeite niet waard om erover na te denken. Rachel was nog steeds aan het bijkomen van een levensechte paniekaanval, die volgens haar veroorzaakt moest zijn door een combinatie van de aanblik die David had geboden en het niet langer innemen van haar antidepressiva. Die medicijnen werkten voor haar niet. Niet echt. Ze had Xanax en vergelijkbare pillen geslikt om verlost te worden van de pijn van het verantwoordelijk zijn voor de dood van iemand anders, maar ze hadden de schuldgevoelens die ze ervoer slechts iets vager gemaakt – ze hadden ze niet doen verdwijnen.

Ze knipperde met haar ogen en probeerde zich te concentreren op wat haar nu en hier te doen stond.

Ze moest haar zuster bellen en het haar vertellen. Dat was wat ze zelf zou willen als de rollen omgekeerd waren, als Cheryl die foto had. Rachel pakte haar mobiel. De verbindingen waren slecht in het landelijke gebied van Maine. Dit was een gevangenisstadje. Iedereen in deze Motor Lodge had op een of andere manier banden met Briggs Penitentiary – bezoekers, salesmanagers, leveranciers, onderhoudspersoneel, noem maar op.

Op het scherm stonden genoeg streepjes om te kunnen bellen. Ze tikte op het pictogram van contactpersonen en scrolde naar Cheryl. Haar wijsvinger zweefde boven de groene knop om de verbinding tot stand te brengen.

Niet doen.

Ze had zichzelf beloofd dat ze dit Cheryl zou besparen – ze zou haar zuster in bescherming nemen – tot ze het zeker wist. Als je op dit moment alles ontdeed van de emotionele lading, moest ze concluderen dat ze nog niets wist. Ze had een foto waarop een kind stond dat op haar overleden neefje leek. Punt. Einde van het verhaal. David mocht dan nog zo geestdriftig zijn, ze hadden helemaal niks, nul komma nada.

Ze zette de tv aan. Het reclamebord aan de straat had een wervende aankondiging gedaan van 'KLEUREN-TV OP ELKE KAMER', waarbij elke letter een eigen kleur had gehad – de K was oranje, de L groen, de E blauw, enzovoort – om er maar geen misverstand over te laten bestaan. Maar, dacht Rachel, ze zouden zich pas echt van de rest onderscheiden als ze op alle kamers zwart-wit-tv hadden gehad. Ze zapte langs de zenders. Vooral praatprogramma's en lokale nieuwsuitzendingen met weinig inhoud. De reclameboodschappen – koop goud, neem een tweede hypotheek, saneer je schulden, investeer in crypto's – kwamen haar vooral voor als legale versies van piramidespelen.

De economie van de Verenigde Staten was sterker afhankelijk van oplichterij dan je zou denken.

De feestelijkheden bij de buren werden in rap tempo uitbundiger toen Kevin meerdere malen enthousiast aankondigde dat hij de finish in zicht had. En inderdaad, een paar seconden later, kletterden de symbolische cymbalen tegen elkaar, waarna een grote stilte neerdaalde. Rachel had zin om te applaudisseren. David had haar naar haar carrière in de journalistiek gevraagd en ze had een antwoord ontweken. Er was geen reden om ter sprake te brengen hoe ze de fout in was gegaan en haar carrière had geruïneerd, dat ze was ontslagen en vernederd, en hoe, eerlijk is eerlijk, een verhaal zoals dit misschien haar enige kans zou zijn op rehabilitatie. Het was de moeite niet waard erover te praten. Het zou de gedachten alleen maar afleiden van waar het om draaide. Ze zou hier sowieso gekomen zijn. Dat zei ze allemaal tegen zichzelf, en waarschijnlijk was het waar.

Haar telefoon lag op het bed.

Tering.

Ze pakte de telefoon en tikte op de groene knop om haar zuster te bellen voordat ze zichzelf opnieuw kon tegenhouden. Ze hield de telefoon bij haar oor. Nog geen beltoon. Ze kon nog ophangen. Ze sloot haar ogen toen de eerste beltoon klonk. Het kon nog. Bij de tweede beltoon werd opgenomen, hoorde ze. Een afgemeten stem, niet die van haar zuster, zei: 'Hallo?'

Het was Ronald, Cheryls nieuwe echtgenoot.

'Hallo Ronald,' zei Rachel. En ondanks het feit dat haar naam ongetwijfeld op het scherm van de andere telefoon werd weergegeven, zei ze: 'Met Rachel.'

'Goedemiddag Rachel. Hoe gaat het?'

'Goed,' zei ze. 'Is dit niet de telefoon van Cheryl?'

'Jawel,' zei Ronald. Het was altijd Ronald, nooit Ron of Ronny of zelfs De Ronster, wat je alles vertelt wat je moet weten over zijn manier van spreken. 'Je zuster stapt net uit de douchecabine, dus ben ik zo vrij geweest om het gesprek aan te nemen.'

Stilte.

'Als je even wilt wachten,' ging Ronald verder. 'Dan neemt ze zo de telefoon over.'

'Ik wacht.'

Ze hoorde hem de telefoon neerleggen. Rachels schedel werd in lichte mate geïrriteerd door alcoholdampen, maar ze voelde dat ze alles onder controle had. Er klonk gedempt gemompel voordat Cheryl de telefoon oppakte. Ze klonk een beetje vermoeid.

'Hi, Rach.'

Rachel besefte dat sommige mensen haar afkeer van Ronald Dreason overdreven zouden vinden, of niet fair tegenover hem. Waarschijnlijk was dat ook zo. Het was Cheryls schuld. Ze had de man op een uiterst ongelukkig moment geïntroduceerd.

'Hi.' Het lukte Rachel niet om meer te zeggen.

Ze kon haar zuster bijna de wenkbrauwen zien fronsen. 'Alles goed?'

'Ja, goed.'

'Heb je gedronken?'

Stilte.

'Wat is er ?'

Rachel had keer op keer geoefend wat ze moest zeggen vanaf het moment dat ze weer in haar motelkamer was teruggekeerd, maar nu het grote moment gekomen was, losten al die mooie woorden op in haar hoofd. 'Gewoon even checken. Hoe gaat het met je?'

'Heel aardig. Ik ben van de misselijkheid 's morgens af. Donderdag maken we een echo.'

'Geweldig. Wil je ook weten of het een jongetje of een meisje wordt?'

'Ja, maar maak je geen zorgen. We geven geen *gender reveal party*.'

De heer zij geprezen voor al die kleine genoegens, dacht Rachel. Hardop zei ze: 'Dat klinkt geweldig.'

'Ja… Geweldig, fantastisch, noem maar op. Wil je nu stoppen met tijdrekken en me vertellen wat er aan de hand is?'

Rachel pakte de foto. Irene en Bugs Bunny en het profiel van dat jochie. Ze dacht aan het door littekens getekende gezicht van David achter het plexiglas, aan de manier waarop hij zijn hoofd heel breekbaar een beetje scheef hield toen hij een vinger naar de foto bracht, aan de onverhulde, niet-aflatende pijn in die holle ogen. Ze had het goed gezien toen ze zei dat David niets had en Cheryl alles. Cheryl had een leven. Ze had vreselijk geleden, ze had haar kind verloren en daarna moeten aanvaarden dat het verlies veroorzaakt was door haar eigen man. Het was niet fair om haar hele leven opnieuw overhoop te halen om iets wat waarschijnlijk niets was.

'Yo,' zei Cheryl. 'Houston voor Rachel.'

Ze slikte. 'Niet over de telefoon.'

'Wat?'

'Ik moet je spreken. Zo snel mogelijk.'

'Je maakt me bang, Rach.'

'Dat is niet de bedoeling.'

'Mooi, kom maar deze kant op, nu.'

'Dat kan niet.'

'Waarom niet?' vroeg Cheryl.

'Omdat ik niet thuis ben.'

'Waar ben je dan?'

'In Maine. Briggs County.'

De stilte was verstikkend. Rachel klemde haar hand om de telefoon. Ze sloot haar ogen en wachtte. Toen Cheryl eindelijk reageerde, was het slechts met een smartelijk gefluister. 'Wat doe je me verdomme aan?'

'Ik vertrek hier morgen. Kom naar mij toe. Acht uur morgenavond. En breng Ronald niet mee.'

Er is een dunne scheidslijn tussen dag en nacht in Briggs.

Om tien uur is het 'licht uit', maar dat betekent slechts dat het licht wordt gedimd. Het wordt hier nooit donker. Misschien is dat maar goed, ik weet het niet. We zitten allemaal in onze cel, dus is het nu ook weer niet zo dat we maar een beetje kunnen rondlopen en elkaar molesteren. Ik heb een lamp in mijn cel zodat ik tot diep in de nacht kan lezen. Je zou kunnen denken dat ik dat veel doe – lezen en schrijven – maar ik heb moeite met scherpstellen als gevolg van de problemen met zien die zijn ontstaan bij het eerste pak slaag dat ik kreeg. Als ik een uur heb gelezen of geschreven, krijg ik hoofdpijn. Maar misschien is het niet alleen iets fysieks, misschien is het psychosomatisch, ik weet het niet.

Vanavond echter vouw ik mijn handen achter mijn hoofd op het dunne kussen. Ik zet de stormkering open en laat, voor het eerst sinds ik opgesloten zit, Matthew toe. Ik zet geen rem op de beelden. Ik blokkeer ze niet, ik filter ze niet. Ik laat ze naar binnen stromen en me omringen. Het is bijna alsof ik een bad neem in de beelden. Ik denk aan mijn vader die op sterven ligt, ongetwijfeld in de slaapkamer die hij met mijn moeder deelde. Ik denk aan mijn moeder, die overleed toen ik acht was en, ja, ik realiseer me dat ik dat nooit echt heb verwerkt. Ik kan me haar gezicht niet meer herinneren, ik ben al jaren niet meer in staat haar beeld in mijn herinnering op te roepen en ben veel meer afhankelijk van de foto's die op de piano stonden dan van wat mijn geheugen reproduceert. Ik zie tante Sophie voor me, die fantastische tante Sophie, de aardige, gulle vrouw die me heeft opgevoed nadat mijn moeder was overleden. Tante Sophie, de engel van wie ik onvoorwaardelijk hou, die nog altijd gevangenzit in dat huis en ongetwijfeld voor mijn vader zal zorgen tot hij de laatste adem uitblaast.

Een geluid bij mijn celdeur doet me mijn hoofd optillen.

Nachtelijke geluiden zijn niet ongebruikelijk hier. Het zijn afgrijselijke geluiden, bloedstollende geluiden die constant klinken en waaraan geen ontsnappen mogelijk is. Dit is geen afdeling met mannen die 's nachts genieten van een gezonde, diepe slaap. Er zijn er nogal wat die van alles roepen in hun slaap. Er zijn er ook die tot diep in de nacht wakker blijven en gesprekken met elkaar voeren door de tralies. Die hebben hun biologische klok op een dwaalspoor gezet en blijven als vampiers de hele nacht wakker, terwijl ze overdag slapen. Waarom niet? Er bestaat hier geen dag en nacht. Niet echt.

En natuurlijk zijn er mannen die openlijk masturberen met beduidend veel meer lust en plezier dan discretie.

Maar dit geluid, het geluid dat me mijn hoofd doet optillen, is anders. Het komt niet uit een andere cel of uit het hok van de bewakers of uit een van de gewone afdelingen. Het komt van de deur van mijn cel.

'Hallo?'

De stralenbundel van een zaklantaarn valt op mijn gezicht en verblindt me. Dat vind ik niet leuk. Dat vind ik helemaal niet leuk. Ik weer het licht af met een hand en tuur erlangs met dichtgeknepen ogen.

'Hallo.'

'Hou je koest Burroughs.'

'Curly?'

'Ik zei: hou je koest.'

Ik heb geen idee wat er aan de hand is, dus doe ik wat hij zegt. In Briggs hebben we geen traditionele sloten met sleutels. In mijn celdeur is een *'slam lock'* gemonteerd. Dat is een elektromechanisch systeem dat de deur automatisch vergrendelt zodra hij dichtvalt. Bewakers kunnen de deur op afstand ontgrendelen. Sleutels worden alleen in noodgevallen gebruikt.

Curly ontsluit de deur met sleutels.

Ik heb in vijf jaar tijd nog niemand de sleutels zien gebruiken.

'Wat is er aan de hand?' vraag ik.

'Ik neem je mee naar de ziekenboeg.'

'Dat hoeft niet,' zeg ik. 'Ik voel me prima.'

'Daar ga jij niet over,' zegt Curly bijna fluisterend.

'Wie dan wel?'

'Ross Sumner heeft een officiële aanklacht ingediend.'

'Nou en?'

'Het betekent dat de dokter je verwondingen in kaart moet brengen.'

'Nu?'

'Hoezo? Heb je het druk?'

Zijn woorden zijn even sarcastisch als altijd, maar de toon is verkrampt.

'Het is al laat,' zeg ik.

'Je mag je schoonheidsslaapje straks doen. Kom met je luie reet van dat bed.'

Omdat ik niet zo goed weet wat ik anders moet doen, ga ik staan. 'Vind je het erg om met die zaklantaarn niet in mijn gezicht te schijnen?'

'Gewoon moven.'

'Waarom fluister je?'

'Sumner en jij hebben de boel hier op stang gejaagd. Denk je dat ik dat nog een keer wil?'

Dat klinkt logisch, denk ik, al klinken zijn woorden niet gemeend. Maar heb ik een keus? Ik moet gewoon mee. Ik vind het niks, maar nogmaals, waarom zou ik me druk maken? Ik ga wel mee, ik laat me wel onderzoeken door de dokter. Misschien kan ik Sumner, die daar nog steeds ligt pijn te lijden, nog even een keer vuil aankijken.

We lopen de afdeling af, de gang in. Kreten uit de verte, afkomstig van de afdelingen met gewone gevangenen, weerkaatsen tegen de muren als rubberen ballen. Het licht is gedimd. Ik draag de standaard canvasslippers waarop alle gedetineerden lopen, maar Curly draagt zware zwarte schoenen die echoën op de stenen vloer. Hij gaat langzamer lopen, ik dus ook.

'Blijf lopen, Burroughs.'

'Wat?'

'Gewoon doorlopen.'

Hij blijft een halve pas achter me lopen. We zijn alleen in deze gang. Ik werp een steelse blik over mijn schouder. Curly is asgrauw. Zijn ogen glanzen. Zijn onderlip trilt. Het lijkt alsof hij elk moment kan gaan huilen.

'Is alles goed met je, Curly?'

Hij reageert niet. We passeren een checkpoint zonder bewaker. Dat is vreemd. Curly maakt het slot open met een soort afstandsbediening. Bij de T-splitsing daarna legt hij een hand op mijn schouder en stuurt hij me naar rechts.

'De ziekenboeg is de andere kant op,' zeg ik.

'Je moet eerst een paar formulieren invullen.'

We lopen door een andere gang. De gevangenisgeluiden zijn vager geworden en klinken nu helemaal niet meer. Het is zo stil dat ik Curly's zwoegende ademhaling hoor. Ik ken dit deel van de gevangenis niet. Ik ben hier nog nooit geweest. Er zijn geen cellen. De deuren zijn allemaal voorzien van gewalst glas, alsof er zich douches achter bevinden. In de deur van Philips kantoor zat ook dergelijk glas. Ik neem aan dat we op een administratieve afdeling terecht zijn gekomen en dat hier iemand is die me zal helpen bij het invullen van de formulieren. Maar achter niet een van de deuren met gewalst glas schijnt licht. Het voelt heel erg alsof we hier volstrekt alleen zijn.

Nu valt me iets op wat ik eerder niet heb gezien.

Curly draagt handschoenen.

Handschoenen van zwart latex. Bewakers dragen eigenlijk nooit zulke handschoenen. Dus waarom nu wel? Waarom vanavond? Ik ben niet iemand die altijd zijn onderbuikgevoelens volgt of gehoor geeft aan primitieve instincten. Ze sturen je meestal de verkeerde kant op. Maar als je het bij elkaar optelt – de onderbuikgevoelens, het instinct, het tijdstip van de dag, de smoes, de handschoenen, de route, de manier waarop Curly zich gedraagt, zijn houding – dan is er duidelijk iets niet in orde.

Een paar dagen geleden zou ik me niet druk hebben gemaakt. Alles is echter anders geworden.

'Verderop,' zegt Curly. 'De laatste deur links.'

Mijn hart bonkt in mijn keel. Ik kijk naar de laatste deur links, ook een deur met gewalst glas. Ook door dat glas schijnt geen licht.

Niet goed.

Ik blijf stokstijf staan. Curly blijft achter me. Hij blijft ook staan. Ik hoor dat hij een klein beetje geluid maakt. Ik draai me langzaam om. De tranen stromen over zijn wangen.

'Is alles oké?' vraag ik.

Plotseling zie ik metaal glinsteren.

Een mes gaat richting mijn maag.

Er is geen tijd om ook maar over iets anders na te denken dan een reactie. Ik leun opzij met mijn lichaam terwijl ik mijn onderarm met kracht omlaagsla. Ik slaag erin het mes net iets weg te slaan zodat het mijn zij op een paar centimeter na mist. Curly trekt het mes hard terug en kerft daarbij een diepe snee in mijn onderarm. Er vloeit bloed, maar ik voel geen pijn. Nog niet tenminste.

Ik spring achteruit. Curly en ik staan nu een meter van elkaar af, allebei ineengedoken in een vechthouding.

Curly huilt. Hij houdt het mes voor zich, als in een scène uit de *West Side Story* met een arme donder aan de rand van de samenleving. Zijn gezicht glinstert van het zweet dat zich vermengt met zijn tranen.

'Het spijt me, Burroughs.'

'Wat ben je aan het doen?'

'Het spijt me heel erg.'

Hij past zijn greep op het mes aan. Ik houd mijn onderarm vast in een poging het bloed te stelpen dat tussen mijn vingers door sijpelt.

'Je hoeft dit niet te doen,' zeg ik.

Maar Curly luistert niet. Hij springt op me af. Ik spring achteruit. Mijn oren suizen. Ik weet niet wat ik moet doen. Ik weet helemaal niets van vechten met messen.

Dus doe ik het eenvoudigste wat ik kan doen.

'Help!' schreeuw ik zo hard als ik kan. 'Help me!'

Daar vertrouw ik natuurlijk niet op. Dit is een gevangenis. Ik ben een gevangene. Er wordt hier vierentwintig uur per dag door allerlei idioten allerlei waanzin rondgeschreeuwd. Maar toch doet die plotselinge schreeuw Curly even aarzelen. Daar maak ik gebruik van. Ik draai me om en sprint terug de gang door, in de richting waaruit we kwamen. Hij rent achter me aan.

'Help! Hij wil me vermoorden! Help!'

Ik kijk niet over mijn schouder. Ik weet niet of hij dichterbij komt of niet. Ik kan het risico niet lopen. Ik doe niets anders dan zo hard mogelijk rennen en schreeuwen. Maar nu bereik ik het einde van de gang, het checkpoint waar we eerder langs zijn gekomen. Daar is niemand.

Ik werp me met mijn schouder tegen het hek. Er gebeurt niets. Ik probeer het hek open te trekken.

Er gebeurt niets. Het zit op slot.

Wat moet ik doen?

'Help!'

Ik werp een blik over mijn schouder. Curly is bijna bij me. Ik zit in de val. Ik keer me naar hem om en blijf om hulp schreeuwen. Hij blijft staan. Ik probeer op zijn gezicht te lezen wat hij van plan is. Ik zie verwarring, lijden, woede, angst. Ik weet dat angst altijd de emotie is die de boventoon voert. Hij is bang en de enige manier om van die angst verlost te worden is mij het zwijgen opleggen.

Wat hem ook heeft aangezet om dit te doen, welke twijfels hij ook gehad heeft, ze vallen in het niet bij de drang tot zelfbehoud, de noodzaak het eigen vege lijf te redden, de noodzaak zijn eigen ik boven al het andere te plaatsen.

Dat betekent mij afmaken.

Ik sta met mijn rug tegen het hek en kan geen kant op. Hij staat op het punt me met zijn mes aan te vallen als een stem achter me zegt: 'Wat is hier godverdomme aan de hand?'

Opluchting vloeit door mijn aderen. Ik wil me omdraaien om uit te leggen dat Curly me probeert te vermoorden als ik een harde klap op mijn achterhoofd voel. Mijn knieën knikken. Alles wordt zwart.

En dan is er niets meer.

8

Cheryl schonk zich een kop koffie in, pakte een katern van de krant en ging in de ontbijthoek tegenover haar man Ronald zitten. Het was zes uur 's ochtends, dit was een gekoesterde ochtendroutine geworden. Ronald en zij droegen dezelfde honderd procent katoenen ochtendjassen met een dikke kraag en mouwen met manchetten. Ronald had ze besteld tijdens een luxe verblijf in het Fairmont Princess Hotel in Scottsdale.

De meeste mensen lazen tegenwoordig de krant online, maar Ronald hield halsstarrig vast aan de traditie van een iedere ochtend bezorgde krant op papier. Hij begon met de voorpagina, Cheryl las liever eerst het zakenkatern. Ze had geen idee waarom. Ze had niet veel verstand van het bedrijfsleven, maar de dynamiek ervan kwam bij haar over als een geweldige soapopera. Vandaag echter drong niets tot haar door, hoe hard ze ook haar best deed om zich te concentreren. De woorden zweefden voorbij in betekenisloze golven. Ronald, die normaal gesproken doorlopend commentaar gaf op alles wat hij las – een gewoonte die ze tegelijkertijd vertederend en irritant vond – was stil. Ze wist dat hij haar bestudeerde. Ze had niet best geslapen na het telefoontje van haar zuster. Hij wilde vragen wat er mis was, maar hij zou dat niet doen. Een van Ronalds sterke kanten was dat hij precies wist wanneer hij wel of niet vragen moest stellen.

'Hoe laat komt je eerste patiënt?' vroeg hij.

'Om negen uur.'

Cheryls spreekuur begon drie dagen in de week precies om negen uur. De andere twee dagen werden gereserveerd voor chirurgie. Cheryl was transplantatiechirurg. Het was zonder meer de interessantste tak van de geneeskunde. Ze deed vooral nier- en levertransplantaties. Bij beide stond veel op het spel, het was uitdagend werk met veel nazorg, – en anders dan bij andere disciplines in de chirurgie – vaak jarenlang, wat haar in de gelegenheid stelde het resultaat van haar inspanningen lange tijd te volgen. Voordat je transplantatiechirurg wordt, werk je een tijd bij algemene chirurgie (dat had zij zes jaar gedaan in Boston General), je doet een jaar onderzoek en je loopt twee jaar mee met een transplantatiechirurg. Het was verbijsterend moeilijk geweest, maar na de ramp, de tragedie en de breuk met David hadden het ziekenhuis, haar opleiding, haar beroep – haar roeping – en haar patiënten haar erdoorheen gesleept.

Haar werk. En Ronald natuurlijk.

Ze keek hem aan en glimlachte. Hij glimlachte terug. Ze kon de zorgen van zijn knappe gezicht aflezen. Ze schudde heel licht met haar hoofd alsof ze wilde zeggen dat alles goed was. Maar alles was niet goed.

Waarom was Rachel bij Briggs Penitentiary?

Het antwoord lag voor de hand. Ze was op bezoek bij David. In zekere zin oké, je moet doen waar je zin in hebt. David en Rachel hadden het altijd heel goed met elkaar kunnen vinden. Hij zat er nu al bijna vijf jaar. Misschien vond Rachel dat het lang genoeg geduurd had. Misschien had ze het gevoel dat ze een handreiking moest doen, dat hij een bepaalde mate van, nou ja, misschien niet steun, maar dan toch acceptatie verdiende. Misschien putte Rachel wel troost uit het bezoeken van een man die altijd in haar en haar dromen was blijven geloven, zeker na het professionele en persoonlijke debacle dat ze het afgelopen jaar had beleefd.

Nee.

Er moest iets anders zijn. Net zo goed als Cheryl hield van haar werk als chirurg, had Rachel gehouden van haar werk als onderzoeksjournalist. Ze was het allemaal in een vloek en een zucht kwijtgeraakt, terecht of niet, maar het had haar veranderd. Zo eenvoudig lag het. Haar zuster was gewond. De ervaring had haar veranderd, maar niet in positieve zin. Haar zuster was altijd betrouwbaar geweest, maar nu twijfelde Cheryl constant aan het gezonde oordeelsvermogen van Rachel.

Waarom zou ze bij Briggs zijn?

Misschien dacht ze dat Davids verhaal haar een kans bood. David had nooit met de pers gepraat. Niet één keer. Hij had nooit zijn kant van het verhaal verteld, alsof die kant niet bestond, en nooit geprobeerd zijn visie te geven op wat er die verschrikkelijke nacht was gebeurd. Misschien was dat het spel waar Rachel op inzette. Diep vanbinnen was haar zuster natuurlijk nog altijd een onderzoeksjournalist, dus misschien zocht ze David op met het voorwendsel dat ze om hem gaf. Ze bood heel gemakkelijk een luisterend oor en het kostte haar geen moeite mensen aan de praat te krijgen. Misschien kon Rachel een verhaal lospeuteren bij David, een podcast, enorme krantenkoppen, een gigantische truecrimestory. En misschien, heel misschien, kon Rachel op die manier een rehabilitatie bewerkstelligen, zodat ze niet langer gecanceld door het leven hoefde te gaan.

Zou Rachel echt tot zoiets in staat zijn?

Zou Cheryls eigen zuster al die ellende, die hele afgrijselijke geschiedenis weer breed willen uitmeten, Cheryls wonden weer willen openrijten (om maar eens een beeldspraak uit de chirurgie te gebruiken), alleen om zelf weer mee te mogen doen? Kon Rachel zo koud en berekenend zijn?

'Hoe voel je je?' vroeg Ronald.

'Fantastisch.'

Hij glimlachte naar haar. 'Is het vulgair of romantisch als ik zeg dat mijn vrouw er zwanger extra opwindend uitziet?'

'Geen van beide,' zei ze. 'Volgens mij ben je gewoon geil en probeer je nog even aan je trekken te komen.'

Ronald haalde quasiverbaasd diep adem en legde een hand op zijn borst. 'Ik?'

Ze schudde haar hoofd. 'Mannen.'

'Wij zijn een voorspelbaar zootje.'

Ze was zwanger. Dat alomvattende wonder. En deze keer was het zo gemakkelijk gegaan. Ronald zat weer naar haar te kijken, dus dwong ze zichzelf te glimlachen. Ze hadden een jaar geleden de keuken gerenoveerd, een muur uitgebroken, zodat ze er een paar meter bij kregen. Ze hadden een bijkeuken aan gebouwd voor al die keren dat ze met laarzen die modderig waren van het banjeren door de achtertuin zouden binnenkomen. Ze hadden een schuifpui laten plaatsen en de hele verbouwing afgerond met een Viking-fornuis met zes pitten en een oversized koel-vriescombinatie van Northland Master. Ronald had de keuken zelf ontworpen. Hij hield van koken.

Misschien lag het eenvoudiger, dacht Cheryl. Misschien had Rachel bedacht dat het zo langzamerhand tijd werd om contact te zoeken met haar ex-zwager. Daar kon Cheryl in meevoelen. Had zij hem zelf niet willen steunen destijds? Was zij niet achter David blijven staan, zelfs toen het onderzoek steeds duidelijker aanwijzingen van zijn schuld opleverde? Het idee dat David Matthew iets had aangedaan was – toen, maar eigenlijk nu nog steeds – absurd. Destijds zou ze nog eerder geloofd hebben dat de wrede moord was gepleegd door buitenaardse wezens dan door David.

Maar naarmate de bewijzen zich opstapelden, sloop twijfel haar gedachten binnen en begon daar zijn slopende werk. Al maanden was het niet wat het zou moeten zijn tussen hen beiden. Hun huwelijk was een vliegtuig in duikvlucht, al was ze er vast van overtuigd geweest dat ze het toestel op tijd weer recht zouden kunnen trekken.

Ze waren al zo lang samen, al sinds de voorlaatste klas op Revere High. In goede tijden en slechte tijden waren ze altijd bij elkaar gebleven. Ze hadden het vast samen gered.

Zou dat echt zo zijn?

Misschien deze keer niet. Dat is het probleem met vertrouwen. Toen David het vertrouwen in haar was kwijtgeraakt, was alles anders geworden. En toen zij eenmaal het vertrouwen in hem had verloren...

Toen de twijfel zijn intrede deed, had Cheryl geprobeerd de schijn van steun op te houden, maar David keek er dwars doorheen. Hij reageerde door haar van zich af te stoten. Dat alles werd een ondraaglijke last. Tegen de tijd dat de zaak voor de rechter kwam, de tijd van de verrassende onthullingen, was het huwelijk verleden tijd.

De conclusie was dat David hun zoon had vermoord en dat Cheryl een belangrijke rol speelde in alles wat daartoe had geleid.

Ronald slurpte te luid van zijn koffie en bracht haar met een schok terug in de zonovergoten ontbijthoek. Ze keek geschrokken op. Hij zette zijn koffiebeker neer.

'Ik heb een idee,' zei hij.

Ze plakte weer een nepglimlach op haar gezicht. 'Volgens mij had je je idee al vrij duidelijk uit de doeken gedaan.'

'Als we vanavond eens gingen eten bij Albert's Café? Alleen wij tweeën?'

'Ik kan niet,' zei ze.

'O?'

'Heb ik je dat niet verteld? Ik heb een afspraak met Rachel.'

'Nee,' zei hij langzaam. 'Dat heb je me niet verteld.'

'Het is niets bijzonders.'

'Alles goed met haar?'

'Ik geloof het wel, ja. Ze vroeg gewoon of ik langskwam. Het is alweer een tijdje geleden dat we elkaar hebben gesproken.'

'Dat is zo,' stemde hij in.

'Dus ik was van plan langs te gaan als ik mijn ronde heb gedaan. Ik hoop dat jij dat goedvindt?'

'Natuurlijk vind ik dat goed,' zei Ronald met iets te veel bravoure. Hij pakte zijn krant, sloeg hem open en begon weer te lezen. 'Veel plezier.'

Cheryl voelde woede opkomen. Waarom? Waarom zou Rachel haar dit in vredesnaam aandoen? Als haar zuster David wilde vergeven, prima, heel goed, ze deed maar. Maar waarom sleepte ze Cheryl erin mee? Waarom, nu ze haar leven net weer op de rails had en zwanger was? Rachel moest weten hoeveel spanning zo'n telefoontje teweeg zou brengen. Waarom deed ze dat?

Dat was de vraag die Cheryl uiteindelijk echt bezighield. Rachel was een zuster uit duizenden. Beter had ze het niet kunnen treffen. Ze waren er voor elkaar geweest, altijd en eeuwig, in goede en in slechte tijden, enzovoort. En ook al was Cheryl twee jaar ouder dan Rachel, Rachel was altijd – of in ieder geval tot voor kort – degene geweest die voorzichtig was en overbeschermend. Zij wist hoezeer Cheryl haar best had moeten doen om uit bed te komen nadat Matthew was vermoord. David, nou ja, zonder al te diep in te gaan op hoe het met hem was gegaan, had ze aan de kant gezet. Ze had hem uit haar gedachten, uit haar leven gebannen. Om door te kunnen gaan, had ze besloten dat David nooit had bestaan. Maar Matthew...

Dat was heel iets anders.

Ze zou dat mooie, kleine kereltje niet vergeten. Nooit. Wat er ook zou gebeuren. Geen seconde. Dat wist ze heel diep vanbinnen. Je laat zoiets niet achter je, je leert ermee te leven. Maakt niet uit hoeveel pijn het doet. Je vecht niet tegen die pijn. Je duwt hem niet van je af. Je omhelst de pijn en laat die een deel van jezelf worden. Je kunt niet anders.

Het enige wat haar meer pijn bezorgde dan de gedachten aan Matthew was het idee dat ze hem toch uiteindelijk zou vergeten.

Een kreun ontsnapte aan haar lippen. Ze drukte snel haar handpalm tegen haar mond. Dit was niet de eerste keer. Smart komt zelden als een frontale aanval. Smart besluipt je het liefst van achteren op een moment dat je er het minst op voorbereid bent. Ronald ging verzitten, maar hij keek niet op uit zijn krant en stelde geen vragen. Daar was ze hem dankbaar voor.

Dus opnieuw de vraag: *Wat wil Rachel me vertellen?*

Haar zuster hield niet van melodrama, dus wat het ook mocht zijn, het was belangrijk. Heel belangrijk. Misschien iets wat met David te maken had.

Maar eigenlijk was het nog veel waarschijnlijker dat het met Matthew te maken had.

9

‘*Good morning, Staaaaaar-Shine! The earth says hello...*’

Ik ben dood, het kan niet anders. Ik ben dood en in de hel beland, waar ik in het duister zit en tot in eeuwigheid Ross Sumner moet aanhoren die de soundtrack van de musical *Hair* verkracht. Mijn hoofd bonkt alsof iemand met een paalhamer een staak door mijn voorhoofd drijft. Ik begin iets lichts te zien in de duisternis. Ik knipper met mijn ogen.

‘*You twinkle above us, we twinkle below...*’

‘Kop dicht,’ zegt iemand tegen hem.

Langzaam worstel ik me omhoog naar het bewustzijn. Mijn ogen gaan echt open en staren direct in het felle neonlicht van tl-buizen. Ik probeer te gaan zitten, maar het lukt niet. Niet vanwege vermoeidheid, pijn of verwondingen. Ik kijk naar links. Mijn pols is aan een buis van het bed geketend. Net zoals mijn rechterpols en mijn beide enkels. De klassieke manier om iemand volledig in bedwang tc houdcn.

Ross Sumner barst uit in een maniakale schaterlach. ‘O, wat vind ik dit mooi! O, wat word ik hier gelukkig van!’

Ik zie nog steeds wazig. Ik probeer kalm te blijven en mijn omgeving in me op te nemen. Groengrijze betonnen muren. Veel bedden, allemaal leeg, behalve dat van Ross Sumner en mij. Zijn gezicht is nog steeds een pappige massa. Er zit een strook pleister over zijn gebroken neus. De ziekenboeg. Ik ben in de ziekenboeg. Oké, goed. Ik weet tenminste waar ik ben. Ik kijk de andere kant op en zie niet een, niet twee, maar zelfs drie bewakers. Twee zitten naast mijn bed alsof ze bezoekende familieleden zijn en de derde ijsbeert achter hen.

Alle drie werpen ze woeste blikken in mijn richting.

'Nou ben je echt de lul, ouwe jongen,' zegt Ross Sumner. 'Ontzettend vreselijk de lul.'

Mijn mond voelt alsof ik op zand heb lopen kauwen, maar het lukt me toch om krakende geluiden te produceren. 'Hé, Ross?'

'Ja, David.'

'Schattig neusje, klootzak.'

Sumner stopt met lachen.

Laat een andere gedetineerde nooit zien hoe bang je bent.

Ik keer mijn hoofd weer naar de bewakers. Voor hen geldt hetzelfde. Laat ze nooit zien hoe bang je bent. Stuk voor stuk kijk ik ze diep in de ogen. De woede die ik in die ogen zie, bevalt me niet. Ze zijn echt woest vanwege het een of ander, en dat een of ander zou ik wel eens kunnen zijn.

Waar is Curly, vraag ik me af.

Een vrouw, ik denk dat het een arts is, loopt naar mijn bed. 'Hoe voel je je?' vraagt ze op een toon die niet eens de schijn hooghoudt dat ze een antwoord van me verwacht.

'Suf.'

'Dat was te verwachten.'

'Wat is er met me gebeurd?'

Ze werpt een blik op de bewakers. 'Dat zijn we nog steeds aan het uitzoeken.'

'Kunt u me op zijn minst losmaken?'

Ze maakt een gebaar naar de bewakers 'Daar beslis ik niet over.'

Ik kijk naar de drie onverzettelijke koppen en zie geen greintje sympathie. De arts verlaat de zaal. Ik weet niet zo goed wat ik zou moeten zeggen of doen, dus kies ik ervoor te zwijgen. Aan de muur hangt een klok, witte wijzerplaat, zwarte wijzers. Een toonbeeld van saaiheid dat me doet denken aan de tijd dat ik op Garfield Elementary School zat, naar net zo'n klok keek en mijn uiterste best deed om die wijzers sneller rond te laten gaan.

Het is even na achten. Ik vermoed dat het ochtend is, niet avond, maar er zijn hier geen ramen, dus ik weet het niet zeker. Mijn hoofd doet pijn. Ik probeer alles wat er – naar ik aanneem – gisteravond is gebeurd op een rijtje te zetten. Alles tot op het moment dat ik de stem hoorde van iemand van wie ik dacht dat hij me zou redden. Ik herinner me vooral het gezicht van Curly, de angst, de paniek.

Wat is er gebeurd?

De ijsberende bewaker is een lange, magere man met een meer dan prominente adamsappel. In werkelijkheid heet hij Hal, maar iedereen noemt hem Hitch omdat hij om de haverklap zijn broek ophijst. Dat doet hij omdat hij, zoals een van de bajesklanten hier het noemt, 'geen kont heeft'. Hitch komt ineens op me af met nog steeds een woeste blik in de ogen en buigt zich zo dicht naar me toe dat onze neuzen elkaar bijna raken. Ik druk mijn hoofd achteruit in het kussen om een beetje ruimte te krijgen. Het heeft geen effect. Zijn adem is afschuwelijk, alsof een woestijnratje in zijn mond is gekropen, daar dood is gegaan en nu ligt te ontbinden.

'Je bent er geweest, Burroughs,' sist hij in mijn gezicht.

Ik moet bijna kokhalzen van de stank. Ik sta op het punt een sarcastische opmerking te maken over zijn adem, maar een opwelling van gezond verstand weerhoudt me. Een van de beide andere bewakers, een man die Carlos heet en in zijn soort nog wel redelijk is, zegt: 'Hal.'

Hitch Hal negeert hem. 'Dood,' zegt hij.

Alles wat ik nu zou zeggen zou overbodig of gevaarlijk kunnen zijn voor mijn gezondheid, dus zwijg ik.

Hal begint weer te ijsberen. Carlos en de derde man, die Lester heet, blijven zitten. Ik leg mijn hoofd op het kussen en sluit mijn ogen.

Ik ben overduidelijk ongewapend en toch lig ik geketend aan de vier hoeken van het bed en word ik bewaakt door drie man. Drie bewakers. Tegelijkertijd.

Dat lijkt me nogal overdreven.

Wat is er in hemelsnaam aan de hand? En waar is Curly?

Heb ik hem verwond?

Ik denk dat ik me alles herinner, maar kan ik dat wel zeker weten, gezien mijn verleden? Misschien heb ik een black-out gehad. Misschien heeft die andere bewaker, de man die me hoorde schreeuwen, het hek niet snel genoeg open gekregen. Misschien is het me wel gelukt om de shiv te pakken te krijgen en heeft Curly niet mij, maar heb ik Curly…

O, shit.

En terwijl al die theorieën als kleine wervelwinden door mijn brein tollen, trekt dwars daardoorheen die grote tornado nog altijd zijn verwoestende spoor: is mijn zoon nog in leven?

Mijn achterhoofd drukt in het kussen. Ik probeer mijn armen en benen vrij te trekken, maar de boeien geven niet mee. Ik voel me hulpeloos. Tijd gaat voorbij. Ik heb geen idee hoeveel. Ik probeer listen te verzinnen, maar kan niets bedenken.

De telefoon aan de muur rinkelt. Carlos komt overeind en loopt ernaartoe. Hij draait zich om zodat hij met zijn rug naar mij toe staat en praat zacht. Ik kan niet verstaan wat hij zegt. Na een paar seconden hangt hij de hoorn weer aan de haak. Lester en Hal kijken hem vragend aan. Carlos knikt.

'Het is tijd,' zegt Carlos.

Hal haalt een klein sleuteltje uit zijn zak. Hij maakt eerst de boeien om mijn enkels los en dan die om mijn polsen. Carlos en Lester staan alert aan weerszijden van mijn bed, alsof ze verwachten dat ik zal proberen ervandoor te gaan. Natuurlijk doe ik dat niet. Ik masseer mijn polsen.

'Ga staan,' snauwt Hitch Hal.

Ik ben duizelig. Ik ga langzaam zitten – te langzaam volgens Hitch. Hij grijpt mijn haar en sjort me ruw overeind. Het bloed zakt suizend omlaag in mijn lichaam. Alles om me heen begint te draaien.

'Ik zei.' Hitch spuugt de woorden uit tussen opeengeklemde tanden. 'Ga staan.'

Hitch rukt de dekens van me af. Ik hoor dat Sumner begint te lachen. Hitch grijpt mijn voeten en slingert ze opzij. Ik zwaai mee, zodat ze op de vloer belanden en ik slaag erin te gaan staan. Mijn benen zijn van rubber. Ik doe een stap en struikel als een marionet, maar kan nog net staande blijven.

Ross Sumner geniet. Hij zingt: '*Nah nah nah, nah nah nah, hey hey hey...*'

Hoofdpijn klopt onder mijn schedel. 'Waar gaan we naartoe?' vraag ik.

Carlos zet een hand in mijn rug en duwt me zachtjes vooruit. Ik struikel bijna.

'We gaan,' zegt Carlos.

Hitch en Lester komen aan weerszijden van me staan en pakken elk een arm, waarbij ze ervoor zorgen dat ze het drukpunt net onder de elleboog goed in hun greep houden. Ze begeleiden me – al lijkt het meer op slepen – de ziekenboeg uit.

'Waar brengen jullie me naartoe?'

Maar het enige antwoord dat ik krijg, komt uit de mond van Ross Sumner die de openingsmaten van de klassieker uit 1969 zwaaiend met zijn armen afsluit met: '... *Goodbye!*'

Ik probeer helder na te denken, maar de spinnenwebben laten zich niet zomaar wegstoffen. Carlos loopt voorop, Lester loopt rechts van me, Hitch links. De woest starende blik van Hitch is bijna tastbare, tot leven gewekte haat. Mijn hartslag gaat sneller. Wat gaat er gebeuren? Waar gaan we verdomme naartoe? En niet te vergeten: een bewaker probeerde me gisteren te vermoorden.

Dat is de kop boven dit hele verhaal, toch? Curly had me meegenomen naar een verlaten gang van de gevangenis en geprobeerd me met een shiv neer te steken. De wond in mijn onderarm is omwikkeld met een dik verband, maar ik voel het bloed kloppen.

Met z'n vieren marcheren we door een gang en dan door een tunnel met gloeilampen in beschermende kooien van draadstaal. Het lopen doet me op een of andere manier goed. De sufheid verdwijnt, niet helemaal, maar genoeg. Aan het einde van de tunnel gaan we een trap op. Door een raam zie ik daglicht. Oké, dus het was toch acht 's morgens, niet 's avonds. Dat was ook logisch. Er hangt een bordje met de mededeling dat we nu op de afdeling bestuur en administratie zijn. Het is er stil, maar ik weet dat het kantoor pas om negen uur start.

Dus wat hebben we hier dan nu te zoeken?

Ik overweeg of ik iets zal proberen, zodat tenminste iemand zou weten waar ik ben. Maar wat voor zin heeft dat? Zoals ik al zei, het is acht uur 's morgens. Er is hier nog helemaal niemand.

Carlos staat stil voor een gesloten deur. Hij klopt aan, een gedempte stem zegt dat hij binnen kan komen. Carlos doet de deur open. Ik kijk door de breder wordende spleet naar binnen.

Daar staat Curly.

Het is alsof er ineens een steen in mijn maag ligt. Ik probeer terug te deinzen, maar Hal en Lester hebben mijn beide armen vast en duwen me vooruit.

Curly trekt een grimas. 'Vuile klootzak.'

We kijken elkaar aan. Hij doet zijn best heel stoer over te komen, maar ik zie dat hij weer doodsbang is en bijna in huilen uitbarst. Ik wil hem eigenlijk ter verantwoording roepen, hem vragen waarom hij me probeerde te vermoorden, maar alweer, wat voor zin heeft dat? Wat is er allemaal aan de hand?

Dan hoor ik een bekende stem die zegt: 'Oké, Ted, zo kan het wel weer.'

Weg steen, opluchting vloeit door mijn aderen.

Ik buig me door de deuropening naar rechts. Daar staat oom Philip.

Ik ben veilig. Denk ik.

Ik probeer oogcontact met de oude man te krijgen, maar hij negeert me volledig. Hij heeft een blauw pak aan met een rode stropdas. Hij blijft nog een seconde voor het raam staan, loopt dan door het kantoor en schudt Curly's hand.

'Heel erg bedankt voor je medewerking, Ted.'

'Natuurlijk, meneer.'

De blik van Philip Mackenzie zwaait langs mij heen en blijft rusten op de drie bewakers die mijn escorte vormen. 'Vanaf nu neem ik de gedetineerde voor mijn rekening,' zegt hij. 'Jullie kunnen terug om je normale werkzaamheden uit te oefenen.'

'Ja, meneer,' zegt Carlos.

Ik had er nog niet bij stilgestaan, maar ik ben alleen gekleed in het dunne ziekenhuishemd, dat op de rug open is. Ik heb sokken aan die natuurlijk ook uit de voorraad van de ziekenboeg komen. Mijn canvasschoenen ben ik kwijt. Ik voel me plotseling naakt en kwetsbaar, en in de ogen van die andere vijf vorm ik waarschijnlijk geen enkele bedreiging.

Curly komt in beweging, in de richting van de deur of mijn kant op. Dat is onduidelijk. Als hij dichterbij is, gaat hij langzamer lopen en probeert hij opnieuw me zo stoer mogelijk aan te kijken, Maar het is een lege blik, er zit niets achter. Het is show.

De man is doodsbang.

Als Curly op de drempel staat, zegt Philip Mackenzie: 'Ted?'

Curly draait zich om naar de directeur.

'Ik houd de gevangene de rest van de dag onder mijn hoede. Wie werkt er op jouw afdeling?'

'Ikzelf,' zegt Ted. 'Ik heb dienst tot drie uur.'

'Je bent de hele nacht op geweest.'

'Ik voel me goed.'

'Weet je het zeker? Van mij mag je vrij nemen. Niemand zal het je aanrekenen.'

'Ik ga liever werken, meneer, als het u hetzelfde is.'

'Oké. Ik betwijfel of we met hem klaar zijn voordat jouw dienst erop zit. Maar dan weet je dat. Geef het ook door aan je vervanger.'

'Ja, meneer.'

Curly loopt de gang in. Hitch Hal begroet hem met een vriendschappelijke klap op de schouder. Philip heeft mij nog altijd geen enkele blik waardig gekeurd. Curly en Hal lopen weg door de gang. Lester loopt achter hen aan. Carlos steekt zijn hoofd om de hoek van de deur en vraagt: 'Hebt u mij nog nodig, meneer?'

'Niet nu, Carlos. Ik laat het wel weten als je een verklaring moet afleggen.'

Carlos kijkt naar mij en dan weer naar Philip. 'Oké dan.'

'Carlos?'

'Ja, meneer?'

'Wil je de deur achter je dicht doen?'

'Weet u het zeker, meneer?'

'Ja, ik weet het zeker.'

Carlos knikt en trekt de deur achter zich dicht. Philip en ik zijn alleen in het kantoor. Voordat ik ook maar iets kan zeggen, maakt Philip een gebaar dat ik moet gaan zitten. Dat doe ik. Hij blijft staan.

'Ted Weston zegt dat je gisteravond probeerde hem te vermoorden.'

Ik ben verbijsterd.

Philip gaat aan zijn bureau zitten, slaat zijn armen over elkaar en buigt zich naar me toe. 'Hij beweert dat je voorwendde ziek te zijn zodat hij je naar de ziekenboeg moest brengen. Hij geloofde je op je woord vanwege de vechtpartij met gedetineerde Ross Sumner eerder op de dag.'

Philip draait zijn hoofd naar rechts en wijst naar de shiv – ik neem aan dat het de shiv is die Curly gisteren bij zich had – die op zijn bureau ligt. De shiv is verzegeld in een plastic zak. 'Hij beweert dat jij, zodra jullie alleen waren, de shiv tevoorschijn haalde en probeerde hem ermee te vermoorden. Er ontstond een gevecht. Hij wist je de shiv afhandig te maken en daarbij sneed hij je in je arm. Daarna rende jij weg door de gang. Een andere bewaker hoorde het tumult en schakelde je uit.'

'Het is een leugen, Philip.'

Hij zegt niets.

'Wat zou mijn motief zijn?'

'Ik weet het niet. Ben je hier niet gisteren geweest om me te smeken je de gevangenis uit te helpen?'

'Ja, en...?'

'Misschien was je wanhopig. Je raakt verzeild in een gevecht met een medegedetineerde met een kwalijke reputatie...'

'Die psychopaat viel me aan...'

'Met als gevolg dat je in de ziekenboeg belandde. Misschien is dat een onderdeel van een vluchtplan, dat weet ik niet. Misschien heb je die shiv in de ziekenboeg van Ross Sumner gekregen. Misschien werken jullie samen.'

'Philip, Curly liegt.'

'Curly?'

'Zo noemen we hem. Ik heb dat niet gedaan. Hij maakte me wakker. Hij nam me mee naar die gang. Hij probeerde me te vermoorden. Ik raakte gewond toen ik hem afweerde.'

'Juist, natuurlijk, en je verwacht van mij – en van de wereld in het algemeen – dat we een veroordeelde kindermoordenaar eerder geloven op zijn woord dan een bewaker die al vijftien jaar onberispelijk zijn werk doet.'

Ik verkies daarop even niet te reageren.

'Ik ben gisteren naar je vader geweest.'

'Wat?'

'En je tante Sophie.'

Hij kijkt weg.

'Hoe gaat het met ze?'

'Je vader kan niet meer praten. Hij is terminaal.'

Ik schud mijn hoofd. 'Waarom heb je hem opgezocht?'

Hij geeft geen antwoord.

'Gisteren, waarom per se gisteren? Waarom ben je naar Revere geweest, Philip?'

Hij staat op en loopt naar de deur. 'Kom mee.'

Ik doe geen moeite te vragen waar we heen gaan. Ik ga met hem mee. We lopen eerst door de gang en dalen de trap af. We lopen naast elkaar. Philip houdt zijn rug kaarsrecht en staart strak voor zich uit. Zonder zijn gezicht naar mij te keren zegt hij: 'Je hebt geluk gehad dat Carlos de bewaker was die je heeft uitgeschakeld.'

'Hoezo?'

'Omdat Carlos mij meteen belde om het incident te rapporteren. Ik heb er drie man op gezet, inclusief Carlos, om je de klok rond te bewaken.'

Ik blijf staan en pak zijn mouw beet. 'Zodat niemand de klus kon afmaken,' zeg ik. 'Je was bang dat iemand me zou vermoorden.'

'Je loopt nog steeds gevaar,' zegt hij. 'Zelfs als ik je in de isoleer laat zetten. Zelfs als ik je meteen laat overplaatsen. Een bewaker die beweert dat jij je schuldig maakt aan een wraakoefening, wil je dood hebben. Daarnaast zit Ross Sumner met het hele fortuin van de Sumners in zijn zak achter je aan – alles met elkaar geen optelsom voor een gezonde toekomst.'

'Wat moet ik doen?' vraag ik.

Bij wijze van antwoord doet Philip de deur van zijn eigen kantoor open, het kantoor waar ik gisteren ben geweest. Als ik daar Philips zoon Adam zie staan, gekleed in zijn politie-uniform, begint er voor het eerst in ik weet niet hoe lang iets in me te juichen. Even sta ik alleen maar te staren naar mijn beste vriend. Hij glimlacht en knikt alsof hij wil zeggen dat hij echt is, dat ik me niet vergis, dat hij voor me staat. Ik laat mijn gedachten even de vrije teugel om terug te keren naar een andere tijd, naar het beeld van een kleedkamer voor de basketbaltraining toen we nog op Revere High zaten, naar beelden van de double date met de zusjes Hancock in Friendly's, en naar beelden van ons tweeën op de goedkoopste bankjes van Fenway Park waar we de rechtsvelder van de tegenstander treiterden.

Adam spreidt zijn armen breeduit, doet een stap naar voren en ik laat me vallen in zijn massieve omhelzing. Ik knijp mijn ogen stijf dicht want ik ben bang dat ik ga huilen. Ik voel dat mijn benen onder me wegzakken, maar Adam houdt me overeind. Hoelang is het geleden dat ik enige fysieke affectie heb ervaren? Bijna vijf jaar. Wie was de laatste die me omhelsde met pure, gemeende gevoelens? Mijn vader, op de dag dat de jury het oordeel velde dat ik schuldig was. Mijn vader, die nu op zijn sterfbed ligt. Maar zelfs bij hem, zelfs bij de vader van wie ik meer houd dan van welke man dan ook, bespeurde ik iets van aarzeling in die omhelzing. Mijn vader houdt van mij, maar – misschien is dit allemaal projectie – er was twijfel gerezen, alsof hij niet meer wist of hij nu zijn zoon omhelsde of een monster.

Adams omhelzing is boven alle twijfel verheven.

Adam laat me pas gaan als ik mezelf uit zijn omhelzing losmaak. Ik doe een stap achteruit en weet niet of ik wel iets van woorden uit mijn strot kan krijgen. Philip heeft ondertussen de deur naar de gang dichtgedaan. Hij gaat naast zijn zoon staan.

'We hebben een plan,' zegt Philip.

10

'Wat voor plan?' vraag ik.

Philip Mackenzie knikt naar zijn zoon. Adam glimlacht en begint zijn shirt los te knopen.

'Je staat op het punt om mij te worden,' zegt hij.

'Zeg dat nog eens?'

'Ik had liever een beetje meer tijd gehad om te plannen,' zegt Philip, 'maar ik meende wat ik zei. Als jij hier blijft, loopt het verkeerd af, hoe hard ik ook mijn best doe om je te beschermen. We moeten dit nu doen.'

Adam trekt zijn uniformshirt uit en geeft het aan mij. 'Ik heb de kleinste maat aangetrokken die ik heb, maar het zal je toch nog wel te groot zijn.' Ik pak het shirt aan. Adam gespt zijn riem los.

'Dit is het plan in een notendop,' gaat Philip door. 'Jij hebt ons erin geluisd, David.'

'Heb ik dat gedaan?'

'Gisteren kwam je me voor het eerst opzoeken – dat bezoek staat geregistreerd – en vertelde je me dat je gerehabiliteerd wilde worden voor je misdrijven. Je trakteerde me op een geweldige jankpartij hoe zielsgraag je het weer goed wilde maken en een bekentenis wilde afleggen en echte hulp wilde.'

Ik trek het ziekenhuishemd uit en laat het shirt van Adam over mijn hoofd glijden. Dan begin ik aan het uniform. 'Ga door.'

'Je smeekte me om je oude maatje Adam hiernaartoe te halen. Daar wilde je beginnen, bij iemand die zou luisteren en je ondanks alles nog zou accepteren. Ik werkte mee uit loyaliteit jegens mijn oude vriend – jouw vader. Het klonk logisch. Als iemand jou uit de hel kon optrekken en je kon laten bekennen, dan was het Adam.'

Adam geeft mij zijn broek. Hij grinnikt.

'Dus regelde ik een langdurig bezoek voor vandaag – precies zoals ik het die bewakers zojuist heb verteld. Adam en jij zouden de hele dag samen doorbrengen.'

De pijpen van de broek zijn te lang. Ik sla de zomen om.

'Wat ik niet wist, was dat jij een pistool had.'

Ik frons mijn wenkbrauwen. 'Een pistool?'

'Ja. Je hield ons onder schot. Je dwong Adam zich uit te kleden, boeide hem en sloot hem op in de kast.'

Adam glimlachte. 'En dat terwijl ik bang ben in het donker.'

Ik glimlach terug, al herinner ik me nu dat Adam vroeger een nachtlampje bij zijn bed had. Snoopy. Het ding hield me wel eens wakker als ik bleef slapen. Dan lag ik naar Snoopy te staren en kon ik mijn ogen niet dichtdoen.

Grappig, wat je je allemaal kunt herinneren.

'Daarna trok je het uniform van Adam aan,' gaat Philip door, 'en zijn regenjas en zette je zijn pet op. Je hield me onder schot en dwong me je mee te nemen de gevangenis uit.'

'Hoe kwam ik in godsnaam aan dat pistool?' vraag ik.

Philip haalt zijn schouders op. 'Dit is een gevangenis. Er wordt van alles naar binnen gesmokkeld.'

'Geen pistolen, Philip. En ik heb net de hele nacht doorgebracht in de ziekenboeg, in het gezelschap van drie bewakers. Dat gelooft geen hond.'

'Je hebt gelijk,' zegt Philip. 'Wacht even.' Hij trekt een la van zijn bureau open en haalt er een Glock 19 uit. 'Je had die van mij bemachtigd.'

'Hè?'

Philip trekt een pand van zijn jasje opzij zodat een lege holster zichtbaar wordt. 'Ik droeg het pistool bij me. We haalden herinneringen op. Je begon te huilen. Ik was zo dom om je te willen troosten. Je verraste me en greep het pistool.'

'Is het geladen?'

'Nee, maar...' Philip Mackenzie reikt in de la en pakt een doos munitie. 'Nu wel.'

Het plan is pure waanzin. Het is één grote gatenkaas. Maar het tij sleurt mij mee naar zee, ik heb geen tijd om al te lang te aarzelen. Dit is mijn kans. Ik moet hier weg. Als Philip en Adam er de gevolgen van moeten dragen of er offers voor moeten brengen, dan moet dat maar. Mijn zoon leeft en is ergens daarbuiten. Of het nu wel of niet egoïstisch is, dat feit is belangrijker dan al het andere.

'Oké, en wat doen we nu?'

Adam staat er slechts gekleed in zijn ondergoed bij. Ik ga zitten, trek zijn sokken en daarna zijn schoenen aan. Adam is vijf centimeter langer dan ik en hoewel we ooit ongeveer even zwaar waren, is het verschil nu gemakkelijk tien, vijftien kilo. Ik trek de riem strak aan om te voorkomen dat de broek afzakt. Ik trek de regenjas aan. Dat helpt.

'Ik had Adam opdracht gegeven zijn pet op te houden toen hij aankwam,' zegt Philip als hij me de pet toegooit. 'Dan is je haar bedekt. Loop snel en houd je hoofd laag. Op weg naar de parkeerplaats passeren we maar één post van de bewaking. Als we bij mijn auto komen, beveel je me – natuurlijk terwijl je me onder schot houdt – om naar mijn huis te rijden. Stom genoeg heb ik gisteren bij de bank vijfduizend dollar opgenomen. Ik had nog wel meer kunnen opnemen, maar dan zou het zijn opgevallen.'

Adam gooit me zijn portefeuille toe. 'Daar zit duizend dollar in.

Misschien vergeet ik ook wel om een van mijn creditcards te blokkeren. Ik denk de Mastercard. Die gebruik ik toch nooit.'

Ik knik en probeer niet emotioneel te worden. Ik moet me concentreren, op het hier en nu richten, denken terwijl we het doen. Die Mastercard bijvoorbeeld, zou ik die kunnen gebruiken? Of zou het dan te gemakkelijk worden om me te volgen?

Later, zeg ik tegen mezelf. Concentreer je. 'En wanneer gaan we op weg naar jouw auto?'

Philip kijkt op zijn horloge. 'Nu, we moeten bij mijn huis zijn voor negen uur. Je bindt mij vast en dan ontsnap ik, laten we zeggen, aan het eind van de middag, om zes uur. Op die manier heb je een redelijke voorsprong. Ik ben in paniek als ik me eindelijk weet te bevrijden, vooral omdat je mijn zoon geboeid in de kast hebt opgesloten. Ik haast me hiernaartoe om hem te bevrijden voordat ik alarm sla. Dat zal dan zo rond zeven uur zijn. Dat geeft je alles bij elkaar een uur of tien.'

Ik trek de veters van Adams schoenen strak aan zodat ze niet van mijn voeten glippen. Ik trek de klep van de pet diep over mijn ogen. Adam vraagt zich af of hij het ziekenhuishemd moet aantrekken, maar dat is niet logisch.

'De kast in,' zegt Philip tegen zijn zoon.

Adam keert zich naar mij. We omhelzen elkaar stevig.

'Zorg dat je hem vindt,' zegt Adam. 'Zorg dat je mijn petekind vindt.'

Philip gooit hem een paar mueslirepen of iets dergelijks toe en touw waarmee ik hem zou hebben vastgebonden. Ik weet niet of iemand daar in zal trappen, maar met een beetje geluk wordt hij pas later op de dag gevonden – door zijn vader. Philip sluit de deur van de kast en doet hem met de sleutel op slot. Hij pakt de Glock en drukt op de knop op de kolf waarmee je het magazijn uitwerpt. Ik weet dat er vijftien kogels in dit type gaan, maar zonder autolader is het een bewerkelijke klus. Je moet de kogels stuk voor stuk in het magazijn drukken en ervoor zorgen dat de ronde kant voor zit. Philip houdt na zes of zeven kogels op en klapt het magazijn terug in het pistool.

Hij geeft me het pistool.

'Ik zou er niet mee schieten als ik jou was,' zegt hij. 'Vooral niet op mij.'

Het lukt me te glimlachen.

'Ben je er klaar voor?' vraagt hij.

Ik voel de adrenaline door mijn aderen stromen. 'Ja.'

Philip Mackenzie is zo'n man die vertrouwen en kracht uitstraalt. Als hij loopt, loopt hij indrukwekkend en doelgericht. Met lange stappen. Het hoofd geheven. Ik probeer hem bij te houden, met de klep van Adams pet zo laag over mijn voorhoofd dat hij iets van vermomming biedt, maar niet zo laag dat het argwaan zal wekken. We staan stil bij een lift.

'Druk op de knop Omlaag,' zegt Philip.

Ik doe wat hij zegt.

'Er is een camera in de lift. Speel een beetje met het pistool. Bedreig mij ermee. Doe het subtiel, maar zorg ervoor dat het pistool te zien is.'

'Oké.'

'Als ik hier weer terugkom, gaan ze vragen stellen. Hoe meer te zien is dat ik in levensgevaar verkeerde, des te gemakkelijker wordt het voor mij.'

De bel van de lift klinkt en de deuren schuiven open. De lift is leeg.

'Begrepen,' zeg ik als we in de lift stappen. Ik heb het pistool in de zak van de regenjas. Het lijkt allemaal wel een toneelstukje, alsof ik hem bedreig met een vinger. Ik haal het pistool uit mijn zak en houd het dicht langs mijn zij, maar wel binnen het bereik van de camera in de hoek bovenin. Ik schraap mijn keel en brom iets over het vooral niet maken van onverwachte bewegingen. Ik klink als een acteur uit een B-film. Philip reageert niet. Hij gooit zijn handen niet in paniek omhoog, wat, dat ben ik met hem eens, het realiteitsgehalte van mijn 'dreiging' goeddoet.

Als de lift op de begane grond tot stilstand komt, steek ik het pistool weer in mijn zak. Philip snelt de lift uit. Ik moet me haasten om hem bij te houden.

'Gewoon blijven lopen,' zegt Philip zacht. 'Niet stilstaan, niemand aankijken. Blijf iets achter me lopen en een beetje rechts. Dan blokkeer ik de zichtlijn van de bewaking.'

Ik knik. Voor ons zie ik een metaaldetector. Ik verstijf bijna, maar dan realiseer ik me dat die alleen wordt gebruikt voor mensen die binnenkomen, niet voor wie de gevangenis verlaat. Niemand is echt geïnteresseerd in wie naar buiten gaat. Die krijgen slechts oppervlakkig aandacht, maar dit is dan ook een uitgang voor personeel, waar gedetineerden nooit komen. Er is slechts één bewaker. Van een afstand ziet hij er jong en verveeld uit. Hij doet me denken aan een surveillant in de kantine van een highschool die stoned zijn werk doet.

Nog tien meter. Philip loopt zonder aarzelen door. Ik loop eerst wat langzamer, dan wat harder om in te schatten onder welke hoek mijn gezicht het beste verborgen blijft achter Philips schouder. Als we nog dichterbij zijn, herkent de bewaker de directeur. Hij zet zijn voeten recht en gaat staan. Hij kijkt eerst de directeur aan en dan mij.

Er verandert iets in zijn gelaatsuitdrukking.

We zijn zo verdomd dicht bij die buitendeur.

Ik realiseer me met iets wat veel op afgrijzen lijkt dat ik mijn hand nog steeds om de kolf van het pistool heb. Mijn hand is in mijn jaszak. Zonder dat ik me er echt van bewust ben, verstevig ik de greep op het wapen en glijdt mijn wijsvinger om de trekker.

Zou ik schieten? Zou ik werkelijk op die jongen schieten om te kunnen ontsnappen?

Philip knikt naar de bewaker als we langs hem lopen, het gezicht stevig in de plooi. Ik slaag erin een soort hoofdknik te maken omdat ik denk dat Adam misschien zoiets zou doen.

'Geniet van de dag, meneer,' zegt de bewaker.

'Jij ook, jongen.'

We zijn nu bij de buitendeur. Philip drukt hard op de paniekstang en duwt beide deuren open.

Twee seconden later zijn we het gebouw uit en op weg naar zijn auto.

Ted 'Curly' Weston zat in de personeelskamer met zijn hoofd in zijn handen. Hij trilde als een espenblad en kon er niets aan doen.

Hij had het verkloot. Hij had het volledig verkloot. Hij wist het toch, dat het zo zou gaan? Hij had geprobeerd een fatsoenlijk leven te leiden. 'Een man een man, een woord een woord,' had zijn vader altijd gezegd. Zijn vader was slachter geweest in een gigantische fabriek voor vleesverwerking. Hij stond 's morgens om drie uur op, bracht de hele dag door in de koelcel en sleepte zich op tijd naar huis om de avondmaaltijd naar binnen te werken en weer te gaan slapen, want de volgende ochtend moest hij er om drie uur weer uit. Zo zag zijn leven eruit tot hij op negenenvijftigjarige leeftijd omviel na een hartaanval en ter plekke overleed.

Toch had Ted vooral een keurig leven geleid. Had hij hier en daar wat steekpenningen geaccepteerd? Zeker. Dat deed iedereen. Het leven bestaat in feite uit het geven en nemen van steekpenningen, als je er goed over nadenkt. Zo zit het leven in elkaar, man. We bedriegen elkaar allemaal. Ted had zich er niet voor geschaamd. Hij was geen zwijn, maar door dat kutloon dat ze je betaalden, was je wel gedwongen er wat bij te schnabbelen om quitte te spelen. Om je inkomsten aan te vullen. Zo doe je dat in Amerika. Ja... misschien is het allemaal recht praten van wat krom is, maar als iemand hem vraagt een bepaalde gevangene in de gaten te houden, zoals hij een paar jaar had gedaan met Burroughs, of als de familieleden van een gedetineerde hem een fooi wilden geven – zo zag Ted het, een fooi, drinkgeld, een soort gratificatie – als hij die gedetineerde zonder aandacht te trekken voorzag van iets wat de man troost kon bieden in zijn kommervolle bestaan, nou ja, waarom zou hij dat dan verdomme afwijzen? Als hij nee zou zeggen, deed een ander het. Het werd van je verwacht. Iedereen deed het. Zo bleef de wereld draaien. Je gaat niet aan de boom schudden.

Maar Ted had nog nooit iemand pijn gedaan.

Dat was een belangrijk punt. Hij had zich wel eens omgedraaid en de andere kant op gekeken als die gasten elkaar te grazen wilden nemen, alweer, waarom niet? Ze zouden elkaar toch wel een pak ransel geven, met of zonder zijn medewerking. Een keer was Ted midden in een van die knokpartijen terechtgekomen en toen had zo'n smeerlap die eruitzag als een wandelende geslachtsziekte hem gekrabd en een diepe wond veroorzaakt met een vingernagel. Zijn vingernagel! Die klotewond raakte natuurlijk ontstoken. Ted had twee maanden antibiotica moeten slikken.

Hij had uit de buurt moeten blijven van Ross Sumner.

Ja... het geld was echt geweest, en het was veel geweest. Ja... hij hoefde niet per se een 'beter leven' – zijn leven was eigenlijk best goed – maar man, even een keer met de kop boven die stapel rekeningen uit komen, waarin hij dreigde te verzuipen, die hem dreigde te verstikken, even boven die stapel zweven, een paar dagen zonder geldzorgen, misschien een keertje lekker uit eten met Edna – was dat nou zo veel gevraagd? Echt?

Ted liet zijn ogen over de tafel gaan, op zoek naar een donut, maar die waren er niet. Verdomme. Een of andere klootzak had croissants meegebracht. Croissants. Ooit geprobeerd een croissant te eten zonder dat je onder de kruimels komt te zitten? Onmogelijk. Maar ja, dat was de hype tegenwoordig. Het was iets uit Frankrijk, had iemand gezegd. Croissants waren beschaafd en chic.

Doe me een lol.

Twee van zijn collega's, Moronski en O'Reilly, propten croissants in hun mond, waarbij ze vlokken bladerdeeg in het rond spuwden alsof ze tuinhout verwerkten met een versnipperaar, terwijl ze met volle mond van mening verschilden over het perspectief dat het beste beeld gaf van boezems op Instagram. Moronski gaf de voorkeur aan een 'diep decolleté' terwijl O'Reilly in bijna lyrische bewoordingen beschreef hoezeer een borstpartij 'en profil' hem kon ontroeren.

O ja, dacht Ted. De croissants zorgen duidelijk voor een tikkeltje extra beschaving.

'Hé Ted, wat vind jij ervan?'

Ted negeerde hen. Hij staarde naar de croissants en overwoog er toch een te nemen. Hij stak zijn hand uit om er een te pakken, maar zijn hand trilde te erg.

'Gaat het wel?' vroeg O'Reilly.

'Ja, niks aan de hand.'

'We hoorden wat er gebeurd is,' zei Moronski. 'Kan me niet voorstellen dat Burroughs zoiets zou doen. Had jij iets gedaan wat hem in het verkeerde keelgat is geschoten?'

'Volgens mij niet.'

'Ik begrijp alleen niet waarom je hem meenam naar de ziekenboeg zonder Kelsey in te seinen.'

'Ik had hem opgepiept,' loog Ted. 'Maar hij reageerde niet.'

'Maar toch. Waarom wachtte je niet?'

'Burroughs zag er niet best uit,' zei Ted. 'Ik wou hem niet dood laten gaan.'

'Laat hem met rust, O'Reilly,' zei Moronski.

'Wat? Ik vraag het gewoon.'

Genoeg, dacht Ted. De grote vraag was welk verhaal Burroughs op datzelfde moment aan de directeur vertelde. Waarschijnlijk zijn versie van het gebeuren, dat Ted degene was geweest met de shiv, niet hij. Nou en? Het was zijn woord tegen dat van een kindermoordenaar. Niemand zou Burroughs geloven. En ondanks die vragen van O'Reilly zouden al zijn collega's hem steunen. Zelfs Carlos, die nogal geschokt leek toen hij hen de vorige avond in die gang had aangetroffen, zou zich schikken. Niemand hier zorgt voor onrust. Niemand schiet gaten in het systeem en niemand kiest de kant van een gedetineerde.

Maar waarom voelde Ted zich dan niet veilig?

Hij moest nadenken over de volgende stap. Het eerste wat hij moest doen was achter zich laten wat er was gebeurd. Weer aan het werk. Doen alsof er niet zo veel aan de hand was.

Maar mijn god, wat had hij bíjna gedaan?

Het was waar, Sumner had hem klemgezet, had hem gechanteerd, maar veronderstel dat het hem gelukt was, dan had hij iemand vermoord. Dan had hij een medemens vermoord. Dat kon hij maar niet uit zijn gedachten krijgen. Hij, Ted Weston, had geprobeerd iemand te vermoorden. Hij vroeg zich af of hij eigenlijk niet zelf onbewust sabotage had gepleegd, dat het niet zozeer Burroughs was geweest die hem te slim af was of zich kundig had verdedigd, maar dat Ted, los van al het andere, had geweten dat hij het niet voor elkaar zou krijgen. Daar dacht hij nu over na. Veronderstel dat het mes doel had getroffen. Veronderstel dat hij het mes in Burroughs' hart had gestoken en had moeten toekijken hoe de man stierf.

Ted was nu in paniek. Maar als hij had doorgezet, als het hem was gelukt, zou hij er dan nu beter aan toe zijn?

Hij schonk een kop koffie in en werkte die naar binnen als een aardvarken dat een mierenhoop afwerkt. Hij keek op de klok. Zijn dienst zou aanstonds beginnen. Hij verliet de personeelskamer.

Ted Weston liep de trap op, terwijl de angst nog steeds door zijn lichaam stroomde. Hij keek door het getraliede raam en zag iets wat hem prompt deed stilstaan, alsof een gigantische hand hem bij de schouder had gepakt en hem de voortgang belette.

Jezus!

Het raam bood uitzicht op de parkeerplaats voor leidinggevenden. De grote heren parkeerden daar. De gewone bewakers zoals Ted, parkeerden helemaal achter het complex en werden met een pendel naar de eigenlijke werkplek vervoerd. Maar dat was niet wat hem nu dwarszat. Ted kneep zijn ogen tot spleetjes en keek nog eens goed. De directeur was toch heel duidelijk geweest. Hij zou urenlang, zo niet de hele dag, met Burroughs in de weer zijn.

Prima, nou ja, en?

Waarom stapte de directeur dan nu in zijn auto?

En wie was die man daar bij hem?

Ted voelde iets kouds langs zijn ruggengraat omlaagglijden. Hij kon niet zeggen waarom. In allerlei opzichten was er niet veel aan de hand. Hij keek toe hoe de directeur in zijn auto stapte. De andere man droeg een regenjas en stapte aan de passagierskant in.

Maar als de directeur vertrok, waar was dan verdomme David Burroughs? Teds radio hing aan zijn riem. Er was niet over de radio gemeld dat een gedetineerde moest worden opgehaald uit het kantoor van de directeur. Dus had de directeur hem misschien in de isoleer gezet. Nee, want als dat was gebeurd, zouden ze het hem hebben laten weten. Had de directeur Burroughs dan achtergelaten onder de hoede van iemand anders, een onderknuppel die hem verder moest verhoren?

Ted wist dat het dat allemaal niet was. Dat voelde hij aan zijn water. Er was iets niet in de haak. Er was iets helemaal fout.

Hij haastte zich naar de telefoon aan de muur en nam de hoorn van de haak.

'Met Weston, sector vier. Volgens mij hebben we een probleem.'

11

Ik vind het onvoorstelbaar dat ik in Philips auto zit.

Ik kijk door de voorruit. Het is een grijze ochtend. Het gaat regenen. Dat voel ik in mijn gezicht. Er schijnen mensen met artrose te zijn die aan de hand van de pijn in hun gewrichten kunnen voorspellen wanneer het gaat regenen. Hoe gek het ook klinkt, datzelfde heb ik ook. Ik voel het in mijn jukbeen en mijn kaak. Die zijn allebei verbrijzeld bij dat eerste pak slaag in de gevangenis. Als er nu maar een regenbui op de horizon op de loer ligt, kloppen mijn jukbeen en kaak als een ontstoken verstandskies.

Philip start de motor, rijdt achteruit van zijn parkeerplaats en vooruit weg. Ik kijk uit het raam naar het bouwwerk met de uitstraling van een fortificatie en huiver. Ik zeg tegen mezelf dat ik niet terug zal komen. Wat er ook gebeurt. Ik zal mezelf niet toestaan hier ooit nog terug te komen.

Ik keer me naar Philip. Hij concentreert zich en heeft zijn zware, borstelige wenkbrauwen diep over zijn ogen getrokken. Zijn grote handen houden het stuur in een greep alsof hij van plan is het van de stuurkolom te rukken.

'Ze zullen zich gaan afvragen hoe ik jouw pistool te pakken heb gekregen,' zeg ik.

Hij haalt zijn schouders op.

'Je neemt een enorm risico.'

'Maak je geen zorgen.'

'Doe je dit om wat er gisteravond is gebeurd?' vraag ik. 'Of omdat je me gelooft als ik beweer dat Matthew nog leeft?'

De oudere man denkt even na. 'Maakt het wat uit?'

'Waarschijnlijk niet, nee.'

We zwijgen beiden als Philip de weg naar de uitgang van het complex op draait. Voor ons zie ik de wachttoren en de poort waar we zo meteen door zullen rijden. Het is geen honderd meter meer. Ik zak iets onderuit en probeer kalm te blijven.

Nog heel even.

Zittend op de vloer van de donkere kast probeerde Adam Mackenzie het zich een beetje gemakkelijk te maken. Als alles goed ging, zou hij toch zeker een uur of tien, elf vastzitten. Hij leunde met zijn rug tegen de achterkant van de kast. Hij had zijn telefoon in de auto van zijn vader laten liggen, want het was natuurlijk uitgesloten dat die 'op hol geslagen' Burroughs hem zijn telefoon zou laten houden. Tien, elf uur in een donkere kast zitten? Adam schudde zijn hoofd. Hij had een zaklantaarn mee moeten nemen, en iets te lezen.

Hij deed zijn ogen dicht. Hij was doodmoe. Zijn vader had hem na middernacht gebeld en hem verteld over Davids aanvaring met de bewaking en Davids bizarre bewering dat Matthew nog leefde. Dat was natuurlijk onzin. Dat moest wel. Hij herinnerde zich dat David hem had gevraagd als peetvader voor Matthew, op dezelfde manier als Davids vader ooit Adams vader als peetvader had gevraagd. Het was een van die momenten geweest waarop hij heel trots was. Zo had hij het eigenlijk altijd gevoeld met David. Trots, want David was iets bijzonders. David was zo iemand. Mannen zouden hém willen zijn, vrouwen vielen voor hem, maar er school iets demonisch onderhuids. Dat was waarom Adam aan de oppervlakte weigerde te geloven dat David de moordenaar was toen de eerste geruchten daarover de ronde deden, maar diep vanbinnen knaagde er toch iets, een twijfel die hij niet het zwijgen kon opleggen. David was opvliegend. Er was een keer ruzie geweest tijdens het eindexamenjaar op de highschool. Adam was in die tijd de man die de meeste punten scoorde en de meest rebounds pakte in het basketbalteam, maar toch werd David, de rommelaar, de weerbarstige verdediger, de man die in het veld kwam om speciale klussen te klaren, tot aanvoerder gekozen door de rest van het team. Zo was het altijd geweest. Adam, de fijnzinnige artiest, David, het populaire breekijzer. Hoe dan ook, tijdens dat eindexamenjaar had Revere High met 78-77 verloren van de belangrijkste rivaal Brookside, mede omdat Adam, die vierentwintig punten had gescoord, met nog vier seconden op de klok een lay-up miste. Die gemiste lay-up achtervolgde hem. Nu nog steeds. Maar later die avond werd Adam door een paar jongens van Brookside gepest met die gemiste kans. Op dat moment had David het recht in eigen hand genomen. Hij had twee van die jongens verrot geslagen. Hij was zo woest tekeergegaan dat Adam hem van zijn slachtoffers af had moeten trekken en hem in een auto had moeten stoppen.

En dan had je nog Davids vader Lenny. Lenny en Adams eigen vader – hoe ging het ook alweer in de Bijbel?

De zonden van de vader zullen bezocht worden aan de kinderen.

Hij had zijn oude vriend natuurlijk allang moeten opzoeken. Waarom had hij dat niet gedaan? In het begin had David bezoek geweigerd. Oké, natuurlijk, maar Adam had beter zijn best kunnen doen. Hij had het gewoon opgegeven. Hij had er de kracht niet voor. Dat had hij zichzelf wijsgemaakt. De man die hier in die hel zat was zijn beste vriend niet. Zijn beste vriend was er niet meer. Die was net als zijn zoon doodgeknuppeld.

Adam wilde net zijn benen verleggen toen hij de deur van zijn vaders kantoor open hoorde gaan.

Een chagrijnige stem zei: 'Wat is hier aan de hand?'

O shit.

Adam graaide de touwen bij elkaar en begon ze om zijn benen te wikkelen. Hij tilde de zakdoek op rond zijn mond zodat het zou lijken of hij gekneveld was. Het plan was heel eenvoudig. Als iemand hem zou vinden voordat zijn vader terug was, moest alles de indruk wekken dat hij druk bezig was zichzelf te bevrijden.

Een tweede stem zei: 'Dat zei ik toch. Hij is weg.'

Chagrijn: 'Hoe kan hij verdomme verdwenen zijn?'

'Wat bedoel je?'

'Waar is de gedetineerde?'

'Heeft hij die niet teruggestuurd voordat hij vertrok?'

'Nee.'

'Weet je dat zeker?'

'Ik werk op die afdeling. Ik denk dat ik het wel zou weten als een schoft die heeft geprobeerd mij te vermoorden, weer in zijn cel zat.'

Adam verroerde geen vin.

'Misschien heeft iemand anders Burroughs teruggebracht naar zijn cel.'

'Nee, dat zou mijn werk zijn.'

'Maar je had het net over een pauze. Misschien had de directeur haast, weet je, en heeft hij een van de anderen het laten doen.'

'Misschien.' Chagrijn klonk allerminst overtuigd.

'Ik zal erachteraan bellen. Ik snap niet waar je je zorgen over maakt.'

'Ik zag hem net lopen met iemand. De directeur, bedoel ik, op het parkeerterrein.'

'Dat was waarschijnlijk zijn zoon.'

'Zijn zoon?'

'Ja, die is politieman.'

'Was zijn zoon hier vandaag?'

'Yep.'

'Waarom?'

'Jezus, hoe moet ik dat weten?'

'Ik snap het niet. De directeur krijgt te horen dat een van zijn bewakers bijna is vermoord door een gedetineerde – en besluit dan dat het een mooie dag is om het zoontje eens rond te leiden op papa's werk?'

'Ik weet het niet, misschien wel.'

'Denk je dat we alarm moeten slaan?' vroeg Chagrijn.

'Waarom? We weten niet eens of Burroughs zoek is. Laten we maar naar jouw afdeling bellen, en naar de isoleer. Dan kunnen we eerst uitzoeken of hij daar is.'

'En als hij daar niet is?'

'Dan slaan we alarm.'

Het bleef even stil. Toen zei Chagrijn: 'Ja... Oké. Laten we maar bellen.'

'Gebruik mijn telefoon maar. Die ligt hiernaast.'

Adam hoorde de beide mannen vertrekken. Hij ging staan. Het was plotseling vreselijk benauwd in de kast. Hij voelde zich opgesloten, claustrofobisch. Hij probeerde de deur open te doen. Op slot. Natuurlijk. Zijn vader had hem opgesloten. Alles moest zo echt mogelijk lijken.

Jezus, wat nu?

Alles liep nu in rap tempo in de soep. Het zou niet zo lang meer duren. Ze zouden bellen en erachter komen dat er nergens een David was. Ze zouden alarm slaan. Verdomme. Hij probeerde de deur een tweede keer open te krijgen, met meer geweld. Er gebeurde niets.

Hij had gecn anderc kcus.

Hij moest de deur eruit breken. Dat deed je niet met je schouder. Proberen een deur uit de hengsels te rammen met je schouder levert je alleen een ontwrichte schouder op. Met zijn rug tegen de achterkant van de kast gedrukt, tilde Adam een voet op. Hij keek bij de scharnieren naar welke kant de deur zou opendraaien. Als een deur naar jou toe opengaat, is de kans veel kleiner dat je hem eruit kunt trappen. Dat was in dit geval gelukkig niet zo. Er zijn maar weinig kasten die naar binnen toe opengaan. Te weinig ruimte. Je moet ook altijd tegen de deur trappen aan de kant van het slot. Dat is de zwakste plek. Hij zette zich met zijn rug af tegen de achterkant van de kast en ramde zijn hak net onder het slot. Hij moest drie pogingen doen, maar uiteindelijk klapte de deur naar buiten. Knipperend met zijn ogen liep Adam struikelend naar het bureau van zijn vader. Hij pakte de hoorn van de haak van de vaste lijn. Hij moest even moeite doen zich het mobiele nummer van zijn vader voor de geest te halen – net als de meeste mensen had hij er nooit de noodzaak van ingezien om het uit zijn hoofd te leren – maar het schoot hem weer te binnen.

Hij koos het nummer en hoorde de telefoon overgaan.

Als de auto van Philip achter een grote witte vrachtwagen tot stilstand komt, loopt een bewaker naar hen toe met een apparaat in de hand.

'Hou de klep diep over je ogen,' zegt Philip.

De bewaker loopt een rondje om de auto, terwijl hij op de display van het apparaat kijkt. Hij blijft even bij de kofferbak staan voordat hij zijn ronde voltooit.

'Wat is dat voor ding?' vraag ik.

'Een hartslagmeter,' zegt Philip. 'Je kunt er een kloppend hart dwars door een muur mee opsporen.'

'Dus als iemand zich achterin of in de kofferbak heeft verstopt...'

Philip knikt. 'Dan vinden we die.'

'Grondig,' zeg ik.

'Er is niemand ontsnapt uit Briggs sinds ik hier directeur ben.'

Ik blijf een andere kant op kijken tot de bewaker zich weer in zijn wachthokje heeft teruggetrokken. Hij knikt naar Philip. Philip wuift vriendelijk naar hem terug. We wachten tot de elektronisch bediende hekken openschuiven. Het lijkt onwaarschijnlijk lang te duren, maar ik vermoed dat dat meer een kwestie is van wat er allemaal in mijn hersenen gebeurt, dan in werkelijkheid. Ik staar naar het vier meter hoge hek van harmonicagaas, met bovenop rollen prikkeldraad. Het gras langs de rand is verrassend groen en weelderig, bijna van een kwaliteit die je op een golfbaan zou verwachten. Aan de andere kant van dat grasveld, niet ver van het hek, staan bomen.

Ik begin sneller te ademen. Ik weet niet waarom. Ik voel me alsof ik hyperventileer en misschien is dat ook wel zo.

Ik moet hier weg.

'Rustig,' zegt Philip.

Dan klinkt de telefoon.

Hij is verbonden met het geluidssysteem van de auto, dus klinkt hij dreunend hard. Ik kijk naar het scherm, maar de identiteit van de beller wordt er niet op weergegeven. Ik kijk naar Philip. Er is verwarring te zien op zijn gezicht. Hij pakt de telefoon en houdt hem bij zijn oor.

'Hallo?'

Het klinkt als Adam. Ik kan niet verstaan wat hij zegt, maar het klinkt paniekerig. Ik doe mijn ogen dicht en dwing mezelf kalm te blijven. De hekken beginnen met een dof gegrom open te schuiven, alsof ze eigenlijk tegenstribbelen. De witte vrachtwagen staat nog altijd voor ons.

'Verdomme,' zegt Philip tegen de persoon aan de andere kant van de lijn.

'Wat is er?' vraag ik.

Philip negeert me. 'Hoeveel tijd hebben we voordat…'

De sirenes van de gevangenis slaan de stilte aan stukken.

De sirenes zijn oorverdovend. Ik kijk Philip aan. Hij kijkt begrijpelijkerwijs nors. De hekken, die bijna helemaal open waren, komen eerst tot stilstand en beginnen dan weer langzaam dicht te schuiven.

Ik zie dat de wacht op de toren aan de telefoon is. Hij hangt de hoorn terug en pakt een geweer.

'Philip?'

'Richt het pistool op me, David.'

Ik vraag hem niet om een toelichting. Ik doe wat hij me opdraagt. Philip trapt op het gas. Hij zwenkt naar rechts en rijdt om de vrachtwagen heen, op weg naar de dichtschuivende hekken. Hij probeert door de resterende opening te rijden. Dat gaat niet. Er is niet meer genoeg ruimte om door naar buiten te rijden. Philip stuurt de auto er desondanks in en trapt het gaspedaal in tot op de vloer. De wielen slippen. Hij haalt zijn voet niet van het gas. De hekken geven een heel klein beetje mee, maar niet genoeg.

De bewaker met het geweer stormt de wachttoren uit.

'Hou dat pistool op me gericht!' schreeuwt Philip.

Dat doe ik.

De bewaker met het geweer blijft plotseling staan en richt het wapen op de auto.

Philip schakelt en rijdt achteruit. De hekken krassen knarsend langs de flanken van de auto. Philip schakelt weer vooruit en ramt de hekken. Ze geven opnieuw maar een beetje mee. Nog twee bewakers komen naar buiten, allebei met getrokken pistool. Mijn pistool voelt zwaar in mijn hand.

De bewakers hebben ons nu bijna bereikt. De sirenes blijven loeien.

Ik kijk naar het pistool in mijn hand. 'Philip?'

'Hou vol.'

De auto schiet vooruit. Er klinkt een krakend geluid. De hekken schuiven nog iets verder open, maar de neus van de auto zit ertussen geklemd. Philip trapt op het gas, laat het gas los en trapt opnieuw op het pedaal. De motor schudt en beeft.

De bewakers schreeuwen naar ons, maar het geluid van hun stemmen komt niet boven de loeiende sirenes uit.

De auto wurmt zich nu langzaam door de opening. We zijn nu bijna buiten, bijna vrij, maar de hekken proberen nog steeds te sluiten en omklemmen de auto. Het doet me denken aan de scène in *Star Wars* met die afvalpers, en al die oude films op tv waarin de held opgesloten zit in een kamer waarvan de wanden langzaam naar elkaar toe schuiven.

De eerste bewaker staat nu bij mijn raam. Hij schreeuwt, maar ik versta hem niet en het kan me ook niet schelen wat hij schreeuwt. We kijken elkaar zelfs even aan. Hij richt het pistool op mij. Ik kan niets anders bedenken. Ik kan niet terug. Ik kan dit niet opgeven. Mijn pistool is op Philip gericht, maar nu zwaai ik het naar de bewaker.

Richt op de benen, denk ik.

'Niet doen!' schreeuwt Philip.

De bewaker heeft zijn pistool op me gericht. Het is hij of ik. Zo simpel. Ik aarzel, maar er valt niets te kiezen. Ik sta op het punt om de trekker over te halen als de auto plotseling vooruitschiet. Mijn hoofd slaat achterover. De hekken houden de auto nog een seconde langer vast, meer is het niet, en met een laatste geknars komen we los.

De bewakers rennen achter ons aan, maar Philip trapt het gaspedaal tot op de vloer in en de auto wint snelheid. Ik keer me om. De bewakers zijn blijven staan. Ze worden kleiner, net als Briggs Penitentiary, en vager. Steeds kleiner en vager tot ik ze uiteindelijk niet meer kan zien.

Zelfs dan kan ik de sirenes nog horen loeien.

12

Rachel hoorde de sirenes ook.

Ze zat aan haar ontbijt in de Nesbitt Station Diner, een eettentje in twee omgebouwde treinwagons die ooit restauratiewagens waren geweest. De menukaart deed qua woordenaantal niet onder voor een roman van doorsnee lengte. Haar favoriete item op het menu, dat deel uitmaakte van een hoofdstuk over veertig verschillende versies van een burger (rund, bizon, kip, kalkoen, eland, champignon, wilde zalm, kabeljauw, zwarte bonen, vegan, veganPlus, lam, varken, olijf, enzovoort), was 'Mijn Vrouw Wil Niets' – geheimtaal van de uitbater om er nog een lading extra friet bij te gooien, alsmede twee mozzarellasticks. Buiten bij de voordeur hing een uithangbord waarop stond 24 UUR GEOPEND, MAAR NIET AAN ÉÉN STUK. Eronder stonden de echte openingstijden, van vijf uur maandagochtend tot 2 uur 's nachts op zaterdag. Er was een tweede uithangbord waarop stond NEEM GERUST JE EIGEN DRINKEN MEE MAAR SCHENK DAN DEGENE DIE JE BEDIENT OOK EENTJE IN.

De cheeseburger uit de airfryer was hier de vorige avond best lekker geweest, maar wat Rachel het meeste beviel aan deze tent was de uitstekende kwaliteit van de wifi. Die was in de Briggs Motor Lodge zo slecht dat ze zelfs meende een ouderwets op de telefoonlijn aangesloten modem te hebben horen krijsen toen ze verbinding probeerde te maken met internet. De Lodge, een woord met veel te veel betekenissen, had bovendien geen bar of restaurant, alleen een foyer bij de receptie waar je van een gratis continentaal ontbijt kon genieten, een waarlijk optimistische term voor een broodje van een paar dagen oud en een pakje half gesmolten margarine.

Het enige cijfer om de uren aan te duiden op de wijzerplaat van de klok, was het cijfer vijf. Dwars over de wijzerplaat stond de tekst VOOR VIJVEN NIET DRINKEN. Het bezoekuur was over een uur, dus ze had nog genoeg tijd om verder te gaan met haar onderzoek. Daarom had ze zich hier gisteravond en opnieuw vanochtend ingegraven, deed ze eindeloos met een kop koffie en bestelde ze genoeg om geen ergernis op te wekken.

Haar laptop had de hele nacht staan zoemen en een grote hoeveelheid diverse informatie geproduceerd. In negatieve zin, want ze had in het hele land geen wit kind van twee of drie jaar oud gevonden dat was verdwenen in de periode rond de moord op Matthew en vijf jaar later nog steeds werd vermist. Niet één. Sommige van de jongetjes van die leeftijd waren overleden. Andere waren daadwerkelijk gekidnapt, meestal bij conflicten over voogdij, maar uiteindelijk toch weer gevonden. Drie kinderen waren zelfs acht maanden vermist geweest voordat de stoffelijke resten waren gevonden.

Maar tot nu toe was er niet één vermist kind dat aan de criteria voldeed voor wie geen afdoende verklaring was. En dat leidde tot de lastige vraag: als dat verminkte lichaam niet het lichaam van Matthew was, wiens lichaam was het dan wel?

Het was natuurlijk nog erg vroeg voor een dergelijke vraag. Ze zou het onderzoek uitbreiden zodat het meer maanden omvatte en zich uitstrekte over een groter terrein. Ze zou nog meer databases raadplegen. Misschien was het dode jongetje in Matthews bed – jezus, dat klonk zo raar – jonger of ouder geweest, of een kleurling met een lichtgetinte huid, of afkomstig uit het Midden-Oosten of nog iets heel anders. Rachel zou het grondig aanpakken. Vóór het schandaal dat het einde van haar carrière betekende, had ze bekendgestaan als een meedogenloos onderzoeker. Toch viel het niet te ontkennen dat een negatief resultaat van haar werk een grote klap was voor de theorie dat Matthew nog in leven was.

Het positieve resultaat – als je überhaupt iets positief kon noemen in dit alles – betrof de getuige wier verklaring David de das om had gedaan, de 'lieve oude dame' (zoals de media haar hadden genoemd) Hilde Winslow. Het had in principe geen probleem mogen zijn om uit te zoeken waar ze woonde. Toen dat wel het geval bleek te zijn, had Rachel aanvankelijk gedacht dat ze misschien in de afgelopen vijf jaar was overleden. Maar daarvan kon ze geen enkel spoor vinden. In feite had Rachel maar twee mensen gevonden met dezelfde naam. De eerste van die twee Hildes was dertig jaar oud en woonde in Portland, in Oregon. De andere zat in groep vier in Crystal River, in Florida.

Niks en nog eens niks dus.

De naam Hilde was afgeleid van de meer gebruikelijke naam Hilda. Dat was geen verrassing. In alle documenten die betrekking hadden op Davids proces, en overal in de media, werd steeds de naam Hilde gebruikt, maar om niets uit te sluiten, had Rachel ook gezocht naar Hilda Winslow. Ook toen vond ze slechts twee personen, die geen van beiden in het profiel pasten. De volgende stap was een zoektocht naar de meisjesnaam van Hilde Winslow – vrouwen keren vaak op latere leeftijd terug naar hun meisjesnaam – maar ook dat leverde niets op.

Een doodlopend spoor.

De sirene – het zou wel een brandalarm zijn, ergens in de buurt – bleef loeien.

Haar telefoon zoemde. Ze keek op het scherm en zag dat ze werd gebeld door Tim Doherty, een oude vriend uit de tijd dat ze voor de *Globe* werkte. Tim was een van de weinigen geweest die haar niet hadden laten vallen toen de ellende begon. Niet openlijk natuurlijk, want dat zou hem zijn eigen carrière hebben gekost. Dat wenste ze niemand, en zeker hem niet, toe.

'Ik heb ze,' zei Tim.

'Het hele moorddossier?'

'De procesdocumenten en transcripten. Het is uitgesloten dat de politie me inzage zou geven in hun dossier.'

'Heb je Hilde Winslows social security number nog te pakken gekregen?'

'Ja, mag ik vragen waarvoor je dat nodig hebt?'

'Ik zoek haar.'

'Dat dacht ik al. Waarom niet langs gebaande paden?'

'Dat heb ik gedaan.'

'En toen vond je niets,' zei hij.

Ze hoorde iets in zijn stem. 'Dat klopt. Hoezo? Weet jij iets?'

'Ik ben zo vrij geweest om het social security number na te trekken.'

'Ja, en?'

'Twee maanden na de rechtszaak van je zwager veranderde zij haar naam van Hilde Winslow in Harriet Winchester.'

Bingo, dacht Rachel. 'Wow.'

'Ja,' zei Tim. 'Ze verkocht bovendien haar huis en verhuisde naar een appartement in 12th Street in Manhattan.' Hij noemde het adres. 'Ze wordt trouwens eenentachtig deze week.'

'En waarom zou een vrouw van haar leeftijd haar naam veranderen en verhuizen?' vroeg Rachel.

'Pers die haar zelfs na het proces niet met rust laat?'

'Leg eens uit.'

'Die moord was een groot verhaal,' zei Tim.

'Ja, maar kom, toen zij haar zegje had gedaan, was niemand meer in haar geïnteresseerd.'

De pers was een rokkenjager van het ergste soort. Als de pers, in overdrachtelijke zin, eenmaal het bed had gedeeld met iemand, ging de interesse snel verloren en werd het oog op iets of iemand anders gericht. Een verandering van naam viel misschien wel te verklaren, maar het bleef extreem en curieus.

'Dat is zo,' zei Tim. 'Denk je dat ze over je zwager gelogen heeft?'

'Ik weet het niet.'

'Rachel?'

'Ja.'

'Je bent met iets groots bezig, denk ik.'

'Ik denk het wel.'

'Normaal gesproken zou ik je vragen een tipje van de sluier te lichten,' zei hij. 'Om mee te doen, maar jij hebt het meer nodig dan ik. Je verdient een tweede kans, en deze wereld houdt er niet van mensen een tweede kans te geven, dus als ik nog iets voor je moet doen, moet je het zeggen, oké?'

Ze voelde tranen opwellen. 'Je bent geweldig, Tim.'

'Weet ik. Spreek je snel weer.'

Tim verbrak de verbinding. Rachel veegde met de rug van haar hand over haar ogen. Ze staarde uit het raam van de *diner*, over het volle parkeerterrein. De sirene loeide nog altijd in de verte. Hoewel de wereld Rachel wellicht toch uiteindelijk een tweede kans zou geven, was ze er niet zo zeker van dat ze die verdiende. Er waren nu twee jaar voorbijgegaan na de dood van Catherine Tullo, waarvoor Rachel verantwoordelijk was.

Catherine zou geen tweede kans krijgen, dus waarom Rachel wel?

Het was het belangrijkste verhaal van haar carrière geweest. Na een grondig en uitputtend onderzoek van acht maanden, zou het zondagmagazine van de *Globe* haar verhaal als hoofdartikel publiceren. Daarin ontmaskerde ze Spencer Shane, de geliefde rector magnificus van Lemhall University, die niet alleen twintig jaar lang de andere kant op had gekeken bij aanrandingen, seksueel misbruik en grensoverschrijdend gedrag van een groep professoren van het mannelijk geslacht, maar zelf partij was geweest in een patroon van systematisch seksueel misbruik en verheimelijking aan een van de elite-instituten van het land. De zaak was zo kolossaal, maar tegelijkertijd ook frustrerend en glibberig, dat Rachel geobsedeerd was geraakt op een manier die voor geen enkele journalist goed is. Ze was het vermogen kwijtgeraakt om de zaken in de juiste proporties te zien, niet als het ging om hoe ongehoord schandelijk de heren tekeer waren gegaan – het was onmogelijk om daar niet tot in het diepst van je ziel verontwaardigd door te raken – maar met betrekking tot de kwetsbaarheid en het vereiste respect tegenover de slachtoffers.

Lemhall University, haar eigen alma mater, slaagde erin veel mensen aan zich te binden met geheimhoudingsovereenkomsten, met als gevolg dat niemand zich kon of wilde uitspreken. Rachel had het haar redactie niet verteld, maar ze hadden haar zelf destijds als eerstejaars onder druk gezet om een geheimhoudingsverklaring te tekenen na een verontrustend incident tijdens een halloweenparty. Ze had geweigerd. Lemhall kwam niet voor haar op.

Misschien was het daar begonnen. Ze had haar zaak toen verloren. Ze zou niet nog een keer verliezen.

Dus ging ze te ver.

Toen puntje bij paaltje kwam, was de zaak veel te zwaar beladen voor de *Globe*. Ze konden niet publiceren omdat niemand om die geheimhoudingsverklaringen heen kon. Rachel kon het niet geloven. Ze sprak met de plaatselijke officier van justitie, maar die voelde er weinig voor om de immens populaire rector magnificus en het immens geliefde instituut aan te pakken. Dus keerde Rachel terug naar haar voormalige klasgenoot Catherine Tullo en smeekte haar zich niet langer aan haar geheimhoudingsverklaring te houden. Dat wilde Catherine wel, dat vertelde ze Rachel, maar ze was bang. Van dat standpunt was ze niet af te brengen. Dus dat was het dan. Zo werd haar verhaal de nek om gedraaid en kreeg een instituut – hetzelfde instituut dat de man die haar had aangerand in bescherming had genomen – stilzwijgend een goedkeuringsstempel.

Dat kon Rachel niet over haar kant laten gaan.

Omdat ze geen alternatieven had, voerde ze de druk op Catherine Tullo op: doe wat je moet doen of aanvaard de consequenties zonder je medewerking. Als Catherine niet in staat was andere slachtoffers op de eerste plaats te zetten, zag Rachel geen enkele reden om haar nog in bescherming te nemen. Ze zou haar verhaal online zetten en haar bronnen publiceren. Catherine begon te huilen. Rachel gaf geen krimp. Een half uur later draaide Catherine bij. Ze wilde geen geld uit het fonds. Ze gaf geen cent om de geheimhoudingsverklaring. Ze zou doen wat ze moest doen. Catherine Tullo omhelsde haar vriendin en jaargenoot en zei dat Rachel haar de volgende ochtend uitgebreid mocht interviewen. Nadat Rachel vervolgens afscheid van haar had genomen, liet Catherine Tullo het bad vollopen en sneed ze haar polsen door.

Nu achtervolgde Catherine Tullo haar. Daar zat ze, tegenover haar op het bankje in de diner. Ze glimlachte op die onzekere manier van haar, met haar ogen knipperend alsof ze elk moment verwachtte een klap in haar gezicht te zullen krijgen, tot Rachel de serveerster – op haar blauwe coupe na een typische diner-serveerster – tegen de gast aan de tafel naast Rachel hoorde zeggen: 'Dat heb ik lang niet meer gehoord, Cal. Hoe lang is dat wel niet geleden?'

De man van wie Rachel aannam dat hij Cal heette, zei: 'O, dat is zeker jaren geleden.'

'Zou je denken...?'

'Neu...' zei Cal. 'Het is waarschijnlijk gewoon een oefening bij Briggs. Ik kan me niet voorstellen dat er echt iets aan de hand is.'

Rachel verstijfde.

'Zeg jij,' zei de serveerster, maar aan de uitdrukking op haar gezicht kon je zien dat ze het er van harte mee eens was.

Rachel boog zich naar hen toe en vroeg: 'Sorry, ik wil me niet opdringen, maar is die sirene van Briggs Penitentiary?'

Cal en de serveerster wisselden een blik. Toen knikte Cal en vergastte hij haar op zijn meest neerbuigende glimlach. 'Ik zou er mijn mooie hoofdje maar niet over breken, schat. Het is waarschijnlijk gewoon een oefening.'

'Een oefening waarvoor?' vroeg Rachel.

'Een ontsnapping,' zei de serveerster. 'Die sirenes loeien alleen als er een gevangene ontsnapt.'

Rachels telefoon zoemde. Ze liep naar een rustig plekje en hield het toestel bij haar oor. 'Hallo?'

'Ik heb je hulp nodig,' zei David.

13

Drie patrouillewagens, alle drie met zwaailichten, zitten nu achter ons aan.

Ik voel me verdoofd. Ik ben voor het eerst in vijf jaar buiten de hekken van Briggs. Als ze me pakken, kom ik er nooit meer uit. Nooit. Dat weet ik. Je krijgt geen tweede kans. Mijn vingers krommen zich om de kolf van het pistool. Het metaal voelt op een vreemde manier warm en troostend aan.

De patrouillewagens vormen een v-formatie.

Ik keer me naar Philip. 'Het is voorbij, hè?'

'Ben je bereid je leven op het spel te zetten?'

'Mijn leven? Welk leven?'

Hij knikt. 'Richt dat klotepistool op me, David. Houd het hoog genoeg zodat ze het kunnen zien.'

Dat doe ik. Het pistool voelt nu veel zwaarder. Mijn hand trilt. De adrenaline – van het gevecht met Sumner, van de aanval van Curly, van dit in elkaar geflanste ontsnappingsplan – lijkt weg te ebben. Philip trapt op het gaspedaal. De patrouillewagens houden ons ogenschijnlijk gemakkelijk bij.

'Wat nu?' vraag ik.

'Wacht.'

'Waarop?'

Alsof de regie een seintje heeft gegeven, gaat de telefoon opnieuw. Philips gezicht is een strak masker. Voordat hij het gesprek aanneemt, zegt hij: 'Jij bent een wanhopig man. Speel je rol!'

Ik knik.

Philip pakt de telefoon en produceert een beverig 'Hallo'. Een stem aan de andere kant van de lijn zegt zonder verdere inleiding: 'Uw zoon is veilig, meneer. Hij is erin geslaagd zichzelf te bevrijden van zijn boeien en de kastdeur open te trappen.'

'Met wie spreek ik, verdomme?' vraagt Philip. Zijn stem klinkt nors en vijandig.

Aan de andere kant van de lijn wordt even geaarzeld. 'Ik, eh... U spreekt met...'

Opnieuw de norse stem van Philip die buldert: 'Ik vroeg wie er verdomme aan de lijn is.'

'Ik ben inspecteur Wayne Semsey...'

'Semsey, hoe oud ben jij?'

'Meneer?'

'Ik bedoel, ben jij altijd al een incompetente idioot geweest of is dit pas sinds kort?'

'Ik begrijp niet...'

Philip kijkt naar mij. 'Ik heb hier een wanhopige gedetineerde die een pistool tegen mijn hoofd houdt. Kun je dat volgen, Semsey?'

Ik druk de loop van het pistool tegen Philips oor.

'Eh, ja meneer.'

'Zeg eens dan, Semsey, denk je dat het heel verstandig is om die gedetineerde te prikkelen en van zijn stuk te brengen?'

'Nee...'

'Waarom hangen er dan verdomme drie patrouillewagens aan mijn kont?'

Philip knikt bijna onzichtbaar naar mij. Ik begrijp zijn bedoeling. 'Geef hier,' schreeuw ik als ik de telefoon uit zijn hand gris. Ik probeer opgefokt te klinken, geïrriteerd. Dat kost me erg weinig moeite. 'Ik ben niet in de stemming voor geklets,' schreeuw ik. Ik spuug de woorden uit en probeer zo dreigend mogelijk te klinken. 'Dus luister. Je krijgt tien seconden. Ik ga niet eens tellen. Tien seconden. Als ik dan ook maar in de verste verte nog een smeris zie, schiet ik de directeur een kogel door zijn kop en ga ik zelf rijden. Hoor je wat ik zeg?'

'Jezus, David, in godsnaam, dat hoeft toch niet zo,' voegt Philip eraan toe.

Ik ben bang dat hij overdrijft, maar dat blijkt niet zo te zijn.

Door de telefoon hoor ik Semsey zeggen: 'Ho, ho, David, laten we even een beetje kalm aan doen, oké?'

'Semsey?'

'Ja?'

'Ik zit voor levenslang. Als ik de directeur doodschiet, ben ik de gevierde man in Briggs. Snap je?'

'Natuurlijk, David. Natuurlijk. Ze laten je al gaan, kijk maar.'

Ik kijk. De patrouillewagens laten zich afzakken.

'Niet een klein beetje verder af. Ik wil ze helemaal niet meer zien.'

Semsey produceert zijn zoetste stemgeluid. 'Luister, David. Mag ik je David noemen? Dat is oké, hoop ik?'

Ik schiet een kogel door de achterruit. Philip trekt een verbaasde wenkbrauw omhoog. 'De volgende gaat tussen de ogen van de directeur.'

Philip duikt helemaal in zijn rol. 'Jezus, nee. Semsey, luister naar hem!'

Semsey vervalt in een paniekerig gesputter. 'Oké, oké, kalm aan, David. Ze blijven staan. Zie je het? Ik zweer het. Kijk maar uit het raam. Kijk maar. We kunnen het allemaal nog oplossen, David. Er is nog niemand gewond. Laten we erover praten, oké?'

'Wat is je telefoonnummer?' vraag ik.

'Wat?'

'Hier staat GEEN NUMMERWEERGAVE. Ik hang nu op. Ik bel je over vijf minuten terug met mijn eisen. Wat is je nummer?'

Semsey noemt zijn nummer.

'Oké, houd pen en papier bij de hand. Ik bel je.'

'Ik heb hier al pen en papier, David. Waarom vertel je me niet meteen je eisen. Ik wil wedden dat we een oplossing...'

'Blijf op afstand, dan raakt er niemand gewond,' zeg ik. 'Als ik ook maar een patrouillewagen ruik, krijgt hij een kogel in zijn kop.'

Ik verbreek de verbinding en kijk Philip aan. 'Hoeveel tijd winnen we hiermee?' vraag ik.

'Hooguit vijf minuten. Waarschijnlijk gaat er ondertussen al een helikopter de lucht in. Dan volgen ze ons in de lucht.'

'Heb je nog goede ideeën?'

Philip denkt even na. 'Over een paar kilometer komen we bij een grote fabrieksoutlet met een ondergrondse parkeergarage. Daar zijn we misschien tien seconden uit het zicht. Dan kun je uit de auto springen zonder dat iemand het ziet. Er is daar ook een hotel van Hyatt. Vroeger was daar een taxistandplaats, maar ik weet niet of die nog bestaat in een tijd met Ubers en zo. Vanaf dat moment moet je jezelf zien te redden. Meer kan ik niet voor je doen. Over anderhalve kilometer komen we bij een trein- en busstation. Dat kun je ook proberen, als je wilt.'

Het bevalt me niet. 'Als ze ons ondergronds zien gaan, weten ze toch meteen wat we van plan zijn, of niet?'

'Ik heb eerlijk gezegd geen idee.'

Ik kijk om. Ik zie geen patrouillewagens, maar dat wil niet zeggen dat ze er niet zijn. Ik draai het raam omlaag en steek mijn hoofd naar buiten. Geen spoor van een helikopter. Evenmin het geluid van een helikopter. Ik zou Semsey kunnen bellen met nog meer dreigementen om ze te dwingen afstand te houden, zodat ze ons niet de parkeergarage in zien rijden, maar ik vraag me af of dat zou werken. Ik heb geen idee. Bij de politie werken geen tovenaars, al denken we dat soms wel als we ze bezig zien op tv. Maar we hebben een klein beetje tijd. De helikopter is er domweg nog niet. Als ze instrumenten met een groot bereik – telescopen, camera's, wat dan ook – willen gebruiken voor surveillance, hebben ze tijd nodig om die te installeren. Datzelfde geldt voor systemen met gps als ze Philips telefoon of die van Adam willen volgen.

Ik heb tijd, maar niet heel veel.

'Hoe ver is het nog naar die parkeergarage?' vraag ik.

'Een minuut of drie, vier.'

Ik krijg een ingeving. Het is bij lange na geen perfect plan, maar mijn vader de wijkagent, die zich zorgen maakte over mijn obsessie voor perfectie, citeerde Voltaire vaak genoeg om het niet meer te vergeten: 'Laat het perfecte niet de vijand worden van het goede.'

Ik heb het raam aan mijn kant nog steeds open. We horen nu allebei de helikopter.

'Shit,' zegt Philip.

'Geef me je portefeuille, Philip.'

'Heb je een plan bedacht?'

'Blijf doorrijden naar die parkeergarage. Daar stap ik uit. Ik heb je portefeuille gestolen. Zeg tegen ze dat er niet meer dan twintig dollar in zat. Dat moet Adam ook zeggen. Ze zullen jullie creditcards bewaken, maar ik gebruik alleen contant geld.'

'Oké,' zegt hij.

'Ik ga nu Semsey terugbellen met jouw telefoon en allerlei waanzinnige eisen stellen.'

'En dan?'

'Dan rijden we de parkeergarage in terwijl ik hem aan de telefoon heb. Ik stap heel snel uit, alsof je niet eens stil hebt gestaan. Het enige verschil is dat ik jouw telefoon bij me houd zodat ik met hem kan blijven praten.'

Philip knikt, hij begrijpt waar ik naartoe wil. 'Dan denken ze dat je nog steeds in de auto zit.'

'Precies. Jij blijft rijden. De helikopter hangt boven ons, maar die kan niet zien dat ik uitstap. Als ik blijf praten, zullen ze waarschijnlijk denken dat ik nog steeds bij jou in de auto zit. Rij zo ver hiervandaan als je maar kunt. Na precies tien minuten hang ik op. Rij naar een tweede plek ondergronds. Is er nog ergens zo'n mall met een parkeergarage zoals hier? Of een kantoorgebouw?'

'Hoezo?'

'Rij daar ook doorheen, maar doe kalm aan. Doe net alsof je daar bent blijven stilstaan om mij uit te laten stappen.'

'Terwijl jij ondertussen hier bent,' zegt Philip.

'Precies.'

'Ik rij daar weer naar buiten en laat hun met gebaren weten dat jij er niet meer bent. Ik kan ze niet bellen, want jij hebt mijn telefoon.'

'Precies.'

'Dus gaan ze je daar zoeken en niet hier.'

'Ja.'

Philip denkt erover na. 'Shit, misschien werkt dat.'

'Denk je?'

'Niet echt, nee.' Hij werpt een blik in mijn richting. 'Die afleidingsmanoeuvre houdt niet lang stand, David.'

'Ik weet het.'

'Pak de eerste bus of trein, of wat dan ook. Heb je enige scoutingervaring?'

'Niet echt.'

'Je zou je kunnen verstoppen in de bossen. Ze gaan zoeken met honden, maar ze kunnen niet overal zoeken. Zoek je vader niet op. Ik weet dat je dat wilt, maar ze zullen daar surveilleren. Dat geldt ook voor je ex en je schoonzuster. Allemaal familie. Iedereen met wie je nauwe banden onderhoudt, zullen ze in de gaten houden.'

Er is niemand met wie ik nauwe banden onderhoud, maar ik snap wat hij bedoelt.

'Ik zal met je vader gaan praten. Ik zal hem vertellen dat ik je geloof – dat je het niet hebt gedaan.'

'Geloof je dat ook echt?'

Philip slaakt een diepe zucht en slaat rechts af bij het bord dat het Lamy Outlet Center aankondigt. 'Ja… David, dat geloof ik.'

'Hoe slecht is hij eraan toe, Philip?'

'Slecht, maar ik zal zorgen dat hij de waarheid nog te horen krijgt. Dat beloof ik je.'

Ik kijk achter me op de weg. Nog steeds geen patrouillewagens. Het is nu of nooit. Mijn zakken zitten vol – de telefoon van Adam, zijn portefeuille, die van Philip, en al het geld dat ze me hebben gegeven.

'Nog één ding,' zegt Philip.

'Ja?'

'Laat het pistool in de auto liggen.'

'Waarom?'

'Ben je van plan het te gebruiken?'

'Nee, maar…'

'Laat het dan liggen. Als je gewapend bent, is de kans een stuk groter dat ze je niet levend zullen pakken.'

'Ik wil niet levend gepakt worden,' zeg ik. 'En waarom zou ik het pistool in de auto laten liggen? Dat gelooft niemand. Dan weten ze meteen dat we onder één hoedje spelen.'

'David…'

Maar er is geen tijd meer om er verder over te discussiëren. Ik pak de telefoon van Philip en bel Semsey.

Hij neemt meteen op. 'Ik ben blij dat je me terugbelt, David. Is alles goed met jullie?'

'Met ons allebei,' zeg ik. 'Vooralsnog, maar ik moet hier weg kunnen. Vervoer om maar eens iets te noemen.'

'Oké, David, natuurlijk,' zegt Semsey kameraadschappelijk, alsof we met z'n allen in hetzelfde schuitje zitten. Het klinkt kalmer, beheerster. De vijf minuten sinds het vorige gesprek hebben hem goedgedaan. 'We kunnen proberen om dat te regelen.'

'Niks proberen,' snauw ik.

We hebben het Lamy Outlet Center bereikt. Philip buigt af naar links en rijdt over een inrit omlaag naar de parkeergarage. Ik pak de deurkruk beet en bereid me voor.

'Het moet gewoon gebeuren. Geen excuses.'

Om Semsey het aangename idee te geven dat hij alles onder controle heeft, zegt Philip: 'David, leg dat pistool weg. Hij zal doen wat je vraagt.'

'Ik heb een helikopter nodig,' zeg ik tegen Semsey. 'Met volle brandstoftanks.'

Een dialoog die zo uit een oude tv-serie komt, maar Semsey heeft er kennelijk geen moeite mee. Hij speelt zijn rol met verve: 'Daar hebben we misschien een paar uur voor nodig, David.'

'Gelul. Er hangt een helikopter boven mijn hoofd. Denk je dat ik stom ben?'

'Die is niet van ons. Dat is waarschijnlijk een verkeershelikopter of misschien een forens. Je kunt niet van ons verwachten dat we het luchtruim helemaal...'

'Je liegt.'

'Luister, laten we kalm blijven.'

'Ik wil die helikopter hier weg hebben. Nu.'

'Ik heb al iemand aan de telefoon gezet om de dichtstbijzijnde luchthavens te bellen, David.'

'En ik wil mijn eigen helikopter. Met brandstof en piloot. En die piloot kan maar beter ongewapend zijn.'

Philip knikt naar wat voor ons ligt. Ik ben er klaar voor.

'Oké, David, geen probleem. Maar je moet ons even de tijd gunnen om het te regelen.'

Philip zet de auto stil. Ik duw het portier open en rol naar buiten. Op het moment dat mijn voeten het plaveisel raken, rijdt Philip door. Het is allemaal gebeurd in twee, hooguit drie seconden. Ik ga op mijn hurken achter een grijze Hyundai zitten om me te verschuilen en zeg: 'Hoeveel tijd?' zonder dat van enige hapering in het gesprek sprake is. 'Ik schiet de directeur liever niet dood.'

'Dat wil niemand.'

'Maar jullie dwingen me wel. Dit is allemaal gelul. Misschien schiet ik hem in zijn been. Dan weten jullie tenminste dat ik het meen.'

'Nee, David, luister, wij menen het heel serieus. Daarom zijn we ook op afstand gebleven. Wees alsjeblieft redelijk, oké? We komen er echt wel uit.'

Ik sprint gebukt van de ene auto naar de andere in de richting van de ingang van de mall. Na ons zijn geen verdachte auto's de parkeergarage in gereden. Niemand gedraagt zich verdacht. 'Luister, Semsey, ik zal je precies vertellen wat ik wil.'

Ik loop de lobby van de mall op de begane grond in en neem een lift omhoog.

Ik ben vrij. Voorlopig.

14

Max – Max Bernstein, *special agent* bij de FBI – ijsbeerde door de ontvangstruimte van het kantoor van de directeur alsof hij haast had.

Max was altijd in beweging. Zijn moeder placht te zeggen dat hij 'mieren in zijn broek' had. Zijn onderwijzers klaagden dat hij de lessen verstoorde omdat hij nooit een seconde stilzat. De onderwijzeres van groep vier, mevrouw Matthis, smeekte het hoofd van de school hem aan de rugleuning van zijn stoeltje vast te binden. En nu banjerde hij, net als altijd als hij ergens kwam waar hij nog niet eerder was geweest, door de ruimte als een hond die het hok verkent waarin hij is opgesloten. Hij knipperde constant met zijn ogen. Ze schoten heen en weer en zagen alles, maar keken niemand ooit recht aan. Hij beet op zijn nagels. Hij zag er verfomfaaid uit in het te grote windjack met het FBI-logo. Hij was klein en had een haardos van een soort dicht geweven staalwol, die hij nooit gekamd kon krijgen zoals zijn bedoeling was. Dat probeerde hij een paar keer per jaar. Het voortdurende, maar onvoorspelbare bewegen had hem onder zijn collega's de bijnaam Twitch bezorgd. Toen hij ooit uit de kast was gekomen in een tijd dat geen enkele andere agent van de FBI dat zou durven doen, hadden de o zo gevatte en o zo creatieve homofoben bij de dienst die bijnaam razendsnel veranderd van Twitch in Bitch. Ha, ha, ha.

Grappenmakers, die special agents.

'We zijn hem kwijt,' zei Semsey, de lokale politieman die zonder succes had geprobeerd de zaak tot een goed einde te brengen.

'Dat hebben we gehoord,' zei Max.

Ze hadden het hoofdkwartier ingericht in de ontvangstruimte van Philip Mackenzies kantoor, omdat het eigenlijke kantoor nog verzegeld was als plaats delict. Een kaart van Briggs County hing aan de muur. Daarop hielden ze de route die de auto van de directeur volgde bij met een gele markeerstift. Ouderwets, dacht Max. Dat mocht hij wel. Er stond een laptop met beelden van de camera die onder de helikopter hing. Semsey en de zijnen hadden de rit van de auto tot het einde kunnen volgen. Tegen de tijd dat Max en special agent Sarah Jablonski, zijn partner, arriveerden, was het allemaal voorbij.

Er waren nog zeven andere mensen in de ontvangstruimte, maar de enige die hij langer dan vijf minuten kende, was Sarah. Ze was al zestien jaar lang zijn partner. Ze was zijn luitenant, zijn rechterhand, zijn onvervangbare compagnon, of wat voor etiket je er dan ook maar op wilde plakken om duidelijk te maken dat hij haar verafgoodde en nodig had. Sarah was een forsgebouwde vrouw van een meter tachtig, met brede schouders en rood haar. Naast haar viel Max, die vijftien centimeter kleiner was, in het niet. Het verschil in lengte zorgde voor een ietwat komische presentatie van het duo, iets wat ze soms in hun voordeel wisten te gebruiken.

Twee van de zes anderen in de ruimte waren federale marshalls die onder zijn bevel stonden. De andere vier werkten bij de lokale politie en de gevangenis. Max ging achter de laptop zitten. Met zijn rechtervoet hamerde hij op de vloer in een ritme dat ongetwijfeld zou worden toegeschreven aan een rustelozebenensyndroom als hij ooit de moeite zou nemen er een arts naar te laten kijken. Iedereen in de ruimte keek naar Max toen hij de slotscène van de video keer op keer afspeelde.

'Zie je iets, Max?' vroeg Sarah.

Hij gaf geen antwoord. Sarah drong niet aan. Ze wisten allebei wat dat betekende.

Met de ogen nog altijd op het scherm gericht, vroeg Max: 'Wie van de aanwezigen hier heeft de hoogste functie bij de gevangenis?'

'Dat ben ik,' zei een vlezige man met zweetplekken in zijn shirt met korte mouwen. 'Ik heet...'

Naam en rang interesseerden Max niet. 'We hebben een paar zaken direct nodig.'

'Zoals?'

'Een lijst met iedereen die Burroughs de afgelopen dagen heeft bezocht.'

'Oké.'

'Familie en vrienden. Bajesklanten met wie hij heeft gepraat of die onlangs zijn vrijgekomen. Hij moet iemand benaderen voor hulp. Al die mensen moeten onder toezicht.'

'Doen we.'

Max kwam overeind en begon weer te ijsberen. Hij knaagde op de nagel van zijn wijsvinger, niet zachtjes of achteloos, maar als een rottweiler die een nieuw speeltje heeft gekregen. De anderen wisselden blikken. Sarah was het wel gewend.

'Is de directeur alweer terug, Sarah?'

'Hij is net aangekomen, Max.'

'Zijn we er klaar voor?'

'We zijn er klaar voor,' zei ze.

Al ijsberend knikte Max, een groot hoofdgebaar. Hij bleef voor de laptop staan en drukte opnieuw op de knop Afspelen. Op de video was Philip Mackenzie te zien die uit zijn auto stapte en met beide handen begon te zwaaien naar de helikopter met de camera. Max keek. Hij keek opnieuw. Sarah keek mee over zijn schouder.

'Moet ik hem nu halen, Max?'

'Nog één keer, Sarah.'

Max speelde de videobeelden vanaf het begin af. Zo nu en dan sprong hij met de elegantie van een gewonde gazelle van de laptop naar de kaart aan de muur, volgde de route met de aangeknaagde wijsvinger, en keerde even elegant weer terug naar de laptop. De hele tijd friemelde hij met de twaalf – precies twaalf, nooit elf, nooit dertien – elastiekjes die hij om zijn pols droeg.

'Semsey,' blafte Max.

'Hier ben ik.'

'Doe het einde van het verhaal eens stap voor stap voor me uit de doeken.'

'Eh... meneer?'

'Wanneer is Burroughs uit die auto gestapt?'

'In de Wilmington Tunnel. Hier, ziet u?' Semsey wees iets aan op de kaart. 'Daar ging de auto van de directeur de tunnel in.'

'Jij had Burroughs aan de lijn?'

'Ja.'

'Toen ze de tunnel in reden?'

'Hij hing pal daarvoor op.'

'Hoelang daarvoor?'

'Eh... Dat weet ik niet. Een minuut misschien. Ik kan uitzoeken hoelang het precies was.'

'Doe dat later,' zei Max, de ogen nog steeds gericht op het scherm van de laptop. 'Hoe eindigde dat gesprek?'

'Ik zou hem terugbellen als de helikopter klaarstond.'

'Was dat wat hij tegen jou zei?'

'Ja.'

Max keek Sarah met gefronste wenkbrauwen aan. Sarah haalde haar schouders op. 'Ga door, Max.'

'De rest, nou ja, het staat allemaal op de video,' zei Semsey. 'Toen de auto van de directeur de tunnel in reed, verloren we ze uit het zicht.'

Ze speelden dat deel van de beelden af.

'Dat wist Burroughs, correct?' zei Max.

'Wist...?'

'Hij had het over een helikopter in de lucht, toch?'

'O ja, ik denk het. Hij kreeg de helikopter een kwartiertje eerder in de gaten. We moesten dat ding weer weghalen, zei hij.'

'Maar dat deden jullie niet.'

'Nee, we maakten alleen de afstand groter, zodat hij hem niet meer kon zien of horen.'

'Oké, dus ze rijden de tunnel in,' zei Max.

'Ze rijden de tunnel in. Onze helikopters wachten aan de andere kant, omdat, nou ja, omdat we niet in de tunnel kunnen kijken. De rit van de ene kant van de tunnel naar de andere kant zou niet meer dan een minuut of twee hoeven te duren.'

'Maar het duurde langer,' zegt Max.

'Het duurde meer dan zes minuten voordat de auto van de directeur er weer uit kwam.'

Max drukte op de knop Vooruitspoelen. Hij drukte weer op Afspelen toen de auto van de directeur de tunnel uit reed. Vrijwel onmiddellijk parkeerde de directeur de auto in de berm. De man stapte uit aan de bestuurderskant en begon fanatiek te zwaaien.

Einde van het verhaal.

'Dus wat denk jij?' vroeg Max aan Semsey.

'Waarover?'

'Over wat er met Burroughs is gebeurd.'

'O, oké. Nou, goed, dat weten we nu. De directeur heeft het ons verteld. Burroughs wist dat de helikopter hem in de tunnel niet kon zien, dus gaf hij de directeur halverwege de tunnel opdracht om te stoppen, op een plek waar niemand hem kon zien. Toen heeft hij een andere auto gekaapt. We hebben wegen gebarricadeerd.'

'Hangen er camera's in die tunnel?'

'Nee, er is daar wel een soort wachthokje, maar daar zit tegenwoordig zelden iemand in. Bezuinigingen.'

'U-huh, Sarah?'

'Ja, Max?'

'Waar is de zoon van de directeur?'

'Hij is in de ziekenboeg bij zijn vader.'

'Alles goed met hem?'

'Ja hoor, het is gewoon protocol.'

'Wil je de directeur en zijn zoon halen? Verder moet iedereen weg.'

Iedereen verliet de ontvangstruimte. Vijf minuten later deed Sarah de deur open om Philip Mackenzie en zijn zoon Adam binnen te laten. Max keurde ze geen enkele blik waardig. Zijn ogen bleven gekluisterd aan het scherm van de laptop.

'Zware dag vandaag, of niet, jongens?'

'Dat kun je wel zeggen,' zei Philip Mackenzie. De directeur liep op Max af en stak zijn hand uit. Max deed alsof hij het niet zag. Hij kaatste als de bal van een flipperkast heen en weer tussen de laptop en de kaart aan de muur.

'Hoe kwam hij aan dat pistool?' vroeg Max.

Philip Mackenzie schraapte zijn keel. 'Hij pakte het me af op een moment dat ik er niet op bedacht was. Kijk, ik had de gedetineerde...'

'Gedetineerde?'

'Ja.'

'Noem je hem zo?'

Philip Mackenzie deed zijn mond open, maar Max wuifde een reactie weg. 'Laat maar. Inspecteur Semsey heeft me alles al verteld. Dat hij jouw pistool afpakte en je zoon dwong zijn uniform af te geven en je toen met het pistool in de rug naar je auto op de parkeerplaats dwong. Dat heb ik allemaal.' Max hield plotseling op met bewegen, staarde naar de kaart en fronste zijn wenkbrauwen.

'Wat ik eigenlijk wou vragen,' zei hij, 'is waarom jullie allebei tegen me liegen.'

Een diep stilzwijgen vulde de ontvangstruimte. Philip Mackenzie staarde naar Max, die nog steeds met de rug naar hem toe stond. Hij richtte zijn fanatieke blik op Sarah. Sarah haalde haar schouders op.

De stem van Philip Mackenzie klonk bulderend in de stille ontvangstruimte. 'Wat zeg je daar?'

Max zuchtte. 'Moet ik mezelf echt herhalen. Sarah, heb ik mezelf niet helder en duidelijk uitgedrukt?'

'Kristalhelder, Max.'

'Wie denk je verdomme tegenover je te hebben, agent Bernstein?'

'Een gevangenisdirecteur die net een veroordeelde moordenaar heeft geholpen te ontsnappen uit de gevangenis.'

Philips handen balden zich tot vuisten. Zijn gezicht liep rood aan. 'Kijk mij aan, verdomme.'

'Neu.'

Philip deed een stap naar Max toe. 'Als je iemand een leugenaar noemt, moet je bereid zijn hem recht in de ogen te kijken.'

Max schudde zijn hoofd. 'Dat heb ik nooit begrepen.'

'Wat heb je nooit begrepen?'

'Die flauwekul van recht in de ogen kijken. Oogcontact wordt zwaar overschat. De beste leugenaars die ik ken, kunnen je urenlang zonder met de ogen te knipperen recht aankijken. Oogcontact is een verspilling van tijd en energie, klopt dat, Sarah?'

'Als een zwerende vinger, Max.'

'Directeur?' zei Max.

'Wat?'

'Dit gaat heel slecht aflopen voor jou. Heel slecht. Daar kan ik niets aan doen. Voor je zwijgende zoon hier, is er misschien nog een sprankje hoop. Maar als jij blijft liegen, graaf ik een graf voor jullie allebei. Dat hebben we wel eerder gedaan, of niet soms, Sarah?'

'Dat is ons een groot genoegen, Max.'

'We vinden het een beetje opwindend,' zei Max.

'Soms maak ik opnamen van situaties als deze,' zei Sarah. 'En dan gebruik ik die als voorspel.'

'Voel mijn tepels eens, Sarah,' zei Max. Hij hield haar zijn borst voor. 'Zo hard als kiezelsteentjes.'

'Ik wil niet nog een aantekening in mijn dossier bij hr, Max.'

'Ah, vroeger was je veel leuker, Sarah.'

'Later misschien, Max, als we ze in de boeien slaan.'

Philip Mackenzie wees eerst naar Max en toen naar Sarah. 'Zijn jullie klaar?'

'Je hebt je auto door het hek geramd,' zei Max.

'Ja.'

'Ik bedoel dat je volgas door een halfgesloten hek stuurde.'

Philip grijnsde en probeerde zelfvertrouwen uit te stralen. 'Moet dat iets bewijzen?'

'Waarom trapte je zo enthousiast op het gas?'

'Omdat een wanhopige gedetineerde een pistool op me gericht hield.'

'Hoor je dat, Sarah?'

'Ik sta pal naast je, Max.'

'Phil, die kanjer daar, was bang.'

'Wie zou er niet bang zijn?' wierp Philip tegen. 'Hij had een pistool.'

'Jouw pistool.'

'Ja.'

'Dat pistool dat je volgens je secretaresse nooit draagt en dat nooit geladen is.'

'Dat klopt niet. Ik draag het in een holster onder mijn jack, zodat mensen het niet zien.'

'Wat discreet,' zei Sarah.

'En toch,' zei Max, 'slaagde Burroughs er niet alleen in om het te zien, maar hij kon het ook uit de holster trekken en jullie beiden ermee bedreigen.'

‘Hij verraste ons,’ zei Philip.

‘Je klinkt incompetent.’

‘Ik heb een fout gemaakt. Ik heb de gedetineerde te dichtbij laten komen.’

Max glimlachte naar Sarah. Sarah haalde haar schouders op.

‘En je blijft maar “gedetineerde” zeggen,’ zei Max.

‘Dat is wat hij is.’

‘Ja… Maar je kent hem, hè? Voor jou is het David, toch? Zijn vader en jij zijn maatjes van vroeger. Je zoon hier – de tot dusverre zwijgzame Adam – en David zijn samen opgegroeid, klopt dat?’

Dat verraste Philip, het was op zijn gezicht te lezen, maar hij herstelde snel. ‘Dat is zo,’ zei hij. Hij ging iets rechterop staan. ‘Dat ontken ik niet.’

‘Hij werkt zo fijn mee,’ zei Sarah.

‘Ja, hè? Heerlijk.’

‘En daarom…’ begon Philip.

‘Wacht, niet zeggen. Daarom kon Burroughs zo dicht bij me komen en het pistool te pakken krijgen dat ik volgens mijn secretaresse nooit draag…’

‘… of laad,’ vulde Sarah aan.

‘Of laad. Dank je, Sarah. En desondanks was Burroughs op de een of andere manier in staat het riempje los te maken van de holster onder jouw jack en er een geladen pistool uit te trekken, terwijl jullie tweeën niets deden en zwijgend toekeken. Ging het ongeveer zo, meneer de directeur?’

Voor de eerste keer zei Adam iets. ‘Dat is precies zoals het is gegaan.’

‘Wow, het kan praten, Sarah.’

‘Misschien zou hij dat niet moeten doen, Max.’

‘Mee eens. Ik heb nog een vraag, meneer de directeur, als u het mij niet kwalijk neemt. Waarom ben je gisteren op bezoek geweest bij de vader van David Burroughs?’

Philips gezicht drukte verbijstering uit.

'Sarah, wil jij meneer de directeur even bijpraten?'

'Zeker, Max.' Ze keerde zich naar Philip. 'Je bent gisterochtend om kwart over acht met American Eagle naar Boston gevlogen. Vlucht drie nul twee, voor het geval je geïnteresseerd bent.'

Diep stilzwijgen.

'Ik kan de raderen in zijn hoofd zien draaien, Sarah.'

'Ja, Max?'

Max knikte. 'Hij vraagt zich af: moet ik toegeven dat ik in Boston was om mijn oude vriend Lenny Burroughs op te zoeken – of moet ik beweren dat ik om heel andere redenen in Boston was. Dat laatste is natuurlijk wat hij wil, maar dat is problematisch – en dat weet je, meneer de directeur. Als je daarover liegt, moet je je afvragen of het Sarah zal lukken de Uber of de taxi te traceren die je van Logan Airport naar het huis van Lenny Burroughs heeft vervoerd.'

'Of vice versa, Max.'

'Heel goed, Sarah. Of vice versa. De taxi die je weer heeft afgezet op de luchthaven. En voordat je antwoord geeft, wil ik je waarschuwen: Sarah is verdomd goed in dat soort werk.'

'Dank je, Max.'

'Nee, Sarah, dat meen ik. Je bent de beste.'

'Nu moet ik blozen, Max.'

'Dat staat je heel goed, Sarah.' Max haalde zijn schouders op en keerde zich naar de Mackenzies. 'Lastige keuze, meneer de directeur, ik zou niet weten wat ik moest kiezen.'

Philip schraapte zijn keel. 'Ik was in Boston om een zieke vriend te bezoeken. Daar is niets verkeerds aan.'

Max pakte zijn portefeuille en glimlachte. 'Verdikkie, Sarah, je had gelijk.'

Ze hield hem haar handpalm voor. 'Vijf dollar.'

'Ik heb alleen een briefje van tien.'

'Dan krijg je het wisselgeld later.'

Max gaf haar een biljet van tien dollar.

Philip Mackenzie ploeterde voort. 'Dat is natuurlijk juist. Ik heb een goede band met David. En hij vertoont de laatste tijd irrationeel gedrag. Dus ja, ik wilde erover praten met zijn vader. Zoals je zei, zijn Lenny en ik al heel lang...'

'Wacht, laat me raden.' Max stak bezwerend een hand omhoog. 'Je hebt je zoon hier vandaag mee naartoe genomen om diezelfde reden. Omdat Adam en David zulke goede vrienden waren en omdat David zich de laatste tijd zo irrationeel gedroeg.'

'Om je de waarheid te zeggen: ja.'

Max grijnsde en presenteerde Sarah zijn geopende handpalm. Sarah fronste haar wenkbrauwen en gaf hem het biljet van tien dollar terug.

'Denken jullie met z'n tweeën dat jullie grappig zijn?' snauwde Philip.

'Wel eens van Lucy Ball gehoord? Die vormde een komisch duo met Dési Arnaz. Heel grappig, en ze noemen ons ook de Lucy en Dési van de FBI, toch, Sarah?'

'Eigenlijk vooral omdat ik rood haar heb en niet omdat we grappig zijn, Max.'

Max fronste zijn wenkbrauwen. 'Echt, Sarah? En ik heb zitten werken aan een eigentijdse versie van Babalu.' Hij keerde zich van Sarah naar Philip Mackenzie. 'Schattig klein kereltje met trommel in de show *I Love Lucy*? Kent u toch wel, meneer de directeur?'

Er werd op de deur geklopt. De vlezige onderdirecteur van de gevangenis en politieman Semsey kwamen binnen. De onderdirecteur zei: 'David Burroughs heeft in al de tijd dat hij hier opgesloten is geweest, slechts één bezoeker gehad. Zijn schoonzuster. Ze heet Rachel Anderson. Ze is twee keer geweest. Gisteren en eergisteren.'

'Wacht, Burroughs enige bezoek verscheen gisteren en eergisteren?' Max legde een hand op zijn borst. 'Hijg, hijg, weer een toeval, Sarah.'

‘De wereld hangt aan elkaar van toevallige gebeurtenissen, Max.’

‘Er hangt van alles, Sarah, vooral in de lucht. Wat vind jij, meneer de directeur?’

Deze keer zweeg Philip.

Max keerde zich naar de vlezige onderdirecteur. ‘Weet jij waar de schoonzuster verblijft?’

‘Waarschijnlijk in de Motor Lodge. Daar neemt het grootste deel van de bezoekers een kamer.’

Max keek Semsey aan. ‘Ik zoek het direct uit,’ zei Semsey.

Vlezige onderdirecteur voegde eraan toe: ‘Maar ze kan ook een kamer hebben in het Hyatt, bij de fabrieksoutlet.’

‘Wow.’ Max’ hoofd tolde rond alsof iemand aan een touwtje trok. Hij hobbelde terug naar de kaart. Het werd doodstil in de ontvangstruimte. Max bestudeerde de route. Daarna hobbelde hij twee keer zo enthousiast terug naar de laptop en wekte die weer tot leven. ‘Bingo, Sarah.’

‘Wat, Max?’

‘Semsey?’

De inspecteur deed een stap naar voren. ‘Present.’

‘Je zei dat je Burroughs aan de telefoon had voordat ze de tunnel in reden, toch?’

‘Ja.’

‘En Burroughs had jou gebeld?’

‘Ja, hij vroeg om vijf minuten en belde toen terug.’

‘Hoe laat was dat? Precies? Kijk op je telefoon.’

‘Tien minuten voor negen.’

‘Dan zal de auto...’ – Max vond de plek – ‘hier zijn geweest, in Green Street. Vlak voordat ze bij de ondergrondse parkeergarage van de mall waren.’ Hij keerde zich naar Philip Mackenzie. ‘Waarom ben je door die parkeergarage gereden?’

Philip keek hem met ingehouden woede aan. ‘Omdat de gedetineerde me dat opdroeg. Met een pistool op me gericht.’

Max hobbelde terug naar de kaart. Hij wees naar het Lamy Outlet Center en trok met zijn wijsvinger een cirkel over de directe omgeving. ‘Sarah, je ziet wat ik zie.’

‘Een treinstation, Max.’

Max knikte. ‘Semsey?’

‘Ja?’

‘Zet de treinen stil. En ik wil mensen aan boord van elke trein die na tien voor negen is vertrokken. Ik wil elke beschikbare smeris naar die mall.’

‘Begrepen.’

15

In het Payne Museum of Art in Newport, Rhode Island, keek Gertrude Payne, de tweeëntachtigjarige matriarch van de gefortuneerde tak van de Paynes in New England, toe hoe haar kleinzoon Hayden het podium beklom. Hayden was zevenendertig en ook al zouden de meeste mensen die hem niet kenden, zich bij hem iets voorstellen als een beschaafd man, een patriciër, in werkelijkheid aardde hij vooral naar Randall Payne, de vader van zijn betovergrootvader, de man uit één stuk die in 1868 Payne Kentucky Bourbon had opgericht, het fundament onder het immense fortuin van de Payne-dynastie.

‘Namens mijn familie,’ begon Hayden, ‘en in het bijzonder mijn grootmoeder Pixie…’

Pixie, dat was Gertrude. Het was de koosnaam die haar vader haar had gegeven, al wist niemand waarom. Hayden keerde zich naar haar en glimlachte haar toe. Ze glimlachte terug.

‘… mag ik u zeggen dat wij opgetogen zijn over het feit dat we u in zo groten getale mogen ontvangen op deze jaarlijkse lunch met als doel het werven van fondsen,’ ging Hayden verder. ‘Alle opbrengsten van vandaag gaan naar ons initiatief “Paint with Payne” ter bekostiging van lessen en materiaal voor kinderen met een financiële achterstand in de regio Providence. Wij danken u heel hartelijk voor uw gulle bijdragen.’

Het beschaafde applaus echode in de marmeren balzaal van het Payne House aan Ochre Point Avenue. Het landhuis was in 1892 gebouwd met uitzicht op de oceaan. In 1968, niet zo heel lang nadat Gertrude door haar huwelijk een lid van de familie was geworden, had ze het initiatief genomen tot oprichting van een museum voor schone kunsten en de verkoop van het landhuis aan de stichting die het museum beheerde. Payne House was prachtig en majestueus, maar het tochtte er ook en het was er koud, dat laatste zowel letterlijk als figuurlijk. De meeste mensen denken dat deze landhuizen aan stichtingen worden geschonken om anderen in de gelegenheid te stellen ervan te genieten. Maar dat gebeurt alleen als de familie die het in eigendom had, er zelf beter van kan worden. De meeste landgoederen die een toeristische trekpleister zijn, bijvoorbeeld Breakers en het Marble House, en ook het Payne House, worden door beheerstichtingen gekocht omdat de verkopende families eraan verdienen.

Geld maakt geld, wist Pixie.

'Ik weet dat deze gebeurtenis dit jaar extra bijzonder is,' vervolgde Hayden, 'en zoals beloofd, als we volop hebben genoten van deze heerlijke lunch, die ons wordt voorgezet door onze lokale cateraar, de goddelijke Hans Laaspere...'

Een mager applausje.

'... bieden we u, onze belangrijkste weldoeners, een privérondleiding aan door het museum, waarbij we natuurlijk het hoogtepunt, en voor velen van u de reden waarom u hier bent, niet zullen overslaan. U zult als eersten voor een beroemd schilderij staan dat twintig jaar voor iedereen verborgen is gebleven, *Meisje aan de piano* van Johannes Vermeer.'

Kreetjes van ingehouden opwinding, spanning om te snijden.

De Vermeer in kwestie was bijna een kwart eeuw geleden gestolen van een neef in de Lockwood-tak van de dynastie en was pas onlangs teruggevonden na een bizarre moord in de Upper West Side van

Manhattan. Het schilderij, slechts vijfenveertig centimeter hoog, was al een meesterwerk van onschatbare waarde geweest, maar door alle ophef – de kunstroof, moord, binnenlands terrorisme – werd *Meisje aan de piano* nu beschouwd als een van de waardevolste kunstwerken op de hele wereld. Nu het schilderij eindelijk weer boven water was gekomen, was Gertrudes neef Win van mening dat het schilderij niet opnieuw moest wegkwijnen in een stoffige salon van Lockwood Manor, maar over de wereld zou moeten reizen, om duizenden, zo niet miljoenen mensen te ontroeren. De gestolen Vermeer zou dan ook een wereldreis langs musea maken, die vandaag begon met een expositie van een maand, hier in Newport, Rhode Island.

Als eerste beslag leggen op de Vermeer was een geweldige stunt. De stoelen voor deze lunch waren verkocht vanaf vijftigduizend dollar. Al speelde geld geen rol. Niet echt. De Paynes bezaten miljarden, maar filantropie had onder de welgestelden altijd te maken met status, met een plek in de sociale rangorde, en misschien ook wel een beetje met schuldgevoelens. Het was een excuus om onder vrienden en gelijkgezinden te zijn en deel te nemen aan een feestje, omdat domweg verachtelijk rijk zijn en gewoon maar feestjes geven werkelijk smakeloos, tactloos en brallerig zou zijn. Lang verhaal kort: je gebruikt een goed doel als dekmantel voor je feestje. Het bleef allemaal verachtelijk. Al die rijkelui die hier zaten hadden net zo goed een cheque kunnen uitschrijven om de Payne-stichtingen voor achtergestelde jongeren te steunen. Niemand zou dat geld ooit missen. Niemand geeft 'tot de bodem in zicht komt' – niemand wil zelfs maar in de buurt van die bodem komen. Gertrude begreep dat niemand vrijwillig geheel of gedeeltelijk afstand doet van zijn portie. O, zeker, we mogen allemaal beweren dat we het beste voorhebben met wie minder gefortuneerd is dan wij – en dat zelfs heel erg gemeend – maar we moeten daarvoor zelf geen offers hoeven te brengen. En dat, had Gertrude al jaren geleden geconcludeerd, was wat rijken zulke afschuwelijke mensen maakt.

'De initiatieven van de Paynes voor de behoeftigen in de samenleving,' ging Hayden verder, 'hebben tienduizenden kinderen verder geholpen sinds onze schutspatroon Bennett Payne het eerste weeshuis voor jongens stichtte in 1938.'

Hij maakte een gebaar naar een groot portret in olieverf van Bennett Payne.

Ah, de geweldige, bewonderde oom Bennett, dacht Gertrude. Er waren maar weinig mensen die wisten dat oom Bennett pedofiel was geweest voordat de samenleving die term had leren kennen. De 'genereuze' Bennett had maar één heel eenvoudige reden om met arme jongens te werken – zo had hij ze binnen handbereik. Oom Bennett zweeg natuurlijk over zijn 'predilecties', maar net als de meesten van ons, wilde hij zijn daden ook rechtvaardigen. Hij overtuigde zichzelf ervan dat hij uiteindelijk een goed doel diende. Deze kinderen, en vooral die van de allerarmsten, zouden het niet redden zonder hulp van de Paynes. Bennet gaf hun te eten, hij stak ze in de kleren, hij zorgde voor onderwijs – en seks was toch zeker iets waar beide partijen van genoten? Hoe kon dat misdadig zijn? Oom Bennett reisde over de hele wereld, vaak met gelijkgestemde missionarissen, zodat hij zijn behoefte aan seks met kinderen – nu noemden ze dat heel terecht verkrachting, toch? – waar hij maar wilde kon bevredigen.

Wie iets opheeft met karma, wie zich afvraagt of Bennett Payne, die nooit honger heeft gekend, noch dorst, noch enig ongemak, die nooit een dag echt gewerkt heeft en nooit iets anders heeft gekend dan grote rijkdom, uiteindelijk heeft moeten boeten voor zijn misdaden, wordt helaas teleurgesteld. Oom Bennett overleed in zijn slaap – een natuurlijke doodsoorzaak – op de vergevorderde leeftijd van drieënnegentig jaar. Zijn misdaden zijn nooit aan de kaak gesteld. Zijn portret hangt tot op de dag van vandaag in ieder instituut dat wordt gefinancierd met fondsen van stichtingen van de Paynes.

Het ironische is dat de Payne Foundation goed werk verricht. Wat begon als een vehikel van oom Bennett om kinderen te verkrachten, helpt nu echt minderbedeelden. Hoe moest je die twee waarheden met elkaar verzoenen? Gertrude wist van zo veel goede doelen die met de allerbeste intenties waren begonnen, maar zich ontwikkelden tot een verschrikkelijke, corrupte zooi. Eric Hoffer heeft eens gezegd: 'Elk groot streven begint als een beweging, groeit uit tot een bedrijf en verzandt uiteindelijk in misdadige praktijken.' Heel waar, maar wat doe je als de omgekeerde wereld zich aandient?

Mannen, daarvan was Gertrude overtuigd, waren behept met lichtelijk sociopathische eigenschappen, gepaard aan een schitterend talent het eigen gedrag goed te praten. Ja, ze generaliseerde, en ja, van achter in de zaal wordt vast wel door iemand geroepen 'Niet alle mannen'. Maar het scheelde niet veel. Haar vader was een alcoholist geweest die haar moeder sloeg en gehoorzaamheid eiste. Dat rechtvaardigde hij met Bijbelse verzen. Gertrudes eigen man George was een onverbeterlijke rokkenjager geweest. Dat verdedigde hij met het wetenschappelijke argument dat monogamie 'onnatuurlijk' was. En oom Bennett, nou ja, dat is al aan de orde geweest. Hij was niet de enige in de familie met die bijzondere voorliefde. Gertrude had slechts één zoon gehad. Dat was Wade, de vader van Hayden, in haar ogen de uitzondering die de regel bevestigde, al had zij misschien naar haar zoon gekeken door een gekleurde bril. Wade was op eenendertigjarige leeftijd samen met Haydens moeder omgekomen bij een ongeluk met een privévliegtuig toen ze op weg waren naar Vale om een paar dagen te skiën. Misschien had wat er aan sociopathisch gif door zijn aderen stroomde toen nog niet genoeg tijd gekregen om zich te manifesteren. Zijn dood had de grond onder haar voeten weggeslagen. De wees Hayden was op dat moment nog maar vier jaar oud. Het was aan Gertrude om hem op te voeden. Dat had ze niet goed gedaan. Ze had niet goed voor hem gezorgd en daar had hij onder geleden.

Haar telefoon zoemde. Gertrude vond moderne technologie fascinerend. Natuurlijk leidde technologie, net als zo veel andere zaken tegenwoordig, tot obsessief gedrag, maar het idee dat je met elkaar kon communiceren wanneer je maar wilde, of dat je pagina's uit boeken kon lezen in bibliotheken over de hele wereld met behulp van niet meer dan een klein toestelletje dat je in je hand kon houden – hoe kon je dat niet als verrijking van het leven beschouwen?

'Dus wil ik,' besloot Hayden zijn verhaal, 'u nog een laatste keer dankzeggen voor alle steun. Over een kwartier beginnen we met de rondleiding langs de gestolen Vermeer. Geniet van uw dessert.'

Terwijl Hayden glimlachte en wuifde, wierp Gertrude een steelse blik op het scherm van haar telefoon. Toen ze het bericht las, trok ze bleek weg. Hayden zigzagde door de zaal terug naar haar tafel. Toen hij haar gezicht zag, vroeg hij: 'Is er iets, Pixie?'

Ze zocht steun met een hand op de tafel. 'Kom met me mee,' zei ze.

'Maar we...'

'Neem mijn arm, alsjeblieft. Nu.'

'Natuurlijk, Pixie.'

Beiden handhaafden de glimlach op hun gezicht toen ze de grote balzaal uit liepen. Een van de wanden van de zaal was een spiegelwand. Gertrude ving een glimp van zichzelf op, net voordat ze over de drempel stapten, en vroeg zich af wie die oude dame was die ze zag.

'Wat is er, Pixie?'

Ze gaf Hayden de telefoon. Hij zette grote ogen op bij het lezen. 'Ontsnapt?'

'Daar lijkt het op.'

Gertrude keek naar de deur van de balzaal. Stefano, hoofd van de beveiliging, was altijd in de buurt. Hun blikken kruisten elkaar. Ze gaf hem met een miniem hoofdgebaar te kennen dat ze hem later moest spreken. Stefano knikte ter bevestiging. Hij bleef op afstand.

'Misschien is het een teken,' zei Hayden.

Ze richtte haar aandacht weer op haar kleinzoon. 'Een teken?'

'Ik bedoel niet in strikt religieuze zin, al is het dat misschien ook. Ik bedoel meer in de zin van een mogelijkheid.'

Die jongen kon zo belachelijk uit de hoek komen. 'Dit is geen mogelijkheid, Hayden,' zei ze met op elkaar geklemde kaken. 'Waarschijnlijk pakken ze hem binnen vierentwintig uur.'

'Moeten we hem helpen?'

Gertrude staarde haar kleinzoon alleen maar aan, tot hij het niet langer kon verdragen en wegkeek. Toen zei ze: 'Ik denk dat we nu moeten vertrekken.'

Hij maakte een armgebaar naar de balzaal achter hen. 'Maar Pixie, de gasten...'

'... willen alleen maar die Vermeer zien,' zei ze. 'Het interesseert ze niet of wij er ook zijn of niet. Waar is Theo?'

'Hij wilde het schilderij zien.'

Gertrude liep langs de twee bewakers de kamer in die ooit bekend had gestaan als de 'muziekkamer' en nu dienstdeed als onderkomen voor de Vermeer. Er stond een jongen met zijn rug naar haar toe voor het schilderij.

'Theo,' zei ze tegen de jongen, 'ben je klaar om te gaan?'

'Ja, Pixie,' zei de jongen. 'Ik ben klaar.'

Toen de achtjarige zich omkeerde, viel Gertrudes blik onwillekeurig op de opvallende wijnvlek op de wang van de jongen. Ze slikte en reikte hem haar hand. 'Kom op dan.'

DEEL 2

TWAALF UUR LATER

16

Max en Sarah zetten zich op hun plaats aan de tafel waaraan het verhoor zou plaatsvinden. Rachel Anderson zat alleen tegenover hen. Ze stelden zich voor en vroegen haar nogmaals of er een advocaat bij het verhoor aanwezig moest zijn. Rachel deed geen beroep op dat recht.

'Ik wil graag beginnen,' zei Max, 'met mijn dank uit te spreken voor je bereidheid met ons te praten.'

'Natuurlijk,' zei Rachel met grote onschuldige ogen. 'Maar mag ik vragen waar dit over gaat?'

Max wierp een blik in de richting van Sarah. Sarah rolde met haar ogen.

Ze waren in de kantoren van de FBI in Newark, in New Jersey, een kleine achthonderd kilometer van Briggs Penitentiary. Het opsporingsbevel dat ze hadden laten uitgaan had uiteindelijk geleid tot een reactie van de politiepost bij de Port Authority, toen een camera beelden had gemaakt waarop het kenteken van Rachel Anderson te zien was. Ze reed met haar auto in westelijke richting over de George Washington Bridge van New York naar New Jersey. Nadat versterking was gearriveerd – in het opsporingsbevel was aangegeven dat de ontsnapte gedetineerde David Burroughs gewapend en vuurwapengevaarlijk was – hadden State Troopers Rachel

Anderson in haar witte Toyota Camry aangehouden op Route 4 in New Jersey.

David Burroughs zat niet in het voertuig.

Max besloot met de deur in huis te vallen. 'Waar is uw voormalige zwager, mevrouw Anderson?'

Rachels mond viel open. 'David?'

'Ja, David Burroughs.'

'David zit in de gevangenis,' zei Rachel. 'Hij zit zijn straf uit in Briggs Penitentiary in Maine.'

Max en Sarah staarden haar aan.

'Echt, Rachel?' zei Sarah.

'Wat?'

'Wil je het over die boeg gooien?'

Max legde zijn hand op Sarahs arm. 'Ik realiseer me dat je geen beroep hebt gedaan op het recht op een advocaat,' zei hij tegen Rachel. 'Maar laat mij je dan op een paar punten geruststellen.'

'Geruststellen?' herhaalde Rachel.

Max voorkwam dat Sarah als eerste reageerde door zacht in haar arm te knijpen. 'We vrijwaren je nu van vervolging als je ons de hele waarheid vertelt.'

Rachel keek eerst Sarah en vervolgens Max aan. 'Ik begrijp niet waarover je het hebt.'

Sarah schudde haar hoofd. 'Mijn god.'

'Laat me dan maar even uitleggen wat ik bedoel met "vrijwaren van vervolging". Veronderstel – ik zeg maar wat – dat je David Burroughs geholpen hebt uit Briggs Penitentiary te ontsnappen. Als jij ons vertelt waar hij is of welke rol je hebt gespeeld in dit uiterst zwaarwegende misdrijf...'

'... een misdrijf dat je jaren, vele jaren achter de tralies kan kosten,' vulde Sarah aan.

'Precies,' zei Max. 'Dank je. Dan word je niet vervolgd. Dan blijf je op vrije voeten.'

'Wacht even,' zei Rachel. Ze legde een hand op haar borst. 'Is David ontsnapt?'

Sarah zakte onderuit en plukte aan haar onderlip. Ze bestudeerde Rachel en maakte terwijl ze Max aankeek een gebaar naar Rachel. 'Wat denk jij, Max?'

'Een fraai stukje acteerwerk, Sarah. En jij?'

'Ik weet het niet, Max. Vind je niet dat ze die schok een beetje overdrijft?'

'Ja... een beetje wel, ja,' gaf Max toe. 'Dat "Wacht even" voor dat besef dat David is ontsnapt was misschien een beetje te veel van het goede.'

'En die hand op de borst. Te veel. Als ze een parelsnoer had, zou ze dat waarschijnlijk hebben vastgepakt.'

'Maar toch,' zei Max, 'vind ik het een optreden dat riekt naar een Oscar.'

'Misschien een nominatie,' zei Sarah, 'maar zeker geen Oscar.'

Ze applaudisseerden beiden even beschaafd naar Rachel. Rachel onderging het zwijgend.

'Toen David Burroughs ontsnapt was,' zei Max, 'hebben we een mannetje naar jouw motel gestuurd.'

'Een persoon, Max.'

'Hè?'

'Je zei "een mannetje". Vind je dat ook niet een beetje seksistisch?'

'Ja, inderdaad. Mijn excuses. Waar was ik gebleven?'

'Je had een handhaver van de wet naar het motel gestuurd.'

'Juist.' Max richtte zich weer tot Rachel. 'Jij was daar natuurlijk niet. De receptionist wist te vertellen dat je waarschijnlijk te vinden zou zijn in de Nesbitt Station Diner. Ik neem aan dat je had geklaagd over de slechte wifi in het motel.'

'Nou en?' wierp Rachel tegen. 'Is het een misdrijf om naar een diner te gaan?'

'De serveerster vertelde ons dat je kort nadat het alarm was afgegaan, de diner in alle haast had verlaten.'

'En dat je pal voordat je in alle haast de diner verliet, was opgebeld,' zei Sarah.

Rachel haalde haar schouders op. 'Misschien wel, en wat dan nog?'

'Kun je je herinneren wie je toen heeft gebeld?' vroeg Max.

'Nee, dat herinner ik me niet. Misschien heb ik niet opgenomen. Dat doe ik vaak genoeg.'

'De serveerster zag dat je opnam.'

'Dan zal het wel verkeerd verbonden zijn geweest. Dat krijg ik heel vaak.'

'Dit was niet verkeerd verbonden,' zei Sarah. 'Dit was David Burroughs.'

Rachel fronste haar wenkbrauwen. 'David is gedetineerd in een federale gevangenis. Hoe zou hij aan een telefoon moeten komen?'

'Wow,' zei Sarah. Ze wierp haar handen omhoog in een gebaar van overgave en berusting.

'Hij heeft er een gestolen bij zijn ontsnapping,' zei Max. Natuurlijk geloofde Max zelf helemaal niet dat de telefoon waarmee Burroughs had gebeld 'gestolen' was. Hij vermoedde dat Philip en Adam Mackenzie beiden hun telefoon aan David hadden gegeven als onderdeel van het vluchtplan, maar er viel niets te winnen als hij dat vermoeden nu zou prijsgeven. 'Bij nummerweergave zou de naam Adam Mackenzie worden weergegeven. Weet je wie dat is?'

'Zeker, Adam en David zijn samen opgegroeid.'

'Kun je je herinneren dat je bent gebeld vanaf Adams telefoon?'

'Nee, het spijt me.' Rachel toverde een niet echt gemeend verontschuldigend glimlachje op haar gezicht. 'Misschien is het doorgeschakeld naar de voicemail. Wil je dat ik even kijk?'

Max en Sarah wisselden opnieuw blikken van verstandhouding. Dit ging niet gemakkelijk worden.

'Waar,' vroeg Max, 'ben je naartoe gegaan toen je de diner verliet?'

'Ik woon hier in New Jersey.'

'Ja, dat weten we.'

'Nou, dat was mijn doel. Ik ging naar huis. Ik was er bijna toen ik door een leger State Troopers met getrokken pistolen van de weg werd gehaald. Ik was doodsbang. Daarna ben ik hierheen gebracht.'

'Dus het was je bedoeling om direct van de diner naar huis te rijden?' vroeg Max.

'Ja.'

'Maar je hebt je kamer bij het motel niet opgezegd. Je kleren liggen er nog, allerlei persoonlijke eigendommen.'

'Ik was van plan opnieuw die kant op te gaan.'

'Wat bedoel je?'

'Die kamers zijn per week goedkoper,' zei Rachel, 'dus had ik besloten hem aan te houden. Ik ben naar huis gegaan om het een en ander te regelen en thuis alles even te controleren en zo. Ik was van plan om donderdag weer naar Maine te gaan.' Ze ging rechtop zitten. 'Ik begrijp niet goed waar ik aan toe ben, rechercheur.'

'Special agent,' corrigeerde Sarah haar. 'Hij is special agent Max Bernstein van het Federal Bureau of Investigation. Ik ben special agent Sarah Jablonski.'

Rachel keek haar aan en hield haar blik gevangen. 'Special agent. Daar ben je vast heel trots op.'

Max wilde niet verdwalen op zijsporen. 'Ben je, nadat je de diner verliet, rechtstreeks naar huis gereden?'

Rachel maakte het zich iets gemakkelijker. 'Misschien ben ik onderweg nog ergens gestopt.'

'Acht minuten nadat David Burroughs je belde, werd je Toyota Camry door camera's gesignaleerd vlak bij het Lamy Outlet Center.'

'Klopt. Ik overwoog nog wat inkopen te doen.' Ze richtte zich tot Sarah. 'Ze hebben daar een filiaal van Tory Burch.'

'En? Gedaan?' drong Max aan.

'Wat?'

'Inkopen?'

'Nee.'

'Waarom niet?'

'Ik heb me bedacht.'

'Dus je reed ernaartoe en vertrok gewoon weer.'

'Zoiets.'

'En het verbijsterende toeval wil,' vervolgde Sarah, 'dat David Burroughs zich na zijn ontsnapping schuilhield in het Lamy Outlet Center.'

'Daar weet ik niets van. Is David echt ontsnapt?'

Sarah negeerde de vraag. 'Je provider heeft ons de locatiegegevens van je iPhone verschaft. Ze pingden je telefoon, maar wat denk je?'

Rachel haalde haar schouders op.

'Je telefoon was helemaal uitgeschakeld,' zei Sarah. 'We konden hem niet volgen.'

'Is dat een bezwarende omstandigheid?'

'Ja, dat is het.'

'Waarom? Soms zet ik mijn telefoon uit als ik rij. Ik hou er niet van te worden gestoord tijdens het rijden.'

'Nee, Rachel, dat doe je niet,' snauwde Sarah. 'Volgens je provider is je telefoon de afgelopen vier maanden niet uit geweest. We weten ook dat je je telefoon uitzette nadat je van het Lamy Outlet Center vijftien kilometer naar het nóórden bent gereden. Dat is precies de verkeerde kant op als je naar New Jersey wilt.'

Rachel haalde nog eens haar schouders op om aan te geven hoe onbeduidend ze die mededeling vond. 'Ik wilde nog een paar dingen bekijken voordat ik naar huis reed.'

'O, dat klinkt heel redelijk,' zei Sarah met een uitgestreken gezicht. 'Je ex-zwager ontsnapt uit de gevangenis. Even daarna belt de telefoon die hij heeft gestolen jouw telefoon. Daarop reageer jij door naar de outlet te rijden waar hij zich schuilhoudt. Dan rij je om een of andere reden de verkeerde kant op, ook al beweer je dat je op weg was naar huis zonder uit te checken bij het motel, en plotseling zet je je telefoon uit, voor de eerste keer nadat je vier maanden geleden een update hebt uitgevoerd. Klopt dat ongeveer?'

Rachel glimlachte naar Sarah en richtte zich toen tot Max. 'Sta ik onder arrest, special agent Bernstein?'

'Niet zolang je meewerkt,' zei Max.

'Dus als ik ervoor kies te gaan staan en te vertrekken?'

'Laten we ons niet begeven op hypothetische paden, als je dat goedvindt,' zei Max. 'We weten ook dat je nadat je je telefoon hebt uitgezet, bleef doorrijden naar het noorden. Een kleine vijftig kilometer verderop langs de 195 kocht David Burroughs met behulp van een gestolen creditcard allerlei spullen om te overleven in de wildernis. Tent, zakmessen, slaapzak, dat soort spullen, bij een winkel met de naam Katahdin General Store. De winkelbaas heeft zijn identiteit bevestigd. Commentaar?'

Rachel schudde haar hoofd. 'Daar weet ik niets van.'

'Het is daar kilometers en nog eens kilometers grasland en bossen. Je kunt er iemand afzetten, die je nooit weerziet en in alle rust zijn weg zoekt naar de grens met Canada.'

Rachel zei niets.

Sarah besloot te schakelen. Ze hoopten haar evenwicht te verstoren en haar te verrassen met de geweldige hoeveelheid informatie die ze in slechts een paar uur hadden weten te verzamelen. 'Waarom had je besloten juist nu David Burroughs te bezoeken?'

'David was mijn zwager. We hadden een nauwe band.'

'Maar dit was je eerste trip naar Briggs.'

'Ja.'

'Hij zat er een jaar of vier, vijf?'

'Zoiets.'

Sarah spreidde vragend haar handen. 'Dus waarom nu, Rachel?'

'Ik weet het niet. Ik had het gevoel... Ik had gewoon het gevoel dat dit het goede moment was.'

'Geloof jij dat David Burroughs jouw neefje heeft vermoord?'

Rachels blik gleed weg naar links. 'Ja, dat geloof ik.'

'Je klinkt niet erg overtuigd.'

'O, ik ben ervan overtuigd, maar ik denk dat het niet zijn bedoeling was. Ik denk dat hij een black-out heeft gehad of een zenuwinzinking of iets dergelijks.'

'Dus je verwijt hem niets?'

'Niet echt, nee.'

'Waarover hebben jullie gepraat tijdens je bezoek?'

'Ik heb David gevraagd hoe het met hem ging.'

'En hoe ging het met hem?'

'Hij was nog steeds kapot. David wilde geen bezoek. Hij wilde alleen maar met rust gelaten worden.'

'En toch ben je de volgende dag opnieuw gekomen.'

'En was je van plan nog een keer te gaan.'

'David en ik hadden een nauwe band. Voor dit alles. Ik bedoel, ik... nam hem ook in vertrouwen.'

'Zou je ons willen vertellen waarover?'

'Dat is niet belangrijk. Ik heb zelf ook een paar tegenslagen gehad.'

'En je dacht dat je bij hem misschien een luisterend oor zou vinden?'

Rachel sprak zacht. 'Zoiets.'

'En met tegenslagen,' zei Sarah, 'bedoel je je scheiding van onlangs?'

'Of,' voegde Max toe, 'het schandaal dat een einde maakte aan je carrière?'

Rachel zat doodstil.

Max boog naar voren. De tijd voor subtiele manoeuvres was

voorbij. ‘Alles valt in duigen, mevrouw Anderson, vindt u zelf ook niet?’

Ze hapte niet.

‘Kijk eens hoeveel Sarah in maar een paar uur boven water heeft gehaald. We gaan hem pakken, dat is boven alle twijfel verheven. Als hij geluk heeft, pakken we hem levend, maar David Burroughs is een veroordeelde kindermoordenaar die een gevangenisdirecteur een pistool afhandig heeft gemaakt, dus...’ Max haalde zijn schouders op om aan te geven dat het einde zoek was. ‘Als we hem pakken – waarschijnlijk in de komende uren – zullen Sarah en ik alles wat we in onze mars hebben inzetten om tegen jou een zaak te bouwen wegens medeplichtigheid.’

‘Je gaat lange tijd achter de tralies,’ zei Sarah.

‘Dit is geen loos dreigement van onze kant,’ zei Max.

‘Geen dreigement,’ herhaalde Sarah en ze keek Rachel aan met ogen die vuur spuwden. ‘O, wat heb ik er zin in om jou achter de tralies te stoppen.’

‘Tenzij, Sarah.’

‘Tenzij wat, Max?’

‘Tenzij ze meewerkt. Hier, nu.’

Sarah fronste haar wenkbrauwen. ‘Ik denk niet dat we haar nodig hebben, Max.’

‘Waarschijnlijk heb je gelijk, maar misschien wist mevrouw Anderson niet in welk wespennest ze zich stak. Misschien begreep ze niet wat ze deed.’

‘O, ze wist donders goed wat ze deed.’

‘Maar toch we hadden een afspraak, Sarah. Als Rachel ons vertelt wat ze weet, gaat ze vrijuit.’

‘Dat was eerder, Max. Nu wil ik dat ze gewoon de straf krijgt die ze verdient. Helemaal omdat ze ons zo aan het lijntje houdt.’

‘Daar moet ik je gelijk in geven.’

Rachel bleef zwijgen.

'Dit is je laatste kans,' zei Max. 'Je kanskaart "Verlaat de gevangenis zonder te betalen" verloopt over drie minuten.'

'Daarna arresteren we haar, Max?'

'Daarna arresteren we haar, Sarah.'

Sarah legde haar gevouwen handen voor zich op tafel. 'Nou dan, wat vind je ervan, Rachel?'

'Ik ben van gedachten veranderd,' zei Rachel. 'Ik wil mijn advocaat spreken.'

17

'Oké, Sarah, vertel me eens wat het meest voor de hand liggende scenario is van wat er is gebeurd,' zei Max.

Max en Sarah waren op weg naar Newark Airport om terug te vliegen naar Briggs Penitentiary. De advocaat die Rachel had ingehuurd bleek de roemruchte Hester Crimstein te zijn, die haar prompt op borgtocht op vrije voeten kreeg.

'Hou op met dat nagelbijten, Max.'

'Laat me, Sarah, oké?'

'Het is een goor gezicht.'

'Dan kan ik beter denken.'

Sarah zuchtte.

'Het scenario?'

'Burroughs ontsnapt met hulp van Philip en Adam Mackenzie,' begon Sarah.

'Weten we zeker dat de Mackenzies erbij betrokken zijn?'

'Ik denk het wel.'

'Dat denk ik ook,' zei Max. 'Ga door.'

'Burroughs springt uit de auto van de gevangenisdirecteur in de parkeergarage onder het outletcenter. Hij belt Rachel Anderson, die op dat telefoontje zit te wachten in de Nesbitt Station Diner. Rachel rijdt naar het outletcenter. Ga je er tot zover in mee, Max?'

'Yep. Ga door.'

'Burroughs en zij vinden elkaar. Burroughs stapt bij haar in de auto.'

'En dan?'

'Dan rijden ze naar het noorden. Dat weten we van die telefoonping tot ze haar telefoon uitzette.'

'En dat is maf.'

'Hoezo?'

'Waarom zette ze toen haar telefoon uit?' vroeg Max. 'Waarom niet eerder?'

'Als ze hem had uitgezet bij het outletcenter, hadden wij geweten dat dat haar bestemming was.'

Max fronste zijn wenkbrauwen. 'Hm, ja, misschien.'

'Maar?'

Max schudde het van zich af. 'Ga maar door.'

'Ze rijden door naar die winkel...'

'De Katahdin General Store,' zei Max. 'In Millinocket.'

'Precies. Daar koopt hij een survivaluitrusting. Op grond van de verkeersdrukte en de tijdlijn die ik heb gemaakt, zou ik zeggen dat ze daarna tijd heeft gehad om hem nog eens, pak hem beet, een half uur verder te brengen. Hoe dan ook, Rachel zet Burroughs af in een gebied met dichte, ruige bossen. We zoeken in dat gebied met helikopters en honden, maar het is daar één groot zwart gat.'

'En toen?'

Sarah haalde haar schouders op. 'Toen niks meer.'

'Wat is Burroughs nu van plan?'

'Dat weet ik niet zo precies, Max. Misschien wil hij zich verbergen in de nationale parken. Het uitzingen tot wij het opgeven. Misschien wil hij de grens over sluipen naar Canada.'

Max knaagde verwoed op een nagel.

'Jij gelooft er niet in?'

'Ik geloof er niet in.'

'Zeg eens waarom?'

'Te veel gaten. Burroughs is een stadsjongen. Heeft hij enige ervaring met survival?'

'Misschien. Of misschien denkt hij wel dat het niet zo moeilijk is. Misschien denkt hij wel dat hij geen keus heeft.'

'Het is niet logisch, Sarah.'

'Wat is niet logisch, Max?'

'Laten we bovenaan beginnen: was de ontsnapping van tevoren gepland?'

'Dat moet wel.'

'Als dat zo is, was het wel een belachelijk slecht plan.'

'Hm, dat weet ik niet,' zei Sarah. 'Ik vind het eigenlijk heel vernuftig.'

'Hoezo?'

'Het is zo simpel. Burroughs snaait een pistool en loopt de gevangenis uit met Mackenzie. Hij graaft geen tunnel, hij kaapt geen vrachtwagen, hij verstopt zich niet in een vuilcontainer. Niets van dat alles. Als die ene bewaker – hoe heet die man ook alweer?'

'Weston. Ted Weston.'

'Die, ja. Als Weston niet toevallig op het juiste moment uit het raam kijkt – als hij niet toevallig de directeur en Burroughs in de auto ziet stappen – is er geen vuiltje aan de lucht. Niemand zou de eerste uren alarm hebben geslagen omdat Burroughs zoek was.'

Daar dacht Max over na. 'Laten we dat spoor eens volgen, Sarah.'

'Doen we, Max.'

'Toen het allemaal in de soep liep – toen Weston alarm sloeg – moesten ze, volgens jouw theorie, improviseren. Ja?'

'Ja,' zei Sarah.

Max peinsde. 'Dat zou het telefoontje van Burroughs naar Rachel verklaren toen ze in de diner zat. Als Rachel er vanaf het begin bij betrokken was, had hij dat telefoontje niet hoeven plegen. Dan was ze daar al geweest om hem op te pikken.'

'Boeiend,' zei Sarah. 'Introduceren we de stelling dat Rachel Anderson geen deel uitmaakte van de oorspronkelijke plannen?'

'Ik weet het niet.'

'Maar het is geen toeval dat ze Burroughs de dag voor de uitbraak bezoekt.'

'Geen toeval,' zei Max. Hij begon aan een verse nagel te knagen. 'Maar Sarah?'

'Ja, Max?'

'We missen nog iets. Er ontbreekt nog iets kolossaals.'

18

Ik sta in 12th Street, midden in New York, en verorber de heerlijkste pepperoni-pizzapunt ooit, bij een tent met de naam Zazzy's.

Ik ben vrij.

Ik denk dat ik het nog niet geloof. Ken je dat gevoel als een droom ontspoort – de góéde kant op ontspoort – en je je plotseling tijdens die nachtelijke reis realiseert dat je misschien slaapt en droomt, en dat je bang bent dat je wakker zult worden, zodat je wanhopig je best doet te blijven slapen, dat je je vastklampt aan de beelden in je hoofd, terwijl ze op datzelfde moment vervagen? Zo heb ik de afgelopen uren beleefd. Ik ben als de dood dat mijn ogen ineens open zullen gaan en dat ik terug ben in Briggs, dat ik niet in deze straat sta, die naar pis stinkt (met die geur ben ik blij, want ze zeggen dat je in je dromen niets ruikt, dus moet dit wel echt zijn).

Ik sta op het trottoir tegenover het appartement van Harriet Winchester, voorheen Hilde Winslow.

Ik ben vandaag *ontsnapt uit de gevangenis*. Ik vind het verbijsterend. Nog geen vierentwintig uur geleden heeft een bewaker geprobeerd me in Briggs te vermoorden. Daarna, toen het erop leek dat ik de schuld zou krijgen van het incident, hebben Philip en Adam me geholpen te vluchten. De pure waanzin van wat er allemaal op één dag is gebeurd – en het gaat nog steeds door – raast als een lawine over me heen. Ik probeer afstand te nemen en me te concentreren op wat me nu te doen staat.

Hilde Winslow heeft in de getuigenbank gelogen om mij veroordeeld te krijgen. Het antwoord op de vraag waarom is de eerste stap op de weg naar het redden van mijn zoon.

Mijn zoon redden.

Steeds als dat zinnetje door mijn hoofd gaat, moet ik mijn kaken op elkaar klemmen en vechten tegen de tranen en me tot de orde roepen. Voordat Rachel op bezoek kwam, was mijn zoon dood, vermoord – misschien had ik hem zelf vermoord. Nu ben ik overtuigd van het tegenovergestelde: Max leeft, ik ben het slachtoffer geworden van een complot. Waarom en hoe – ik heb geen idee. Ik moet stap voor stap naar antwoorden zoeken.

De eerste stap is Hilde Winslow.

Nadat ik me uit de auto had laten vallen in de parkeergarage onder de outlet, heb ik Rachel gebeld om me te komen halen. Ze zat in een diner. Ik legde uit waar ze moest zijn en wanneer. Terwijl zij onderweg was, ging ik naar de parkeerplaats voor werknemers. De winkels gingen net open, dus de meeste werknemers begonnen net aan hun dienst. Dat gaf mij tijd. Rachel had nummerborden uit New Jersey. Als de politie een opsporingsbevel doet uitgaan voor een auto, zou dat in dit geval zijn voor een auto uit New Jersey in Maine. Op de parkeerplaats vond ik een aftandse Honda Civic waarvan de schroeven zo los zaten dat ik beide nummerborden er zonder moeite af kon halen. Zou de eigenaar van de Honda er erg in hebben? Voorlopig niet, zou ik denken. De meeste mensen controleren niet of de nummerborden nog op hun auto zitten voordat ze instappen. Maar dan nog, de eigenaar van de Honda zou waarschijnlijk op z'n vroegst pas over een aantal uren zien dat ze weg waren. Dat zou ons een voorsprong geven die we nodig hadden.

Rachel had gedaan wat ik haar had gevraagd. Ze had van al haar creditcards en pinpassen tot de limiet geld opgenomen. Dat was voor twee van de creditcards achthonderd dollar, voor de derde zeshonderd. Samen met het geld dat ik van de Mackenzies had gekregen, leverde het me voor een tijdje financiële vrijheid op. De politie zou er op een gegeven moment wel achter komen waar Philip me werkelijk had afgezet. Het verhaal dat Philip ze zou verkopen zou hooguit een dag of twee standhouden.

Toen Rachel de plek had bereikt waar ik me had schuilgehouden, achter op het parkeerterrein van de outlet, stapte ik in en liet ik haar doorrijden. Een paar kilometer verder stopten we achter een gesloten restaurant. Daar, uit het zicht, verwisselde ik de nummerborden, zodat haar witte Toyota Camry, een van de meest voorkomende auto's op de wereld, nu in Maine rondreed met nummerborden van Maine.

'En nu?' vroeg Rachel.

Ik wist dat ze onmiddellijk met man en macht naar me op zoek zouden gaan, maar ik wist ook dat er grenzen waren aan de inzet voor handhaving van de wet. Bij elk plan dat ik zou maken moest het doel vooropstaan. Ik had maar één doel: mijn zoon vinden. Punt uit. Dat was het enige waarop ik me moest concentreren.

Maar wat moest dat in praktische zin betekenen?

Elk spoor volgen dat zich aandiende. Het duidelijkste spoor dat ik op dat moment had – het enige spoor – was Hilde. Ze had niet alleen in de getuigenbank gelogen, ze had haar naam veranderd en was verhuisd naar New York. Dus dat was mijn plan geworden: zo snel ik maar kon contact leggen met Hilde Winslow. Uitzoeken waarom ze had gelogen.

Toen ik eenmaal een doel had, werd het tijd voor afleidingsmanoeuvres. Ik moest dwaalsporen uitzetten en de politie zand in de ogen strooien. Het zou ze weinig tijd kosten te achterhalen dat Rachel me in de gevangenis had bezocht, dus zouden ze een tracker of zoiets op haar telefoon zetten. Dat zouden ze ook doen met de telefoons van Philip en Adam, de telefoons die ik bij me had. Die had ik uit voorzorg dan ook al uitgezet.

'Staat je telefoon aan?' vroeg ik.

'Ja. O, shit, die kunnen ze volgen, toch? Moet ik hem uitzetten of zo?'

'Wacht,' zei ik.

'Waarom?'

Zodra ze de telefoon zou uitzetten, zou de provider haar niet langer kunnen volgen, maar hij zou wel aan de politie kunnen doorgeven waar hij voor het laatst nog een signaal had opgevangen. Ik liet Rachel precies de verkeerde kant op rijden. Toen we ver genoeg naar het noorden waren gereden om de politie de indruk te geven dat ik op weg was naar de grens met Canada in plaats van New York, liet ik haar de telefoon uitzetten. Als we nog langer zouden wachten, zou het te veel van het goede zijn, leek me, dan zouden we overdrijven. Nu zou het lijken of we op weg waren gegaan en ons pas na een kwartiertje hadden gerealiseerd dat we die telefoon moesten uitzetten.

'En nu?' vroeg Rachel.

Ik stond op het punt te zeggen dat ze moest keren en naar New York moest rijden, maar ik was er niet zeker van dat het telefoonspoor in z'n eentje voldoende was om de politie de verkeerde kant op te sturen.

'Blijf maar doorrijden naar het noorden,' zei ik.

Twintig minuten later stopten we bij een winkel bij een tankstation in Katahdin waar ze survivalspullen verkochten. Ik constateerde dat er geen camera's bij de pompen hingen – al maakte dat eigenlijk niet uit, ze zouden snel genoeg weten dat ik hier was geweest. Rachel gooide de tank vol, terwijl ik snel, maar hopelijk niet al te opzichtig, een survivaluitrusting kocht, het soort spullen dat wordt gekocht door mensen die een tijdje de wildernis in gaan. Ik betaalde ervoor met de Mastercard die Adam 'vergeten' was te blokkeren. De politie zou dat ongetwijfeld boven water halen, maar dat zou enige tijd duren. Uiteindelijk zou de oude man die achter de kassa stond zich mijn gezicht wel herinneren.

Ze zouden weten dat ik hier was geweest, maar dat was oké.

Toen we deze afleidingsmanoeuvre in scène hadden gezet, reden we nog twee kilometer door naar het noorden (voor het geval iemand zou vragen welke kant we op waren gegaan). Toen keerden we en reden we naar het zuiden. Bij Boston vonden we achter een kantoorgebouw een kledingcontainer van het Leger des Heils waar ik de survivaluitrusting in kwijt kon. Er hing een bordje op met de mededeling dat de container over vier dagen weer zou worden geleegd. Mooi zo. Als het Leger des Heils vanwege die uitrusting achterdochtig zou worden en de politie zou bellen, zou dat geen problemen opleveren. Zelfs als we hier op camerabeelden te zien zouden zijn, zou er niets aan de hand zijn. Dan waren wij allang weer weg. Ik hoopte alleen dat de autoriteiten voorlopig zouden denken dat ik de wildernis in was getrokken.

Daarna begonnen we aan de lange reis naar het zuiden. Bij een drogist in Milford, in Connecticut, kocht Rachel een wegwerptelefoon, een tondeuse en scheergerei. Ik bleef in de auto zitten. Ze zocht een bril met glazen zo dicht mogelijk bij vensterglas, en koos uiteindelijk een zonnebril met glazen die binnen lichter werden. Perfect. Bij de volgende truckstop trok ik een honkbalpetje diep over mijn ogen en zocht ik de toiletten op. In de gevangenis schoor ik me zelden. Misschien één keer per week als het begon te jeuken, dus had ik nu een groeisel dat het midden hield tussen een stoppelveld en een volwaardige baard. Ik schoor me en liet alleen een snor staan. Daarna schoor ik mijn hoofd kaal en zette ik de bril op.

Zelfs Rachel was onder de indruk van mijn vermomming. 'Ik had je bijna niet in de auto gelaten.'

Toen we in de buurt van de George Washington Bridge waren, liet ik Rachel Jerome Avenue op rijden in de Bronx. We zochten een plekje ergens in een hoekje waar ik de nummerborden van New Jersey weer op de auto schroefde. De nummerborden van Maine gooide ik in een vuilnisbak. Als de politie er nu in volle oorlogssterkte bovenop zat – en dat vermoedde ik wel – zouden ze haar New Jersey-nummerborden registreren bij de George Washington Bridge. Daar waarschuwde ik haar voor. We oefenden wat ze moest doen en zeggen als de politie haar zou aanhouden of haar thuis zou komen opzoeken.

'Ik zadel je wel met een heleboel problemen op,' zei ik.

'Maak je geen zorgen,' antwoordde Rachel. 'Hij is ook mijn neefje, weet je nog?'

'Je was een goede tante,' zeg ik.

'De beste,' zegt ze met een steels glimlachje.

'Maar als het fout gaat, als je gearresteerd wordt...'

'Ik red me wel.'

'Dat weet ik. Maar als ze je het vuur na aan de schenen leggen, moet je zeggen dat ik je met een pistool op de borst heb gedwongen me te helpen.'

'Je kunt maar beter opschieten.'

Bij de halte Mount Eden Avenue van lijn 4 stapte ik in de ondergrondse en bereikte na vijfendertig minuten de halte 14 Street-Union Square, verder naar het zuiden, in Manhattan. Daar zocht ik een Nordstrom Rack, waar ik het goedkoopste jack, een shirt en een stropdas kocht. Misschien was het overdreven naast die snor, het kale hoofd en de bril, maar als iemand zou bedenken dat ik in New York moest zijn, zouden ze waarschijnlijk niet zoeken naar een man met een stropdas en een sportief jasje.

Het was vervolgens tien minuten lopen naar het adres van Hilde Winslow in 12th Street. Onderweg kocht ik een pepperoni-pizzapunt en een flesje Pepsi. De eerste hap maakte me gewoon duizelig. Ik weet dat het er niet toe doet, maar ik geloof niet dat ik me ooit zo aards heb gevoeld als op het moment van die eerste hap pizza als vrij man in New York. Het wekte iets tot leven wat lang geleden was uitgedoofd en vulde me met herinneringen en kleur en prikkelde mijn smaakpapillen. Ik was weer terug in Revere Beach bij Sal's, samen met Adam en Eddie en TJ, de hele bende, en man, dat voelde geweldig.

Nu sta ik te wachten.

Ik denk veel aan Rachel, natuurlijk. Hoogstwaarschijnlijk is ze ondertussen opgepakt door de wetshandhavers. Is het haar nog gelukt om thuis te komen? Hebben ze haar van de weg gehaald? Hoe groot zijn haar problemen? Ik denk aan Philip en Adam en vraag me af hoeveel zij te verduren hebben. En uiteindelijk denk ik ook aan Cheryl, mijn ex, de moeder van Matthew. Wat zou zij denken van mijn ontsnapping? Wat zou tante Sophie ervan denken? En wat zou mijn vader ervan denken – als hij in staat is om het te begrijpen?

Het maakt niet uit. Het maakt allemaal niet uit.

Ik steek de straat over. Zou Hilde Winslow, alias Harriet Winchester, weten dat ik ben ontsnapt? Ik weet het niet. Het is een flatgebouw zonder portier. Je belt in de hal aan en iemand moet je binnenlaten bij de binnendeur. H. WINCHESTER staat bij appartement 4B. Ik druk op de knop en pak de hoorn van de intercom. Ik hoor de bel rinkelen. Eén keer, twee, drie keer. Na de vierde keer hoor ik door het luidsprekertje een stem die ik na al die tijd zonder moeite herken van het proces.

'Ja?'

Ik heb even nodig om weer vaste grond onder de voeten te krijgen. Ik meet mezelf een Oost-Europees accent aan. 'Pakje.'

'Wilt u het in de hal zetten?'

'U moet ervoor tekenen.'

Ik heb de afgelopen uren plannen bedacht, maar toch maak ik er een puinhoop van nu ik zo dicht bij haar gekomen ben. Ik ben niet gekleed als iemand van een pakketdienst. Ik heb geen pakje in mijn hand.

'Maar,' zeg ik, ik bedenk ter plekke iets, 'als u zegt dat het goed is, kan ik het pakje hier wel achterlaten. Heb ik uw toestemming om het in de hal neer te leggen?'

Het blijft even stil, zodat ik me afvraag of ze me doorheeft. Dan zegt Hilde Winslow langzaam: 'U hebt mijn toestemming om het daar neer te leggen.'

'Prima, dan leg ik het in de hoek van de hal.'

Ik hang de hoorn van de intercom weer op. Ik doe een stap achteruit en vraag me af wat ik moet doen, als ik een man de trap af zie komen op weg naar buiten. Even denk ik dat Hilde iemand heeft gevraagd dat pakje voor haar op te halen, maar nee, zo snel kan dat niet. Als hij de binnendeur openduwt, houd ik de hoorn weer bij mijn oor alsof ik nog steeds verbinding heb, en zeg: 'Oké, dan breng ik het nu wel even naar boven.' Ik had dat laatste net zo goed achterwege kunnen laten, want de man loopt door de hal naar buiten zonder mij ook maar een blik waardig te keuren.

Ik houd de dichtzwaaiende deur tegen met mijn voet en glip naar binnen. Ik laat de deur achter me dichtvallen en loop de trap op naar appartement 4B.

Sarah liep met Max door de vertrekhal van Newark Airport toen haar telefoon zoemde. Ze las het bericht dat binnenkwam op het scherm. 'Je had gelijk, Max.'

'Waarover?'

'Over die kentekenplaten.'

Max had het bizar gevonden dat niemand de auto van Rachel Anderson had gezien tijdens die lange rit van Maine naar New Jersey. In eerste instantie dachten ze dat ze misschien binnenwegen had genomen, maar toen ze dat even snel natrokken, bleek dat ze nooit zo vlug weer in New York terug had kunnen zijn als ze alle tolwegen had gemeden.

'Een zekere George Belbey zag dat zijn kentekenplaten waren gestolen toen hij naar huis wilde gaan na zijn werk bij LL Bean.'

'En ik neem aan dat George Belbey in Maine woont?'

'Yep.'

'Dus Burroughs of Rachel heeft de platen verwisseld. Ze hebben die van New Jersey eraf gehaald en die van Maine erop geschroefd.'

'Maar toen de Port Authority haar auto registreerde op de brug...'

'... had ze haar eigen platen er weer op,' vulde Max aan. 'De vraag is dus wanneer ze dat heeft gedaan? En waarom?'

'We weten waarom, toch, Max?'

'Ik denk het wel, ja.'

Sarahs telefoon zoemde opnieuw. Ze staarde naar het scherm en zei: 'Wow.'

'Wat?'

'We hebben Rachel Andersons telefoongesprekken van de laatste dagen nagetrokken.'

'En?'

'Nadat ze Burroughs had opgezocht in Briggs, heeft ze een ex-collega bij de *Globe* om een gunst gevraagd.'

'Een gunst.'

'Ze wilde het politiedossier van de moord op Matthew Burroughs.'

Max dacht na. 'Heeft die ex-collega toegang tot zulk spul?'

'Nee, maar Rachel vroeg ook heel specifiek naar iets anders.'

'En dat was?'

'Ze vroeg naar het social security number van een getuige in de rechtszaak. Een vrouw die Hilde Winslow heet.'

'Die naam herinner ik me...'

'Zij beweerde dat ze had gezien dat Burroughs de honkbalknuppel begroef.'

'Juist, dat was het. Een oudere vrouw, als ik me niet vergis.'

'Klopt, Max, maar nu wordt het gek. Kennelijk heeft Hilde Winslow niet lang na de rechtszaak haar naam veranderd in Harriet Winchester.'

Max en Sarah keken elkaar aan.

'Waarom zou ze dat nou gedaan hebben?' vroeg Max.

'Geen idee. Maar nu komt het: Hilde-Harriet verhuisde naar New York.' Ze kneep haar ogen tot spleetjes en keek op het scherm van haar telefoon. 'West 12th Street 135, om precies te zijn.'

Max hield op met knagen. Zijn hand viel slap langs zijn zij. 'Dus Rachel Anderson bezoekt David Burroughs in de gevangenis. Daarna doet ze navraag naar een kroongetuige in het proces – een getuige die volgens Burroughs meineed pleegde – en komt erachter dat die haar naam heeft veranderd en is verhuisd.' Hij keek op. 'Dus wat zou Burroughs nou van plan zijn?'

'Een confrontatie met de vrouw?'

'Of erger.' Max maakte rechtsomkeert en zette zich in beweging in de richting van de uitgang van de luchthaven. 'Sarah?'

'Ja?'

'Regel een auto naar New York. En bel de afdeling Manhattan. Ik wil dat het per direct wemelt van de smerissen bij het appartement van Hilde Winslow.'

19

Ik sta voor de deur bij Hilde Winslow.

Wat nu?

Ik kan natuurlijk aankloppen, maar omdat er beneden in de hal een bel is en ze van zichzelf al achterdochtig lijkt, weet ik niet of dat wel de juiste aanpak is. Ze zal vragen wie er voor de deur staat. Ze zal door het spionnetje in de deur kijken om te zien wie er heeft aangeklopt. Zal ze me herkennen? Waarschijnlijk niet. Tenzij ze in het nieuws heeft gehoord of gezien dat ik ben ontsnapt. Hoe dan ook, ze zal de deur niet opendoen, denk ik.

Mogelijkheid één, domweg aankloppen, zal dus niet werken.

Ik heb een honkbalpetje van de Yankees op. Dat heb ik bij een straatverkoper op Sixth Avenue gekocht, zodat ze niet zal kunnen vertellen dat ik mijn hoofd heb kaalgeschoren als ze een beschrijving van me moet geven. Ik ben van plan het ergens te dumpen nadat ik bij Hilde ben geweest.

Ik kan proberen de deur in te trappen of het slot eruit te schieten. Maar kom zeg, alsof ze dan niet moord en brand zou schreeuwen. Alsof er geen enkele buurman of buurvrouw zou zijn die de politie zou bellen. Mogelijkheid twee is bij voorbaat volstrekt uitgesloten.

Een derde mogelijkheid... Die heb ik eigenlijk niet. Nog niet in ieder geval. Maar ik kan ook niet eindeloos op de loer blijven liggen in het trappenhuis. Iemand zal me zien en zich afvragen wat ik hier doe. Ik heb dit allemaal niet echt goed doordacht, hè? Ik heb vandaag – *vandaag* – uren in een auto gezeten met Rachel en heb niet eens een deugdelijk plan kunnen bedenken. Daar betaal ik nu de prijs voor.

Links is een deur naar een brandtrap. Misschien kan ik me daar verstoppen en net zo lang wachten tot ze een keer de deur opendoet. Maar hoe laat is het? Het is al behoorlijk laat. Hilde-Harriet is de tachtig gepasseerd. Gaat die 's avonds nog de straat op? Waarschijnlijk niet.

Ik pieker nog steeds over wat me te doen staat als ik de deurkruk van appartement 4B zie bewegen.

Iemand maakt de deur open.

Geen plan, dus ik handel intuïtief. Ik weet niet waarom de deur opengaat, maar ik vermoed dat Hilde Winslow nieuwsgierig is naar dat vermeende pakje dat ik in de hal beneden zou hebben achtergelaten, en dat ze heeft besloten een kijkje te nemen. Maakt niet uit. Ik aarzel niet. Zodra de deur op een kier open is, gooi ik mijn schouder ertegenaan.

De deur vliegt open.

Even ben ik bang dat ik te agressief ben geweest, dat ik een oude vrouw met een zware deur ondersteboven heb gekegeld, maar als ik over de drempel struikel, staat Hilde Winslow met opengesperde ogen nog steeds op beide benen. Ze deinst achteruit en doet haar mond open om te gillen. Het primitieve deel van mijn hersenen heeft het commando overgenomen en dus aarzel ik opnieuw geen seconde. Met één grote stap ben ik bij haar en klem ik onhandig maar stevig mijn hand om haar mond. Met mijn voet trap ik de deur achter me dicht. Ik trek haar naar me toe zodat haar achterhoofd tegen mijn borst drukt en houd mijn hand nog steeds om haar mond geklemd.

'Ik wil u geen pijn doen,' fluister ik.

Heb ik dat werkelijk net gezegd? Als het zo is, geloof ik niet dat mijn woorden haar erg geruststellen. Ze wurmt in mijn greep en grijpt mijn hand. Ze verzet zich. Ik houd haar stevig vast. Ik wil aardig zijn, rationeel, beleefd, maar ik zie niet hoe een dergelijke aanpak mij of Matthew verder kan helpen.

Met mijn vrije hand pak ik het pistool en laat het haar zien.

'Ik moet met u praten, oké? Zodra ik de waarheid weet, ben ik weer weg. Knik als u me begrijpt.'

Met haar achterhoofd nog steeds tegen mijn borst slaagt ze er min of meer in te knikken.

'Ik haal nu mijn hand weg. Doe alstublieft niets raars. Ik wil u geen pijn doen.'

Ik klink als iemand uit een oude film, maar ik weet werkelijk niet wat ik anders moet zeggen of hoe ik het anders moet aanpakken. Ik laat haar los en hoop vurig dat ze niet zal gaan gillen, want ik zal niet op haar schieten als ze dat doet. Ik ga haar ook niet met de achterkant van het pistool slaan of zoiets. Of zou ik dat wel doen?

Hilde Winslow heeft over me gelogen. Ze heeft onder ede gelogen en zo bijgedragen aan de veroordeling wegens de moord op mijn eigen kind.

Dus hoever zou ik gaan? Ik hoop dat ze me niet zal dwingen die grens op te zoeken.

Hilde Winslow keert zich naar me toe. 'Wat wil jij?'

'Weet u wie ik ben?' vraag ik.

'Jij bent David.'

Haar stem is verbazingwekkend vast, vol zelfvertrouwen. Ze kijkt niet weg. Ze gedraagt zich niet echt uitdagend, maar ze is ook niet bang of erg onder de indruk.

'Wat doe je hier?' vraagt Hilde.

'U hebt gelogen.'

'Waar heb je het over?'

'Tijdens het proces. Uw getuigenis. Dat was één grote leugen.'

'Nee, dat was het niet.'

Ik heb geen enkele keuze. Ik zet de loop van het pistool tegen het voorhoofd van de oude vrouw.

'U moet goed naar me luisteren,' zeg ik. Ik hoop dat mijn stem niet breekt. 'Ik heb niets te verliezen. Ik hoop dat u dat begrijpt. Als u weer tegen me liegt, als u me de waarheid niet vertelt, schiet ik u dood. Dat wil ik niet. Dat wil ik echt niet, maar op dit moment is het een keuze tussen u en mijn zoon.'

Ze knippert snel met haar ogen.

'Dat klopt,' zeg ik. 'Mijn zoon leeft nog. Nee, ik weet zeker dat u me niet gelooft, maar ik heb nu geen tijd om u te overtuigen. Het enige wat voor u op dit moment van belang is, is dat ík het geloof. En om die reden zal het me geen enkele moeite kosten u dood te schieten om hem te vinden. Ben ik zo duidelijk genoeg?'

'Ik weet niet wat ik je zou moeten vertellen...'

Ik sla haar tegen haar jukbeen met de loop van het pistool.

Nee, dat vind ik absoluut niet gemakkelijk. En nee, ik heb niet hard geslagen. Het was een tik. Meer niet. Maar het is genoeg om de boodschap over te brengen en mij een rotgevoel te geven.

'U hebt uw naam veranderd en bent verhuisd,' zeg ik. 'Dat hebt u gedaan omdat u had gelogen tijdens het proces en daarna wilde ontsnappen. Ik ben niet uit op wraak of iets dergelijks. Maar er moet een reden zijn waarom u hebt gelogen, en die reden zou de weg kunnen wijzen naar mijn zoon. Dus van tweeën één: u vertelt me waarom u hebt gelogen of ik schiet u dood.'

Ze staart me aan. Ik staar terug.

'Dat zijn waandenkbeelden,' zegt Hilde-Harriet.

'Misschien.'

'Ik kan niet geloven dat je werkelijk denkt dat je zoon nog leeft.'

'O, toch is dat zo.'

Hildes hand gaat fladderend naar haar mond. Ze schudt haar hoofd en doet haar ogen dicht. Ik laat het pistool niet zakken. Als ze haar ogen weer opendoet, zie ik de verandering. Het verzet en de weerstand zijn verdwenen. 'Ik kan maar niet geloven dat je hier werkelijk staat, David.'

Ik zwijg.

'Neem je dit op?' zegt ze.

'Nee.' Ik trek mijn telefoon uit mijn zak en houd hem haar voor. Dan laat ik hem op de tafel vallen om mijn goede wil in dit opzicht te benadrukken. 'Dit is iets tussen ons tweeën.'

'Als je het iemand anders vertelt, zal ik alles ontkennen.'

Ik voel dat mijn hart sneller gaat kloppen. 'Dat begrijp ik.'

'En als iemand dit opneemt, vertel ik alleen maar een verhaal om een gestoorde moordenaar die me met een pistool bedreigt, aan het lijntje te houden.'

Ik knik bemoedigend.

Hilde Winslow legt haar hoofd in haar nek en kijkt me recht in de ogen. 'Ik heb me deze situatie al heel lang ingebeeld,' zegt ze. 'Dat je voor me zou staan om rekenschap te vragen en dat ik zou moeten bekennen.'

Ze haalt diep adem. Ik hou mijn adem in. Ik ben bang dat zelfs de geringste beweging van mijn kant de betovering zal verbreken.

'Om te beginnen, praatte ik voor mezelf goed wat ik deed omdat ik dacht dat mijn getuigenis niet belangrijk zou zijn. Ze zouden je sowieso veroordelen, mijn verklaring was niet meer dan de kers op de taart. Dat zei ik tegen mezelf. Ik was er ook werkelijk van overtuigd dat jij de moord had gepleegd. Dat was iets wat het gemakkelijker maakte – ik zou meehelpen om een moordenaar achter de tralies te krijgen. En wil je de werkelijkheid horen, David?'

Ik knik.

'Ik denk nog steeds dat je het hebt gedaan. Het bewijs was overweldigend. Dat helpt om 's nachts te kunnen slapen. Weten – zeker weten – dat jij het hebt gedaan. Maar dat pleit mij nog niet vrij, toch? Ik heb filosofie gedoceerd aan Boston U, wist je dat?'

Dat wist ik. Mijn advocaat had diep in haar achtergrond gegraven, op zoek naar iets wat we zouden kunnen gebruiken in het kruisverhoor. Ik wist dat ze weduwe was geworden toen ze zestig was, dat ze drie kinderen had, alle drie getrouwd, en vier kleinkinderen.

'Ik heb onderzoek gedaan naar alle redeneringen op grond van "het doel heiligt de middelen". Dat heb ik in dit geval ook gedaan, in een poging mijn handelen te rechtvaardigen, maar ik kan er niet omheen dat mijn getuigenis het proces heeft bezoedeld. Erger nog, het heeft mijn zelfbeeld bezoedeld.'

Haar telefoon zoemt. Ze kijkt naar me op. Ik knik dat ze mag kijken wie haar belt.

'Geen nummerweergave,' zegt ze.

'Niet opnemen,' zeg ik.

'Oké.'

'Ga verder met uw verhaal.'

'Het was mijn schoondochter. Ellen. Zij is arts in Revere.'

Dat kan ik me herinneren uit het dossier. 'Ze is getrouwd met uw oudste zoon Marty.'

'Ja.'

'Wat is er met haar?'

'Ze was gokverslaafd – waarschijnlijk is ze dat nog steeds. Chronisch. Destijds wist ik dat niet. Ze is een gerespecteerd verloskundige en gynaecoloog. Ze heeft de bevalling gedaan van alle kleinkinderen in mijn vriendenkring. Ik denk dat Marty alles heeft geprobeerd. Gamblers Anonymous, psychiaters, therapie, beperking van haar financiële handelingsvrijheid. Maar je weet hoe het gaat met verslavingen. Het bloed kruipt waar het niet gaan kan. Ook bij Ellen. Ze werkte zich diep in de schulden. Honderdduizenden dollars. Dat vertelden ze me over de telefoon. Ellen had een enorme achterstand met terugbetalen van schulden, maar er was een oplossing – als ik ze een kleine gunst wilde bewijzen.'

Ze wrijft over haar gezicht en doet haar ogen weer dicht. Opnieuw verroer ik me niet.

'Je wilt weten waarom ik tegen je heb getuigd. Dat is waarom. Die man komt op bezoek. Een kleine man. Hij is heel beleefd. Keurige manieren. Brede glimlach. Maar zijn ogen, ik bedoel, gitzwart. Dood. Ken je ze?'

Ik knik.

'En hij heeft *poliosis*.'

'Poliosis?'

Ze wijst naar haar voorhoofd. 'Een witte lok haar. Donkerblond, bijna zwart haar met een witte lok midden op het voorhoofd.'

Ik verstijf.

'Hoe dan ook, hij doet me uit de doeken hoe Ellen ervoor staat. Hij zegt dat ik de wereld een dienst zou bewijzen als ik hen zou helpen. Hij zegt dat het vaststaat dat jij het hebt gedaan, dat jij de schedel van je eigen kind hebt ingeslagen met een honkbalknuppel, maar dat je vrijuit zult gaan omdat je vader een corrupte politieman is en de uitslag van het proces van tevoren vaststaat.'

Ik slik. Een witte lok haar. Ik weet over wie ze het heeft. 'Heeft die man mijn vader genoemd?'

'Ja, met naam en toenaam. Lenny Burroughs. Hij zegt dat ze mij daarom nodig hebben. Om veilig te stellen dat het recht zal zegevieren. Als ik hem in deze zaak help, zullen zij Ellen helpen. Hij draagt dure instappers, maar geen sokken. Hij legt het allemaal tot in de kleinste details uit. Wil je horen wat ik tegen hem heb gezegd?'

Ik knik.

'Nee, zeg ik. Ik zeg dat ik het niet doe. Laat Ellen maar een manier bedenken om haar schulden terug te betalen. Dat is wat ik tegen hem zeg. Die kleine man zegt: "Oké, prima." Gewoon dat, meer niet. Hij dringt niet aan. Hij dreigt niet. De volgende ochtend word ik door diezelfde kleine man gebeld. Hij zegt heel beleefd: "Mevrouw Winslow, wilt u alstublieft luisteren." En dan...' Ze knijpt haar ogen stijf dicht. 'Hoor ik luid kraken en dan begint Marty te schreeuwen.

Niet Ellen. Mijn Marty. Die kleine man brak de middelvinger van Marty alsof het een potlood was.'

In de verte horen Hilde Winslow en ik de stadsgeluiden – de ruis van het verkeer, zwakke sirenes, het waarschuwende piepen van een vrachtwagen die achteruitrijdt, een hond die blaft, mensen die lachen.

'Dus,' zeg ik, 'stemde je ermee in om te helpen.'

'Ik hoop dat je begrijpt dat ik geen keus had.'

'Dat begrijp ik,' zeg ik, al ben ik er niet zo zeker van dat ik het werkelijk begrijp. 'Mevrouw Winslow, hoe heette die kleine man?'

'Wat, denk je dat hij mij zijn visitekaartje heeft gegeven? Hij heeft nooit gezegd hoe hij heette – en ik heb er niet naar gevraagd.'

Het maakt niet uit. Ik weet wie hij is. 'Hebt u Marty of Ellen niet naar hem gevraagd?'

'Nee, nooit. Ik heb gedaan wat de man vroeg. Daarna heb ik mijn huis verkocht, mijn naam veranderd en ben ik verhuisd naar hier. Ik heb Marty en Ellen de afgelopen vijf jaar niet meer gesproken. En weet je, zij hebben ook geen contact met me gezocht. Niemand wil de gebeurtenissen van toen weer oprakelen.'

Op dat moment hoor ik dat iemand beneden op straat luid begint te roepen.

Aan het geluid te horen is het een jonge vrouw. In eerste instantie kan ik niet verstaan wat ze roept. Hilde en ik kijken elkaar aan. Ik loop naar het raam. De vrouw roept nog steeds luidkeels, maar nu hoor ik wel wat ze roept.

'Pas op! Pas op! Politie! Smerissen in de straat! De fascisten komen eraan!'

Iemand anders begint mee te roepen, en een derde.

Ik kijk uit het raam en zie patrouillewagens dubbel geparkeerd voor het flatgebouw. Vier politieagenten in uniform rennen naar de ingang. Nog eens twee patrouillewagens komen met brullende motoren de hoek om, de straat in.

O shit.

Geen twijfel mogelijk, ze komen voor mij. Ik moet hier weg. Nu. Ik ren naar de voordeur van Hildes flat, maar als ik die opentrek hoor ik meteen het lawaai van de agenten die de trap op rennen. Het geluid komt dichterbij. Ik hoor stemmen. Ik hoor het krakende geluid van radio's.

Ze komen dichterbij.

Ik ren naar de deur van de brandtrap en trek die open. Nog meer stemmen, meer gekraak van radio's.

Ze komen van beide kanten. Ik zit in de val.

Hilde staat op de drempel van haar flat. 'Kom weer naar binnen,' zegt ze. 'Snel.'

Ik heb geen andere keus. Ik ren terug naar haar flat. Ze slaat de deur achter me dicht. 'Ga naar mijn slaapkamer,' zegt ze. 'En klim daar naar buiten naar de brandtrap. Ik zal proberen ze op te houden.'

Er is geen tijd om te aarzelen of er zelfs maar over na te denken. Ik schiet de slaapkamer in en gooi het raam open. De bries is een verfrissende verademing. Ik vraag me even af of de politie de achterkant van het gebouw ook al heeft afgegrendeld. Het lijkt er niet op. Nog niet. Het is daar beneden vrij donker. Het is ook een nauwe koker. Misschien zes meter tussen de achtergevel van het flatgebouw waarin Hilde woont en de achtergevel van een gebouw aan 11th Street. Ik klauter naar buiten en doe het raam achter me dicht.

Wat nu?

Ik begin de ijzeren brandtrap af te dalen als ik opnieuw het krakende stemgeluid uit een politieradio hoor, en even later ook gewone stemmen.

Daar beneden zijn mensen.

Het is avond. Het is vrijwel donker. Misschien is dat in mijn voordeel. Door het raam hoor ik dat er op de voordeur van Hildes flat wordt gebonsd. Er wordt ook iets geroepen. Hilde roept terug dat ze eraan komt.

Ik kan niet naar beneden. Ik kan niet meer naar binnen. Er blijft slechts één weg over. Omhoog. Ik begin aan de klim naar de vierde verdieping. Ik kan me niet meer herinneren hoeveel verdiepingen het gebouw heeft. Vier of vijf op zijn hoogst. Op het platformpje van de vierde verdieping blijf ik staan. Het is donker achter de ramen van de flat daar. Er is niemand thuis. Ik probeer het raam open te maken. Op slot. Ik overweeg om het glas met mijn elleboog in te slaan, maar ik zou niet weten hoe ik dat voor elkaar moest krijgen zonder veel te veel lawaai te maken. Zelfs als ik dat zou doen, zou de politie me immers maar al te snel vinden. Ik kan me niet eindeloos in een andere flat verbergen.

In beweging blijven.

Ik ga verder de brandtrap op naar de vijfde verdieping, in de hoop dat het raam daar niet op slot zit. Maar er is geen vijfde verdieping. Ik kom bij het dak terecht. Ik trek mezelf over de rand op het dak. Mijn hart bonkt in mijn keel. Ik zal je een cliché vertellen over het leven in een gevangenis dat absoluut waar is: je sport heel veel. Buiten, op het sportveld, train ik met gewichten wanneer dat maar kan, maar ik train vooral binnen. Ik heb van mijn cel mijn persoonlijke bootcamp gemaakt. Dips, squat-thrusts, squat-jumps, mountain climbers, diamonds. Push-ups, die doe ik voornamelijk. Minstens vijfhonderd op een dag, steeds andere – traditioneel, maar ook wide-hand push-ups, clap push-ups, staggered push-ups, sphinx push-ups, fly's, one arm push-ups, handstands en finger push-ups. Ik ben niet de eerste wie de ironie opvalt van het feit dat je mensen opsluit voor het begaan van misdrijven die vaak gepaard gaan met uitzonderlijk fysiek geweld, in een omgeving waar het enige wat ze aan zichzelf kunnen verbeteren hun conditie is. Een omgeving waar je ze fysiek nog sterker maakt. Maar hoe dan ook, het is gewoon zo dat ik nog nooit zo goed in vorm ben geweest als nu en dat het me eindelijk iets oplevert.

Hoop ik.

Hoe heeft de politie me zo snel kunnen vinden? Heeft Rachel...? Nee, dat zou ze niet doen. Ik heb niet goed gepland. Ik ga haastig te werk, ik zie dingen over het hoofd. Wat er nu gebeurt laat me even weer haarscherp zien dat ik minder slim ben dan ik zelf vaak denk.

Maar ondanks alles: het is me gelukt Hilde Winslow aan het praten te krijgen – en ik blijk niet gek te zijn. Zij heeft destijds gelogen. Ik heb nooit die honkbalknuppel in een staat van verdwazing begraven, zoals werd beweerd.

Zij had gelogen.

En ik weet wie haar daartoe heeft gedwongen.

Ik heb nu een spoor.

Ik moet uit handen van de politie blijven. Als ze me pakken zal het spoor tot en met het laatste restje verdampen.

Dus wat moet ik nu doen?

Ik overweeg me te verstoppen op het dak. Hilde lijkt mijn kant te hebben gekozen. Misschien vertelt ze de politie dat ze mij niet heeft gezien. Misschien vertelt ze hun dat ik bij haar ben geweest en weer ben weggegaan. Ik zou hier kunnen blijven, wachten en weer naar beneden kunnen gaan als de kust veilig is. Maar zou ze tegen de politie liegen, ook als ze druk op haar zouden uitoefenen? Staat ze werkelijk aan mijn kant – of heeft ze me de kant van de brandtrap op gestuurd omdat ze van me af wilde, omdat ze me de flat uit wilde hebben voor haar eigen veiligheid? Staat ze hun op dit moment te vertellen hoe ik ben gevlucht?

Zullen ze uiteindelijk voor alle zekerheid ook op het dak gaan zoeken?

Ik moet mezelf niet voor de gek houden. Het antwoord op die laatste vraag moet natuurlijk ja zijn.

De avondlucht boven Manhattan is helder. Het Empire State Building is verlicht als een kerstboom. Rood, ik heb geen idee waarom, maar toch een verbazingwekkend mooi gezicht. Alles is even verbazingwekkend mooi. Vanzelfsprekend stellen we nooit genoeg op prijs hoe rijk we zijn. Dat zeggen ze. Maar dat is het niet echt, het is domweg conditionering. We gaan alles waaraan we gewend raken vanzelfsprekend vinden. De menselijke natuur. Ik wil graag een paar minuten helemaal ondergaan in deze schoonheid, maar dat is natuurlijk uitgesloten. Ik heb eerder eens gezegd dat het me niets deed dat ik was opgesloten. Matthew was dood en het was mijn schuld, dus was ik tevreden – als je het zo mag noemen – met het feit dat me mijn leven was afgenomen. Ik wilde niets voelen. Maar nu ik weer terug ben in de wereld, maken die stadslucht die ik weer proef, die elektrische lading die ik voel, de levendigheid van kleuren en geluiden, me duizelig.

Als agenten het dak op stormen door de deur boven het trappenhuis, ben ik er klaar voor. Ik heb al naar de sprong staan koekeloeren vanaf het moment dat ik overeind ging staan op het dak. Ik weet niet hoe breed de kloof is die ik moet overbruggen. Ik weet niet of ik dat haal. Maar ik ben op de zuidoostelijke hoek van het gebouw. Ik ren zo hard ik kan, mijn armen pompen. Ik hoor de wind in mijn oren ruisen, en daar overheen de aanmaningen: 'Stop! Politie!'

Ik luister niet. Ik denk niet dat ze zullen schieten, maar als ze dat doen, dan doen ze maar. Ik versnel en meet mijn passen zo uit dat ik van mijn linkervoet spring als die slechts een paar centimeter van de noordwestelijke hoek van het gebouw staat.

Ik vlieg door de lucht.

Mijn benen malen alsof ik op een fiets zit, mijn armen pompen. Op het dak waar ik moet landen is het donker. Ik kan niet zien of ik het zal halen. Heel even schieten de strips uit mijn jeugd door mijn gedachten en vraag ik me af of ik ook, net als Wiley E Coyote, even zal blijven hangen in de lucht voordat ik als een steen omlaag naar de grond zal donderen. Ik voel dat mijn snelheid afneemt als de zwaartekracht zijn werk begint te doen.

Ik begin te vallen. Ik doe mijn ogen dicht.

Als ik hard op het dak aan de andere kant van de steeg val, krimp ik als een veer in elkaar en rol ik weg van de rand.

'Stop!'

Ik stop niet. Ik gebruik het momentum van mijn sprong om met een koprol op mijn voeten terecht te komen. Dan doe ik alles nog een keer. Ik ren, ik spring en land op een volgend dak. Daarna nog een keer. Ik ben niet bang meer. Ik weet niet waarom. Ik voel me uitgelaten. Rennen, springen, rennen, springen. Het voelt alsof ik hier de hele nacht mee door zou kunnen gaan, alsof ik goddomme een soort Spiderman ben.

Als ik ben geland op een dak waar het echt heel donker is en als ik het idee heb dat ik ver genoeg weg ben van de politie op het dak van de flat van Hilde Winslow, sta ik stil om te luisteren. Ik hoor de politie en alle commotie die ze veroorzaken nog steeds, maar het klinkt nu echt op een afstand. Die diepe duisternis op dit dak nodigt niet echt uit om een nieuwe sprong te wagen en, nou ja, hoelang kun je Spidermannetje spelen?

Ik zoek een brandtrap en half rennend, half vallend daal ik af tot op zo'n drie meter boven de grond. Daar blijf ik staan om opnieuw te luisteren. Ik ben veilig. Ik blijf even hangen aan de laatste sport van de opgetrokken ladder en laat dan los. Ik kom hard op mijn voeten terecht en buig mijn knieën om de val te breken. Ondertussen wil een tevreden grijns niet van mijn gezicht wijken.

Als ik rechtop ga staan, hoor ik een stem.

'Halt!'

Mijn hart voelt als een vallende steen. Het is een smeris. Hij richt zijn pistool op me.

'Stilstaan.'

Heb ik een keuze?

'Handen omhoog. Nu.'

De politieagent is alleen. Hij is nog jong. Hij richt zijn pistool op me en buigt zijn hoofd naar zijn schouder om in de microfoon op zijn uniform te praten. Als hij dat doet, zal er een zwerm politie-agenten de steeg in komen.

Ik heb geen keus.

Ik aarzel niet, ik maak geen schijnbeweging, ik werp mezelf zonder meer op hem.

Er is nog geen seconde verstreken vanaf het moment dat hij me opdroeg mijn handen omhoog te steken. Ik hoop dat mijn razendsnelle aanval hem zal verrassen. Het is vanzelfsprekend een levensgevaarlijke uitval – hij is de man met het pistool – maar de agent lijkt een beetje te twijfelen, een beetje bang. Misschien werkt dat in mijn voordeel, misschien ook niet.

Maar wat moet ik anders?

Als hij me neerschiet, oké, het zal wel. Waarschijnlijk ga ik niet dood. En als dat wel zo is, dan is dat een risico dat ik graag neem. De kans lijkt me groter dat ik gewond raak en weer in de gevangenis word gestopt. Als ik me overgeef zonder me te verzetten is de uitkomst niet anders. Ik ga terug de gevangenis in.

Dat mag ik niet laten gebeuren.

Dus trek ik mijn hoofd tussen mijn schouders en tackle ik hem als een dolle stier. Hij heeft nog net genoeg tijd om het begin van nog een keer 'Halt!' te roepen, maar ik heb hem bereikt voordat hij het heeft afgemaakt, zodat het meer klinkt als 'Ha!', en omdat ik vol zit met adrenaline en wanhopig ben, vat ik dat maar op als een aanmoediging. Ik sla mijn armen om zijn middel. Zijn gordel met al het wapentuig van de moderne politieman en zijn zware politiejack rammelen.

Ik maak gebruik van het momentum en laat mezelf als een heiblok op hem vallen als hij met zijn rug op het beton achter het herenhuis valt. Ik hoor de lucht met een zucht uit zijn longen ontsnappen.

Hij hapt naar adem.

Ik hou niet op.

Ik geniet hier niet van. Ik wil niemand pijn doen. Ik weet dat hij alleen maar zijn werk doet en dat dat gerechtvaardigd werk is. Maar het is een keuze tussen hem en Matthew en dus eigenlijk geen keuze.

Ik buig mijn hoofd achterover en lanceer mijn voorhoofd in de richting van zijn neus. De kopstoot raakt de agent hard, als een kanonskogel afgevuurd op een porseleinen kan.

Iets in zijn gezicht kraakt en geeft mee. Ik voel iets kleverigs op mijn gezicht en realiseer me dat het bloed is.

Hij verslapt.

Ik spring overeind. De agent beweegt en kreunt, wat me tegelijkertijd angst aanjaagt en oplucht. De verleiding is groot om hem nog een keer te raken, maar ik denk dat het niet nodig is als ik snel genoeg ben.

Terwijl ik naar Sixth Avenue ren, trek ik mijn jack uit en poets ik het bloed van mijn gezicht. Ik gooi het jack en de honkbalpet in de struiken en blijf rennen.

Als ik Sixth Avenue heb bereikt, probeer ik mijn ademhaling onder controle te krijgen.

Gewoon doorlopen, zeg ik tegen mezelf.

Er heeft zich een kleine verzameling ramptoeristen gevormd. De meeste voorbijgangers blijven even staan kijken en lopen dan door, sommige blijven langer om te zien hoe het allemaal zal aflopen. Met mijn kin op de borst meng ik me tussen de toeschouwers. Ik heb mijn hartslag weer in het gareel. Als ik weer in beweging kom, begin ik te fluiten. Ik doe zo hard mijn best de vermoorde onschuld te spelen dat het voelt alsof ik een sigaret rook in een sportschool vol fitnessfanatiekelingen.

Een paar zijstraten verder durf ik een blik over mijn schouder te werpen. Niemand volgt me. Niemand zit achter me aan. Ik begin harder te fluiten en een glimlach, een echte glimlach, neemt onweerstaanbaar bezit van mijn gezicht.

Ik ben vrij.

20

Toen Rachel eindelijk thuiskwam, zo moe als ze nog nooit was geweest, liep haar zuster Cheryl te ijsberen op het trottoir voor het huis.

'Jezus, Rachel?'

'Laat me alsjeblieft eerst even naar binnen gaan, ja?'

'Heb jij David geholpen te ontsnappen?'

Rachel deed haar mond open en sloot hem weer. 'Kom eerst maar binnen.'

'Rachel...'

'Binnen.'

Ze haalde de sleutels uit haar tas. Rachel woonde in wat heel welwillend een 'tuinappartement' werd genoemd. Ze had onlangs gesolliciteerd bij een onafhankelijk plaatselijk krantje, een baan waarvoor ze zwaar overgekwalificeerd was – maar eh, lieverkoekjes worden niet gebakken. Kathy Corbera, de redacteur, was een van haar docenten geweest. Kathy had haar best voor Rachel gedaan, maar toen puntje bij paaltje kwam had de uitgever, die op de hoogte was van haar verleden, het risico van een schandaal, hoe klein ook, niet willen lopen. Volstrekt begrijpelijk in de wereld van vandaag.

Rachel duwde de deur open en liep zonder aarzelen naar de keuken.

Cheryl volgde haar. 'Rachel?'

Rachel deed geen moeite te reageren. Alles deed haar pijn en haar lichaam smeekte om verdoving. Ze had nog nooit zo hevig naar drank verlangd. De Woodward Reserve stond in de kast naast de koelkast. Ze greep de fles.

'Wil jij ook?'

Cheryl fronste haar wenkbrauwen. 'Eh, ik ben zwanger, weet je nog?'

'Eén borrel kan geen kwaad,' zei ze. Ze pakte een glas uit de kast. 'Dat heb ik ergens gelezen.'

'Mankeert jou iets?'

'Weet je zeker dat je niet wilt?'

Cheryls enige reactie was een woedende blik. 'Wat is er verdomme aan de hand, Rachel?'

Rachel vulde het glas met ijs en goot er de drank bij. 'Het is niet wat je denkt.'

'Je belt me gisteren op en doet hartstikke geheimzinnig. Je vertelt me als een donderslag bij heldere hemel dat je David hebt opgezocht. Je zegt dat we moeten praten als je weer thuis bent en nu...?'

Rachel nam een slok.

'Ging je me dat vertellen?' ging Cheryl door. 'Dat je hem ging helpen te ontsnappen?'

'Nee, natuurlijk niet. Ik wist helemaal niet dat hij ging ontsnappen.'

'Ha, dus het was puur toeval dat jij net op dit moment in Briggs was?'

'Nee.'

'Zeg eens iets, Rachel.'

Haar zuster. Haar prachtige, zwangere zuster. Cheryl was door een hel gegaan. Vijf jaar geleden had de moord op Matthew haar omvergekegeld en Rachel had nooit verwacht dat haar zuster weer overeind zou krabbelen. Voor het oog van de buitenwereld pakte Cheryl haar leven weer op. Een nieuwe man, zwanger, een andere baan. Maar dat was schijn. Ze probeerde wel iets op te bouwen, iets nieuws, iets met genoeg weerstand tegen het verleden, maar Rachel wist dat het flinterdun was en vluchtig. Het leven is op zijn best fragiel. Het fundament onder onze voeten schuift voortdurend.

'Alsjeblieft,' zei Cheryl. 'Vertel me wat er aan de hand is.'

'Dat probeer ik.'

Haar zuster zag er plotseling klein en kwetsbaar uit. Het leek wel alsof ze alvast in elkaar kromp omdat ze verwachtte dat ze een verwoestende klap zou moeten incasseren. Rachel probeerde de juiste woorden te vinden, maar alle zinnen die ze in gedachten formuleerde, waren stijf en raar. Je kon dit verband er in één keer afrukken, je kon het er langzaam af pellen, maar hoe dan ook, het zou pijn doen.

'Ik wil je iets laten zien.'

'Oké.'

'Maar ik wil je niet van streek maken.'

'Echt waar?'

Rachel had de afdruk die ze had gemaakt van de foto aan David gegeven, maar de foto zelf, die Irene in het pretpark had gemaakt, had ze nog op haar telefoon. Ze nam nog een slok van de bourbon, sloot haar ogen en genoot van de warmte die zich in haar lichaam verspreidde. Ze pakte haar telefoon, opende de app met foto's en zocht al vegend naar de foto. Cheryl was naast haar komen zitten. Ze keek mee.

Rachel vond de foto en tikte op de miniatuur om die schermvullend te maken.

'Ik begrijp het niet,' zei Cheryl. 'Wie is die vrouw met dat kind?'

Rachel zette duim en wijsvinger op de jongen achter de vrouw met het kind en zoomde in op diens gezicht.

21

Het busje van de FBI met Max en Sarah kwam met een schok tot stilstand voor het flatgebouw waar Hilde Winslow woonde. Max telde zes patrouillewagens en een ambulance. Sarah tuurde naar het scherm van een computer. Ze had een koptelefoon op en praatte met iemand over de telefoon. Ze maakte een gebaar dat het belangrijk was en dat Max zich maar even moest redden. Max knikte. De schuifdeur werd van buitenaf opengetrokken.

Een agent die Max niet kende, zei: 'Special agent Bernstein? De verdachte is ontkomen.'

'Dat hoorde ik via de radio.'

'De politie heeft de achtervolging ingezet. Ze zijn ervan overtuigd dat ze hem zullen pakken.'

Max was minder overtuigd. Het was een grote stad met overal hoekjes en gaatjes en heel veel mensen. Het was altijd gemakkelijker om in het zicht van iedereen te verdwijnen. Sarah en hij hadden de poging de man te arresteren gevolgd in de hightechbus van de FBI, met livestreams van de bodycams van vier van de agenten die de achtervolging over de daken hadden ingezet.

Iets zat hem dwars.

'Waar is Hilde Winslow?'

De agent keek fronsend op zijn notitieblokje. 'Ze laat zich tegenwoordig Harriet...'

'Winchester. Ja... dat weet ik,' zei Max. 'Waar is ze?'

De jonge agent wees naar de ambulance. De achterdeur stond open. Hilde Winslow zat rechtop. Ze had een deken als een sjaal om zich heen gewikkeld. Ze dronk een pakje vruchtensap door een rietje. Max liep naar haar toe en stelde zich voor. Hilde Winslows heldere ogen keken hem zonder aarzeling aan. Ze was een kleine, gerimpelde vrouw, gewapend met een schild dat harder was dan dat van een gordeldier.

'Gaat het goed met u?' vroeg Max.

'Alleen een beetje van slag,' antwoordde Hilde. 'Ze stonden erop om me te verzorgen.'

De verpleegkundige van de ambulance, een Aziatische vrouw met een lange paardenstaart, zei: 'Kalm aan maar, mevrouw Winchester.'

'Ik zou nu graag naar huis gaan,' zei Hilde.

'U mag weer naar huis als de politie zegt dat het goed is.'

Hilde Winslow glimlachte lief naar de vrouw en nam nog een slokje van haar vruchtensap. Max vond dat ze tegelijkertijd iets van een oude vrouw en een jong meisje had.

'Je zei dat je een special agent van de FBI was,' zei Hilde.

'Ja, mevrouw. Ik heb de leiding over het opsporen van David Burroughs.'

'Aha.'

Hij wachtte af of ze nog meer zou zeggen. Ze nam kleine slokjes van haar vruchtensap.

'Kunt u me vertellen wat David Burroughs tegen u heeft gezegd?'

'Eigenlijk niets.'

'Niets?'

'Daar kreeg hij niet de tijd voor, begrijp je?'

'Dus u weet niet wat hij wilde?'

'Geen idee.'

‘Kunnen we even een stap terug doen, mevrouw Winslow?’

Hij gebruikte met opzet haar oude naam en wachtte of ze hem zou corrigeren. Dat deed ze niet.

‘Wat is er precies gebeurd?’ vroeg hij.

‘Hij klopte op mijn deur. Ik deed de deur open…’

‘Hebt u eerst gevraagd wie er achter de deur stond?’

Ze dacht even na. ‘Nee, ik geloof het niet.’

‘U hoorde kloppen en deed gewoon open?’

‘Ja.’

‘Doet u dat altijd? Zonder te vragen wie het is?’

‘Iemand moet de deur in de hal beneden voor je opendoen met de intercom als je naar binnen wilt.’

‘Hebt u dat gedaan?’

‘Nee.’

‘Maar toch deed u zomaar de deur open.’

Ze glimlachte naar hem. ‘Er wonen allemaal vriendelijke mensen in ons flatgebouw. Ik dacht dat het een van de buren was.’

‘Juist.’

Waarom, vroeg hij zich af, liegt ze tegen me?

‘Ik ben bovendien oud, mijn geheugen laat me soms in de steek. Maar je hebt gelijk special agent Bernstein, ik heb een fout gemaakt. Ik zal in de toekomst voorzichtiger zijn.’

Ze hield hem voor het lapje, net als Rachel Anderson. Hij begreep het motief van Rachel Anderson, die veel om Burroughs gaf. Maar waarom zou Hilde Winslow tegen hem liegen?

‘Dus David Burroughs klopte op de deur,’ ging Max door, ‘en u deed de deur open.’

‘Ja.’

‘Herkende u hem?’

‘O hemeltje, nee.’

‘Hoe zag hij eruit?’

‘Gewoon als… nou ja, als een man. Ik heb geprobeerd de inspecteur van de politie een beschrijving te geven, maar het ging allemaal zo snel.'

'Wat zei u tegen hem?'

'Niets.'

'Wat zei hij tegen u?'

'Hij kreeg de tijd niet om iets te zeggen. Ik deed de deur open en plotseling was er beneden heel veel commotie. Ik denk dat de politie toen al binnen was en de trappen op kwam stormen naar mijn appartement.'

'Juist, ja. En wat gebeurde er toen?'

'Ik denk dat hij in paniek raakte.'

'David Burroughs?'

'Ja.'

'En wat deed Burroughs in paniek?'

'Hij sprong mijn appartement in en gooide de deur achter zich dicht.'

'Dat moet heel beangstigend zijn geweest.'

'O ja. Ja, dat was het zeker.' Ze richtte zich tot de verpleegkundige. 'Annie?'

'Ja, mevrouw Winchester?'

'Mag ik nog zo'n pakje drinken?'

'Natuurlijk. Hoe voelt u zich?'

'Ik ben een beetje moe,' zei Hilde Winslow. 'Zo veel vragen...'

Annie de verpleegkundige keek Max dreigend aan.

Max negeerde de blik en probeerde het zinkende schip drijvende te houden. 'Dus Burroughs is samen met u in uw appartement en de deur is nu dicht?'

'Ja.'

'U had op de drempel gestaan, denk ik? Duwde hij u opzij om binnen te komen? Hebt u een stap achteruit gedaan?'

'Hmm.' Ze liet even een stilte vallen om het dramatische effect van de volgende woorden te verhogen. 'Dat weet ik niet meer. Is dat belangrijk?'

‘Ik denk het niet. Hebt u gegild?’

‘Nee, want ik wilde hem niet van streek maken.’

‘Hebt u iets gezegd?’

‘Zoals?’

‘Zoals “Wie bent u?”, “Wat doet u hier?”, “Ga weg”, of iets dergelijks?’

Ze dacht na. Toen verpleegkundige Annie met het pakje sap terugkwam, glimlachte ze en bedankte ze haar.

‘Mevrouw Winslow?’

Opnieuw de oude achternaam.

‘Misschien wel. Waarschijnlijk, maar het ging allemaal zo snel. Hij rende naar het raam aan de achterkant en gooide het open.’

‘Meteen naar het raam,’ zei Max. ‘Zonder iets te zeggen.’

‘Ja.’

‘En dat was het raam van uw slaapkamer?’ vroeg Max.

‘Ja.’

‘De ramen in de woonkamer zijn dichter bij de deur, toch?’

‘Ik weet het niet. Ik heb het nooit opgemeten, maar ik denk het wel.’

‘Maar daar zijn geen brandtrappen?’

‘Dat klopt.’

‘Er is alleen een brandtrap bij het slaapkamerraam,’ zei Max. Hij hield zijn hoofd scheef naar rechts. ‘Hoe zou Burroughs dat nu zo precies weten, denkt u?’

‘Dat weet ik niet.’

‘Dat hebt u hem niet verteld?’ vroeg Max.

‘Natuurlijk niet. Misschien had hij van tevoren het gebouw ver kend op een plattegrond.’

‘Wist u dat David Burroughs net vanochtend uit de gevangenis is ontsnapt?’

‘Dat heeft een van de agenten me verteld.’

‘En daarvoor wist u het nog niet?’

'Nee, natuurlijk niet. Hoe had ik dat moeten weten?'

'Ik heb u een half uur geleden gebeld en een boodschap ingesproken.'

'O, echt? Ik neem nooit op, want het is toch altijd een of andere flessentrekker die probeert een oud vrouwtje op te lichten. Alles gaat gewoon naar de voicemail en zal ik u eens wat vertellen? Ik weet niet eens hoe de voicemail werkt.'

Max staarde haar aan. Hij geloofde er geen snars van.

'Waarom zou Burroughs meteen naar u toe zijn gegaan, denkt u?'

'Pardon?'

'Het eerste wat hij doet. Hij ontsnapt, rijdt naar New York en zoekt u op. Waarom zou hij dat hebben gedaan?'

'Ik zou niet weten...' Plotseling spert ze haar ogen wijd open. 'O mijn god.'

'Mevrouw Winslow?'

'Denk je dat hij... Dat hij naar mij kwam om me iets aan te doen?' Haar hand fladderde naar haar mond. 'Is dat wat je denkt?'

'Nee,' zei Max.

'Maar je zei zonet...'

'Als hij u iets had willen aandoen, had hij u toen u de deur opendeed wel meteen een duw gegeven, denkt u ook niet? Of geslagen? Of zoiets?' Toen zag Max iets. 'Wat is dat op uw wang?'

'Niets,' zei ze veel te snel.

'David Burroughs heeft ook een pistool. Hebt u dat gezien?'

'Een pistool? Hemeltje, nee.'

'Denkt u even na. U bent David Burroughs. U brengt vijf jaar door achter de tralies. Eindelijk ontsnapt u. U gaat direct naar de getuige wier verklaring volgens u gelogen was...'

'Special agent Bernstein?'

'Ja.'

'Het was allemaal erg vermoeiend,' zei ze vriendelijk. 'Ik heb je alles verteld wat ik weet.'

'Ik zou u graag nog een paar vragen stellen over uw getuigenverklaring.'

'Nee,' zei ze.

'Nee?'

'Ik ga dat niet allemaal weer oprakelen, en...' Ze keerde zich om. 'Annie?'

'Ja, mevrouw Winchester.'

'Ik voel me niet zo geweldig.'

'Ik heb het u al gezegd, mevrouw Winchester, u moet rusten.'

Max stond op het punt om te protesteren toen hij hoorde dat Sarah hem riep.

Hij keerde zich om. Ze stond in de opening van de zijdeur van de FBI-bestelwagen heftig met haar armen te zwaaien. Hij sloeg het afscheid nemen van Hilde Winslow over en haastte zich naar Sarah. Sarah zag de uitdrukking op zijn gezicht toen hij dichterbij kwam.

'Wat is er?' vroeg ze.

'Ze liegt.'

'Waarover?'

'Alles.' Hij sjorde zijn broek omhoog. 'Oké, wat is er zo belangrijk?'

'Ik heb de camerabeelden van Rachels bezoek aan Burroughs in de gevangenis. Die wil je absoluut zien.'

Cheryl staarde alleen maar naar de foto.

'Hij is gemaakt in een pretpark,' zei Rachel.

'Dat zie ik,' snauwde haar zuster. 'Nou, en?'

Rachel deed geen moeite het hele verhaal over Irene te vertellen. Ze had ingezoomd op de kleine jongen op de achtergrond – niet te veel, want dan werd het beeld van het gezicht onscherp. Ze gaf haar telefoon aan haar zuster. Cheryl bleef naar de foto staren.

'Cheryl?'

Met haar ogen aan de foto gekluisterd fluisterde Cheryl: 'Wat probeer je me aan te doen?'

Rachel reageerde niet.

De tranen begonnen te stromen. 'Je hebt dit aan David laten zien.'

Rachel wist niet precies of dat een vraag was of niet. 'Ja.'

'Daarom ben je naar Briggs gegaan.'

'Ja.'

Cheryl bleef hoofdschuddend naar de foto staren. 'Waar heb je dit vandaan?'

Rachel pakte zachtjes de telefoon terug en zoomde weer uit naar het oorspronkelijke formaat. 'Dit is een vriendin van me. Ze ging met haar gezin naar Six Flags. Haar man heeft de foto gemaakt. Ze liet me de foto zien en...'

'En wat?' Cheryls stem was ijs- en ijskoud. 'Je zag een jongen die een beetje lijkt op mijn overleden zoon en toen leek het je wel geinig om het leven van iedereen op de kop te zetten?'

Niet jouw leven, dacht Rachel, maar het leek haar beter om dat niet te zeggen.

'Rachel?'

'Ik wist niet wat ik moest doen.'

'En dus liet je die foto aan David zien.'

'Ja.'

'Waarom?'

Rachel wilde voorkomen dat het gesprek een wending zou krijgen in de richting van hoe zij Cheryl in bescherming had willen nemen, dus zweeg ze.

Cheryl drong aan. 'Wat zei hij?'

'Hij was geschokt.'

'Wat zei hij, Rachel?'

'Hij denkt dat het Matthew is.'

Cheryls gezicht kleurde rood. 'Natuurlijk denkt hij dat. Als je een drenkeling een aambeeld toegooit zal hij het aanzien voor een reddingsboei.'

'Als David Matthew had gedood,' zei Rachel, 'zou hij weten dat het een aambeeld was, toch?'

Cheryl schudde alleen haar hoofd.

'Het is nooit logisch geweest, Cheryl, dat David Matthew vermoord zou hebben. Kom, dat weet je. Zelfs niet tijdens een of andere black-out. En die hele toestand met dat "begraven moordwapen". Waarom zou David dat doen? Hij is wel slimmer. En die getuige, die Hilde Winslow. Ze heeft haar naam veranderd en ze is verhuisd. Waarom zou zij dat hebben gedaan?'

'Mijn god.' Cheryl staarde haar zuster aan. 'Jij gelooft al die onzin?'

'Ik weet het niet. Dat is wat ik probeer te zeggen.'

'Hoe kun je het nou niet zeker weten? Misschien ben je wel net zo wanhopig, Rachel.'

'Wat?'

'Op zoek naar een verhaal.'

'Meen je dat?'

'Voor rehabilitatie, een tweede kans. Ik bedoel, als mijn zoon leeft, zou dat een gigantisch item worden, toch? De grote tv-zenders, hoofdartikelen op de voorpagina's.'

'Dat meen je niet...'

'En als het Matthew niet is, als het gewoon een jochie is dat een zekere gelijkenis met hem vertoont, dan zou het allemaal nog steeds een geweldig verhaal zijn – met Davids ontsnapping, David die eindelijk na al die jaren met iemand praat, enzovoort.'

'Cheryl.'

'Mijn vermoorde zoon kan jouw opstapje worden voor rehabilitatie.'

Rachel reageerde alsof ze een klap in haar gezicht kreeg.

'Dat bedoelde ik niet zo,' zei Cheryl zacht en snel.

Rachel reageerde niet.

'Luister,' zei Cheryl. 'Matthew is dood. En Catherine Tullo ook.'

'Dit heeft niets met haar te maken.'

'Het is niet jouw fout dat ze dood is, Rachel.'

'Dat is het wel.'

Cheryl schudde haar hoofd en legde haar handen op haar zusters schouders. 'Ik meende het niet wat ik zonet zei.'

'Dat meende je wel,' zei Rachel.

'Echt niet. Ik zweer het je.'

'Bovendien is het misschien wel waar. Ik heb last van zelfmedelijden om wat ik ben kwijtgeraakt. Ik heb te veel aangedrongen en nu is Catherine Tullo dood. Ze is dood vanwege mij. Ik heb gekregen wat me toekwam.'

Cheryl schudde haar hoofd. 'Dat is niet waar. Je zat er alleen...'

'Alleen wat?'

'Te dicht bovenop,' zei Cheryl. 'Denk je dat ik dat vergeten ben?'

Rachel wist niet wat ze moest zeggen.

'De nacht van Halloween. Je eerste jaar aan de universiteit.'

Rachel keek weg. Ze sloot haar ogen en wenste de herinneringen de wereld uit.

'Rachel?'

'Misschien heb je gelijk,' zei Rachel. Ze staarde naar de foto. 'Misschien zie ik wat ik wil zien. Misschien geldt dat ook voor David. Waarschijnlijk wel. Maar er is een kans, toch? David heeft niets – hij is er precies zo erg aan toe als je je zou kunnen voorstellen. Erger. Dus laat hem zoeken. Dat kan hem niet deren. Het kan het voor hem niet erger maken. Daarom heb ik jou die foto niet laten zien. Als er niets uit komt – o, en natuurlijk is de kans heel groot dat het niets oplevert – dan zou het allemaal geen gevolgen hebben gehad. Baat het niet, dan schaadt het niet. Dan waren we terug bij af. Je zou er nooit iets van hebben gemerkt. Maar als het Matthew wel is...'

'Hij is het niet.'

'Hoe dan ook,' hield Rachel vol. 'Gun David en mij een kans het uit te zoeken.'

'Dit zijn beelden van het eerste bezoek van Rachel Anderson aan David Burroughs in de gevangenis,' zei Sarah. 'Ze was Burroughs' eerste bezoek sinds hij vijf jaar geleden werd opgesloten in Briggs.'

De surveillancebus van de FBI was een refurbished Ford. Het glas van de ramen achterin was weliswaar getint, maar ze waren zwart gespoten voor volledige privacy. De enige beelden die je van de buitenwereld te zien kreeg, waren beelden – kwalitatief hoogwaardige beelden – van de op strategische plekken rondom de bestelwagen aangebrachte camera's. Max en Sarah zaten naast elkaar op ergonomische bureaustoelen met een verende rugleuning te kijken naar drie beeldschermen van een computer. Het was comfortabeler in die bestelwagen dan je zou denken, een welkome meevaller voor agenten van de FBI die urenlang achtereen moesten surveilleren. Voorin, in de cabine, zaten twee agenten. De een was de technicus, al had Sarah hem niet nodig. Ze kon zich als geen ander redden met de apparatuur.

'Kun je het geluid iets harder zetten?'

'Er is geen geluid, Max.'

Hij fronste zijn wenkbrauwen. 'Waarom niet?'

'Er is een paar jaar geleden een rechtszaak geweest,' zei Sarah. 'Iets met inbreuk op het privéleven.'

'Maar het privéleven heeft niet te lijden onder camerabeelden?'

'Toen Briggs het recht verloren had om geluidsopnamen in de rechtszaal te gebruiken, beweerden ze dat de videobeelden een kwestie van veiligheid waren en dat de privacy daarmee niet werd geschonden.'

'En dat pikten ze bij de rechtbank?'

'Ja.'

Max haalde zijn schouders op. 'Wat wil je me dan laten zien?'

'Kijk hier eens naar.'

Sarah speelde de video af. De camera moest aan het plafond hebben gehangen, ergens achter David Burroughs' schouder. Er waren beelden van Rachel Anderson en face. Ze ging aan de andere kant van het plexiglas zitten. Sarah spoelde snel vooruit. Beide personen bewogen schokkerig. Toen de Rachel op het scherm iets tevoorschijn haalde wat een grote gele envelop leek, drukte Sarah weer op de knop om de video op normale snelheid af te spelen. Max fronste zijn wenkbrauwen en keek. Op het scherm keek Rachel omlaag alsof ze probeerde moed te verzamelen. Toen haalde ze iets uit de envelop en drukte het plat tegen het plexiglas.

Max kneep zijn ogen tot spleetjes. 'Is dat een foto?'

'Ik denk het wel.'

'Wat staat erop?'

Zelfs zonder geluid, zelfs ondanks de matige kwaliteit van de beelden ten gevolge van slechte belichting en lage resolutie, was duidelijk dat alles in die bezoekersruimte op slag veranderde. Burroughs verstijfde.

'Dat weet ik nog niet,' zei Sarah.

'Misschien is het een vluchtplan.'

'Ik heb ermee zitten prutsen voordat jij kwam.'

'Wat heb je gezien?'

'Mensen,' zei Sarah. 'Een eentje ervan zou Batman kunnen zijn.'

'Pardon?'

'Misschien, ik weet het niet. Ik heb meer tijd nodig, Max.'

'Laten we er ook iemand bij halen die kan liplezen.'

'Doe ik. Juridische zaken zegt dat we daar toestemming voor moeten vragen.'

'Vanwege die privacy-rechtszaak?'

'Ja, maar ik heb de aanvraag toch maar verstuurd. Ik vermoed dat de resolutie te laag zal blijken.'

'Kun je verder inzoomen?'

'Beter dan dit heb ik op het moment niet.' Sarah drukte op een toets. Het beeld explodeerde. Sarah wachtte tot alle pixels waren ingevuld, maar het beeld werd nooit helemaal scherp. Max kneep opnieuw zijn ogen tot spleetjes.

'We moeten Rachel Anderson hiernaar vragen.'

'Haar advocaat heeft haar verboden nog enige vraag te beantwoorden.'

'We moeten het proberen. Ze wordt nog steeds in de gaten gehouden, toch?'

'Ja, ze is thuis. Ze heeft bezoek van haar zuster.'

'De ex van Burroughs?'

Sarah knikte. 'Ze is zwanger.'

'Wow,' zei Max. 'Worden alle telefoons afgeluisterd?'

'Ja, maar dat heeft nog niets opgeleverd.'

'Rachel Anderson heeft uren samen met David Burroughs in de auto gezeten. Ze hebben dit allemaal gepland. Ze zal niet zo stom zijn dat ze haar telefoon gebruikt.'

'Dat denk ik ook.'

'We kennen allebei haar verleden.'

'Dat MeToo-artikel?'

Max knikte. 'Kan dat er iets mee te maken hebben?'

'Ik zie niet in hoe, Max. Jij wel?'

Max dacht na, maar kon niets bedenken. Vooralsnog niet tenminste. 'Hoe staat het met het graven in de financiële achtergrond?'

'Daar wordt aan gewerkt,' zei Sarah. Max wist dat het spitten in iemands financiële handel en wandel monnikenwerk was. Dat verklaarde waarom zo veel witteboordencriminelen justitie jarenlang voor konden blijven. 'Maar ik weet wel iets.'

'Over wie?'

'Over Ted Weston.'

'De bewaker in Briggs die bijna vermoord werd door David Burroughs?'

Ze knikte. 'De man zit tot aan zijn nek in de schulden, maar er zijn wel twee recente stortingen van elk tweeduizend dollar precies.'

'Afkomstig van?'

'Dat zoek ik nog uit.'

Max leunde achterover. 'Betaling voor verrichte diensten?'

'Waarschijnlijk.'

'Ik heb het nooit echt geloofd,' zei Max.

'Wat?'

'Dat Burroughs zou proberen Weston te vermoorden.' Max begon op een vingernagel te knagen. 'Ik krijg het gevoel dat er veel meer aan de hand is dan een simpele ontsnapping uit de gevangenis, Sarah.'

'Misschien, Max. Weet je hoe we daarachter komen?'

'Nee, hoe?'

'We doen wat we doen. We laten ons niet afleiden. We pakken Burroughs op.'

'Goed gesproken, Sarah. En laten we Weston bij de kladden grijpen voordat hij de kans heeft gekregen zich achter een advocaat te verstoppen.'

22

Gertrude Payne stond op de klippen van het landgoed van de Paynes. De maan weerspiegelde in het kolkende water van de Atlantische Oceaan. Ze had haar grijze haar los laten hangen en haar ogen gesloten. De wind voelde goed in haar gezicht. Het donderende geweld van de tegen de klippen beukende golven was rustgevend. Ook al hoorde ze desondanks Stefano naderen, ze hield haar ogen nog even dicht.

Toen ze ze opendeed, zei ze: 'Jullie hebben hem niet te pakken gekregen.'

'Ross Sumner heeft gefaald.'

'En die bewaker die je vertelde over het bezoek van de schoonzuster?'

'Die heeft ook gefaald.'

Ze keerde de oceaan de rug toe. Stefano was een forsgebouwde man met een Prins Valiant-kapsel van gitzwart haar. Dat gaf hem de uitstraling van een oude rocker die een beetje te hard zijn best deed jong te blijven. Hij droeg een maatpak, dat niettemin als een kartonnen doos om zijn hoekige lichaam zat.

'Ik begrijp het niet,' zei Gertrude. 'Hoe heeft de man kunnen ontsnappen?'

'Maakt het wat uit?'

‘Misschien niet.’

‘Hij vormt niet echt een bedreiging.’

Ze glimlachte.

‘Wat? Denkt u van wel?’

Ze wist dat de kans dat David Burroughs enige schade van betekenis zou aanrichten miniem was, maar je bereikte de top van wat haar echtgenoot gekscherend de ‘Payne-Parnassus’ noemde niet zonder een derde p.

De p van paranoia.

Maar ze wist ook hoe het gaat in de wereld. Je wist het gewoon nooit zeker. Je dacht dat je veilig was. Je dacht dat je alles had afgedekt, dat je alles vanuit alle gezichtshoeken had bekeken, dat je niets over het hoofd had gezien. Maar je wist het niet. Je wist het nooit zeker. Zo ging het niet in de wereld.

Niemand zit altijd aan de kant van het gelijk.

‘Mevrouw Payne?’

‘We moeten er klaar voor zijn, Stefano.’

23

Ik haast me met grote passen door de straten van Manhattan.

Ik wil me niet verdacht maken door te gaan rennen, maar ik wil ook zo snel mogelijk uit de buurt zijn van dat appartement in 12th Street. Ik loop naar het noorden, voorbij de halte van de ondergrondse in 14th Street, en daarna ook die van 23rd Street en bied beide keren weerstand aan de verleiding de trappen af te dalen, want als ze een klopjacht op touw hebben gezet, houden ze ongetwijfeld ook alle haltes van de ondergrondse in de buurt in de gaten.

Of niet, natuurlijk.

Ik weet het domweg niet.

Ik loop niet zomaar, ik heb vanzelfsprekend een doel.

Revere in Massachusetts. Mijn geboortestad.

Die man die Hilde Winslow chanteerde? Die met die witte haarlok? Die man woont daar.

Ik ken hem.

Ik neem aan dat de FBI iemand bij het huis van mijn vader heeft geposteerd, maar nogmaals, de politie kan niet overal op hetzelfde moment zijn. Dat is een notie die ons wordt opgedrongen door tv-series en films, waar elke slechterik binnen de kortste keren wordt opgepakt omdat er geen grenzen zijn aan het aantal politieagenten dat voor surveillance kan worden ingezet, en er altijd vingerafdrukken of DNA-monsters zijn.

Ik weet ook niet wat Hilde Winslow de politie heeft verteld. Ze leek werkelijk begaan met mijn lot en ze had me geholpen te ontsnappen. Maar het is moeilijk om er met zekerheid uitspraken over te doen. Het kan ook een toneelstukje zijn geweest. Misschien was ze gewoon bang voor wat er zou gebeuren als de politie de deur zou forceren en mij in haar nabijheid zou aantreffen. Ik weet het niet.

Maar ik heb werkelijk geen keus. Ik moet het risico nemen en naar Revere gaan.

Als ik een half uur later op Times Square aankom, besef ik pas echt wat me overkomt. Ik had wel nagedacht over drukke plekken zoals hier – alle mensen, het lawaai, het geschitter van al het licht, de grote schermen, de neonreclames – maar ik blijk niet voorbereid op wat ik nu doormaak. Ik blijf staan. Er zijn te veel prikkels. De maalstroom van geluiden, kleuren, geuren die een aanslag plegen op mijn zintuigen, al die gezichten, het leven zelf – ik word er duizelig van. Ik voel me als iemand die vijf jaar in een donkere kamer heeft doorgebracht en die moet verdragen dat ze hem met een zaklantaarn in de ogen schijnen. Alles draait om me heen en ik moet steun bij een muur zoeken om niet te vallen.

De adrenaline die me gaande hield, vloeit niet langzaam weg, maar verdampt in rap tempo in de nachtlucht. Ik word overvallen door vermoeidheid. Het is laat. Er rijden vandaag geen treinen en bussen meer naar Boston. Ik moet dit slim aanpakken. Ik weet wat me te doen staat als ik in Revere ben en ik zal over alles wat ik in me heb moeten kunnen beschikken om het tot een goed einde te brengen. Kort samengevat: ik heb slaap nodig.

Er zijn in dit deel van Manhattan veel haltes van de ondergrondse. Zo veel dat de politie ze onmogelijk allemaal in het oog kan houden, maar uiteindelijk besluit ik toch te voet te gaan. Mijn kaalgeschoren hoofd moet de politie nog steeds op het verkeerde been zetten – Hilde Winslow heeft me alleen met de honkbalpet gezien, die ik heb gedumpt – en ik draag een mondkapje. Er zijn niet zo veel mensen die nog een mondkapje dragen, dus eigenlijk zal ik ermee opvallen. Maar het is ook een uitstekende vermomming. Moet ik dat ding blijven dragen? Lastige vraag. Dat geldt ook voor een slaapplek. Ik overweeg naar het noorden te lopen, naar Central Park. Daar zijn genoeg plekken waar je je in een hol kunt verschuilen, maar zal de politie daar geen mensen op zetten? Ik kijk op het wegwerptoestel dat Rachel voor me heeft gekocht – alleen zij weet het nummer – of ze al contact gezocht heeft, maar dat is niet het geval. Ik weet niet wat dat wil zeggen, als het al betekenis heeft. Waarschijnlijk heeft ze nog steeds het gevoel dat ze in de gaten wordt gehouden.

Ik maak een plan. Ik blijf het masker dragen en zet koers naar Central Park. Ik kies vanuit 79th Street het pad dat de weelderige Ramble in voert, het deel van Central Park waar de natuur voorrang krijgt. De bomen zijn hier dikker. Ik zoek een plekje zo ver mogelijk van alles verwijderd. Ik leg dode takken in een kring om me heen en hoop dat ik het zal horen als iemand op me afkomt, en dat ik zal reageren. Ik ga liggen en luister naar het kabbelende stroompje tegen de achtergrond van stadsgeluiden. Dan sluit ik mijn ogen en val onmiddellijk in een genadige droomloze slaap.

Tijdens de ochtendspits, als het in Penn Station krioelt van de mensen, ga ik aan boord van de Amtrack naar Boston. Ik heb een versgeschoren hoofd en ik draag mijn mondkapje. Onderweg realiseer ik me dat ik nu vierentwintig uur op vrije voeten rondloop. Ik ben voortdurend gespannen, maar als ik in het toilet in de spiegel kijk, besef ik dat de kans dat ik word herkend, vrijwel nihil is. Ik weet niet hoeveel risico ik loop door deze trein te nemen, maar ik heb immers geen keus?

Met nog een uur te gaan naar Boston, gaat eindelijk mijn wegwerptelefoon. Op het scherm staat een nummer dat ik niet herken.

Ik druk op de knop om de oproep aan te nemen, maar zeg niets. Ik houd de telefoon bij mijn oor en wacht.

'Alpaca,' zegt Rachel.

Opluchting overspoelt me als een vloedgolf. We bedachten zeven codewoorden om elk gesprek te beginnen. Als ze niet met een codewoord begint, is het niet veilig. Dan dwingt iemand haar te bellen, of iemand luistert mee. Als ze hetzelfde codewoord een tweede keer gebruikt – als ze een volgend gesprek weer begint met 'Alpaca' – is dat ook een sein dat iemand op een of andere manier meeluistert of probeert me erin te luizen.

'Alles oké?' vraag ik.

Ik heb geen codewoord om mee te antwoorden. Daar zie ik het nut niet van in. Er loopt een dunne scheidslijn tussen behoedzaam opereren en jezelf belachelijk gedragen.

'Zo ongeveer wat je kunt verwachten.'

'Hebben ze je verhoord?'

'Ja, de FBI.'

'Ze hadden uitgevogeld waarnaartoe ik op weg was.'

'De FBI?'

'Ja. Ze hadden me bijna te pakken bij Hilde.'

'Ik heb niets gezegd, dat zweer ik je.'

'Dat weet ik.'

'Maar hoe dan?'

'Dat weet ik niet precies.'

'Maar je hebt ze van je afgeschud.'

'Vooralsnog.'

'Heb je haar nog kunnen spreken?'

Ze doelt natuurlijk op Hilde Winslow. Ik vertel haar een deel van het verhaal dat ik te weten ben gekomen. Ik vertel dat Hilde heeft toegegeven dat ze heeft gelogen als getuige, maar ik zeg niets over de gokschuld en het lijntje naar Revere. Als er op een of andere manier toch iemand meeluistert – man, je wilt niet weten hoe paranoïde je wordt van deze toestand – kan ik maar beter alles achterwege laten wat mijn volgende bestemming kan verraden.

'Ik neem zo veel mogelijk geld op,' zegt Rachel. 'En ik ga proberen alles van me af te schudden wat de FBI maar op mijn spoor heeft gezet, waar we het over gehad hebben.'

'Hoeveel tijd heb je daarvoor nodig?'

'Een uur, misschien twee. Deel je locatie met me als je aangekomen bent op je bestemming, dan kom ik naar je toe.'

'Dank je.'

'Er is nog iets,' zegt Rachel.

Ik wacht.

'Cheryl was gisteravond bij mij.'

Ik voel een band die om mijn borstkas wordt vastgesnoerd. 'En hoe was dat?'

'Ik heb haar de foto laten zien. Ze denkt dat wij onszelf voor de gek houden.'

'Dat valt moeilijk te bestrijden.'

'Ze zei ook dat ik geen gezond oordeel kan vellen vanwege mijn persoonlijke problemen.'

'Persoonlijke problemen?'

'Ik ga je een paar linkjes sturen, David, naar artikelen die je moet lezen. Dat is gemakkelijker dan alles uitleggen.'

Rachel stuurt me de links naar drie artikelen over haar vastgelopen MeToo-rapportage en de zelfmoord die een jonge vrouw die Catherine Tullo heette vervolgens pleegde. Ik ga er goed voor zitten en lees ze alle drie. Ik probeer de situatie zo objectief mogelijk te beoordelen, alsof het om iemand gaat op wie ik niet heel erg gek ben.

Maar het is om veel redenen heel moeilijk om objectief te zijn.

Er zijn vragen die ik Rachel wil stellen, maar dat kan wel wachten.

Ik zak met mijn ogen dicht onderuit tot er wordt omgeroepen dat we North Station in Boston naderen. Ik kijk uit het raam als we afremmen langs het perron. Ik ben bang dat ik word opgewacht door een enorme politiemacht. Hier en daar zie ik een agent. Dat is normaal, denk ik, en ze kijken niet heel erg alert uit hun ogen. Dat zegt niet veel, maar het is beter dan de aanblik van honderd man met getrokken pistool. Ik loop het station uit, mijn geboortestad in. Er komt een glimlach op mijn gezicht, ik kan er niets aan doen. Ik loop door Causeway Street en ga even naar binnen bij de Dunkin' Donuts – alomtegenwoordig in Boston – op de hoek van Lancaster Street. Ik zoek een bonte verzameling van zes verschillende donuts bij elkaar – twee *French crullers*, twee met chocoladeglazuur, een met geroosterde kokosnoot en een traditionele – en koop een grote beker koffie zonder toevoegingen, want ik haat koffie met exotische smaakjes, helemaal als ze van Dunkin' komen.

Ik loop door Lancaster Avenue met de papieren zak van Dunkin' in mijn hand. Ik draag nog steeds mijn mondkapje, maar op een gegeven moment zal ik het ding afdoen, met alle risico's van dien, om een French cruller op te eten. Het water loopt me in de mond. Een kwartier later ben ik bij de halte Bowdoin Street van de ondergrondse en neem ik de Blue Line naar Revere Beach. Ik haal herinneringen op aan de keren dat ik deze trip maakte toen ik jong was. Ik trok op met een stel jongens die allemaal in hetzelfde jaar op Revere High zaten. Mijn beste vriend was Adam Mackenzie, maar TJ behoorde ook tot het groepje, en Billy Simpson. En de man die ik nu ga opzoeken, Eddie Grilton.

De Griltons hadden de apotheek annex drogisterij op de hoek van Centennial Avenue en North Shore Road, op een steenworp afstand van Revere Beach Station. Eddies grootvader had de winkel opgericht. Iedereen die ik kende haalde er zijn medicijnen, en destijds had eerst Eddies grootvader en later zijn vader de loten verkocht van de illegale loterij van het misdaadsyndicaat van de Fishers.

Het kleine parkeerterrein achter de winkel was geheel afgesloten van de straat. Destijds was dat onze hangplek. We dronken er bier en rookten er wiet. Dat is natuurlijk lang geleden. De meesten zijn naar elders vertrokken. TJ is arts in Newton, Billy heeft een kroeg in Miami. Maar Eddie, die meer dan wie dan ook van ons weg wilde uit Revere, die het leven dat zijn grootvader en zijn vader hadden geleid verafschuwde, en een groot deel van zijn puberteit gedwongen was in de zaak van zijn vader te werken, was gebleven. Hij had de opleiding gedaan, precies zoals zijn vader het wilde. Toen hij daarmee klaar was, ging hij in de zaak aan het werk tot zijn oudeheer, net als diens vader eerder, een hartaanval kreeg en dood neerviel. Nu bestierde Eddie de zaak tot hij aan de beurt was om na een hartaanval dood neer te vallen.

Als ik op Revere Beach Station uitstap, word ik weer alert, niet alleen omdat de politie me misschien staat op te wachten, maar ook omdat ik hier ben opgegroeid en als ze zich ergens niet voor de gek laten houden door mijn vermomming, is het hier. Ik ben nog geen driehonderd meter verwijderd van mijn geboortehuis, het huis van de Mackenzies, Sal's Pizzeria, de apotheek van Grilton, en al die andere herinneringen uit mijn jeugd.

De apotheek van Grilton ziet er iets meer vervallen uit, maar dat is een proces dat al gaande was zolang ik het me kan herinneren. De vochtwerende verflaag op de bakstenen is er bijna geheel af gesleten. De randen van de neonreclame boven de winkel zijn roestig. Als de reclame aangaat, floept het licht spastisch aan en uit. Met gebogen hoofd loop ik door het gangetje langs het pand naar onze hangplek. Daar kan één auto parkeren. Ik herinner me dat Eddies vader daar altijd zijn Cadillac neerzette. Die Cadillac betekende iets voor de man en hij had hem altijd keurig in de was gezet. Nu staat de Cadillac ATS van Eddie op dezelfde plek. Alles verandert en toch blijft alles altijd hetzelfde.

Mijn gedachten krijgen steeds meer diepgang als ik moe ben.

Ik verstop me achter een vuilcontainer. De koffie is nog warm – de kwaliteit van Dunkin'. Ik schrok een French cruller naar binnen en matig mijn vraatzucht pas halverwege de geroosterde kokosnoot. De gevangenis bedeelt je ruimhartig met gebreken, maar ik heb er niet bij stilgestaan dat mijn smaakpapillen ook niets meer gewend zijn. Ik word duizelig van smaak, of misschien van de overvloed aan suiker. Misschien is het ook gewoon de vrijheid die ik ervaar. Het is zo gemakkelijk om je in jezelf op te sluiten in de gevangenis, om af te stompen, om jezelf gevoelloos te maken, om jezelf af te sluiten van alles wat maar riekt naar plezier. Dat helpt echt. Dat heeft me in leven gehouden. Maar nu ik mezelf uit die beschermende cocon heb vrijgemaakt, nu ik mezelf heb toegestaan aan Matthew te denken en de mogelijkheid alles recht te zetten, worden ook de zintuigen met een schok weer wakker.

Ik kijk hoe laat het is. Niemand gaat door deze achteringang de zaak in. Dat weet ik uit de tijd dat we elkaar hier zagen. Het duurt niet lang meer, denk ik, en inderdaad gaat de achterdeur opent en stapt Eddie naar buiten. Een nog niet aangestoken sigaret bungelt tussen zijn lippen. Hij heeft de aansteker in de hand en op het moment dat de glazen deur achter hem dichtzwaait, klikt hij hem aan en houdt hij het vlammetje bij zijn sigaret. Hij sluit zijn ogen en zuigt de rook diep in zijn longen.

Eddie ziet er ouder uit. Hij is mager en een beetje krom en heeft een buikje. Zijn ooit weerbarstige haardos wordt dunner, wat het onduidelijk maakt of hij nu een steeds hoger voorhoofd krijgt of echt kaal wordt. Hij heeft een dun snorretje, zijn ogen liggen diep in de kassen. Ik weet niet zo goed hoe ik dit moet aanpakken, dus stap ik maar plompverloren tevoorschijn.

'Hé, Eddie.'

Zijn mond valt open als hij mij ziet. De bungelende sigaret dreigt op de grond te vallen, maar Eddie vangt hem halverwege met een katachtige beweging. Dat doet me glimlachen. Eddie was altijd al razendsnel met zijn handen. Hij kon pingpongen als de beste, was onverslaanbaar bij het poolbiljarten, leek te beschikken over magische krachten bij computerspellen, flipperen, bowlen en minigolf. Hij kon alles waarbij oog-handcoördinatie belangrijk was.

'Godver,' zegt Eddie.

'Moet ik je vragen niet te gaan staan schreeuwen?'

'Fuck, nee. Ben je gek?' Met een paar haastige stappen staat hij voor me. 'Wat goed om je te zien, man.'

Hij omhelst me – weer zo'n ervaring van vroeger die ik vergeten was en die nu helemaal nieuw is – en ik verstijf. Ik ben bang dat ik instort en nooit meer overeind kom als ik hieraan toegeef. Zelfs de stank van zijn sigaret doet me goed.

'Ja… Eddie.'

'Ik had in het nieuws gezien dat je was ontsnapt.' Hij wijst naar mijn kale schedel. 'Word je ook kaal?'

'Nee, dat is mijn vermomming.'

'Slim,' zegt Eddie. 'Kunnen we één probleem meteen uit de weg ruimen?'

'Natuurlijk.'

'Jij hebt Matthew niet vermoord.'

'Nee, ik heb hem niet vermoord.'

'Ik wist het. Heb je een plan? Laat maar, hoe minder ik weet, des te beter. Heb je geld nodig?'

'Ja.'

'Oké. De zaken zijn shit, maar ik heb geld in de kluis. Je mag hebben wat erin ligt.'

Mijn gemoed dreigt vol te schieten. 'Dank je, Eddie.'

'Is dat waarom je hier bent?'

'Nee.'

'Zeg het maar.'

'Doe je nog steeds de loterij?'

'Neu… Daarom zijn de zaken shit. Dat hebben we vroeger allemaal gedaan. Ik bedoel, mijn grootvader runde de loterij, mijn vader nam het geld aan van iedereen die wilde wedden. De politie noemde hen allebei criminelen – ik wil geen kwaad spreken van je ouweheer.'

'Oké.'

'Hoe gaat het trouwens met hem?'

'Waarschijnlijk weet jij daar meer over dan ik, Eddie.'

'Ja... Ik denk het. Waar was ik gebleven?'

'De politie noemde je vader en je opa criminelen.'

'Juist. Maar weet je wie ons uiteindelijk de das om heeft gedaan? De overheid. Ooit waren de loterijen illegaal, maar toen legaliseerde de overheid de loterij en organiseerden ze zelf loterijen met winstkansen die slechter waren dan ooit bij ons het geval was geweest. Gokken was ook illegaal, tot een stelletje klootzakken van onlinegokkers een zootje politici omkocht, en nou, boem, een paar klikken en je hebt je weddenschap afgesloten. Marihuana ook, al heeft mijn ouweheer dat nooit verkocht.'

'Maar vijf jaar geleden deed je de loterij nog wel?'

'Dat was ongeveer de tijd dat het begon in te kakken. Hoezo?'

'Herinner je je nog een klant die Ellen Winslow heette?'

Eddie fronst zijn wenkbrauwen. 'Die was niet van mij. Ze ging naar Reggie op Shirley Avenue.'

'Maar de naam komt je bekend voor.'

'Ze zat er tot haar nek in, jazeker. Maar ik begrijp niet waarom dat jou interesseert.'

Eddie heeft een witte apothekersjas aan, eigenlijk alsof hij een arts is of een verkoper van cosmetica bij Filene's.

'Dan had ze schulden bij de gebroeders Fisher?'

Eddie is niet blij met het verloop van dit gesprek. 'Ja, dat denk ik. Davey, waarom vraag je me dit allemaal?'

'Ik moet Kyle spreken.'

Stilte.

'Kyle? Je bedoelt Skunk Kyle?'

'Noemen ze hem nog steeds zo?'

'Dat wil hij zelf.'

Het was zijn bijnaam toen we nog klein waren. Ik kan me niet herinneren wanneer Kyle onze kant op verhuisde. Groep een, misschien groep twee. Zelfs toen al had hij die witte haarlok. Vanwege die witte veeg haar in het zwart, en zoals kinderen nu eenmaal zijn, kreeg hij meteen de voor de hand liggende bijnaam Skunk. Veel kinderen zouden er de pest in hebben om Stinkdier te worden genoemd, maar Kyle niet. Hij leek ervan te genieten.

'Even voor alle duidelijkheid,' zegt Eddie. 'Jij wilt met Kyle praten over een oude schuld?'

'Ja.'

Eddie floot zachtjes tussen zijn tanden. 'Je herinnert je hem nog, hoop ik?'

'Ja.'

'Weet je nog dat hij Lisa Millstone van het dak duwde toen we negen waren?'

'Dat weet ik nog.'

'En de katten van mevrouw Bailey, die spoorloos verdwenen toen we twaalf waren?'

'Ja.'

'En dat meisje van Pallone. Hoe heette ze ook alweer. Mary Anne...'

'Ik herinner het me.'

'Skunk is niet liever geworden, Davey.'

'Dat weet ik. Ik neem aan dat hij nog steeds voor de Fishers werkt?'

Eddie wrijft verwoed over zijn gezicht met zijn rechterhand. 'Wil je me vertellen waar dit eigenlijk allemaal om gaat?'

Ik kan geen reden bedenken om het niet te doen. 'Ik denk dat de Fishers mijn zoon hebben ontvoerd en mij er voor moord hebben in geluisd.'

Ik vertel Eddie de verkorte versie. Eddie zegt niet dat ik gek ben, maar dat denkt hij wel. Ik laat hem de foto van het pretpark zien. Hij kijkt er even snel naar, maar hij blijft vooral naar mij kijken. Hij laat zijn peuk op het verweerde beton vallen en steekt een nieuwe sigaret op. Hij onderbreekt me niet.

Als ik uitgesproken ben, zegt Eddie: 'Ik ga niet proberen je dit uit het hoofd te praten, je bent een grote jongen.'

'Dat waardeer ik. Kun jij het regelen?'

'Ik kan eens bellen.'

'Dank je.'

'Je weet dat de ouwe met pensioen is?'

'Is Nicky Fisher met pensioen?'

'Yep, met pensioen en vertrokken naar een plekje waar het lekker warm is. Ik heb gehoord dat hij nu iedere dag golft. Heeft zijn hele leven lopen moorden, roven, afpersen, plunderen, verminken, is nu de tachtig voorbij, laat zich masseren en geniet van golfen en uitgebreid dineren. Karma, toch?'

'En wie is nu dan de baas?'

'Zijn zoon NJ runt de show.'

'Denk je dat NJ met me zal willen praten?'

'Ik kan het alleen maar vragen. Maar als het is zoals jij denkt, is het onwaarschijnlijk dat je van hen een bekentenis te horen krijgt.'

'Het gaat me er niet om mensen problemen te bezorgen.'

'Natuurlijk, maar dat is het niet alleen. Als ze jou er werkelijk hebben in geluisd voor de moord op je eigen zoon – en ik laat maar even in het midden hoe afgrijselijk onlogisch dat idee is – kunnen ze je toch nu heel gemakkelijk uitleveren aan de smerissen?'

'De Fishers die de politie inschakelen?'

'Dat zou niet zo fraai ogen, dat geef ik toe. Maar ze zouden je natuurlijk ook gewoon overhoop kunnen knallen. Dat is meer hun stijl dan dat verhaal à la de Graaf van Monte-Cristo waar jij mee aan komt zetten.'

'Ik heb geen keus, Eddie. Dit is mijn enige spoor.'

Eddie knikt. 'Oké. Ik zal bellen.'

24

Rachel wist niet of ze werd gevolgd of niet. Waarschijnlijk wel.

Het maakte niet uit. Ze had een plan.

Ze liep naar het station en nam de trein Main/Bergen. Rond deze tijd was het niet druk in de trein. Ze keek om zich heen en ging twee keer in een andere coupé zitten. Niemand leek haar te volgen of in het oog te houden, maar misschien waren ze heel goed in hun werk.

Ze stapte uit op Secaucus Junction en liep naar de trein die naar Penn Station in New York ging. Vrijwel iedereen die met haar uitstapte, deed hetzelfde. Ze bleef om zich heen kijken, maar nog steeds leek niemand haar te volgen.

Het maakte niet uit. Ze had een plan.

Ze liep drie kwartier kriskras door de straten van midtown Manhattan, tot ze arriveerde bij een toren op de hoek van Park Avenue en 46th Street, waar haar advocaat Hester Crimstein haar naartoe had gestuurd. Een jongeman wachtte haar op. Hij vroeg niet naar haar naam. Hij glimlachte slechts en zei: 'Deze kant op.' De deuren van de lift stonden al open. In stilte stegen ze naar de derde verdieping. Toen de deuren opengingen, zei de jongeman: 'Aan het einde van de gang aan de linkerkant.' Hij wachtte tot ze de lift uit was en ging haar toen voor. Rachel deed de deur open en liep het vertrek binnen. Bij een gootsteen stond een tweede man.

'Ga zitten,' zei hij.

Ze ging zitten, met haar rug naar de gootsteen. De man werkte snel. Hij knipte haar haar kort en verfde het in een subtiele kleur rood. Al die tijd werd er geen woord gewisseld. Toen hij klaar was, kwam de jongeman weer terug. Hij ging Rachel voor naar de lift. Hij drukte op de knop met het opschrift G3, waarschijnlijk het derde niveau van een ondergrondse parkeergarage. In de lift gaf hij haar een autosleutel en een envelop. In de envelop zaten bankbiljetten, een rijbewijs op naam van Rachel Anderson (haar meisjesnaam), twee creditcards en een telefoon. De telefoon was gemanipuleerd. Ze kon er gewoon mee bellen en tekstberichten ontvangen en versturen, maar de FBI zou haar locatie niet kunnen opsporen. Zo legde de jongeman het tenminste aan haar uit.

Toen de lift G3 had bereikt, schoven de deuren open. 'Parkeervak zevenenveertig,' zei de jongeman. 'Rij voorzichtig.'

De auto was een Honda Accord. Hij was niet gestolen, het was geen huurauto, en Hester had haar bezworen dat er geen enkel spoor van de auto naar een van hen beiden liep. Ze keek op het scherm van de telefoon toen ze achter het stuur ging zitten. David had haar net zijn locatie doorgeseind.

Wow.

Het verbaasde haar dat hij in Revere was, vlak bij zijn oude huis. Het verbaasde haar omdat het geen deel van het plan was geweest. David had juist benadrukt hoe gevaarlijk het was om naar een vertrouwde, bekende omgeving te gaan.

Dat betekende dat Hilde Winslow hem iets verteld moest hebben wat hem naar Revere voerde.

Rachel had geen idee wat dat kon zijn, maar dat was ook niet nodig. Ze startte de motor van de auto en reed naar het noorden.

Als Eddie de hoorn op de haak legt, zegt hij dat een ontmoeting pas over een paar uur kan plaatsvinden.

'Wil je tot dan in mijn kantoortje wachten?' vraagt hij.

Ik schud mijn hoofd en geef hem het nummer van mijn wegwerptoestel. 'Kun je me bellen als je weet hoe laat?'

'Tuurlijk.'

Ik bedank hem en steek de straat over. Ik ken deze buurt als mijn spreekwoordelijke broekzak. Dingen veranderen, maar in dit soort stadjes niet zo heel veel. Aan de waterkant natuurlijk wel. Daar staan nieuwe appartementencomplexen met uitzicht op Revere Beach. Maar waar ik ben opgegroeid hebben de huizen misschien een likje verf gehad, een enkele gevel is misschien bekleed met aluminium, er is eens iets aangebouwd, maar in grote lijnen is alles hetzelfde gebleven. Een groot deel van mijn jeugd speelde zich af in achtertuinen, om de weg ergens naartoe af te snijden, om niet te worden gezien, maar ook omdat het domweg avontuurlijk was.

Ik ben nu heel dicht bij mijn vader.

Ik besef hoe gevaarlijk het is. Er is ondertussen een gigantische klopjacht op mij georganiseerd. Dat betekent dat ze misschien ook de stad van mijn jeugd, waar mijn vader en mijn tante nog altijd wonen, in het oog houden. Dat lijkt logisch, maar zoals ik al eerder zei, de politie kan niet overal tegelijkertijd zijn. Ze weten dat ik gisteravond in New York was. Zou het bij hen opkomen dat ik vandaag naar Revere zou gaan? Dat hangt af van wat Hilde Winslow hun heeft verteld, denk ik, al lijkt het me sterk dat ze zou bekennen dat ze meineed heeft gepleegd tijdens mijn rechtszaak.

Ik bekijk de zaak van alle kanten, terwijl ik behoedzaam mijn weg zoek door de achtertuinen van mijn jeugd. Ik besef heel goed dat surveillance niet per se een patrouillewagen vereist die geparkeerd staat voor het huis van mijn vader, maar ik zie niets wat op gevaar wijst. Ik vraag me af of het veilig is. Ik vraag me zelfs af of dit wel verstandig is. Even een stap terug: wat voor zin heeft het om pa en tante Sophie na al die tijd op te zoeken? Ik maak ze alleen maar van streek, toch?

Maar mijn oude huis trekt aan me. Ik ben een ontsnapte gevangene die een paar uur overheeft en in die tijd wil ik de mensen zien van wie ik het meeste hou. Is dat zo gek? Nee, al blijf ik ondertussen vastberaden gefocust op het zoeken naar Matthew.

Ik voel me veilig in de achtertuinen tussen Thornton en Highland. De huizen daar worden voor het merendeel bewoond door meerdere gezinnen. Ze staan dicht op elkaar, zodat de bewoners nooit precies wisten waar de tuin van de een ophield en die van de ander begon. Dat had in de loop der jaren een aantal boeiende veldslagen opgeleverd. Toen ik veertien was, beweerden de Siegelmans dat meneer Crestin zijn tuin had uitgebreid over de tuingrens heen, en dus eisten ze een aantal van meneer Crestins met prijzen bekroonde tomaten op. Die omstreden grens passeer ik nu. De volgende achtertuin is die van mevrouw Bordio. Mevrouw Bordio woonde er met haar zoon Pat, die een lui oog had – zo noemden we dat. Ze zijn verhuisd aan het begin van deze eeuw en het lijkt erop dat de nieuwe bewoners de tuin goed onderhouden. Meneer Bordio, Pats vader, was voor mijn tijd gesneuveld in Vietnam. Hun tuin was altijd overwoekerd met onkruid. Mijn vader draaide uiteindelijk een rooster in elkaar, zodat de buurmannen om de beurt het gras maaiden. Mevrouw Bordio trakteerde de mannen op zelfgebakken pindarotsjes. Meneer Ruskin – ik loop nu door zijn achtertuin – was ooit een hele zomer bezig met het bouwen van een enorme pizzaoven van baksteen en beton. Die staat er nog steeds, ook al zijn de Ruskins in 2007 verhuisd. Als een tornado ooit alles in deze buurt met de grond gelijk zou maken, zou die oven naderhand het enige zijn wat nog fier overeind stond.

Verderop kan ik de achtergevel van ons huis zien.

Het struikgewas is hier dichter. In een van mijn oudste herinneringen – ik moet drie of vier zijn geweest – bouwen mijn vader en oom Philip een schommel in onze tuin. Adam en ik kijken vol bewondering naar onze vaders. Het was heet die dag en wat ik me het beste kan herinneren is hoe mijn vader een fles Bud oppakt en aan zijn lippen zet. Hij neemt een ferme slok, wil de fles weer neerzetten, ziet dat ik haar hem kijk, en knipoogt.

En natuurlijk herinner ik me Cheryl, mijn vriendinnetje van de highschool.

Als ik dichter bij huis kom, komt een herinnering bij me boven met een sterke geur van heiligschennis. Het ging om een tent die meneer Diamond ieder jaar opzette om het Loofhuttenfeest te vieren. Zo'n tent, een soeka, is normaal gesproken een hut van takken en twijgen zonder dak. Je maakt hem buiten in de openlucht. Dat moet. Ik kan me niet alle religieuze details herinneren. De jongens die in de bak zitten, horen tot de meest fervente religieuzen die ik ooit ben tegengekomen, maar dat is niet mijn wereld.

Hoe dan ook, de soeka van de Diamonds overtrof alle andere in de buurt. Het was een grote tent met veel kleur en Hebreeuwse teksten. Toen Cheryl en ik zeventien waren zijn we laat op een frisse avond in oktober die soeka in geslopen. Vervolgens verloren we daar onze maagdelijkheid.

Yep, gewoon zo.

Ik kan een glimlach niet onderdrukken, maar ik voel ook pijn bij die herinnering.

Man, wat hield ik veel van Cheryl.

Ik was al verliefd op haar vanaf het moment dat het gezin aan Shirley Avenue kwam wonen. Dat was toen we in groep acht zaten, maar het duurde tot het gala van het vooreindexamenjaar voordat Cheryl mijn liefde beantwoordde, en zelfs toen wilde ze alleen ingaan op mijn uitnodiging als we naar het bal zouden gaan als 'vrienden'. Je kent dat wel. We zaten in vergelijkbare vriendengroepjes en geen van beiden hadden we een date. Uiteindelijk werd het die avond een onschuldige zoenpartij, van haar kant meer uit verveling dan om iets anders.

Toen werden we een stelletje.

Ik leun tegen de boom in de oude achtertuin van de Diamonds. Het was zo lang goed gegaan tussen Cheryl en mij. Toen we net studeerden zijn we een tijdje uit elkaar geweest. Dat kwam meer door mij dan door haar. Iedereen zei steeds maar weer dat we te jong waren om ons al zo te binden en dat we vooral moesten experimenteren met iemand anders. Dat probeerden we, maar niemand kon aan mijn eisen voldoen. We verloofden ons tijdens het laatste jaar van onze studie, maar spraken ook af dat we pas zouden trouwen als Cheryl haar artsenopleiding had afgerond. Daar hielden we ons ook aan. We trouwden, Cheryl solliciteerde als arts in opleiding, kreeg de baan die ze wilde en helemaal in lijn met hoe dat soort zaken zich ontwikkelt, besloten we dat we ook kinderen wilden.

Dat is waar het bij ons fout ging.

Cheryl – of moet ik zeggen 'wij'? – kon niet zwanger worden.

Als je zelf vruchtbaarheidsperikelen hebt meegemaakt, weet je hoeveel stress en spanningen dat met zich meebrengt. Cheryl en ik wilden allebei kinderen. Heel erg graag. Dat stond als een paal boven water. We wilden er vier. Dat was het plan. Dat waren we overeengekomen. We probeerden het maanden en nog eens maanden, maar het werd niets. Als je probeert zwanger te worden, lijkt het wel alsof de hele wereld – allemaal foute mensen, mensen die geen kinderen verdienen, zelfs mensen die niet eens kinderen willen – achteloos zwanger wordt. Iedereen wordt zwanger, maar jij niet.

We gingen te rade bij een specialist die testen deed en nog meer testen, en uiteindelijk concludeerde dat ik de boosdoener was. Yep, we weten allemaal dat het 'niemands schuld' is, dat je er met z'n tweeën aan begint, dat het niets zegt over je mannelijkheid, blah, blah, blah, maar toen ik te horen kreeg dat ik te weinig zaadcellen produceerde om kinderen te kunnen krijgen, kreeg ik het zwaar te verduren. Nu weet ik wel beter, denk ik. Ik heb kennis genomen van toxische mannelijkheid en dat soort dingen, maar als je bent opgegroeid zoals ik, in zo'n stadje als dit, weet je dat een man voor bepaalde dingen staat en bepaalde verantwoordelijkheden heeft. En zeg nu zelf, kun je iemand die niet eens zijn eigen vrouw zwanger kan maken, nog wel een mán noemen?

Ik schaamde me. Dom, maar waar. Je gevoelens hebben geen verstand van domheid.

Cheryl en ik deden drie keer een poging tot ivf. De spanningen tussen ons namen toe. Elk gesprek ging over het krijgen van een kind, of nog erger, als we probeerden om niet alles ondergeschikt te maken aan dat onderwerp – ze hadden ons verteld dat het soms zomaar ineens toch gebeurt, als je je maar ontspant – stond het kind als de spreekwoordelijke olifant in de hoek van de slaapkamer, of nog erger, lag het tussen ons in bed. Die olifant vergezelde ons altijd overal.

Cheryl ging er fantastisch mee om.

Dat dacht ik tenminste.

Ze gaf mij nooit de schuld, maar omdat ik een idioot was die ernstig aan mijn eigenwaarde twijfelde, liet ik mijn verbeelding de vrije loop. Ze kijkt anders naar me, dacht ik. Ze kijkt naar me en vindt dat ik tekortschiet. Ze kijkt naar andere mannen – viriele, potente mannen – en vraagt zich af hoe het kan dat ze aan zo'n lulletje rozenwater is blijven hangen.

Het maakte ons bijna kapot.

Toen kregen we goed nieuws. Een van de oude maten van mijn vader in Revere was huisarts in New Hampshire. Dr. Schenker vertelde me dat hij met hetzelfde probleem had geworsteld en was geholpen met een operatie aan een varicocele. Ik zal je de details besparen, die wil je niet weten, maar het komt erop neer dat ze spataderen verwijderen uit de balzak. Lang verhaal kort: het werkte. Plotseling produceerde ik meer dan genoeg zaadcellen.

Vier maanden later was Cheryl zwanger van Matthew.

Het was weer allemaal koek en ei.

Maar niet echt.

De jaren van onvruchtbaarheid hadden van ons en onze relatie een puinhoop gemaakt, een puinhoop die we achter ons zouden laten toen Matthew eenmaal geboren was, dacht ik. Dat leek ook zo, tot ik ontdekte dat Cheryl me steeds precies had verteld wat ik horen moest, maar ondertussen achter mijn rug een vruchtbaarheidskliniek had bezocht om te informeren naar spermadonatie. Ze was er niet verder mee gegaan, dat bleef ze maar tegen me zeggen. Ze legde het heel helder uit – ze had zo wanhopig niet alleen naar een baby verlangd, maar ons ook willen verlossen uit deze hel, en dat had ertoe geleid dat ze even, heel even donorsperma had overwogen – iets waarin ik nooit zou toestemmen, dat wist ze maar al te goed, en wat ze om die reden dan ook voor me verzwegen had.

Ze gaf toe dat het afschuwelijk was om die mogelijkheid zelfs maar te overwegen. Ze ging diep door het stof, maar ik accepteerde haar excuses niet. Tenminste, aanvankelijk niet. Ik voelde me gekwetst. Wat ze had gedaan voedde al mijn stompzinnige onzekerheden en dus haalde ik uit. Ze had mijn vertrouwen geschaad en ik maakte het nog erger door verkeerd te reageren.

Door het raam aan de achterkant van mijn ouderlijk huis zie ik beweging. Ik stel me verdekt op achter een struik. Ik schiet vol als ik mijn tante Sophie de kamer in zie komen. Ze gaat alleen aan de tafel zitten. Ze heeft een blauwe vormeloze huisjurk aan. Ze heeft een kromme rug. Ze heeft haar haar vastgezet met haarspelden, maar een paar lokken zijn losgeschoten en bungelen voor haar gezicht. Er gaat een mengelmoes aan emoties door me heen. Tante Sophie. Die lieve, gulle, aardige, maar ook strenge tante die me heeft grootgebracht nadat mijn moeder aan kanker was overleden. Ze ziet er vermoeid uit, ze lijkt uitgeput en te oud voor haar leeftijd. Het leven heeft alle vitaliteit uit haar weggezogen. Of kwam het door de ziekte van mijn vader?

Of door mij?

Tante Sophie had altijd in me geloofd. Anderen zakten door het ijs, maar tante Sophie niet. Op geen enkel moment.

Ik weet niet zo goed hoe ik dit moet aanpakken, maar zonder er goed over na te denken loop ik naar het raam. De radio staat aan. Tante Sophie hield altijd van muziek in de keuken. Classic rock. Waarschijnlijk was het nu geen radio meer, maar luisterde ze naar een of andere streamingdienst, maar hoe dan ook, ik hoorde Pat Benatar uit volle borst beweren dat we jong zijn, hartzeer en nog eens hartzeer. Tante Sophie had altijd een voorkeur gehad voor Pat Benatar, Stevie Nicks, Chrissy Hinds en Joan Jett. Ik sluip de veranda aan de achterkant op en tik met mijn knokkels op het raam, alweer zonder erbij na te denken.

Tante Sophie kijkt op en ziet me.

Ik verwacht dat ze verrast is, of in de war of op zijn minst even uit het lood geslagen door mijn plotselinge verschijnen. Ik verwacht een begrijpelijke aarzeling, ook al is het maar heel even, een fractie van een seconde, maar bij tante Sophie valt van dat alles niets te bespeuren. Ze stond altijd voor onvoorwaardelijke, vurige liefde, en dat is wat ik nu ook ervaar. Ze springt op en stuift naar de achterdeur. Haar gezicht straalt, een regenbui bij volle zon: ze lacht en huilt tegelijk. Ze gooit de deur open, kijkt behoedzaam naar links en naar rechts of er geen gevaar dreigt, op een manier die mijn hart doet smelten, en zegt: 'Naar binnen, jij.'

Ik luister naar haar. Natuurlijk. Herinneringen komen boven aan de tijd dat mijn vader wel eens laat thuiskwam na een late dienst en zich afvroeg waar ik was, en dat tante Sophie dan een smoes verzon en me stiekem naar binnen loodste door deze achterdeur, zodat hij er maar niets van zou merken. Ik stap over de drempel en doe de deur achter me dicht. Ze omhelst me. Ze voelt kleiner, tengerder. In het begin ben ik bang dat ik haar zal bezeren als ik haar te stijf tegen me aan druk, maar van die voorzichtigheid wil ze niets weten.

Ik wil me inhouden, rechtop blijven staan, gefocust blijven, niet toegeven aan de emotie van dat moment, maar ik heb geen schijn van kans. Niet bij tante Sophie. Niet in de omhelzing van tante

Sophie. Ik voel dat mijn knieën knikken en misschien ontsnapt me ook wel een klein kreetje, maar het is deze tengere krachtpatser van een vrouw die me overeind houdt.

'Het komt allemaal goed,' zegt ze.

Ik geloof haar.

25

Gevangenbewaarder Ted Weston van Briggs Penitentiary vertelde Max en Sarah zijn verhaal niet één keer, niet twee keer, maar drie keer. Al die tijd zwegen Max en Sarah voornamelijk. Max knikte bemoedigend. Sarah stond in een hoek van het gevangeniskantoor waar ze de ondervragingen deden, met de armen over elkaar tegen de muur geleund. Toen Ted voor de derde keer aan het einde van zijn verhaal gekomen was en trots vertelde dat hij gezien had dat de directeur en de gedetineerde in de auto van de directeur stapten, bleef Max knikken terwijl hij zich naar Sarah keerde en zei: 'Dat stuk vind ik het mooist. Wat jij, Sarah?'

'Dat stuk over dat hij de auto van de directeur zag, Max?'

'Ja.'

'Ja... dat vind ik ook.'

Max begon aan zijn lip te plukken met wijsvinger en duim. Dat deed hij om te voorkomen dat hij op zijn nagels zou gaan bijten. 'Wil je weten waarom Sarah en ik dat het mooiste stuk van je verhaal vinden, Ted? Ik mag wel Ted zeggen, hoop ik?'

Ted Weston glimlachte onzeker. 'Tuurlijk.'

'Dank je, Ted. Nu, wil je weten waarom?'

Weston haalde halfslachtig zijn schouders op. 'Ja... ik denk het wel.'

'Omdat het waar is. Dat meen ik. Dat deel van het verhaal – hoe je naar buiten keek en die auto zag en zoiets had van "Ho, wacht eens eventjes..." – als je dat deel vertelt, dan straal je een en al eerlijkheid uit.'

'Echt,' zei Sarah. 'Een en al eerlijkheid. Je glimt gewoon.'

'Alsof je een of andere dure vochtinbrengende crème gebruikt. Tijdens de rest van het verhaal – bijvoorbeeld dat deel dat je die arme zieke David Burroughs 's avonds laat naar de ziekenboeg bracht...'

'... op een manier die in strijd is met alle protocollen,' vulde Sarah aan.

'Of dat hij zich plotseling op jou stortte...'

'... zonder enige aanleiding.'

'Ted, jij bent rechtshandig, hè?'

'Wat?'

'Ja, ik heb naar je gekeken. Dat is onbelangrijk, behalve dat je ogen omhoogschieten en naar rechts wegkijken als je ons vertelt dat je Burroughs ophaalde uit zijn cel om hem naar de ziekenboeg te brengen.'

'Dat is een teken dat je liegt, Ted,' zei Sarah.

'Het is niet waterdicht, maar het klopt vaker wel dan niet. Als iemand die rechtshandig is werkelijk probeert een herinnering op te halen...'

'... het geldt in ieder geval voor vijfentachtig procent van de mensen...'

'... zal hij omhoog naar links kijken.'

'En de rusteloze ogen, Max.'

'Precies, dank je, Sarah. Dit is eigenlijk heel fascinerend, Ted. Ik denk dat jij dit ook boeiend vindt. Je ogen schieten rusteloos heen en weer als je liegt. En dat geldt niet alleen voor jou. Dat geldt voor de meeste mensen. Wil je weten hoe dat komt?'

Ted zei niets.

Max ging door. 'Het is een atavisme, Ted. Het is gedrag uit een vroeger stadium van de evolutie, uit een tijd dat een mens die zich in het nauw gedreven achtte door een ander mens of een dier, of iets anders, razendsnel om zich heen begon te kijken of er ontsnapping mogelijk was.'

'Geloof jij echt dat het daarvandaan komt, Max?' vroeg Sarah.

'Ik weet het niet. Ik bedoel, laat er geen twijfel over bestaan – rusteloze ogen duiden op liegen. Of het met de evolutie te maken heeft, weet ik niet, maar ik vind het wel een pakkende gedachte.'

'Dat is het zeker,' zei Sarah.

'Rusteloze ogen,' herhaalde Ted Weston. Hij deed zijn best om zelfvertrouwen uit te stralen. 'Ik hoef dit niet te pikken.'

Max keek op naar Sarah.

Sarah knikte. 'Heel manmoedig, Ted.'

Weston ging staan. 'Jullie hebben geen enkel bewijs dat ik lieg.'

'Tuurlijk hebben we dat,' zei Max. 'Denk je echt dat we alleen afgaan op dat gedoe met die ogen?'

'Hij kent ons niet, Max.'

'Inderdaad, Sarah, laat maar zien.'

Sarah schoof het bankafschrift over de tafel. Ted Weston stond nog steeds. Hij keek erop neer. Alle kleur trok weg uit zijn gezicht.

'Sarah is zo vriendelijk geweest om wat belangrijk is even voor ons te markeren, Ted. Zie je het?'

'Je had handje contantje moeten vragen, Ted,' zei Sarah.

'Ja... maar waar had hij het dan moeten verstoppen? Het is aardig dat ze de bedragen steeds onder de tien mille hebben gehouden. Dan zou het niemand opvallen, dachten ze.'

'Het is ons opgevallen.'

'Niks geen "ons", Sarah, jij, jou, het is jou opgevallen. Jij zag het. Hoe kon Ted hier nu weten dat jij de beste bent?'

'Ik ga blozen, Max.'

Sarahs telefoon zoemde. Ze deed een stap opzij. Ted Weston liet zich weer op zijn stoel vallen.

‘Wil je me vertellen wat er werkelijk is gebeurd,’ vroeg Max op de fluistertoon van acteurs op het podium, ‘of wil je de overstap maken en ervaren hoe de andere helft van de bevolking in dit complex reilt en zeilt?’

Teds ogen bleven aan het bankafschrift gekluisterd.

‘Max?’ Het was Sarah.

‘Wat is er?’

‘Het lijkt erop dat gezichtsherkenning onze jongen te pakken heeft gekregen.’

‘Waar?’

‘Bij het uitstappen uit een trein in Revere Beach.’

‘Je kunt hier niet blijven,’ zegt tante Sophie. ‘De FBI is hier vanochtend geweest. Die komen weer terug.’

Ik knik. ‘Kan ik met hem praten?’

Ze houdt haar hoofd scheef en kijkt droevig. ‘Hij slaapt. De morfine. Je kunt wel naar hem toe, maar ik denk niet dat hij dan weet dat je er bent. Kom maar mee naar boven.’

We lopen langs de piano met het kanten kleedje over de klep en alle oude foto’s. Het valt me op dat de huwelijksfoto van Cheryl en mij nog steeds pontificaal in het midden staat. Ik weet niet wat ik daarvan moet denken.

De meeste van mijn vrienden in deze buurt hebben minstens twee of drie broers en zusters, vaak nog veel meer. Ik was enig kind. Ik heb nooit gevraagd waarom, maar ik vermoed dat mijn ‘probleem’ een erfelijke factor had, de ergste vorm van ‘zo vader, zo zoon’ die je je maar voor kunt stellen, die dus heel gemakkelijk helemaal geen zoon tot gevolg had kunnen hebben. Maar dat is allemaal speculatie van mijn kant.

Ik ga op de stoel naast zijn bed zitten – zijn oude bureaustoel – en kijk op hem neer. Hij slaapt, maar zijn gezicht is vertrokken in een grimas. Tante Sophie staat achter me. Ik hou van mijn vader. Hij was de beste vader op de hele wereld. Maar tegelijkertijd ken ik hem niet echt. Hij deelde zijn gevoelens niet graag. Ik heb geen flauw idee waar hij op hoopte en waarvan hij droomde. Misschien is dat maar goed ook, ik weet het niet. Het veroorzaakt veel leed tegenwoordig, mannen die hun gevoelens oppotten, toxische mannelijkheid. Ik weet niet of het dat was. Mijn vader heeft in Vietnam gevochten. Zijn vader had in de Tweede Wereldoorlog gevochten. Grootmoeder heeft me verteld dat de beide mannen toen ze terugkeerden, veranderd waren. Dat ligt natuurlijk voor de hand, maar grootmoeder zei dat ze niet zozeer zélf veranderd waren, maar dat ze wat ze daar hadden gezien, wat ze hadden gedaan en wat ze hadden meegemaakt, ver weg moesten stoppen. Niet voor hun eigen bestwil, maar omdat ze degenen die ze liefhadden niet wilden blootstellen aan al die gruwelijkheden. Die mannen waren niet wreed of afstandelijk, zelfs niet beschadigd. Ze waren waakhonden die degenen van wie ze hielden in bescherming namen, ongeacht de prijs die ze daarvoor moesten betalen.

Toen Matthew werd geboren, probeerde ik me alles te herinneren wat mijn vader voor mij had gedaan. Zo'n vader wilde ik ook zijn. Ik wilde dat Matthew zich veilig zou voelen, dat hij zou weten dat we van hem hielden, dat hij vanuit eigen kracht kon handelen. Ik vroeg me af hoe mijn vader dat voor elkaar had gekregen, een beetje zoals een kind naar een illusionist kijkt. Ik wilde zijn geheimen doorgronden, zodat ik ze zelf kon gebruiken bij Matthew.

Ik hou van mij vader. Hij kon bekaf thuiskomen, een schoon wit T-shirt aantrekken en met mij naar buiten gaan om een balletje te gooien. Elke zaterdag nam hij me tussen de middag mee naar Kelly's voor een sandwich met rosbief en een milkshake. Ik mocht mee naar de hondenrennen, waar hij me alles uitlegde over kanshebbers en winstkansen. Ik juichte voor hem als hij als pitcher meespeelde in het softbalteam van de politie van Revere, en ik juichte dubbel zo hard tijdens de jaarlijkse wedstrijd tegen de brandweer. Hij leerde me een stropdas te knopen. Ik mocht me van hem 'scheren' toen ik zeven was, mijn hele gezicht ingezeept met scheerschuim, met een scheermes zonder mes. Twee keer per jaar nam hij me mee naar Fenway Park om naar de Red Sox te kijken. Dan hadden we een goedkoop plekje op de tribune en kreeg ik een hotdog en een Coca-Cola, terwijl hij een hotdog nam met bier erbij. Dan kocht hij een vaantje van de tegenpartij voor me als herinnering aan de wedstrijd. We keken naar de Celtics bij oom Philip – hij had een grote tv. Mijn vader gaf me nooit het gevoel dat ik een blok aan zijn been was of vervelend deed. Hij hechtte waarde aan de tijd die hij samen met mij doorbracht, net zo goed als ik daar waarde aan hechtte.

Maar nadat ik dit allemaal heb verteld, moet ik nog steeds vaststellen dat ik niet weet wat hij hoopte te bereiken, waarover hij droomde, waar hij zich zorgen over maakte, waar hij zich druk om maakte, wat er in hem omging toen mijn moeder overleed, en of hij eigenlijk meer of minder van het leven verwachtte.

Ik zit nu naast zijn bed en wacht tot zijn ogen opengaan en hij me zal herkennen. Ik verwacht het grote wonder, natuurlijk – dat mijn thuiskomst hem op miraculeuze wijze zal genezen, dat het feit dat ik hier ben hem zal doen opstaan, of op zijn minst zal leiden tot een paar momenten van helderheid waarin hij een paar laatste wijze woorden tot zijn zoon kan richten.

Niets van dat alles gebeurt. Hij slaapt.

Na een tijdje zegt tante Sophie: 'Het is hier niet veilig, David, je moet weer weg.'

Ik knik.

'Je neef Dougie is een maand weg op haaienexpeditie. Ik heb de sleutel van zijn huis. Daar kun je terecht zolang als nodig is.'

'Dank u.'

We gaan staan. Ik kijk naar de slaphangende hand van mijn vader. Ooit herbergde die hand zo immens veel kracht, maar dat is nu allemaal weg. De opbollende spieren van zijn onderarm als hij met een schroevendraaier of een moersleutel in de weer was, zijn vervallen tot een sponsachtig weefsel. Ik kus mijn vader op zijn voorhoofd. Ik sta nog een seconde stil te wachten of zijn ogen misschien toch nog open zullen gaan, maar dat gebeurt niet.

'Denkt u dat ik het heb gedaan?' vraag ik aan tante Sophie.

'Nee.'

Ik kijk haar aan. 'Hebt u ooit...'

'Nee, nog geen minuut.'

We laten hem achter in de slaapkamer. Ik besef dat ik mijn vader waarschijnlijk nooit zal weerzien, maar de tijd en de noodzaak om daarbij stil te staan ontbreken. Mijn telefoon zoemt. Ik lees het bericht.

Alles oké?

Ik vertel tante Sophie dat het van Rachel komt. Ze heeft nog een half uur te rijden. Ik stuur een bericht met het adres van Dougie en zeg dat ze door de achterdeur moet binnenkomen.

'Helpt Rachel jou?' vraagt tante Sophie.

'Ja.'

Ze knikt. 'Ik heb haar altijd gemogen. Het is zonde wat er gebeurd is. In het huis van Dougie ben je veilig. Jullie allebei. Je moet het zeggen als je iets nodig hebt, oké?'

Ik omhels haar. Ik doe mijn ogen dicht en druk haar stevig tegen me aan. Dan vraag ik iets doms, iets wat me dwars heeft gezeten als een rotte kies waar ik maar steeds met mijn tong overheen ga. 'Denkt pa dat ik het heb gedaan?'

Tante Sophie kan niet kan liegen. 'In het begin niet,' zegt ze.

Ik sta doodstil. 'Maar toen?'

'Hij is een man van bewijzen, David. Dat weet je. Die black-outs. De ruzies met Cheryl. Het slaapwandelen toen je een puber was...'

'Dus...'

'Niet doelbewust, nee...'

'Maar hij dacht dat ik Matthew heb vermoord?'

Tante Sophie maakt zich los uit mijn omhelzing. 'Hij wist het domweg niet, David. Kunnen we het daarbij laten?'

Ik herken Rachel bijna niet met haar pagekapsel.

'Hoe vind je het?' vraagt ze in een poging de stemming luchtig te houden.

'Mooi.'

Dat is het ook. Iedereen vond de zusjes Anderson altijd mooi, zij het allebei op een heel verschillende manier. Cheryl, mijn ex, was meer het type verkeersopstopping. Je zag haar en het raakte je meteen. De schoonheid van Rachel maakte veel langzamer indruk en bleef groeien. Ze had wat tante Sophie met de allerbeste bedoelingen een 'interessant gezicht' noemde. Ik begin dat nu te begrijpen. Wat normaal gesproken voor imperfectie doorgaat, verleent haar gezicht iets van een portretschilderij waarin je steeds nieuwe dingen ziet als je ernaar kijkt, een schilderij bovendien dat verandert met de lichtval op verschillende momenten van de dag of de invalshoek in het vertrek waarin ze verkeert. Het pagekapsel staat haar goed, het benadrukt haar jukbeenderen of zoiets, ik weet niet hoe ik het moet zeggen.

Ik praat Rachel bij over de gebeurtenissen bij Hilde, de ontmoeting met Eddie en de aanstaande ontmoeting met de Fishers. Terwijl ik dat doe, kondigt de telefoon een bericht van Eddie aan:

Niet meer hiernaartoe komen. De smerissen zijn geweest.

Ik schrijf terug dat ze kennelijk weten dat ik in Revere ben. Hij antwoordt:

Het krioelt ervan in Revere. De afspraak is in Pop's Garage, Hunting Street 280, Malden. Drie uur. Lukt dat?

Ik laat hem weten dat het zal lukken.

Dubbele garage. Parkeer links. Kom alleen. Dat moest ik je zeggen.

Rachel leest over mijn schouder mee.

Dougie is een vrijgezel van vierenvijftig en zijn woning is ingericht alsof hij dat wil bewijzen. Alle muren zijn bekleed met donkerbruin hout alsof het een kroeg is. Er hangt een dartbord en een gigantisch tv-scherm beslaat één hele wand. Op de vloer ligt hoogpolig groen tapijt. De stoelen zijn relaxfauteuils bekleed met kunstleer en voetsteunen geschraagd door stalen constructies. Er is een eikenhouden bar met veel te grote neonreclames – een voor Michelob Light en een voor Blue Moon Belgisch Witbier. Het is er donker als ik binnenkom, alleen de neonreclame brandt. Ik doe verder geen licht aan, zodat de reclame de enige lichtbron in de ruimte is.

'Ik rij wel,' zegt Rachel.

'Heb je dat stukje over "alleen komen" gelezen?'

'Ik snap het nog steeds niet,' zegt ze. 'De Fishers houden zich bezig met afpersing en drugs en prostitutie, dat soort dingen. Waarom zouden zij betrokken zijn bij Matthews...' Ze zwijgt. 'Ik weet niet eens meer hoe ik het moet noemen.'

'Laten we "ontvoering" zeggen,' stel ik voor.

'Oké. Waarom zouden ze daarbij betrokken zijn?'

'Ik weet het niet.'

'En je verwacht dat ze dat jou gewoon gaan vertellen?'

'Andere sporen hebben we niet.'

'Maar misschien wel,' zegt Rachel. Ze klapt haar laptop open. Ze klikt op een bestand. Foto's worden gedownload. 'Ik heb een aantal programma's voor beeldherkenning losgelaten op wat we weten van Irenes foto in Six Flags. We weten waar het was en we weten de datum. Daar ben ik mee begonnen. Ik heb op Instagram bijvoorbeeld gezocht naar alle foto's met de tag 'Six Flags' op die dag. Ik heb er drie dagen van gemaakt, omdat ik ervan uitging dat niet iedereen meteen op dezelfde dag zijn foto's op Instagram zet. Toen heb ik gezocht naar Irene en haar gezin, in de hoop dat ze misschien zouden voorkomen op foto's die iemand anders op Instagram had gezet, steeds maar in de hoop dat we een glimp van Matthew te zien zouden krijgen.'

'En?'

'De zoekopdracht leverde zeshonderdvijfentachtig foto's en video's op uit de sociale media – Instagram, Facebook, Twitter, TikTok, noem maar op. We hebben een beetje tijd over. Misschien kunnen we ze langsgaan.'

De foto's zijn geordend op tijd – de tijd van plaatsing op het sociale medium, niet het tijdstip van de opname – en vervolgens uitgesplitst per sociaal medium. Ik zie stellen en gezinnen in kermisattracties, stellen en gezinnen die een plek zoeken in een kermisattractie, stellen en gezinnen die uit een kermisattractie stappen, ik zie ze wuiven uit het reuzenrad en draaimolens, ik zie ze op de kop hangen in de achtbaan. Ik zie foto's waarvoor geposeerd wordt, spontane kiekjes, foto's die op veel te grote afstand zijn genomen van mensen in kermisattracties. Ik hou van kermisattracties, vooral achtbanen. Ik was altijd degene die aanbood om neefjes en nichtjes, eigenlijk iedereen die maar wilde, mee te nemen in de spectaculairste achtbanen die er maar waren. Mijn vader hield er ook van, zelfs nog toen hij ouder was. Daar moet ik nu aan denken. Ik heb Matthew ook een paar keer meegenomen. Die was natuurlijk nog veel te jong voor de echte grote achtbanen, maar hij vond het treintje, het ritje met het vliegtuig en de langzame bootjes prachtig. Matthew leek op mijn vader. Dat zei iedereen altijd, en, nog maar eens, na het bezoek aan mijn vader kan ik alleen maar denken aan wat van vader op zoon, van mijn grootvader op mijn vader, van mijn vader op mij, en van mij op Matthew is doorgegeven. De echo van het verleden klinkt door.

Op een aantal foto's zijn mensen te zien die naar het pretpark rijden. Op andere foto's zie je dieren in de drive-throughsafari van het pretpark. Er zijn foto's van mensen met ijs of met hamburgers en er zijn er met mensen in lange wachtrijen. Soms zie je stripfiguren als Batman, Bugs Bunny of Porky Pig. Er zijn ook foto's van mensen met prijzen die ze bij gokkasten hebben gewonnen. Knuffelschildpadden, hondjes en allerlei Pokémon-figuurtjes.

Pretparken zijn een smeltkroes. Er komen mensen van alle geloofsovertuigingen en gezindten, noem ze maar op. Ik zie jongens met een keppeltje en meisjes met een hoofddoek. Iedereen glimlacht.

Op een verrassend groot aantal opnames zijn groepen van tien, twintig of dertig mensen te zien. Bij die foto's zoomen we in op elk gezicht. Vooral op de kinderen, want we zijn natuurlijk op zoek naar Matthew. Wat de volwassenen betreft zoeken we naar iemand die we herkennen, maar ook naar mensen die – hoe zal ik het zeggen – er verdacht uitzien.

We komen Tom en Irene Longley met hun twee zoons tegen op een groepsfoto met zestien andere mensen. We nemen rustig de tijd om die foto te bestuderen, maar het levert niets op.

Ik kijk op mijn horloge. Waarschijnlijk lukt het niet om alle foto's te bekijken voordat ik op weg moet naar mijn afspraak in Pop's Garage in Malden. We verhogen het tempo een beetje, in de wetenschap dat we er later altijd nog een keer naar kunnen kijken, als we een tweede foto onder ogen krijgen van het gezin Longley, samen met acteurs die zijn verkleed als de gele Minions uit de film *Despicable Me*.

Rachel drukt op de knop om verder te gaan, maar ik houd haar tegen.

'Wat is er?'

'Ga eens terug.'

Ze klikt naar de vorige foto.

'Nog een.'

Ze klikt nog een keer. Op de foto die wordt weergegeven staan alleen de Longleys, verder niemand. Maar dat is niet wat me opvalt.

'Wat is dat achter hen, waar ze voor staan?' vraag ik.

'Het ziet eruit als zo'n scherm voor bedrijfsevenementen.'

Het is een scherm dat wordt gebruikt als achtergrond wanneer iemand een film aankondigt die in première gaat, of een bedrijf promoot dat een evenement organiseert. Meestal staat het bedrijfslogo er in een zich herhalend patroon op afgedrukt, maar dat is hier niet het geval. Het zijn verschillende logo's.

'Ik geloof dat Irene zei dat het een bedrijfsevenement was,' zegt Rachel. 'Ik heb je verteld dat haar man voor Merton Pharmaceuticals werkt. Kijk, dat is hun logo.'

Er zijn nog andere logo's. Ik zie ook het logo van een gangbare pijnstiller die je bij iedere drogist kunt kopen, en dat van een veel verkocht merk huidverzorgingsproducten.

'Het is een gigantisch concern,' zegt Rachel. 'Ze zitten in de voedingsindustrie en de farmaceutische industrie, ze hebben een restaurantketen en ziekenhuizen.'

'Denk je dat ze het hele pretpark hadden afgehuurd?'

'Dat weet ik niet. Ik kan het aan Irene vragen. Hoezo, wat is er?'

'Er zijn nog meer foto's zoals deze, toch? Geposeerd voor dat spandoek met logo's?'

'Ja, een hele verzameling, geloof ik. Daar zijn we nu zo ongeveer aan toe. Meestal wordt zo'n foto gemaakt bij binnenkomst, maar ik denk dat ze het liever aan het einde van de dag deden.'

'Blijf klikken,' zeg ik.

Bij de derde klik zie ik het. Mijn hele lichaam verkrampt.

'Stop.'

'Wat zie je?'

Ik wijs naar een logo rechtsonder op het spandoek. Ik had er een stukje van gezien op de foto met de Longleys, genoeg om me te alarmeren, maar nu kan ik het hele logo duidelijk zien. Rachel kijkt waar ik wijs. Zij ziet het ook.

Het is een ooievaar die in de luier die aan zijn snavel hangt, drie woorden meetorst:

BERG REPRODUCTIE INSTITUUT

Rachel staart er een paar seconden naar en keert zich dan naar mij.

Ik heb een droge mond. 'Daar ging zij heen,' zeg ik. 'Cheryl, bedoel ik.'

'Nou, en?'

Ik zeg niets.

'Wat heeft dat ermee te maken, David? Ik bedoel, dat bedrijf beheert ook pizzeria's waar jij bent geweest.'

Ik frons mijn wenkbrauwen. 'Mijn huwelijk is niet op de klippen gelopen als gevolg van een bezoek aan een pizzeria.'

'Ik begrijp niet wat je me probeert te vertellen.'

'Je zuster is achter mijn rug om naar dat "instituut" gegaan.' Met mijn vingers klauw ik de aanhalingstekens om het woord 'instituut'.

'Ik weet het,' zegt ze, haar stem zo zacht dat het bijna als een streling klinkt. 'Maar het heeft tot niets geleid. Dat weet je ook.'

'Maar dat heeft het wel.'

'Hoe bedoel je?'

'Ik raakte mijn vertrouwen in haar kwijt.'

'Dat had niet gehoeven, David. Cheryl leed. Dat had je moeten begrijpen. Ze is er niet mee doorgegaan.'

Ik zie niet waarom ik hierover zou moeten bekvechten en misschien heeft Rachel gelijk. Ik staar naar het logo en schud mijn hoofd. 'Dit is geen toeval.'

'Natuurlijk wel. Ik zou willen dat je het begreep.'

'O, ik heb het heel goed begrepen,' zeg ik. Mijn stem klinkt verbazingwekkend zakelijk. 'Ik produceerde losse flodders. Dat zette ons huwelijk onder druk. Cheryl bedacht dat ze misschien zwanger kon worden met hulp van een donor en beweren dat het mijn kind was. Het verbaast me dat ze niet gewoon een andere kerel geneukt heeft en de tussenpersoon heeft overgeslagen.'

'Dat is niet fair, David.'

'Met wie is ze nu getrouwd, Rachel?' werp ik tegen. 'Dat heb je me nog niet verteld.'

'Dat is niet belangrijk.'

'Met Ronald, hè?'

Ze zegt niets. Ik voel mijn hart opnieuw breken. 'Gewoon een vriend. Dat zei ze maar steeds.'

'Meer was hij niet.'

'Doe niet zo naïef.'

'Ik zeg niet dat Ronald niet hoopte...'

'Het is niet belangrijk,' zeg ik – omdat het waar is en omdat ik er verder geen woord meer over wil horen. 'Het enige waar ik om geef, is Matthew terugvinden.'

'En je denkt dat dit...' – ze wijst naar het stomme logo met de ooievaar – 'het antwoord is?'

'Ja, dat denk ik.'

'Hoe?'

Maar daar weet ik het antwoord niet op, dus zitten we een tijdje zwijgend naast elkaar.

Als er enige tijd verstreken is, vraagt Rachel: 'Ga je nog naar die afspraak met die Skunk-figuur?'

'Ja.'

'Dan moet je nu vertrekken.'

'Ja.' Ik kijk haar aan. 'Wat hou je voor me achter?'

'Niets,' zegt ze.

Ik blijf haar aankijken.

'Het is gewoon toeval,' zegt Rachel. 'Verder niets.'

Ik weet niet of ze zichzelf probeert te overtuigen, of mij.

26

'Pixie?'

Gertrude keerde het raam met het magnifieke uitzicht de rug toe en liep naar de kleine jongen. Dit Payne House, pas vier jaar geleden gebouwd, verschilde in alle opzichten van het oude Payne House met zijn museumkwaliteit. Ja, er was weer groots gebouwd, er waren een tennisbaan en een zwembad en er waren ruiterpaden en meer van dat soort gemakken. Maar daar waar de oude mammoet met al zijn marmer aan een mausoleum deed denken, was dit bouwwerk licht en luchtig, postmodern modern. Het was een complex van witte kubussen met wanden van glas. Gasten toonden zich verrast, Gertrude vond het prachtig.

'Ja, Theo?'

'Waar is papa?'

Ze glimlachte naar hem. Theo was een lichtpunt in de duisternis. Het was een goed kind, intelligent en attent. Naast Engels sprak hij Frans en Duits, want hij had het grootste deel van zijn leven doorgebracht in een internaat in St. Gallen. De Zwitserse school had minder dan honderd leerlingen, er waren stallen, bergbeklimmen en zeilen maakten deel uit van het curriculum en de jaarlijkse bijdrage bedroeg tweehonderdduizend dollar. Hayden wilde per se geen vader op afstand zijn en had veel tijd in de regio doorgebracht.

Dit was de eerste reis van de jongens (in die termen dacht ze aan hen beiden) naar de Verenigde Staten in lange tijd. Ze waren nu drie maanden bij haar geweest op het landgoed van de Paynes. Gertrude was een voorstander geweest van de reis. Ze werd een dagje ouder en verlangde naar hun gezelschap.

Maar het was een vergissing gebleken.

Achter de jongen kwam Hayden het vertrek binnen. 'Hier ben ik, knul.'

Hij legde zijn handen op de schouders van de jongen. De jongen knipperde met zijn ogen. Dat was vanaf het begin een probleem geweest. Het was echt een fantastisch kind, en na de overgangsfase, leek hij redelijk op zijn plaats. Maar Theo had iets schichtigs, iets schrikkerigs, alsof hij elk moment bang was dat iemand hem zou slaan. Dat zou niet gebeuren. Dat was nooit gebeurd. Maar soms was het net alsof de jongen gevolg gaf aan oerinstincten en zich terugtrok in zijn schulp, ook al kende hij de waarheid niet.

Hayden keek Gertrude aan met een afgemeten glimlach. Ze zag onmiddellijk aan zijn gezicht dat er iets niet in orde was. Ze gaf Stefano opdracht Theo mee naar buiten te nemen om te spelen. Stefano deed de deur achter zich dicht om grootmoeder en kleinzoon enige privacy te gunnen, al was hij ingewijd in alle intriges van de Paynes.

'Wat is er, Hayden?' vroeg ze.

'Hij heeft een politieagent aangevallen.'

Ze had het nieuws nog niet doorgenomen. Hoewel Gertrude vertrouwd was met technologie en een wereld waarin alles en iedereen op elk willekeurig moment met elkaar verbonden was, geloofde ze in een mengeling van routine en nieuwe ervaringen. Zeven uur 's ochtends wakker worden. Twintig minuten rekken en strekken. Een uur lang koffie en een roman. Daarna, en alleen daarna, maakte ze tijd vrij voor het nieuws. Naarmate ze ouder werd, besefte ze dat het nieuws meer en meer te maken had met amusement – met een twijfelachtige amusementswaarde bovendien – dan met de verspreiding van wetenswaardigheden.

'Ik neem aan dat ze hem gepakt hebben?'

'Nee, nog niet.'

Dat verbaasde haar. David Burroughs was vindingrijker dan ze had gedacht. 'Je kunt niet blijven. Dat weet je.'

'Denk je dat David iets weet?'

Iets? Ja. Maar het was uitgesloten dat hij genoeg kon weten.

'Die aanval,' zei ze. 'Waar was dat?'

'In New York.'

Gertrude begreep het niet. 'Weten ze waarom hij daar was?'

'Het gerucht gaat dat hij wraak wilde nemen op een getuige.'

'Enig idee welke getuige?'

'Vrijwel alle getuigen waren lokale experts.'

'Op één na,' zei Gertrude. 'Die vrouw die heeft gelogen dat ze hem met de honkbalknuppel had gezien.'

Hayden knikte peinzend. 'Zou kunnen.'

Dat had haar verbaasd. Ze wisten natuurlijk dat de vrouw had gelogen. Ze hadden alleen geen flauw idee waarom.

'Ik ben het beu dat we hem steeds maar moeten verbergen, Pixie.'

'Ik weet het, Hayden.'

'Er stroomt Payne-bloed door zijn aderen.'

'Dat weet ik ook.'

'We hebben zelfs de tests gedaan. Hij is mijn zoon. Hij is jouw achterkleinzoon. Hij is een echte Payne.'

Ze onderdrukte met moeite een glimlach. Een echte Payne. Alsof dat iets goeds was. Alle schade die de echte Paynes hadden aangericht. Onverwachte zwangerschappen, chantage, afpersing, zelfs moord – allemaal afgedekt met de machtige dollar. Destijds was Gertrude absoluut niet verbaasd geweest over het incident van Kennedy bij Chappaquiddick – ze was alleen verbaasd geweest dat de zaak niet in de doofpot was gestopt voordat uitlekte wat er was gebeurd. Dat soort dingen gebeurt aan de lopende band. De rijken kopen de betrokkenen af. Dat is de wortel, maar de zweep is er ook. Zeker, je kunt proberen je hard te maken voor degene die is bezwangerd, gewond of gedood, maar dat maakt het uiteindelijk allemaal alleen maar erger. Je kunt domweg je recht niet halen. De rijken ontkennen, versluieren, kopen om, oefenen druk uit, laten mensen bankroet gaan, voeren rechtszaken en dreigen, en als niets van dat alles werkt – een zeldzaamheid – laten ze je verdwijnen. Of misschien heb je kinderen die eronder te lijden hebben. Zoiets. Ze vinden altijd iets.

Dus als je je afvraagt hoe het kan dat een man en een vrouw geld aannemen in ruil voor bijvoorbeeld zwijgen over de dood van een dochter, ligt het antwoord niet in hebzucht of immoraliteit.

Ze doen dat omdat ze geen keus hebben.

'Ik weet het, Hayden,' zei ze.

'Het moet ook op een andere manier kunnen.'

Gertrude reageerde niet.

'Misschien moet de waarheid maar bekend worden,' zei Hayden.

'Nee,' zei ze.

'Ik bedoel, zelfs als ze Theo op een of andere manier vinden...'

'Hayden?'

'... wat kunnen ze bewijzen?'

'Hayden, stop.'

Haar toon, meer dan haar woorden, legde hem het zwijgen op.

'We gaan regelen dat jullie vanmiddag vertrekken,' zei ze, een einde makend aan het gesprek. 'Ondertussen wil ik dat de jongen op het landgoed blijft.'

DEEL 3

27

Had David de leugen van haar gezicht gelezen?

Bijna had Rachel hem de waarheid verteld. Misschien had ze dat moeten doen, wie zou het zeggen? Maar op dat moment was het absoluut noodzakelijk dat David haar volkomen vertrouwde. Als hij wist hoe het werkelijk zat met het bezoek van Cheryl aan die vruchtbaarheidskliniek, de waarheid tot in detail, zou hij haar misschien van zich afduwen. Dat konden ze zich niet permitteren. Dus voorlopig moest ze de schijn ophouden, of dat nu goed was of niet. Zijn bondgenoot blijven was belangrijker dan eerlijkheid.

Toen David vertrokken was, op weg naar Pop's Garage, nam Rachel de foto's nog een keer door, deze keer met een andere bedoeling. Ze zocht naar een gezicht dat David niet kende, maar zij wel. Ze was opgelucht toen ze niets vond. De kans bestond nog steeds dat David ongelijk had – dat het toeval was dat het Berg Reproductie Instituut een van de sponsoren was van die dag in het pretpark – maar hoe langer Rachel erover nadacht, des te meer besefte ze dat er wel een verband moest zijn.

Maar welke rol speelde de vruchtbaarheidskliniek in dit alles?

Ze staarde naar haar telefoon. Ze had dat ene telefoongesprek nu lang genoeg uitgesteld. Ze had antwoorden nodig, die hij haar misschien kon geven. Ze koos het nummer. Hij nam op toen het toestel twee keer was overgegaan.

'Hallo.'

'Hoi.'

'Rachel?'

Er klonk iets zangerigs in zijn stem. Het deed haar glimlachen.

'Ja.'

'O, mijn god, wat is het lang geleden.'

'Ik weet het. Het spijt me.'

'Dat hoeft niet. Hoe gaat het met je?'

'Het gaat,' zei ze.

'Ik heb je gebeld, weet je?'

'Ik weet het.'

'Toen de zaak met dat artikel en onze alma mater een ramp werd...'

'Ik weet het,' zei ze nog een keer. 'Ik had moeten reageren. Dat was ik je verschuldigd.'

'Nee hoor.'

'Jawel... Het spijt me. Ik was alleen... Het was te veel.'

Stilte, en daarna: 'Is er een reden waarom je me belt?'

'Je moet iets voor me doen,' zei Rachel.

'Ik sta altijd voor je klaar. Dat weet je.'

Dat wist ze. Ze schraapte haar keel. 'Heb je meegekregen dat mijn zwager uit de gevangenis is ontsnapt? Ik weet niet of het nieuws...'

'Ik heb het gezien, ja.'

'Ik had gehoopt dat je ergens mee zou kunnen helpen.'

Hij aarzelde. 'Hé, Rachel, waar ben je?'

'Hoe bedoel je?'

'Ben je thuis?'

'Nee, ik ben...' – moest ze dat zeggen? – 'in de buurt van Boston.'

'Goed.'

'Waarom?'

‘Kun je naar restaurant Toro komen, in Washington Street. Laten we zeggen, over een uur?’

‘Wacht even? Ben jij terug?’

‘Volgens mij kunnen we beter rechtstreeks met elkaar praten.’

Daar was ze het mee eens.

‘En het zal me een plezier doen je weer te zien, Rachel.’

‘Dat is wederzijds,’ zei ze.

‘Toro,’ zei hij. ‘Over een uur.’

‘Ik zie je daar.’

De situatie bij Pop’s Garage bevalt me niet.

Het bevalt me helemaal niet.

Ik rij in de auto die niet te traceren zou moeten zijn, waarin Rachel naar Revere is gekomen. Ik heb een honkbalpet van Dougie opgezet en een Ray-Ban van hem geleend en, hoewel ik maar gedeeltelijk vermomd ben, denk ik niet dat de politie de weg tussen Revere en Malden zal afzetten. Als ze weten dat ik hier ben, hebben ze vast achterhaald dat ik hier met de trein naartoe ben gereisd. Ze zullen niet vermoeden dat het me gelukt is een auto te bemachtigen, of misschien wel. Het maakt niet uit, ik moet risico’s nu eenmaal nemen, en dit lijkt me een redelijk acceptabel risico.

Hunting Street is een bizarre verzameling woonhuizen en kleine garagebedrijven aan de rand van het centrum van de stad. Pop’s Garage zit ingeklemd tussen Al’s Auto Center en Garcia’s Auto Repair, tegenover Malden’s Bodywork and Repair. Ik kijk natuurlijk uit naar politie en bestelbusjes en alles wat maar verdacht is. Maar ik zie niets en er is niemand op deze normaal gesproken drukke doorgaande weg – dat is nu juist wat me achterdochtig maakt.

Al’s lijkt gesloten, evenals Garcia’s en Malden’s. Bij alle drie de werkplaatsen is het niet toevallig een beetje minder druk. Ze zijn dicht, de jaloezieën zijn dichtgetrokken, het licht is uit, er is niemand.

Dat bevalt me niet.

Ik zie slechts één man. Hij heeft een blauwe overall aan. Zijn naam staat op de overall boven het borstzakje geprint, maar ik kan het niet lezen. Hij wuift naar me. Hij gebaart naar de enige garagebox die open is, een beetje zoals die mannen op een luchthaven die de piloten aanwijzingen geven voor het manoeuvreren bij de gate. Ik draai vanaf de straat de oprit van de garagebox op. Het gat van de garagedeur ziet eruit als een donkere, diepe grot die mij in mijn geheel zal verzwelgen.

Ik aarzel, starend in dat donkere gat, als Skunk uit de duisternis tevoorschijn komt als een zombie die opstaat uit het graf in een horrorfilm.

Hij is bleek. Zijn haar ligt glad achterovergeplakt op zijn schedel en glanst olieachtig. De witte haarlok springt meer dan ooit in het oog. Hij glimlacht naar me en er loopt een rilling over mijn rug. Hij is geen spat ouder geworden. Zijn pak glimt te opzichtig, het schittert gewoon in het licht van de ochtendzon. Hij doet een stap opzij en gebaart dat ik naar binnen moet rijden.

Heb ik een keus?

Ik rij naar binnen en volg de aanwijzingen van Skunk, die aangeeft dat ik dieper de garagebox in moet rijden. Op een gegeven moment maakt hij een gebaar dat ik langzamer moet rijden en moet stoppen. Ik ben nu helemaal in de garage. Achter me schuift de deur dicht.

We zijn met z'n tweeën.

Ik stap uit de auto.

Skunk komt op me af met een brede glimlach.

'Davey!'

Hij omhelst me. Dat is al de derde persoon die dat doet, vandaag en in de afgelopen vijf jaar. Deze omhelzing biedt geen troost of warmte, hij is hard en bonkig. Het is alsof ik word omhelsd door een koffietafel. Hij ruikt naar goedkope Europese eau de cologne. Ik heb in de gevangenis het een en ander aan smerige geuren geroken, maar van deze stank moet ik kokhalzen.

'Davey,' zegt hij nog een keer, terwijl hij me op armlengte houdt. 'Je ziet er goed uit.'

'Jij ook, Kyle.'

'Het spijt me heel erg,' zegt hij.

En dan stompt hij me hard in mijn buik.

Het is een gemene stomp onder de gordel, maar ik zag hem aankomen. Zo'n fantastische levensles uit de gevangenis: je leert om altijd op je hoede te zijn. Je observatievermogen wordt iedere dag een beetje aangescherpt. In Briggs degenereer je tot een oermens, altijd op je hoede, altijd alert. Op school speelde ik in de voorhoede van het lacrosseteam. Mijn coach stond voortdurend aan de zijlijn 'Achter je, achter je!' te schreeuwen om ervoor te zorgen dat je je niet liet verrassen door een tegenstander die je niet zag aankomen. Zo wordt je leven in de gevangenis ook.

Ik draai iets om mijn as en trek mijn buikspieren strak. De klap komt nog steeds aan, maar op een plek waar ik er niet veel last van heb. Zijn knokkels schampen langs mijn heup en ik wil wedden dat hij dat meer voelt dan ik. Ik reageer intuïtief, ook al bedenk ik op hetzelfde moment dat ik me moet inhouden, dat ik hem niet echt kan toetakelen, omdat hij me moet vertellen wat ik moet weten over Hilde Winslow.

Maar dat kan me niets verdommen.

Skunk zal mij helemaal niets vertellen, dat had ik moeten weten. Als ik van hem wil horen wat er gebeurd is, zal ik het uit hem moeten slaan.

Nog voordat de mislukte stomp van Skunk echt aangekomen is, trek ik mijn rechterarm al naar achteren. Ik gebruik de grote spieren van mijn schouder, verplaats mijn gewicht omlaag en naar mijn linkervoet en ontwijk zo zijn stomp terwijl ik tegelijkertijd momentum opbouw voor de tegenaanval. Ik leg mijn duim in mijn handpalm en sla met de binnenkant van mijn hand.

Ik raak Skunk hard tegen zijn slaap.

Er gaat een trilling door mijn hand, een zelfde soort gevoel dat een stemvork teweegbrengt in de botjes van je hand, maar ik kan me niet permitteren daarbij stil te staan. Ik weet dat Skunk meedogenloos en gemeen is en vindingrijk. Als ik verslap, vermoordt hij me. Dat geldt voor elk gevecht. Je kunt een gevecht nooit achteloos aangaan, iets wat de meeste mensen niet beseffen. Bij elk gevecht waarvan je getuige bent – zatlappen in een kroeg, idioten die elkaar te lijf gaan bij een voetbalwedstrijd – bestaat het gevaar van blijvende invaliditeit en dodelijke slachtoffers.

Skunk wankelt van de klap tegen zijn slaap. Ik steek mijn gestrekte been uit en draai om mijn as. Mijn schoen maakt contact met zijn scheenbeen. Het vloert hem niet, maar het voorkomt wel dat hij zijn evenwicht kan herstellen. Hij probeert achteruitstruikelend afstand te scheppen.

Dat gun ik hem niet.

Ik doe een stap naar hem toe en werp me dan op hem. Hij komt met een harde klap op de vloer, ik val boven op hem.

Ik rol hem op zijn rug en ga schrijlings op zijn borstkas zitten. Ik bal beide vuisten en haal diep adem om hem om beurten met links en rechts in zijn gezicht te beuken. Om hem een beetje te masseren, om zijn tong wat losser te maken voordat ik hem naar Hilde Winslow vraag.

Maar op het moment dat ik de eerste klap met rechts wil uitdelen, vliegt de deur open.

'Stop! Politie!' schreeuwt iemand.

Ik kijk over mijn schouder en zie een politieagent die een pistool op me richt. Ik krijg een raar gevoel in mijn maag. Een tweede smeris komt de garage binnen, ook met een getrokken pistool op me gericht. Een derde komt achter de tweede aan.

Ik vraag me af wat ik moet doen als een klein stemmetje in mijn hoofd me eraan herinnert dat ik niet meer op Skunk let.

Het maakt niet uit.

Iets hards – een pistoolkolf, een bandenlichter, ik heb geen idee wat – slaat tegen mijn hoofd.

Mijn ogen rollen omhoog in de kassen. Iemand – ik denk dat het een van de agenten is – slaat of schopt me hard tegen mijn borst. Ik glij van Skunk af. Een andere agent springt boven op me. Ik probeer ze af te weren met mijn handen, ik probeer iets terug te doen, maar ik heb geen kracht meer over.

Ik lig nu op mijn buik. Iemand trekt mijn armen op mijn rug. Ik hoor meer dan ik voel dat er handboeien om mijn polsen worden geslagen.

Opnieuw krijg ik een klap tegen mijn hoofd. Het wordt zwart. Ik zuig een laatste teug adem in mijn longen.

Dan is er niets meer.

Rachel had David een berichtje gestuurd dat ze even iets voor zichzelf moest doen. Ze had niet verteld waar ze naartoe ging, en waarom.

Ze ging met de trein omdat David haar auto gebruikte en ze op haar wegwerptoestel geen app had waarmee je een lift kon regelen. Ze keek hoe laat het was. Voor de zoveelste keer. David was al bijna een uur weg en had niets van zich laten horen. Ze was bang dat hem iets was overkomen – je was in situaties zoals deze altijd bang dat het fout zou gaan, dacht ze, alsof situaties zoals deze de gewoonste zaak van de wereld waren – maar ze wist ook dat ze die angst moest negeren en zich moest concentreren op wat haar zelf te doen stond, dat ze verder moest. Als die Skunk-kerel David iets had aangedaan, kon ze daar niets aan veranderen. Als de politie David had getraceerd en gearresteerd, gold hetzelfde.

Ze moest verder.

Toen ze bij Toro arriveerde, maakte ze zich ineens kopzorgen over iets heel onnozels: haar kapsel. De stijl die ze zich die ochtend in New York had laten aanmeten, was expliciet bedoeld geweest om haar te vermommen. En het was al lang geleden dat ze hem in levenden lijve had ontmoet.

Zou hij haar herkennen?

Haar zorg bleek ongegrond. Op het moment dat ze het restaurant binnenliep, stond hij op met de meest hartverwarmende glimlach die je je maar kon voorstellen. Ze glimlachte terug en heel even leek het of de tijd had stilgestaan en vergat ze waarom ze hier eigenlijk was. Plotseling leek het wel een soort reünie – iets waar je je met hart en ziel aan overgeeft, er is geen plaats voor oppervlakkigheden als iets tragisch je bindt. Ze vroeg zich af hoe hun vriendschap zo had kunnen verwateren. Maar nou ja, zo ging dat in het leven, toch? Je studeert af, je vertrekt, je krijgt een andere baan, en nog een keer, je ontmoet nieuwe mensen, partners, je bouwt een gezin om je heen, je scheidt, noem maar op. Natuurlijk houd je wel contact, je kijkt eens op de sociale media wat er van de ander is geworden, zo nu en dan stuur je elkaar een berichtje, doe je halfslachtige pogingen een afspraak te maken, en ondertussen vliegt de tijd. En nu sta je hier omdat je hem nodig hebt, en zo ben je plotseling weer bij elkaar.

Allebei aarzelden ze even. Ze wisten niet goed hoe ze elkaar moesten begroeten, maar toen omhelsden ze elkaar dan toch maar. Van harte eigenlijk, de jaren smolten weg. Als je samen veel hebt doorgemaakt – als de band tussen twee mensen gesmeed is door tragische gebeurtenissen zoals bij hen het geval was – dan laat je elkaar nooit echt helemaal los.

‘Ik ben heel blij je weer te zien, Rachel.’

Ze drukte hem nog even iets langer tegen zich aan. ‘Dat geldt ook voor jou, Hayden.’

28

Als ik weer bijkom, ben ik geboeid.

Ik zit bovendien in een klein vliegtuig.

Het is voorbij.

Ik ben door Skunk of de hele clan van de Fishers verkocht aan de politie. Idioot. Echt. Wat had ik gedacht? Zij hadden mij erin geluisd en me de moord op mijn eigen zoon in de schoenen geschoven – hoe had ik zo dom kunnen zijn om te denken dat ze me níét uit zouden leveren om me weer achter de tralies te krijgen?

Ik probeer over mijn schouder achter me te kijken. Dat is lastig want ze hebben me aan de armleuning geketend. Twee kerels met een kaalgeschoren kop – agenten in burger, agenten van de FBI of US Marshalls, ik kan niet zien bij welke club ze horen – zitten achterin met hun telefoon te prutsen. Ze dragen een zwart T-shirt en een spijkerbroek.

'Wanneer landen we?' vraag ik.

Zonder op te kijken van zijn telefoon, zegt de kale kop die aan het gangpad zit: 'Hou je bek.'

Ik besluit om ze niet tegen me in het harnas te jagen. Dat heeft geen zin. Een half uur later landen we. Wanneer het vliegtuig uiteindelijk tot stilstand komt, maken de kale koppen hun gordel los en lopen ze naar mij toe. Zonder waarschuwing gooit de ene een zwarte zak over mijn hoofd terwijl de andere de boei rond de armleuning openklikt.

'Waarom een blinddoek?' vraag ik.

'Hou je bek,' zegt kale kop nummer één voor de tweede keer.

De deur van het vliegtuig zwaait open. Ik ga staan. Iemand duwt me vooruit en ik weet dat er iets helemaal fout is, zelfs nog voor we op het asfalt staan, zelfs zonder ook maar iets te kunnen zien vanwege die zwarte zak.

We zijn niet bij Briggs.

Ik begin meteen te zweten. Het is heet. Het is vochtig. Ik kan dan wel niets tropisch zien, maar ik kan de tropen ruiken, proeven en bijna aanraken. De zon is bovendien fel en brandt dwars door die zwarte zak heen.

We zijn niet in Maine.

'Waar zijn we, verdomme?' vraag ik.

Geen antwoord, dus zeg ik: 'Nu hoor je toch te zeggen dat ik mijn bek moet houden?'

De beide kale koppen duwen me achter in een auto waarvan de airconditioning staat te loeien. De rit duurt misschien tien minuten, maar het is lastig om tijd bij te houden als je geen horloge hebt en geblinddoekt bent, en denkt op weg terug te zijn naar de gevangenis waar je de rest van je leven zult slijten. Maar het voelt niet alsof het lang duurt. Als de auto – ik zit hoog en rechtop, dus ik denk dat het een soort SUV is – stopt, duwen de kale koppen me de auto uit. Ik sta op een geplaveid wegdek dat zo heet is dat ik de hitte door de zolen van mijn schoenen voel. Ik hoor muziek. Afgrijselijke muziek. Een soort instrumentale mix van country en rock, iets wat een feestband zou spelen als muzikale omlijsting van de verkiezing van 'de man met het meeste borsthaar', die wordt gehouden bij het zwembad ter verhoging van de vakantievreugde op de camping.

Ik weet dat dat een lichtzinnige gedachtegang is onder de omstandigheden. Gek genoeg is dat ook hoe ik me voel. Eigenlijk ben ik er kapot van dat het me weer niet gelukt is met succes voor mijn zoon op te komen, ik ben gedeprimeerd omdat ik op weg terug ben naar de gevangenis, of naar iets ergers. Ik ben eigenlijk ook bang omdat ik me afvraag waarom ik verdomme in de tropen ben, zij het dat die angst vermengd is met nieuwsgierigheid.

Maar tegelijkertijd – en dat is het overheersende gevoel – laat ik het allemaal gebeuren.

Ik ben aan deze krankzinnige dollemansrit begonnen toen ik uit de gevangenis ontsnapte en ik zie wel waar ik terechtkom. Op dit moment heb ik er geen vat op en dat accepteer ik.

Het is niet zo dat ik me helemaal geen zorgen maak. Ik stop het alleen allemaal heel ver weg. Misschien komt dat voort uit een drang om te overleven. De beide kale koppen – nou ja, ik neem aan dat het dezelfde kale mannen zijn, ik ben nog steeds geblinddoekt – pakken me aan weerszijden bij een arm en doen iets wat het midden houdt tussen slepen en begeleiden om me naar binnen te brengen. Ze dumpen me op een stoel. Net als in de auto is ook hier de airconditioning ingesteld op diepvrieskou. Ik heb de neiging om een sweatshirt te vragen.

Iemand grijpt me bij mijn pols. Ik voel het klikken voordat de boei van mijn pols glijdt.

'Waag het niet je te bewegen,' zegt kale kop nummer één.

Ik waag niets. Gezeten op de houten zitting van een stoel zonder kussen, peins ik over een volgende stap, maar wat de toekomst voor mij in het verschiet lijkt te hebben, ziet er zo grauw en somber uit, dat mijn hersens weigeren me de meest voor de hand liggende lotsbestemming te laten inzien. Ik ben gedoemd. Ik hoor mensen om me heen die in beweging zijn. Het zijn er minstens drie of vier. Op de achtergrond klinkt nog steeds die afgrijselijke muziek. Het klinkt alsof het uit een luidspreker komt.

Dan wordt zonder enige waarschuwing de zwarte zak van mijn hoofd getrokken. Ik knipper me door de aanslag heen die het licht op mijn ogen pleegt en kijk op. Pal voor me staat een gerimpelde oude man van, zo te zien, in de tachtig. Hij heeft een strohoed op en draagt een geel-groen hawaïshirt met een patroon van dansende marlijnen. Achter hem staan de kale koppen die me hebben begeleid in het vliegtuig. Ze hebben de armen voor de borst over elkaar geslagen en dragen allebei een pilotenbril.

De gerimpelde man biedt me zijn hand met levervlekken aan. 'Kom, David,' zegt hij met een stem die knarst als versleten banden op een grindweg, 'we gaan een eindje lopen.'

Hij stelt zich niet voor, maar ik weet wie hij is, en hij weet dat ik dat weet. Op de meeste foto's die ik in de loop van de jaren van hem heb gezien, is hij een robuuste man, meestal omringd door andere mannen, die meer associaties oproept met een explosief dan met een menselijk wezen. Zelfs nu, nu de tand des tijds hem doet verschrompelen, straalt hij dat licht-ontvlambare uit.

Hij heet Nicky Fisher. In andere tijden zou hij een godfather zijn genoemd, of een don, of iets dergelijks. Toen ik nog op school zat, fluisterden we zijn naam met hetzelfde ontzag als een generatie kinderen later 'Voldemort' zou fluisteren. Nicky Fisher stond al aan het hoofd van het misdaadsyndicaat in de regio Revere-Chelsea-Everett voordat mijn vader zich aanmeldde bij de politie.

Hij is of was de baas van Skunk.

Als we naar buiten stappen, knipper ik tegen het zonlicht. Ik kijk naar links en naar rechts en frons mijn wenkbrauwen.

Waar ben ik in hemelsnaam terechtgekomen?

Dit zijn zeker weten de tropen, maar het ziet eruit alsof Walt Disney uit de doden is opgestaan, een paar mojito's achterover heeft geslagen en toen besloot om zijn droom van een stad van de toekomst alsnog werkelijkheid te maken. Ik zie een woningbouwproject rond een doodlopend straatje, maar alles is afgerond, een beetje wollig, zoals de wereld waarin Fred Flintstone leeft. Alle woningen hebben alleen een begane grond, ze zijn levensloopbestendig en voor de bouw is een net te schone en gladde adobe baksteen gebruikt. Aan het einde van het doodlopende straatje is een reusachtige fontein gebouwd waarvan het water danst op de maat van die afgrijselijke muziek, die dan ook waarschijnlijk altijd maar doorgaat.

'Ik ben met pensioen,' zegt Nicky Fisher. 'Had je dat al gehoord?'

'Ik ben een tijdje min of meer weg geweest,' zeg ik. Ik probeer niet sarcastisch te klinken.

'Natuurlijk, gevangenis. Daarom heb ik je hier laten brengen.'

'Wat heb je met mijn zoon gedaan, Fisher?'

Nicky Fisher blijft staan. Hij keert zich naar mij en legt zijn hoofd in zijn nek zodat zijn ogen – die ijskoude blauwe ogen die voor tientallen, zo niet honderden mensen het laatste waren wat ze zagen voordat hun lot zich voltrok – zich in mijn ogen boren. 'Ik heb jouw zoon niets gedaan. Zo doen wij geen zaken. Wij doen kinderen geen pijn.'

Ik probeer te voorkomen dat ik een grimas maak. Ik veracht die zogenaamde erecode van de maffia. *Wij doen kinderen geen pijn, wij doneren aan de kerk, wij zorgen voor onze buren*, al die sociopathische blabla waarmee die criminelen hun daden proberen te rechtvaardigen.

'Dit is Daytona,' zegt Nicky Fisher. 'Florida. Ben je hier ooit geweest?'

'Niet voor vandaag, nee.'

'Hoe dan ook, ik ben hier met pensioen gegaan.'

We lopen om de fontein. Het dansende water spettert op het namaakmarmer en een fijne nevel daalt op ons neer. Die nevel is heerlijk. Beide kaalgeschoren koppen volgen op discrete afstand. Er zijn andere, oude mensen, die ogenschijnlijk doelloos rondslenteren. Ze knikken naar ons. Wij knikken terug.

'Heb je het grote bord gezien toen jullie aankwamen?' vraagt hij.

'Ik was geblinddoekt.'

'O ja, natuurlijk,' zegt Nicky. 'Overigens niet in opdracht van mij. Mijn jongens houden van spektakel, snap je wat ik bedoel? Het spijt me ook van Skunk. Je weet hoe hij is. Hij moest jou alleen in het vliegtuig zetten. Ik had nog zo gezegd dat hij het pakketje niet mocht beschadigen, maar denk je dat hij zich daar iets van aantrekt?' Nicky legt zijn hand op mijn arm. Ik probeer mijn arm niet weg te trekken. 'Gaat het, David?'

'Het gaat goed.'

'En dat hij je dan laat pakken door de politie – dat was stom, maar je kunt niet anders dan toegeven dat Skunk daar toch met de nodige schwung gehandeld heeft. Hij wilde jou laten denken dat je weer achter de tralies gestopt zou worden. Heel grappig, vind je ook niet?'

'Om je te bescheuren.'

'Het was te veel van het goede, maar zo is Skunk nu eenmaal. Ik zal het er met hem over hebben. Goed?'

Ik weet niet wat ik moet zeggen, dus houd ik het bij een hoofdknik.

'Hoe dan ook. Op dat bord bij de ingang staat BOARDWALKS. Meer niet. Zo heet deze enclave. Boardwalks. Het is een stomme naam. Ik was ertegen. Het ontbeert fantasie. Ik wilde iets moois, weet je wel, met woorden als "Velden", "Schouw" of "Ruig" erin. Zoiets. Maar de hele gemeenschap heeft gestemd, en dus...' Nicky haalt zijn schouders op alsof hij wil zeggen 'Dan is het een kansloze zaak'. Hij loopt verder. 'Weet je hoe die pensionado-enclave verderop heet?'

Ik zeg dat ik het niet weet.

'Margaritaville. Net als in dat lied. Ken je dat?'

'Dat lied? Ja, dat ken ik.'

'*Wasting away again in Margaritaville*. Of *wasted*. Dat weet ik niet, maakt ook niet uit of je daar al bent weggekwijnd, of dat het nog aan de gang is. Maar goed, zo heet het daar. Dat is toch belachelijk? Jimmy Buffett heeft zijn eigen kutdorp met pensionado's.

Kutdorpen, moet ik zeggen. Er zijn nu drie Margaritavilles. Deze, eentje in South Carolina, en ik ben vergeten waar het derde ligt. In Georgia of zo. Alsof iemand zo'n ondermaats ketenrestaurant heeft omgeturnd in iets waar je moet wonen. Wie wil dat nou?'

Ik reageer niet, want wat mij betreft past zijn beschrijving precies bij waar hij zelf woont.

'Hoe dan ook, het bracht me op een idee. Ik bedoel, ik heb het niet zo begrepen op wegkwijnen op het strand met een margarita in de hand. Dat is niet mijn ding, als je begrijpt wat ik bedoel. Dus hebben we hier in Boardwalks iets anders gedaan. Loop maar mee, ik wil je iets laten zien.'

We lopen op een trottoir, omzoomd door palmen. Er staat een paal met wegwijzers in verschillende richtingen. Op één wegwijzer staat ZWEMBAD. op een andere LUXUEUS DINEREN. Op de wegwijzer naar links staat BOARDWALK. Die kant gaan we op. Nicky Fisher houdt op met babbelen. Ik voel dat hij naar me kijkt. Waar het trottoir ophoudt, begrijp ik waarom. Hij wil mijn reactie peilen.

Wat ik zie, uitgestrekt in beide richtingen, zo ver als ik kan zien, is een reusachtige promenade.

De promenade doet haar uiterste best eruit te zien zoals promenades er honderd jaar geleden uitzagen, maar alles is veel te netjes en veel te veel opgepoetst. Weer zo'n Disney-product dat er misschien heel aardig uitziet, maar de uitstraling heeft van iets uit een oude aflevering van *Twilight Zone*. Er zijn kermisattracties, speelhallen, tenten waar je een suikerspin kunt kopen en allerlei prullaria, en er staat een draaimolen. De kermisattracties zijn in bedrijf, maar er zit niemand in een karretje of op een ronddraaiend paard, wat alles nog spookachtiger maakt. De suikerspin wordt verkocht door een man met een vlinderstrik en een krulsnor. Iemand is verkleed als Mr. Peanut uit de pindakaasreclames van Planters. Op een bord staat SKEEBALL-PINBALL-MINIGOLF.

'Boardwalks,' zegt Nicky Fisher. 'Met een s. Deze is vooral gebouwd naar die van Revere Beach, maar we hebben ook spullen opgehaald van Coney Island, Atlantic City en zelfs Venice Beach in Californië. Zoals je ziet hebben we een achtbaan en een reuzenrad, al gaan ze iets minder heftig dan vroeger, om de oude botten een beetje te ontzien.' Nicky geeft me vriendschappelijk een tik tegen mijn arm. 'Is het niet geweldig? Alsof je iedere dag vakantie hebt – en waarom verdomme ook niet? We hebben het verdiend.'

Hij kijkt me aan, op zoek naar bevestiging, denk ik. Ik probeer me erdoorheen te knikken, maar ik weet niet of ik geestdriftig genoeg ben voor hem.

'O, en ik wil je zeker de grote publiekstrekker laten zien. Deze kant op. Man, ik zou willen dat ik je ouweheer hiernaartoe kon halen om dit nog eens allemaal te zien. Ik weet het, ik weet het. We zijn ons hele leven vijanden geweest, Lenny en ik, maar kom zeg, ga mij niet vertellen dat hij dit niet prachtig zou vinden.'

Hij maakt een gebaar naar een wit stalletje met een bord op de rand van het dak waarop staat PIZZA NAPOLITANA. Achter de toonbank staan drie mannen met een wit schort. Aan de toonbank hangt een tweede bord met de tekst ITALIAANSE SPECIALITEITEN en reclame voor een mij onbekende frisdrank 'C.B. Coate's Tonic'.

Ik kijk Nicky Fisher vragend aan.

'Dit is het oude pizzatentje van Revere Beach dat Sal's Pizzeria is geworden!' roept hij uit. 'Niet te geloven, hè? Het is een exacte kopie van het stalletje uit 1940. Ga zitten. Ik heb een paar pizza's besteld. Je houdt wel van pizza, toch?' Nicky Fisher knipoogt naar me en zegt dan achteloos iets waarvan mijn nekharen rechtovereind gaan staan: 'Als je Sal's pizza niet lekker vindt, geef ik Joey hier opdracht je een kogel door je kop te schieten om je uit je lijden te verlossen.'

Nicky Fisher lacht om zijn eigen grap en slaat me op de rug. We gaan onder een parasol zitten. Twee ventilatoren blazen koude lucht onze kant op. Een van de mannen met schort serveert ons allebei een pizza en laat ons daarna alleen.

'Hoe gaat het met je ouweheer?' vraagt Nicky Fisher.

'Hij is terminaal.'

'Ja… dat heb ik gehoord. Dat is triest.'

'Waarom ben ik hier, meneer Fisher?'

'Zeg maar Nicky. Oom Nicky.'

Ik zeg niets, en ik ga zeker niet 'oom' tegen hem zeggen.

'Je bent hier,' zegt hij, 'omdat jij en ik eens even moeten praten.'

Nicky Fisher praat als een gangster uit een film. Ik ken zo langzamerhand een heleboel zware jongens. Niemand praat echt zo. Een huurmoordenaar die voor levenslang in Briggs zit, vertelde me eens dat echte gangsters zijn gaan praten als de gangsters in films toen die films populair werden, niet andersom. Het leven als imitatie van de kunst.

'Ik luister,' zeg ik.

Hij buigt zich naar me toe en slaat zijn ogen naar me op. We komen in de buurt. Het is stil. Zelfs de ingeblikte muziek is stilgevallen. 'Jouw vader en ik delen een kwaad verleden.'

'Hij was agent,' zeg ik. 'Jij runde een misdaadsyndicaat.'

'Een misdaadsyndicaat,' herhaalt Nicky een klein beetje giechelend. 'Mooie woorden. Jouw vader was ook geen heilig boontje. Dat weet je, hoop ik?'

Ik kies ervoor niet te reageren. Hij staart me even aan, en zelfs in deze vochtige hel gaat er een ijskoude rilling over mijn rug.

'Hou jij van je vader?' vraagt hij.

'Heel veel.'

'Was hij een goede vader?'

'De beste,' zeg ik. 'Met alle respect, eh Nicky, waarom ben ik hier?'

'Omdat ik ook zonen heb.' Er zit nu iets snauwerigs in zijn stem. 'Wist je dat?'

Ik weet het en ik weet ook dat ik het absoluut niet aangenaam vind zoals het gesprek zich zal ontwikkelen.

‘Drie,’ zegt hij. ‘Dat wil zeggen, ik had er drie. Weet je hoe het Mikey is vergaan?’

Ook dat weet ik. Mikey Fisher is twintig jaar geleden in de gevangenis aan zijn eind gekomen.

Mijn vader had hem daar opgeborgen.

Nicky Fisher zorgt ervoor dat we elkaar aankijken en zegt dan: ‘Begint het je nu duidelijk te worden, jongen?’

En gek genoeg denk ik dat het me inderdaad duidelijk wordt. ‘Mijn vader heeft jouw zoon in de gevangenis gestopt,’ zeg ik. ‘En dus heb je hem met gelijke munt terugbetaald.’

‘Je zit in de buurt,’ zegt hij.

Ik wacht.

‘Jouw vader was geen heilig boontje. Zijn partner Mackenzie en hij arresteerden Mikey voor de moord op Lucky Craver. Het was de bedoeling dat Mikey Lucky alleen een beetje zou toetakelen, maar mijn jongen kon zich wel vaker niet inhouden. Kende je Lucky?’

‘Nee.’

‘Ze noemden hem Lucky omdat het hem nooit eens meezat in zijn leven. Dat was natuurlijk ook zo aan het einde. Maar goed, je ouweheer arresteert Mikey. Je kent het verhaal. Het punt is alleen dat je ouweheer en Mackenzie de zaak niet rond konden krijgen. Ik bedoel, iedereen wist dat Mikey het gedaan had, maar dat moet je in een rechtbank kunnen bewijzen, hè?’

Ik onthoud me van commentaar.

‘Je vader had goed werk verricht voor die zaak. Daar bestaat geen twijfel over. Hij had een paar belangrijke getuigen opgespoord. Hij had de ex van Lucky zover gekregen dat ze zou getuigen. Maar weet je, politiemensen moeten zich aan de regels houden. En ik? Ik niet. Dus ik stuurde een paar jongens op pad om met de getuigen te gaan praten. Jongens zoals je oude maatje Skunk. Plotseling liet het geheugen van de getuigen ze in de steek. Snap je wat ik bedoel?’

'Ik begrijp het.'

'De ex van Lucky deed een beetje moeilijker, maar dat losten we ook op. In de kluis van de politie lag nog wat bewijsmateriaal. *Angel dust*, een klauwhamer. Poef… verdwenen. Dus je begrijpt dat het voor je ouweheer lastig werd de zaak rond te krijgen. Dat moet heel frustrerend voor hem zijn geweest.'

Ik zit doodstil. Ik durf amper adem te halen.

'Dat was het moment dat je ouweheer en Mackenzie over hun grenzen gingen. Plotseling kwamen ze met nieuw bewijs op de proppen. We hoeven ons niet druk te maken over de details. Die zijn niet belangrijk. Maar met dat nepbewijs hebben je ouweheer en Mackenzie mijn zoon in de gevangenis gekregen. Zij hadden het bewijs verstopt waar ze het konden vinden.'

Nicky Fisher neemt een hap, kauwt er proevend op en gaat rechtop tegen de rugleuning zitten. 'Eet jij niet?'

'Ik luister.'

'Kun je dat niet allebei?' Hij kauwt nog altijd. 'Snap ik. Je wilt de rest van het verhaal horen, maar ik denk dat je dat al wel doorhebt. Mijn Mikey wordt veroordeeld voor moord, maar eigenlijk was dat geen probleem. We hadden het zo geregeld dat het vonnis in hoger beroep zou worden teruggedraaid door een bevriende rechter. Dus zei ik tegen Mikey dat hij zich een tijdje gedeisd moest houden in de bak. Maar dat kon hij niet. Mijn Mikey was een lieve jongen, maar wel een beetje impulsief. Hij dacht dat hij een stoere bink was omdat zijn vader de baas was. Dus toen ze werden gelucht kreeg hij het aan de stok met twee bullebakken. Jongens van een gang in Dorchester. De een hield Mikeys armen vast op zijn rug en de ander stak hem in zijn hart met een shiv. Dat verhaal ken je, neem ik aan?'

'Ja, ik bedoel, ik heb het gehoord.'

Nicky Fisher tilt een stuk pizza naar zijn mond, maar het lijkt wel of de herinneringen het hem te moeilijk maken om die handeling te voltooien. Hij kijkt omlaag. Zijn ogen glanzen. Als hij weer begint te spreken, hoor ik de droefenis, de woede, het rauwe verdriet in zijn stem. 'Je wilt niet weten wat ik met die twee bullebakken heb gedaan. Het duurde lang, dat kan ik je wel vertellen.'

Ik wacht tot hij verdergaat. Als hij blijft zwijgen, vraag ik: 'Was mijn zoon jouw werk?'

'Nee, dat heb ik je gezegd. Zoiets doe ik niet. Ik neem je vader zelfs niets kwalijk. Dat deed ik toen niet en nu nog steeds niet. Maar weet je, de jaren gaan voorbij. Ik lees dat jij je zoon hebt vermoord...'

'Ik heb mijn zoon niet...'

'Sst, David, luister nou even. Dat is het probleem met de jeugd van tegenwoordig. Niemand luistert nog. Wil je de rest van het verhaal ook horen of niet?'

Ik zeg dat ik het wil horen.

'Dus nogmaals, jouw ouweheer voelde zich niet te goed om de wet een beetje naar zijn hand te zetten als hem dat goed uitkwam. Zoals in die zaak met Mikey. Het is bekend dat de meeste politieagenten hun zaak wel eens een beetje verder willen helpen. Ze stoppen de buit in de auto. Ze hebben het moordwapen gevonden voor het geval ze iets nodig hebben om je te grazen te nemen. Je weet hoe het werkt. Dus toen jouw zoon – hoe heette hij ook alweer?'

'Matthew,' zeg ik. Ik moet slikken.

'Juist, sorry. Dus toen Matthew was vermoord, vond een agent die honkbalknuppel in jullie kelder.'

Ik trek een grimas. 'De honkbalknuppel is niet in mijn kelder gevonden.'

'Jawel, dat is hij wel.'

Ik schud mijn hoofd.

'Je had hem in een ventilatieschacht of een buis verstopt.'

Ik schud nog steeds mijn hoofd, maar opnieuw krijg ik het gevoel dat ik weet waar hij naartoe gaat met zijn verhaal. Ik denk dat ik dat eigenlijk al weet vanaf het moment dat we hier zijn gaan zitten.

'Waar was ik gebleven? O ja, de honkbalknuppel. Een smeris vindt dat ding in jouw kelder. Hij werkt nog maar net bij de politie. Ik geloof dat hij Rogers heette. Geen idee waarom ik zijn naam heb onthouden, maar het is wel zo. Dus Rogers wil graag vrienden worden met jouw ouweheer. De Dunne Blauwe Lijn, en dat soort dingen. Hij vertelt jouw ouweheer over de honkbalknuppel. Jouw ouweheer weet dat die honkbalknuppel voor jou dodelijk is. Als die honkbalknuppel zijn weg naar de officier van justitie vindt, hang jij. Dat kan hij niet laten gebeuren. Lenny moet zijn zoon beschermen, maar hij kan die knuppel ook niet compleet laten verdwijnen. Dat zou te ver gaan.'

Nicky Fisher grijnst naar mij. Er zit tomatensaus op zijn onderlip. 'Je kunt wel raden wat je vader deed, hè? Kom op, David, doe eens een poging.'

'Jij denkt dat hij die knuppel in het bos heeft begraven.'

'Dat denk ik niet. Dat weet ik.'

Ik doe geen poging hem tegen te spreken.

'Het was slim. Zie je, als jij de moordenaar was, zou die knuppel nog steeds in de kelder liggen. Verstopt. In die ventilatieschacht of waar dan ook. Maar als iemand anders de moordenaar was, zou hij op de vlucht geslagen zijn en de knuppel ergens in de buurt hebben gedumpt of begraven.'

Ik schud mijn hoofd. 'Zo is het niet gegaan,' zeg ik.

'Zeker wel. Jij, David, hebt je zoon vermoord. Daarna heb je het moordwapen verborgen en bedacht dat je het wel ergens zou dumpen zodra je de kans kreeg.' Hij buigt zich over de tafel naar me toe en grijnst opnieuw. Hij heeft smalle puntige tanden. 'Vaders en zonen. We zijn allemaal hetzelfde. Ik zou alles gedaan hebben om Mikey uit de bak te krijgen, ook al wist ik dat hij schuldig was. Jouw vader was net zo.'

Ik schud nog een keer mijn hoofd, maar wat hij zegt klinkt als de waarheid. Mijn vader, de man van wie ik meer dan van wie ook houd, dacht dat ik mijn eigen zoon had vermoord. Die gedachte steekt als een dolk in mijn hart.

'De officier van justitie zat nu met een probleem,' zegt Nicky Fisher. 'Het had die nacht geregend. In dat bos was het een en al modder en rommel. Forensisch onderzocht al je schoenen en kleren. Geen spoortje vuil, geen modder. Dus toen je ouweheer die knuppel eenmaal in dat bos had begraven, was jij van alle verdenking gezuiverd. Je bleef een vrij man. Dat viel niet zo goed bij mij, kun je je dat voorstellen?'

Ik knik, want nu zie ik het duidelijk voor me. 'Je kreeg Hilde Winslow zover dat ze getuigde dat ze had gezien dat ik die knuppel begraven had.'

'Bingo.'

'Jij hebt dat gearrangeerd.'

'Dat heb ik gedaan, ja.'

'Omdat je je wilde wreken voor Mikey.'

Nicky Fisher priemt met zijn wijsvinger naar mij. 'Als je de naam van mijn zoon nog één keer uitspreekt, ruk ik je tong eruit en eet ik hem samen met deze pizza op.'

Ik zeg niets.

'En allemachtig nog aan toe, heb je nu helemaal niets meegekregen van wat ik heb gezegd?' snauwt hij, terwijl hij met beide vuisten op de tafel slaat. De kaalgeschoren koppen kijken op, maar doen niets. 'Dit heeft niets met wraak te maken. Ik heb het gedaan omdat het juist was om het te doen.'

'Ik begrijp het niet.'

'Ik heb het gedaan,' zegt hij terwijl hij zijn kaken op elkaar klemt – er klinkt nu echte dreiging in zijn stem – 'omdat jij je eigen zoon hebt vermoord, smerige klootzak die je bent.'

Ik kan mijn oren niet geloven.

'Jouw ouweheer wist het. Ik wist het. O, misschien had het iets te maken met een black-out of geheugenverlies of zo, weet ik veel. Dat kan me geen bal schelen. De officier van justitie had je volledig klem. Toen kwam je vader, de agent met onderscheidingen die mijn zoon met valse bewijzen de bak in joeg, en hij regelde het even voor jou. Heb je wel eens een standbeeld gezien van Vrouwe Justitia? Jouw ouweheer legde een vinger op de ene schaal, dus heb ik mijn vinger op de andere schaal gelegd om het evenwicht te herstellen. Snap je het nu?'

Ik weet zelfs niet wat ik moet zeggen.

'Het recht heeft gezegevierd. Jij zat een straf uit die je verdiend had. De eh... kosmische balans of zo, was hersteld. Maar dit is mijn probleem: mijn zoon Mikey is nog steeds dood. En jij, David, zit hier, levend en wel, godverdomme pizza te eten.'

Stilte. Doodse stilte. Het lijkt wel of de hele kermisbedoening langs de promenade probeert stil te staan.

Nu klinkt zijn stem zacht, al snijdt hij door de van vocht verzadigde lucht als de zeis van Magere Hein. 'Dus nu sta ik voor een keuze. Stop ik jou weer weg in de gevangenis – levenslang leek me even zwaar als de doodstraf – of maak ik je af en laat ik je door mijn jongens aan de alligators voeren.'

Hij begint zijn handen af te vegen aan zijn servet alsof we hier klaar zijn.

'Je hebt ongelijk,' zeg ik.

'Waarover?'

'Wat je gedaan hebt. Het was niet hetzelfde als met mijn vader.'

'Wat was niet hetzelfde?'

Ik riskeer een tweede keer de naam uit te spreken. 'Mikey had de moord gepleegd. Dat zeg je zelf.'

Nicky Fisher klinkt spottend. 'O, en jij vertelt mij dat je onschuldig bent?'

Hij maakt met zijn rechterhand een gebaar naar de kaalkoppen. Ze komen naar ons toe. Ik overweeg het op een lopen te zetten. Misschien lukt het me hier tussen alle pensionado's om te ontsnappen. Ze zullen vast niet zomaar op me gaan schieten. Maar ik denk dat wegrennen geen kans van slagen heeft, dus probeer ik langs een andere weg het vege lijf te redden.

'Het is meer dan onschuldig,' zeg ik. Ik kijk diep in die ijskoude blauwe, zielloze ogen. 'Mijn zoon leeft.'

Ik vertel hem het verhaal.

Ik vertel hem alles. Ik bepleit mijn zaak en spreek gepassioneerd en met een gedrevenheid die mezelf verbaast. Hij stuurt de kaalkoppen weer terug naar hun post. Ik blijf praten. Op het gelaat van Nicky Fisher valt niets te lezen. Dat kan hij heel goed.

Als ik klaar ben met het verhaal, pakt Nicky Fisher voor de tweede keer zijn servet. Hij bestudeert het. Hij neemt de tijd, vouwt het servet dubbel, vervolgens in vieren, en legt het uiteindelijk keurig recht op tafel.

'Dat is een waanzinnig verhaal,' zegt hij.

'Het is de waarheid.'

'Mijn zoon is nog steeds dood, weet je.'

'Daar kan ik niets aan veranderen.'

'Nee, dat kun je niet.' Hij schudt zijn hoofd. 'Jij gelooft het werkelijk.'

Ik weet niet of hij dat bedoelt als vraag of als het vaststellen van een feit. Maakt niet uit, ik knik en zeg ja.

'Ik geloof het niet,' zegt hij. Zijn mondhoek begint licht te trillen. 'Ik denk dat het gelul is.'

De moed zinkt me in de schoenen. Hij recht zijn rug, wrijft over zijn gezicht en knippert met zijn ogen. Hij kijkt afwezig naar de smalle strook water die op meelijwekkende manier als oceaan moet dienstdoen.

'Maar sommige dingen begrijp ik niet,' zegt hij dan.

'Zoals?'

'Zoals Philip Mackenzie,' zegt hij.

'Wat is er met hem?'

'Hij heeft jou geholpen te ontsnappen. Ik weet dat dat waar is. Dus vraag ik mezelf: waarom? Hij zou dat niet alleen maar doen om je ouweheer te helpen. En waarom nu? En dan ga ik mezelf ook ineens andere vragen stellen.' Hij begint op tafel te trommelen. 'Zoals bijvoorbeeld, toen je eenmaal ontsnapt was, had je je kunnen verstoppen, had je kunnen proberen een nieuw leven op te bouwen, wat dan ook. Maar dat deed je niet. Als een idioot van het zuiverste water rende je zo hard je kon naar de valse getuige. Waarom? En toen je haar eenmaal had gesproken, was je zo stom – dat is niet eens meer stom, dat is suïcidaal – om mijn mensen op te zoeken in Revere. Skunk, niemand meer of minder dan Skunk.'

Ik val hem niet in de rede. Ik laat hem verder denken.

'Dus dit is mijn probleem, David. Als jij de waarheid spreekt, dan heb ik eraan meegewerkt je in de gevangenis te stoppen voor een misdrijf dat je niet hebt begaan. Niet dat ik me daarvoor te goed voel. Ik bedoel, we hebben wel eerder mensen ergens voor op laten draaien. Maar niet – ik bedoel, niet voor zoiets als dit. Het is erg genoeg om je kind te verliezen. En dan gevangengezet te worden voor de moord? Ik weet het niet. Op dit moment voelt dat niet goed. Kijk, ik dacht dat ik de weegschaal weer in evenwicht bracht. Ik wilde recht voor mezelf en voor Mikey en – ja, ik weet het ook niet – de hele wereld, denk ik. Snap je wat ik bedoel?'

Hij aarzelt en wacht op een reactie. Ik knik bedachtzaam.

'Ik was ervan overtuigd dat jij het had gedaan. Maar als je het niet hebt gedaan en als jouw zoon op een of andere manier nog in leven is...'

Nicky Fisher schudt zijn hoofd. Dan gaat hij staan. Hij kijkt weg over die lagune die een oceaan moet voorstellen. Zijn ogen glanzen nog steeds. Ik weet dat hij aan zijn Mikey denkt.

'Ik laat je gaan,' zegt hij. 'Zeg maar waar je naartoe wilt, dan zullen mijn jongens je daarheen brengen.'

Hij kijkt me niet aan als hij dat zegt. Ik waag het op mijn beurt niet om iets te zeggen.

'Ik ben een oude man. Ik heb veel fouten gemaakt. Ik zal er nog wel een paar maken voordat het gebeurd is. Ik ga niet proberen om het goed te maken met de grote baas daarboven. Daar is het te laat voor. Ik vind... dit hier' – met een weids armgebaar betrekt hij in één keer alle kermisattracties in zijn redenering – 'dit is niet alleen een kwestie van nostalgie. Soms doet het me meer denken aan een herkansing. Snap je wat ik bedoel?'

Nee. Niet echt, nee.

'Als je ouweheer zich wat beter voelt, zou ik hem graag met een vliegtuig hiernaartoe halen. Als mijn gast. Ik wil hier zitten en pizza met hem eten. Ik denk dat we dat allebei fijn zouden vinden, wat denk jij?'

Ik denk het niet, maar ook dat houd ik voor mezelf.

Dan loopt Nicky Fisher van me weg.

29

'Ik ben zo vrij geweest om de eigenaar voor ons te laten beslissen,' zei Hayden. 'Betere tapas dan hier kun je niet krijgen.'

Rachel knikte en probeerde niet al te afwezig te zijn. Ze had de trilfunctie van haar telefoon niet uitgeschakeld en hoopte vurig dat het toestel tot leven gewekt zou worden. David was al veel te lang weggebleven. De angst dat hij gepakt was – of erger – nestelde zich steeds dieper in haar borst. Ze duwde de angst weg en keek Hayden in zijn groene ogen. Hij was gekleed in het vrijetijdskostuum van de rijken, een lichtbruine katoenen broek en een blauw jasje. Zijn haar werd dunner en lag vastgepleisterd op zijn schedel. Hij was nog altijd knap, nog steeds jongensachtig, maar de harde lijnen van weleer waren ronder en zachter. Zijn kaken zakten een beetje weg. Zijn gelaatskleur was wat roder. Hayden transformeerde langzamerhand in een van die familieportretten die in het Payne Museum hingen, dacht ze.

Ze wisselden complimentjes uit. Hayden gaf zijn mening over haar nieuwe coiffure. Hij zei dat hij het mooi vond, maar het klonk weinig overtuigend. Ze had hem in een e-mail op de hoogte gebracht van haar scheiding, dus dat hoefde niet ter sprake te komen. Hayden had een paar jaar geleden ontdekt dat hij een zoon had verwekt bij een Italiaanse actrice in B-films, met wie hij een tijdje was omgegaan. De jongen heette Theo. Hayden sprong financieel bij en wijdde zich nu aan diens opvoeding. Hayden had de afgelopen jaren vooral in het buitenland doorgebracht, officieel om toezicht te houden op het financiële reilen en zeilen van het vermogen van de Paynes in Europa, maar, dacht Rachel, waarschijnlijk vooral om te skiën in Sankt Moritz en feest te vieren aan de Franse Rivièra.

Misschien was het niet fair om zo te denken.

Toen ze bij het verhaal terechtkwamen dat haar carrière had verwoest, zei Hayden: 'Je stortte je op je oude vijand.'

'Ik heb te veel druk uitgeoefend.'

'Begrijpelijk.'

'Ik weet dat ik je had moeten vertellen...'

Hij wuifde het weg. Haydn was er al die jaren geleden bij geweest, bij dat halloweenfeestje in het eerste jaar aan Lemhall University. Ze hadden elkaar in feite die avond voor het eerst ontmoet bij de biertap en een beetje geflirt. Ze wist wie Hayden Payne was – iedereen op de campus kende de afstammelingen van de rijke families – en het was dus wel plezierig geweest. Hayden was charmant en lief, maar hij had bij Rachel geen vonk doen overslaan.

Ze had zich uitgedost als Morticia Addams. Waarschijnlijk dronk ze te veel. Maar dat was niet het probleem. Ze hadden rotzooi in haar drank gegooid en op een gegeven moment, misschien een uur of twee na haar ontmoeting met Hayden, was haar avond ontspoord als een op hol geslagen trein. Ze vond het zelfs nu nog stom dat ze na alle waarschuwingen niet beter had opgelet.

Er was een jonge docent klassieke talen, Evan Tyler, wiens moeder deel uitmaakte van de Raad van Toezicht, die de drug in haar drankje had laten glijden. De rest van de avond en de nacht lag achter een waas. Er waren vage beelden in haar herinnering, dat haar kleren van haar af werden gerukt, beelden van zijn krullende haar, zijn mond op de hare. Ze voelde het gewicht van Evan Tyler op haar lichaam. Hij verpletterde haar, ze snakte naar adem. Rachel had geprobeerd nee te zeggen, geprobeerd om hulp te roepen, geprobeerd hem van zich af te duwen.

Dat was het beeld dat zich had vastgeschroeid in haar brein. Evan Tyler boven op haar. Met een duivelse grijns. Het beeld achtervolgde haar natuurlijk nog steeds in haar slaap, maar ook als ze wakker was, dook het ineens op, als een vreselijk duveltje uit een doosje dat haar schrik aanjoeg op momenten dat ze zich veilig voelde en ontspannen was. Zelfs nu nog. Zelfs na al die jaren vergezelde dat beeld – die duivelse grijns – haar, wandelde het een paar stappen achter haar aan, daagde het haar uit, tikte het haar soms op de schouder als ze zich zelfverzekerd voelde. Het achtervolgde haar dag en nacht, dagen, maanden, jarenlang, en voedde haar woede, dreef haar om harder en harder te werken, om het verhaal te schrijven, het onderzoek te doen, het recht te doen zegevieren. Om die duivelse grijns te smoren oefende ze druk uit op iedereen, ook op Catherine Tullo...

Maar toen, die vreselijke avond van dat halloweenfeest, toen ze geen adem meer kreeg, toen het allemaal nog veel erger voor haar had kunnen aflopen – of, wie zal het zeggen, misschien zou ze bewusteloos geraakt zijn en had ze er zich later niets meer van herinnerd – verdween Evan Tyler plotseling van haar lichaam.

Het gewicht werd plotseling van haar borst getild. Gewoon, zomaar ineens. Poef, weg.

Iemand had hem van haar af gehaald.

Rachel had geprobeerd te gaan zitten, maar de bevelen die haar brein haar lichaam in stuurde, bereikten haar spieren nog niet. Ze lag daar maar, haar hoofd naar één kant opzijgedraaid, toen ze Hayden een oerkreet hoorde slaken, waarna hij Tyler sloeg, en nog een keer. Hij bewerkte hem met zijn vuisten, het bloed spatte door het vertrek. Hij werd niet moe, hij versaagde geen moment. Rachel had zeker geweten dat hij Evan Tyler vermoord zou hebben als niet twee andere mannen op de commotie waren afgekomen, de kamer waren binnengestormd en de bebloede Hayden van Tyler af hadden getrokken.

Evan Tyler had weken in coma gelegen.

Rachel wilde aangifte doen, helemaal toen ze hoorde dat ze niet Tylers eerste slachtoffer was geweest, maar de universiteit wilde alles in de doofpot stoppen. Per slot van rekening lag Tyler in coma, met aangezichtsfracturen die maanden nodig zouden hebben om te helen. Was hij niet al genoeg gestraft? Zijn moeder was een belangrijke vrouw. Wilde Rachel werkelijk de universiteit door het slijk halen? Hoe zinvol was dat?

Dat interesseerde Rachel allemaal niet.

Ze gaf echter wel om Hayden.

Dat was het probleem. Het pak ransel was veel meer geweest dan proportioneel geweld om het misdrijf een halt toe te roepen, en hoewel het vermogen van de Paynes vanzelfsprekend zou zorgen voor een zachte landing, wilden ook de Paynes om alleszins begrijpelijke redenen dat er geen ruchtbaarheid aan het verhaal werd gegeven. Dus zo liep het af. Er werden deals gesloten. Misschien was er met geld geschoven.

Onder het kleed geveegd vanwege een hoger belang. Klaar. Verder maar weer.

Met uitzondering van die in haar hersenen geschroeide beelden van Evan Tyler, die in een latere fase van zijn carrière rector magnificus zou worden van de universiteit.

Rachel en Hayden werden goede vrienden. Dat, zo besefte ze, gebeurde vaak als er een band werd gesmeed door een tragische gebeurtenis of door iets wat een geheim moest blijven – en in hun geval beide.

Toen David en Cheryl Hayden ontmoetten tijdens een bezoek aan Lemhall University, had David Rachel apart genomen en gezegd: 'Die kerel is verliefd op jou.'

'Nee, dat is hij niet.'

'Misschien stelt hij zich tevreden met "goede vrienden",' zei David, 'maar jij weet beter.'

Dat was zo, maar dat leek het begin te zijn van negentig procent van alle goede vriendschappen tussen meisjes en jongens op de campus in die dagen. De jongen vindt jou aardig, wil met je naar bed, dat gebeurt niet, hij stelt zich tevreden met vriendschap en de spanning lost op. Hoe dan ook, Hayden en zij deelden al hun hartsgeheimen – zozeer dat daten na alles wat je van elkaar wist, uitgesloten was, ook al zou je het nog zo graag willen.

De ober meldde zich met een schaal bij hun tafel. Hij zette die tussen hen in. 'Zeekreeftpaella,' zei hij.

Hayden glimlachte naar hem. 'Dank je, Ken.'

Het rook heerlijk.

Hij pakte zijn vork. 'Wacht tot je dit hebt geproefd.'

'Ik heb je niet gebeld vanwege Lemhall of dat verhaal,' zei ze.

'O?'

'Weet jij of er op zevenentwintig mei in het pretpark Six Flags een evenement van Payne Industries plaatsvond?'

Hij fronste zijn wenkbrauwen. Hayden droeg nog altijd de universiteitsring van Lemhall University. Het was een smakeloos prul met een paarse steen en het wapen van de school. Ze had nooit begrepen waarom hij hem nog steeds droeg. Hij zat er in feite nu mee te prutsen, hij draaide hem om zijn vinger, alsof het hem hielp spanningen op te lossen. Misschien was dat ook wel zo. Toch was die ring haar te veel. Ze wilde dat instituut vergeten. Ze vermoedde dat hij de gedachte juist om een of andere reden levend wilde houden.

'Zevenentwintig mei?' zei hij. 'Ik zou het niet weten. Hoezo?'

Ze pakte haar telefoon, scrolde en liet hem de foto zien van een gezin dat voor een spandoek met bedrijfslogo's stond. Hayden nam de telefoon van haar aan en bestudeerde de foto.

'Kennelijk wel,' zei Hayden. Hij gaf haar de telefoon terug. 'Waarom wil je dat weten?'

'Wat is het dan geweest? Een personeelsuitje van een bedrijf?'

'Waarschijnlijk. We kopen een heel pakket kaartjes voor een theater of een stadion of een pretpark. Het is een bonus voor personeel en klanten. Gaat dit om een artikel dat je aan het schrijven bent?'

Ze zette door. 'Dan hebben jullie er zelf fotografen gehad, toch?'

'Ik neem aan van wel.'

'Ik bedoel, zoals deze foto tegen die achtergrond. Dergelijke foto's worden gemaakt door een fotograaf die jullie hebben ingehuurd?'

'Opnieuw: ik neem aan van wel. Waar gaat dit in vredesnaam over, Rachel?'

'Kun je me al die foto's bezorgen?'

Haydens ogen sperden zich heel even wagenwijd open. 'Pardon?'

'Ik moet ze bekijken.'

'Bij bedrijfsevenementen zoals deze huren we soms het halve park af,' zei Hayden. 'Er kunnen wel vijf- of tienduizend mensen zijn geweest. Wat zoek je?'

'Je gelooft me niet als ik het je vertel.'

'Vertel het toch maar.' Toen voegde hij eraan toe: 'Ik neem aan dat dit iets te maken heeft met je zwager die is ontsnapt uit de gevangenis.'

'Ja.'

'Je kunt onmogelijk nog steeds verliefd op hem zijn, Rachel.'

'Hè? Ik ben nooit verliefd op hem geweest.'

'Je praatte aan één stuk door over hem.'

'Je klinkt bijna jaloers, Hayden.'

Hij glimlachte. 'Misschien was ik dat ook.'

Dat was een mijnenveld waar ze liever niet in verdwaalde. 'Vertrouw je mij?' vroeg ze.

'Je weet dat ik je vertrouw.'

'Kun je me die foto's bezorgen?'

Hij pakte zijn glas water en nam een slok. 'Ja.'

'Dank je.'

'Nou, en wat nog meer?' vroeg hij.

Ze kende hem goed. 'Wat nu komt ligt een beetje moeilijker.'

De ober meldde zich met een tweede schaal. 'Jamon Iberico met kaviaar.'

Hayden glimlachte naar hem. 'Dank je, Ken.'

De ober knikte minzaam.

'Dit vind je heerlijk,' zei Hayden. Hij schepte haar wat van de ham op. Het rook geweldig, maar Rachel had vooralsnog andere zaken aan haar hoofd. Hayden nam een hap, sloot zijn ogen alsof hij zich concentreerde op wat hij proefde. Toen hij zijn ogen weer opendeed, vroeg hij: 'En wat moet ik dan voor je doen?'

'Een van de logo's op de achtergrond,' zei Rachel, 'is van het Berg Reproductie Instituut.'

'Dat kan,' zei Hayden. 'Dat is een van onze holdings. Dat weet je vast.'

'Ja, dat weet ik.'

'Nou, en?'

'Tien jaar geleden heb ik bij hen een keer een afspraak gemaakt.'

Hayden stopte halverwege een mondvol ham met kauwen. 'Pardon?'

'Ik heb Barb gebeld.' Barb Matteson was in die tijd manager van het instituut. 'Jij hebt ons aan elkaar voorgesteld.'

'Dat weet ik nog. Dat was tijdens een familiefeestje op vakantie.'

'Precies.'

'Ik begrijp het niet.' Hayden legde zijn vork neer. 'Waarom maakte je een afspraak?'

'Ik zei tegen haar dat ik me wilde oriënteren op een zwangerschap via spermadonatie.'

'Meen je dat?'

'Van die afspraak? Ja. Van dat donorsperma? Nee.'

'Ik begrijp het niet, Rachel.'

'Ik maakte die afspraak voor Cheryl.'

'Oké,' zei hij nadenkend. En toen: 'Ik begrijp het nog steeds niet.'

'David mocht het niet weten.'

'Ah.'

'Juist.'

'Dus Cheryl maakte een afspraak op jouw naam zodat haar man niets te weten zou komen.'

'Precies.'

Hayden hield zijn hoofd scheef. 'Je realiseert je wel dat dat waarschijnlijk volgens de wet niet mag?'

'Het mag wel, maar ik weet dat het een inbreuk is op de ethische gedragscode. Hoe dan ook, Cheryl meldde zich aan onder mijn naam. Ze gebruikte mijn ID. We lijken op elkaar. De rekeningen werden naar mij gestuurd.'

'Oké,' zei Hayden nadenkend.

'Ik maakte zelfs de afspraak voor Cheryl bij het filiaal in Lowell – voor het geval Barb zich in Boston zou bevinden.'

'En dat allemaal zodat je zuster het haar man niet hoefde te vertellen.'

'Ja.'

'Interessant,' zei Hayden.

'Er speelde het een en ander. Ik dacht dat dit geen kwaad kon.'

'Zo klinkt het niet,' zei Hayden. 'Is David er ooit achter gekomen?'

'Ja.'

'Hij moet woedend op je zijn geweest.'

'Hij weet niet dat ik erbij betrokken was.'

'Maar hij weet wel dat Cheryl overwoog iets met donorsperma te doen.'

'Ja.'

'En je hebt hem nooit verteld wat jouw rol was bij deze – hoe zal ik het noemen – "misleiding"?'

'Ik heb het hem nooit verteld,' zei Rachel zacht.

De ober meldde zich en schonk hun glazen bij. Toen hij weer vertrokken was, vroeg Hayden: 'En wat wil je nu doen?'

'David denkt dat het geen toeval is.'

'Hij denkt dat wat geen toeval is?'

'Je gaat vast denken dat dit pure waanzin is.'

'Dat station zijn we gepasseerd, Rachel.'

'Hij denkt... Nee, ik moet zeggen *wíj* denken...' Het klonk zo belachelijk dat Rachel even niet staat was om de gedachte af te maken. 'Wij denken dat Matthew met jullie groep in dat pretpark was.'

Hayden knipperde snel met zijn oogleden alsof hij moest verwerken dat iemand hem een klap in zijn gezicht had gegeven. Hij schraapte zijn keel en vroeg: 'Wie is Matthew?'

'Mijn neefje,' zei Rachel. 'De zoon van David.'

Opnieuw knipperende oogleden. 'Het kind dat hij heeft vermoord?'

Rachel gaf Hayden voor de tweede keer haar telefoon, deze keer met de foto van het kind dat Matthew zou kunnen zijn. 'De jongen op de achtergrond, die een hand vasthoudt.'

Hayden nam de telefoon van haar aan en hield hem voor zijn gezicht. Met zijn vingers probeerde hij in te zoomen. Rachel wachtte. Hij tuurde naar de foto. 'Hij is heel wazig.'

'Ik weet het.'

'Je kunt toch niet echt...'

'Ik weet het niet zeker.'

Hij fronste zijn wenkbrauwen. 'Rachel.'

'Ik weet het. Het is krankzinnig. Het is volslagen waanzin.'

Hayden schudde zijn hoofd. Hij gaf haar de telefoon terug alsof hij afstand deed van iets wat in brand stond. 'Ik begrijp niet wat ik voor je kan doen.'

'Kun je me aan alle foto's van Six Flags helpen?'

'Waarom?'

'Dan kunnen we ze allemaal onder de loep nemen.'

'Waar wil je dan naar zoeken?'

'Naar nog meer foto's waar die jongen op staat.'

Hayden schudde zijn hoofd. 'Die jongen op die wazige foto die op een miljoen andere kinderen lijkt?'

'Ik verwacht niet van je dat je het begrijpt.'

'Dat heb je in ieder geval goed gezien.'

'Maar wil je het voor mij doen, Hayden? Om mij te helpen?'

Hayden zuchtte. Het duurde even voordat hij zei: 'Natuurlijk.'

30

Net als de meeste professionals kon Max bij verhoren terugvallen op verschillende technieken. Tegenwoordig werkte hij heel effectief met verstoring. In teamverband met Sarah probeerde hij verdachten uit hun evenwicht te halen door een voortdurende afwisseling van beschuldigingen, humor, afschuw, hoop, kameraadschap, dreigementen, bondgenootschappen en scepticisme. Sarah en hij speelden de aardige agent en de rotzak, wisselden van rol, soms midden in een zin, en soms waren beiden de welwillende agent, of beiden de rotzak.

Chaos, schatje. Maak er een puinhoop van.

Ze bestookten verdachten met een spervuur van vragen – en vervielen dan in lange perioden van stilzwijgen. Net als de beste pitchers in het professionele honkbal – honkbal was de enige sport die Max tot op zekere hoogte begreep – wisselden ze de tactieken snel af: een *fastball*, een *changeup*, een *curveball*, een *slider*, noem maar op.

Maar nu, aan een tafeltje in een hoek van McDermott's pub, tegenover de gevangenisdirecteur Philip MacKenzie, gooide Max alles overboord. Sarah was er niet bij. Ze wist zelfs niet eens dat hij hier in deze pub zat. Ze zou het afkeuren – Sarah hield zich streng aan de regels – maar hij gooide hier bovendien een bal met een opgeruwd kantje – om de armzalige honkbalbeeldspraak nog maar even vast te houden. Net zo illegaal in honkbal als het gesprek met een verdachte dat hij hier voerde in de wereld van gezagshandhaving. Als er mensen metaforisch uit het veld gestuurd zouden worden, kon hij maar beter de enige zijn. Hij wilde Sarah daarin niet meesleuren.

Mackenzie had een Ierse whiskey besteld, Writers' Tears. Max een flesje spawater. Hij kon niet zo goed tegen drank.

'Wat kan ik voor u betekenen, special agent Bernstein?' vroeg Mackenzie.

Max had ervoor gekozen een afspraak met Mackenzie te maken in diens stamkroeg omdat het hier niet ging om intimidatie of druk uitoefenen. In feite ging het om het tegenovergestelde.

'Ik heb uw hulp nodig om David op te sporen.'

'Vanzelfsprekend,' zei Mackenzie, die iets rechterop ging zitten. 'Dat wil ik ook. Hij was mijn gevangene.'

'En uw petekind.'

'Ja, oké. Des te meer reden om hem gezond en op een veilige manier weer te pakken te krijgen.'

'Ik vind het onvoorstelbaar dat tot nu toe niemand er aandacht aan heeft besteed.'

'Waaraan?'

'Aan uw verwantschap met hem. Maar eerlijk gezegd kan het me ook niet schelen. Kijk, we weten allebei dat u hem hebt geholpen om te ontsnappen.'

Mackenzie glimlachte en nam een slokje van de whiskey. 'U hebt gehoord wat mijn advocaat zei. De bewakingscamera bevestigt mijn verhaal. Op beeld is te zien dat Burroughs een pistool…'

'Luister, dit is gewoon een gesprek. Ik neem dit niet op. Dit is geen slimme hinderlaag.'

Max legde zijn telefoon voor zich op het weerzinwekkend kleverige tafeltje.

'O jé,' zei Mackenzie met een stem die zwanger was van sarcasme. 'Uw telefoon ligt op tafel. Nu is het volstrekt uitgesloten dat u op welke manier dan ook dit gesprek opneemt.'

'Ik neem het niet op. Volgens mij weet u dat ook. Maar voor het geval er toch iemand meeluistert, is dit een hypothetisch gesprek. Meer is het niet.'

Mackenzie fronste zijn wenkbrauwen. 'Echt?'

'Luister Phil, ik wil dit graag aangenaam houden. Ik wil geen dreigementen uiten. Je weet dat ik je pak op medeplichtigheid. Het kost jou de kop, het kost je zoon de kop. Jullie gaan allebei achter de tralies of, mocht ik er een puinhoop van maken, verliezen alleen jullie baan en pensioen. Het wordt heel minnetjes en als ik kwaad word – sorry, als Sarah kwaad wordt – blijft er niets van je over. Die wurmt zich langs je kringspier en nestelt zich in je darmen om je van binnenuit leeg te vreten.'

'Dat is heel kleurrijk uitgedrukt.'

'Maar vandaag interesseert me dat allemaal niet. Vandaag wil ik weten waarom je het hebt gedaan. Waarom nu. Puur hypothetisch.'

Mackenzie nam een slok. 'Dat klinkt alsof u een theorie hebt, special agent Bernstein.'

'Die heb ik. Moet ik hem vertellen?'

'Graag.'

'David Burroughs krijgt jarenlang geen bezoek. Plotseling duikt zijn schoonzuster op. Ik heb het nagetrokken. Voorafgaand aan dat bezoek zijn er geen brieven verstuurd, is er niet gebeld, helemaal niets. Ik heb ook de video bekeken van haar eerste bezoek. Hij wist niet dat ze kwam. Kun je me tot nu toe volgen?'

'Heel goed.'

'Ze liet hem een foto zien. Ik kan niet zien wat erop staat. Dat is het punt. Maar als Burroughs de foto ziet, wordt alles anders. Je voelt het gewoon als je naar de beelden van die bewakingscamera kijkt. Als het bezoek voorbij is, zoekt hij contact met jou, ook voor het eerst, voor zover ik kan nagaan. Voel je de behoefte om me te helpen en te vertellen wat hij van je wilde?'

'Ik heb al gezegd...'

'Oké, je helpt me niet. Prima. Dan ga ik door. Je reageert op het gesprek met Burroughs door een bezoek te brengen aan je partner van vroeger bij de politie. Toevallig is dat de vader van Burroughs. Meteen nadat je terug bent, help je Burroughs te ontsnappen. Ik weet niet zo goed hoe ik de knokpartij met Ross Sumner moet plaatsen. Ik heb ook mijn twijfels over de bewaker Ted Weston. Dat is een van jouw mensen. Jij kent hem beter dan ik. Hoe dan ook, Ted Weston nam een advocaat in de arm toen we hadden ontdekt dat iemand hem omkocht. Wist jij daarvan?'

'Nee.'

'Verbaast het je?'

'Dat hij geld aannam?'

'Yep.'

Mackenzie nam nog een slok en haalde zijn schouders op.

'Oké, geef geen antwoord. Maar ik zal je vertellen waarom het belangrijk is. Ik denk dat Burroughs Weston niet heeft aangevallen. Ik denk dat het omgekeerd was. Ik denk dat Weston het op Burroughs voorzien had. Dat vind ik vreemd. En nog iets: meteen nadat Burroughs is ontsnapt, zoekt hij de kroongetuige van zijn rechtszaak op. Dat is een oude vrouw die onmiddellijk na de rechtszaak haar naam heeft veranderd en is verhuisd. Ik heb met haar gepraat. Ze liegt over wat Burroughs tegen haar heeft gezegd toen hij bij haar was. Ik geloof dat ze hem om een of andere reden in bescherming neemt.'

Max spreidde zijn handen. 'Dus, Phil, wat denk je dat eruit komt als ik alles bij elkaar optel?'

'Nou?'

'De schoonzuster van Burroughs, die in het verleden een zeer bekwaam onderzoeksjournalist was, heeft iets gevonden wat hem op vrije voeten kan krijgen. Ze gaat ermee naar hem toe. Ze laat het hem zien door het plexiglas. Burroughs gaat naar jou en vertelt je wat Rachel Anderson heeft gevonden. Jij zegt je hulp toe. Het punt is dat jij te goed bent om zo'n ontsnapping zo haastig uit te voeren, omdat je dan veel te veel moet overlaten aan het toeval. Daarom denk ik dat de aanval van Sumner of die van Weston je dwong er meteen werk van te maken.'

'Dat is nogal een verhaal, special agent Bernstein.'

'Zeg alsjeblieft Max. Ik heb het verhaal nog niet compleet, ik mis delen. Maar we weten allebei dat ik er dichtbij ben. Kijk, we moeten David oppakken. Dat snap jij. Maar ik begrijp niet waarom dat nieuwe materiaal niet gewoon kan worden doorgegeven aan een advocaat of zo. Ik neem aan dat daar een goede reden voor is.'

Mackenzie weigerde nog steeds alle medewerking.

'En Sarah? Die houdt zich strikt aan de regels. Als Burroughs erin geluisd is, als hij het niet heeft gedaan, ben ik niet zoals die kerel in *The Fugitive* – herinner je je die film nog?'

Mackenzie knikte. 'Ik herinner me zelfs de tv-serie nog.'

'Dat was voor mijn tijd. Maar in de film zit een prachtige scène waarin Harrison Ford tegen Tommy Lee Jones – Tommy Lee Jones speelt de FBI-agent die Ford probeert te pakken – zegt: "Ik ben onschuldig", en weet je nog wat Tommy Lee Jones dan zegt?'

Mackenzie knikte. 'Hij zegt: "Dat kan me niet schelen."'

'Precies. Dat is Sarah. Het kan haar niet schelen. Wij moeten ons werk doen en dat is Burroughs oppakken. Punt uit. Daarom zitten jij en ik met z'n tweeën in deze bar. Ik ben kwetsbaar hier. Je zou ze kunnen vertellen wat ik heb gezegd. Maar in tegenstelling tot Tommy Lee Jones kan het mij wel wat schelen. Als Burroughs het niet gedaan heeft, wil ik hem helpen.'

De gevangenisdirecteur pakte zijn glas whiskey en hield het omhoog tegen het licht. 'Veronderstel,' zei hij, 'dat ik u vertel dat u voor het grootste deel gelijk hebt.'

Max voelde zijn hart sneller kloppen.

'Maar veronderstel ook eens,' ging Mackenzie door, 'dat het verhaal in werkelijkheid nog merkwaardiger is dan wat u in elkaar hebt geflanst.'

'Merkwaardiger? Hoe?'

'Veronderstel eens dat ik u zou vertellen dat David eigenlijk is ontsnapt omdat er misschien een kind in groot gevaar verkeert.'

Max keek verward. 'Je bedoelt nog een ander kind?'

'Nee, dat niet.'

'Zou je dat willen uitleggen?'

Philip Mackenzie glimlachte, maar het was een vreugdeloze glimlach. 'Ik zal u eens wat zeggen,' zei hij. Hij dronk zijn glas leeg en stond op. 'Als u de papieren tekent waarin u immuniteit garandeert voor mijn zoon, kunnen we dit gesprek verder voeren.'

'En immuniteit voor jouzelf?'

'Die verdien ik niet,' zei Mackenzie. 'In ieder geval nog niet.'

Dezelfde twee kale koppen brengen me terug naar het vliegtuig. Geen handboeien deze keer, geen blinddoek, geen handtastelijkheden. Als we bij het vliegtuig zijn, doe ik voor het eerst tijdens die tocht mijn mond open.

'Ik moet mijn telefoon terug hebben.'

De kale kop die zich tot nu toe zo ongeveer heeft beperkt tot 'Hou je bek' haalt mijn toestel uit zijn zak en zegt: 'Heb hem voor u opgeladen.'

'Dank je.'

'Hoorde dat u een politieagent een pak slaag hebt gegeven.'

'Nee.'

'In New York. Het was in het nieuws. Hij ligt in het ziekenhuis.'

'Ik probeerde alleen maar te ontsnappen.'

'Maar toch, mijn complimenten. Respect.'

'Ja...' zegt de tweede kale kop. Het is voor het eerst dat hij iets zegt. 'Respect.'

'Dank je' lijkt me niet echt iets wat je op zo'n moment zegt, dus zeg ik niets. We gaan aan boord van hetzelfde vliegtuig en zitten op dezelfde plaatsen. Ik lees de berichten op mijn telefoon, stuk voor stuk natuurlijk van Rachel, in toenemende mate paniekerig van toon.

Ik stuur een berichtje terug.

Alles oké. Sorry. Werd opgehouden.

Het toestel meldt dat Rachel een bericht typt.

Iets belangrijks te weten gekomen?

Het pleit in Rachels voordeel dat ze niet uitgebreid vraagt wat er gebeurd is of waar ik ben geweest. Ze is nog altijd gefocust. Ik typ:

Hilde Winslow brengt ons niet naar Matthew.

Doodlopend spoor?

Min of meer, ja.

Ik wacht tot het vliegtuig is opgestegen en genoeg hoogte heeft gewonnen om wifi mogelijk te maken. Ik kijk achter me. Mijn beide begeleiders hebben een koptelefoon op en zitten naar het scherm van hun mobiel te staren. Ik bel Rachel.

'Wat is dat voor lawaai?' vraagt ze. 'Ik kan je amper verstaan.'

'Ik zit in een vliegtuig.'

'Hè? Hoezo?'

Het is onmogelijk om verder te gaan zonder een aantal details te vertellen van de gebeurtenissen sinds ik ben vertrokken uit Revere, dus vat ik die zo neutraal mogelijk voor haar samen.

'En jij?' vraag ik als ik mijn verhaal heb gedaan. 'Is er nog nieuws van jouw kant?'

Stilte – heel even denk ik dat de verbinding verbroken is.

'Misschien heb ik een nieuw spoor,' zegt ze. 'Kun je je mijn oude vriend Hayden Payne herinneren?'

Het duurt even voordat ik de naam kan plaatsen. 'Die rijke vent die smoorverliefd op je was?' En dan zie ik het verband. 'O, wacht, die Paynes zitten in al die bedrijven, toch?'

'Ze zijn eigenaar. Al die bedrijven maken deel uit van het Payne-concern.'

Daar denk ik over na. 'Weer zo'n "dat kan geen toeval zijn".'

'Hoe bedoel je?'

Maar ik wil haar niet afleiden. 'Wat is er met die Hayden?'

'Ze hadden een bedrijfsuitje in Six Flags. Daar is die foto gemaakt. Ik heb hem naar alle foto's gevraagd die die dag zijn gemaakt.'

'Kunnen we ook een lijst met de deelnemers krijgen?'

'Ik denk dat ik daar wel naar kan vragen, maar hij zei dat het om duizenden mensen ging.'

'Het is iets om mee te beginnen.'

'Misschien, ja... De Paynes hadden bovendien niet het hele pretpark afgehuurd. Matthew kan er ook met iemand anders zijn geweest.'

'Het blijft de moeite waard om een poging te wagen.'

'Ik weet het.'

'Nog meer?' vraag ik.

'Vlieg je terug naar Boston?'

Een vraag beantwoorden met een wedervraag. 'Nee.'

'Waar ga je naartoe?'

'Ik ben op weg naar New Jersey.'

'Wat zoek je in New Jersey?'

'Cheryl,' zeg ik. 'Ik moet persoonlijk met haar praten.'

31

'Zeg alsjeblieft dat je een grapje maakt,' zei ze.

Max probeerde het oogcontact vast te houden. Daar was hij niet goed in. Daar was hij nooit goed in geweest. Zoals gezegd vond hij dat er te veel waarde aan werd gehecht. Toch hield hij vol. Ze heette Lauren Ford en gaf leiding aan de Criminele Onderzoekseenheid voor de regio Boston. Op dat moment was Lauren degene die hem met een woeste blik in de ogen aankeek.

'Ik ben niet zo goed in grapjes,' zei Max.

'Laat ik dan proberen het nog eens helder samen te vatten.' Lauren, die tot dan toe achter haar bureau had gezeten, begon te ijsberen. 'Jij wilt dat ik mijn lab opdracht geef om nog een DNA-test te doen zodat er geen enkele twijfel meer kan bestaan dat het slachtoffer werkelijk Matthew Burroughs is?'

'Precies.'

'En dat is een zaak die – hoelang is het geleden? – vijf jaar oud is?'

'Eerder zes dan vijf.'

'Waarin we al iemand gearresteerd en berecht hebben?'

'Dat klopt.'

'Waarin de veroordeelde onlangs is ontsnapt uit een federale gevangenis?'

'Dat klopt ook.'

'En waarin het, voor zover ik weet, jouw taak is om die man in de kraag te vatten en weer op te sluiten, niet om de zaak te heropenen.'

Max reageerde niet.

'Dus,' vroeg ze met gespreide handen, 'op welke manier draagt een tweede DNA-test op een jaren geleden overleden slachtoffer bij aan het opsporen van een ontsnapte veroordeelde?'

'Heb je de eerste keer een test gedaan?'

Lauren lachte. 'Hoorde je me zojuist niet "een tweede DNA-test" zeggen?'

'Dat hoorde ik.'

'Impliceert dat dat er al eerder een is gedaan?'

'Dat impliceert het,' zei Max.

'Laat me dan uitleggen dat het niet volgens protocol is. Er is een positieve ID, ondanks de slechte conditie van het lichaam. Er wordt veel te veel naar *CSI* gekeken. In werkelijkheid doen we zelden DNA-tests op moordslachtoffers. Dat doen ze in het hele land bij geen enkel politiekorps. We nemen ook geen vingerafdrukken af. Dat doen we alleen als aan de identiteit van het slachtoffer wordt getwijfeld. In dit geval was er geen twijfel. We wisten wie het slachtoffer was.'

'Maar jullie hebben toch een test gedaan?'

'Yep, omdat, zoals ik al zei, de juryleden ook veel te veel tv-kijken. Als je niet alle forensische trucjes plus DNA oplepelt, denken ze dat je geen verstand hebt van je werk. Het was dus overkill, maar we hebben het gedaan.'

'Hoe?'

'Wat bedoel je?'

'Heb je het DNA vergeleken met dat van de moeder of de vader of...?'

'Wie weet dat nu nog? Je realiseert je hopelijk wel dat dit een zaak was die nogal wat aandacht kreeg?'

'Dat realiseer ik me.'

'We hebben geen fouten gemaakt.'

'Ik zeg niet dat jullie fouten hebben gemaakt. Luister, jullie hebben nog steeds bloed van het slachtoffer, toch?'

'Zeker, ik bedoel, het is opgeslagen in de magazijnen, maar we hebben het.'

'En we hebben het DNA van David Burroughs in het systeem.'

Tegenwoordig routine. Het DNA van elke gedetineerde werd na zijn veroordeling automatisch toegevoegd aan de database.

'Opnieuw testen, de deur hoe dan ook weer openzetten,' zei Lauren, 'het is nogal wat.'

'Doe het dan zonder er ruchtbaarheid aan te geven,' zei Max. 'Zodat alleen wij tweeën er weet van hebben.'

'Zie ik eruit als een laborant?'

'Jij en ik en een laborant. Het kan heel stilletjes.'

Ze fronste haar wenkbrauwen. 'Hoorde ik je nou "heel stilletjes" zeggen?'

Max wachtte.

'Ik zou je godsklere mijn kantoor uit kunnen schoppen,' zei ze.

'Dat zou je kunnen doen.'

'De arrestatie, het onderzoek, alles is volgens het boekje verlopen. De zoon van een politieagent – van een geliéfde agent nota bene – was de dader, dus we hebben ons uiterste best gedaan om te voorkomen dat we van vriendjespolitiek zouden worden beschuldigd.'

'Bewonderenswaardig,' zei Max.

Ze ging weer achter haar bureau zitten en begon op een vingernagel te bijten alsof ze dat had afgekeken van Max. 'Ik ga je iets in vertrouwen vertellen. Want hoe je er ook naar kijkt, het was een veroordeling waar geen smet aan kleefde.'

'Ik luister.'

'Het DNA-lab destijds…'

'Wat is daarmee?'

'Ze hebben een paar keer een fout gemaakt.'

'Wat voor fouten?'

'Het soort fouten waarna je plotseling je ontslag indient en naar het buitenland vertrekt als ze een intern onderzoek starten.'

Stilte.

'Shit,' zei Lauren. 'Wil je beweren dat het een ander kind is?'

'Ik beweer,' zei Max, 'dat je die test moet doen. En als je daar toch mee bezig bent, vergelijk het resultaat dan meteen met alle databases met vermiste kinderen. Als het slachtoffer Matthew Burroughs niet was, moeten we uitzoeken wie het wel was.'

Rachel mag met haar auto het terrein van de luchthaven op. Dat is kennelijk een van de emolumenten van privé vliegen. Als we van boord zijn gegaan, schudden beide kale koppen me hartelijk de hand.

'Alles vergeven en vergeten?' vraagt Hou Je Bek.

'Alles vergeten en vergeven,' zeg ik.

Ik stap in Rachels auto. Ze kijkt naar het vliegtuig en zegt: 'De extraatjes van het criminele verdienmodel.'

'Yep.'

We rijden weg.

'Jij wilt naar Cheryl toe,' zegt Rachel. 'Heeft dat te maken met die vruchtbaarheidskliniek?'

'Het is geen toeval, Rachel.'

'Dat zeg je steeds weer.' Ze klemt haar vuisten steviger om het stuur. 'Ik moet iets uit de wereld helpen.'

'En dat is?'

'Het is oud nieuws en zou niet belangrijk meer moeten zijn.'

Maar haar toon maakt duidelijk dat het heel belangrijk is. Ik kijk haar aan. Haar ogen zijn veel te vast op de weg voor haar gericht.

'Ga door,' zeg ik.

'Ik heb Cheryl geholpen om de afspraak bij die kliniek te maken.'

Ik weet niet zo goed of ik begrijp wat ze bedoelt. 'Als je zegt "geholpen"...'

'Ik kende de manager van het Berg Reproductie Instituut via Hayden Payne,' zei ze. 'Dus heb ik haar gebeld en de afspraak gemaakt.'

'In plaats van Cheryl?'

'Ja.'

'Dat klinkt niet als iets belangrijks,' zeg ik. 'Ik bedoel, ik had graag gezien dat je het me had verteld...'

'Ik zei dat de afspraak voor mezelf was.' Rachel slikte, haar ogen gekluisterd aan de weg voor de auto. 'Toen Cheryl ernaartoe ging, gebruikte ze mijn ID, niet haar eigen.'

Ik kijk naar haar gezicht en profil. Mijn stem blijft ijzig kalm. 'Waarom zou je zoiets doen?'

'Waarom denk je, David?'

Het antwoord is te vanzelfsprekend. 'Om het voor mij verborgen te houden.'

'Ja.'

Ik voel de tranen opwellen, maar ik weet niet eens waarom. 'Het kan me geen moer meer schelen, Rachel.'

'Het is niet wat je denkt.'

'Ik denk dat Cheryl meer informatie wilde over spermadonatie, maar dat ik daar niets van mocht weten. Ik denk dat jij met haar hebt samengespannen om haar te helpen. Zit ik ernaast?'

Rachel houdt het stuur met beide handen vast.

'In de gevangenis,' zeg ik, 'leer je dat niemand aan jouw kant staat.'

'Ik sta aan jouw kant.'

Ik zeg niets.

'Ze is mijn zuster. Dat snap je toch?'

'Dus deed je mee?'

'Ik heb haar gezegd dat het een slecht idee was.'

'Maar toch deed je mee.'

Rachel geeft precies op het juiste moment richting aan, kijkt in haar spiegels en kiest een andere rijstrook. Ook al heb ik haar vijf jaar niet gezien, ik ken haar nog steeds heel goed.

'Rachel?'

Rachel zegt niets.

'Wat vertel je me niet?'

'Ik was het niet eens met wat ze deed. Ik vond dat ik het jou moest vertellen.'

Ik wacht tot de bom barst.

'Maar toen Cheryl er niet mee doorging, dacht ik...'

'Wat dacht je toen?'

Rachel schudt mijn vraag weg. 'Hoe kwam je erachter dat Cheryl naar Berg ging?'

'Iemand die bij de kliniek werkte had een boodschap ingesproken op het antwoordapparaat.'

'Denk eens even na,' zegt Rachel. 'Hoe kan dat als het hele dossier op mijn naam staat?'

De wereld staat stil. Ik heb belachelijk veel tijd nodig om het tot me door te laten dringen. 'Jij?'

Ze houdt haar ogen op de weg.

'Had jij die boodschap ingesproken?'

'Het was voorbij. Ze ging er niet mee door. Ik had het vervelend gevonden dat ik erin meegesleurd was, en hoe ik het ook voor mezelf probeerde te rechtvaardigen, ik had verraad gepleegd tegenover jou. Dat voelde niet goed. Dus op een gegeven moment toen ik 's avonds te veel gedronken had, dacht ik shit, Cheryl moet het hem vertellen. Voor haar eigen bestwil, en voor zijn bestwil. Shit, en voor mijn bestwil. Zodat we niet met z'n allen hoefden verder te leven onder die donkere wolk van een leugen die boven ons hoofd hing. Jullie waren bezig een gezin te stichten.'

Ik zit min of meer versteend op mijn stoel. Net als ik denk dat niets mij nog uit mijn evenwicht kan brengen, komt dit.

'Ik heb het op de moeilijke manier geleerd,' zegt Rachel. 'Zulke leugens verstoppen zich in een hoekje in de kamer. Ze gaan nooit meer weg. Ze vreten je van binnenuit op. Cheryl en jij konden geen gezin bouwen op een dergelijke leugen. O nee, het was natuurlijk niet aan mij om het jou te vertellen. Maar Cheryl maakte mij medeplichtig aan bedrog. Dat geheim vergiftigde onze omgang met elkaar ook. De relatie tussen jou en mij.'

'Dus besloot je het geheim openbaar te maken.'

Rachel knikt. Ik kijk weg.

'David?'

'Het geeft niet,' zeg ik. 'Zoals je zei, het is al lang geleden.'

'Het spijt me.'

Opnieuw knapt er iets in me. Ander onderwerp, ik moet me herpakken. 'Weet Cheryl dat we komen?'

Rachel schudt haar hoofd. 'Je zei dat ik het haar niet mocht vertellen.'

'Dus zij denkt...'

'Zij denkt dat ik alleen kom. We hebben in haar kantoor afgesproken.'

'Hoe ver is het nog?'

'Een half uur,' zegt Rachel. Dan stokt het gesprek en zwijgen we.

32

Rachel parkeert op het parkeerterrein voor bezoekers van het St. Barnabas Medical Center in Livingston, New Jersey. We doen allebei een mondkapje voor. Sinds de uitbraak van covid kijkt niemand er nog van op als je met een mondkapje door een ziekenhuis loopt. Het is een vrij effectieve vermomming.

We lopen naar de hoofdingang.

'Hoelang heeft Cheryl hier nu gewerkt?' vraag ik.

'Drie jaar. Ze hebben een goede naam op het gebied van niertransplantatie.'

'Maar Cheryl werkte met zo veel plezier in het Boston General.'

'Dat is zo,' zegt Rachel. 'Maar ze kon daar na jouw veroordeling niet blijven. Het ziekenhuis bestempelde haar als een "storende factor".' Rachel kromde met haar vingers aanhalingstekens om die laatste woorden.

Ik kijk omhoog naar de lucht.

'Nog iets,' zegt Rachel. 'Ze laat zich nu dr. Cheryl Dreason noemen.'

Een volgende dolkstoot. 'Ze heeft de naam van Ronald aangenomen?'

'Dat versterkte haar anonimiteit.'

'Dat was heel slim van haar,' zeg ik.

'Echt?'

Ik trek een grimas.

'Zij is ook alles kwijtgeraakt.'

Nieuwe echtgenoot, nieuwe zwangerschap, nog altijd dagelijks de niertransplantaties uitvoeren waarvan ze zo geniet – het valt moeilijk te rijmen met Rachels woorden, maar het zou een beetje zuur klinken om dat te zeggen.

We gaan naar binnen. Rachel loopt naar de balie en haalt bezoekerspassen voor ons. Met de lift gaan we naar de derde verdieping. Daar volgen we de borden naar de afdeling voor nier- en alvleeskliertransplantaties.

Rachel trekt haar mondkapje omlaag en wuift naar de receptioniste. 'Hallo Betsy.'

'Hallo Rachel, ze verwacht je in haar kantoor.'

Rachel glimlacht nog een keer en trekt haar mondkapje weer omhoog. Ik loop naast haar mee alsof het de gewoonste zaak van de wereld is en alsof ik precies weet waar we naartoe gaan. Mijn hart begint sneller te kloppen. Mijn ademhaling wordt oppervlakkiger.

Slechts luttele meters scheiden me van Cheryl – mijn ex-vrouw, de moeder van mijn kind, de enige vrouw van wie ik ooit heb gehouden.

Ik voel dat mijn gemoed volschiet. Je kunt fantaseren over dit moment van ontmoeting zonder een spier te vertrekken, maar nu het moment werkelijk aangebroken is...

Rachel blijft plotseling staan. 'Shit.'

Politie, denk ik in de fractie van een seconde voordat ik zie dat ze niet reageert op het zien van mannen in uniform. Ze ziet Ronald Dreason, Cheryls nieuwe echtgenoot. Natuurlijk ken ik Ronald. Hij had een leidinggevende functie in het Boston General en 'bekommerde' zich altijd om Cheryl, als je begrijpt wat ik bedoel. Hij wilde alleen maar haar 'vriend' zijn, terwijl het er voor mij, voor iedereen, zelfs voor zijn eigen vrouw – al waren ze, om eerlijk te zijn, toen al wel gescheiden – dik bovenop lag dat dat de grootst mogelijke onzin was. Natuurlijk was ik niet blij met al die berichtjes 'over het werk', want nou ja, het is wel duidelijk. Cheryl lachte het allemaal onder het vloerkleed.

'Oké, ja, Ronald is waarschijnlijk een beetje verkikkerd op me,' zei ze. 'Maar het is onschuldig.'

Onschuldig, denk ik. Bijna spuug ik het woord hardop uit.

Ronald kijkt eerst naar Rachel. Hij begint te glimlachen. Cheryl en Rachel trekken veel met elkaar op, dus ik neem aan dat Rachel hier vaak genoeg op bezoek komt. Deze ontmoeting is misschien wel heel normaal, in ieder geval niet speciaal, verrassend of nieuw. Ik leg mijn kin op mijn borst en doe een stap naar rechts. Het masker bedekt de onderste helft van mijn gezicht. Ik houd in en keer me om alsof ik niet bij Rachel hoor. Aan Rachel is niets te merken. Ze loopt zonder aarzelen naar Ronald, pakt hem bij zijn arm en zegt, iets te vrolijk: 'Hé, Ronald.'

Ronald kust haar op haar wang.

Het is een stijve kus, maar nogmaals, alles aan Ronald is stijf. Ik breek die gedachtegang onmiddellijk af, want hij leidt naar te gevaarlijke beelden. Ik begin weer in hun richting te lopen, dicht bij de muur, met mijn gezicht naar de muur gekeerd. Ik houd niet in en werp geen blik in hun richting.

Ik doe mijn ogen dicht en loop langs hem heen.

Veilig.

Rachel probeert hem mee te tronen, weg van ons, maar Ronald houdt haar tegen.

'Ik had niet verwacht dat ik je hier zou zien,' zegt hij. 'Heb je gehoord dat David ontsnapt is?'

Ik haast me van hen weg. Voor me zie ik drie deuren zonder opschrift. Achter een van die deuren is mijn vrouw – sorry, mijn exvrouw. Het is alsof achter mijn rug de klok van een tijdbom ligt te tikken. Ik pak de deurkruk van de eerste deur, doe de deur open en stap naar binnen.

Daar is ze dan.

Ik stoor haar terwijl ze iets op een soort tablet typt. Ze kijkt op. Ik draag nog altijd het mondkapje, en mijn hoofd is kaalgeschoren, maar dat houdt haar niet voor de gek. Ze herkent me meteen. Heel even verroeren we geen van beiden een vin. We staren allebei alleen maar. Ik weet niet zo goed wat ik voel, of, beter gezegd, wat ik niet voel. Ik voel van alles en dan nog een beetje meer. Elke emotie die ik ken vliegt door mijn vermoeide, versleten aderen. Het overweldigt me.

Haar ook, zo te zien.

Cheryl en ik werden verliefd op elkaar op school, we gingen samen uit, we verloofden ons, we trouwden en samen kregen we het schattigste kind dat je ooit hebt gezien.

Een rare gedachte komt plotseling bij me op: misschien komt Ronald terug. Of misschien komt er een verpleegkundige of een collega binnen. Ik draai me om en doe de deur op slot. Dat. Dat is het eerste wat ik doe nadat ik Cheryl weer zie. Ik keer me weer naar haar, zonder te weten wat me te wachten staat, hoe ze zal reageren, maar Cheryl is al opgesprongen en rent om haar bureau heen. Als ze bij me is, aarzelt ze geen moment, maar gooit ze haar armen om me heen, trekt ze me tegen zich aan. Ik bezwijk bijna en zij, ik lieg niet, houdt me overeind.

'David,' zegt Cheryl zacht. Heel lief. Het is hartverscheurend.

We omhelzen elkaar. Zij huilt. Ik huil. Maar het kan niet. Er is een wereld aan vragen, maar ik ben hier met een reden, en dit is niet die reden. Misschien iets te heftig pak ik haar armen en maak ik me los uit haar omhelzing.

Ik heb geen tijd voor inleidende praatjes.

'Misschien leeft onze zoon nog,' zeg ik.

Ze sluit haar ogen. 'David.'

'Luister alsjeblieft naar me.'

Zonder haar ogen open te doen, zegt ze: 'Niemand op de hele wereld wil dat liever geloven dan ik.'

'Heb je de foto gezien?'

'Dat is Matthew niet, David.'

'Hoe kun je dat zo zeker weten?'

De tranen stromen over haar wangen. Ze legt haar beide handen om mijn gezicht. Heel even ben ik bang dat ik weer onderuit zal gaan en nooit meer zal kunnen opstaan. 'Omdat Matthew dood is,' zegt ze bijna te zacht. 'We hebben onze jongen begraven. Jij en ik. We hebben samen hand in hand bij dat graf gestaan en gekeken hoe ze die kleine witte kist lieten zakken.'

Ik schud mijn hoofd. 'Ik heb hem niet vermoord, Cheryl.'

'Ik wil zo graag dat dat waar is.'

De woorden steken meer dan ik had kunnen bevroeden. Ze kijkt omlaag. Pijn zet zich vast op haar gezicht. Ik wil niet dat dit gesprek die kant op gaat, nu niet, nooit, maar ik heb mezelf niet in de hand.

'Waarom heb je me opgegeven, Cheryl?'

Ik hoor hoe zielig het klinkt en haat mezelf.

'Dat heb ik niet gedaan,' zegt ze. 'Nooit.'

'Hoe heb je ooit kunnen denken dat ik het heb gedaan?'

'Ik heb jou nooit de schuld gegeven. Niet echt.'

Ik doe mijn mond opnieuw open om te vragen waarom ze haar geloof in mij is kwijtgeraakt, maar ik hou me in. Nogmaals: dit is niet het juiste moment voor dat gesprek. *Concentreer je.*

'Hij leeft,' zeg ik met iets meer nadruk. 'Het maakt niet uit of jij me gelooft of niet. Ik moet je iets vragen en daarna laat ik je met rust.'

Het medelijden in haar blik is vreselijk wreed. 'Wat is het, David? Wat moet je van me weten?'

'Jouw bezoek aan Berg Reproductie.'

Het medelijden wordt verwarring. 'Waar heb je het over?'

'De kliniek waar je naartoe bent geweest.'

'Wat is daarmee?'

'Het heeft iets te maken met wat er met Matthew is gebeurd.'

Ze doet een stap achteruit. 'Wat...? Nee, nee.'

'Die foto die Rachel je heeft laten zien, is genomen bij een bedrijfsuitje. Van Berg Reproductie. Het hangt samen.'

Cheryl schudt haar hoofd. 'Nee.'

Ik zeg niets.

'Hoe kun je dat denken?'

'Vertel het maar, Cheryl.'

'Je weet alles al.'

'Je hebt me niet verteld dat je je hebt voorgedaan als Rachel.'

'Heeft ze je dat verteld?'

Daar hoef ik niet op te reageren.

'Ik begrijp het niet.' Ze knijpt haar ogen dicht alsof ze hoopt dat alles zal verdwijnen als ze het niet ziet. 'Wat maakt dat nu nog uit?' Haar stem is eerder smekend dan vragend. De pijn neemt toe, hij overweldigt haar. Zelfs nu nog wil ik haar eigenlijk op een of andere manier troost bieden. Zelfs nu nog, na alles wat er gebeurd is, maar het is volstrekt uitgesloten dat ik dat werkelijk zal doen. 'Ik had nooit naar die kliniek moeten gaan.'

Ik zeg niets.

'Het is allemaal mijn schuld,' zegt ze.

Ik huiver van de klank in haar stem. De temperatuur in het vertrek daalt tien graden.

'Wat bedoel je?' vraag ik.

'Ik ben daar achter jouw rug om naartoe gegaan. Dat spijt me vreselijk.'

'Dat weet ik. Dat is niet belangrijk meer.'

'Dat had ik je niet aan mogen doen.'

Ik krimp bijna in elkaar. 'Cheryl.'

'We raakten elkaar kwijt. Waarom, David?' Ze houdt haar hoofd scheef zoals ze dat placht te doen en heel even zijn we terug in de achtertuin met koffie en onze boeken en de tuin ligt in de gouden gloed van de ochtendzon terwijl zij haar hoofd scheef houdt om me iets te vragen. 'We waren niet het eerste stel dat te maken kreeg met de spanning van onvruchtbaarheid.'

'Dat is zo.'

'Waarom raakten we elkaar dan kwijt?'

'Dat weet ik niet,' zei ik.

'Misschien waren er altijd al haarscheurtjes.'

'Misschien.' Ik wil dit allemaal niet horen. 'Het is allemaal niet belangrijk meer.'

'Maar het was een afschuwelijk verraad.'

Ik zeg niets want ik denk dat ik geen woord over mijn lippen kan krijgen.

'En daarom...' – er klinkt nu een snik door in haar stem – 'om wat ik jou heb aangedaan, is onze zoon...'

Ze barst in tranen uit.

Ik ken mijn ex-vrouw natuurlijk al heel lang. Ik heb haar in ongeveer elke emotionele staat meegemaakt. Ik heb haar zien huilen. Maar nog nooit zoals nu. Zelfs niet na de dood van Matthew. Cheryl liet zich nooit gaan. Nooit helemaal. Zelfs als ze de liefde bedreef of onze zoon in haar armen hield, was er iets in haar dat alles onder controle hield. Iets koels, iets afstandelijks. Dat klinkt als kritiek, maar zo bedoel ik het niet. Ze verloor gewoon domweg nooit de greep op de gebeurtenissen.

Tot nu.

Ik wil iets doen. Ik wil haar vasthouden of haar op zijn minst een schouder bieden. Maar er waait ook plotseling een koude wind door mijn hart.

'Wat is er, Cheryl?'

Ze blijft snikken.

'Cheryl?'

'Ik ben er wel mee doorgegaan.'

Gewoon zo. Ik verstijf. Ik begrijp wat ze zegt, maar ik vraag het toch: 'Waarmee ben je doorgegaan?'

Ze geeft geen antwoord. 'Je wist het.'
Ik schud mijn hoofd.
'Je wist het,' zegt ze nog een keer. 'De woede, de wrok, de spanning.'
Ik schud nog steeds mijn hoofd.
'Je begon weer te slaapwandelen.'
'Nee.'
'Dat deed je wel, David. Om wat ik had gedaan. Je werd kwaad. Je ging kapot. Ik had het moeten zien. Het was mijn schuld. En toen op een dag, ik weet het niet, had je misschien te veel gedronken. Of misschien werd de spanning je te veel.'
Ik blijf mijn hoofd schudden. 'Nee.'
'David, luister naar me.'
'Jij denkt dat ik onze zoon heb doodgeslagen?'
'Nee,' zegt ze. 'Ik denk dat ik hem heb vermoord. Om wat ik jou heb aangedaan.'
Ik krijg bijna geen lucht binnen.
'Ik was ervan overtuigd dat de behandeling niet was aangeslagen en dat Matthew jouw zoon was, maar dat was niet belangrijk. Dat ik ermee doorging. Mijn verraad. Dat had jou veranderd.'
Ik vecht me erdoorheen, probeer opnieuw me te concentreren, probeer de aanslag op mijn emoties af te slaan. 'Je probeerde zwanger te worden met donorsperma.'
'Ja.'
'Je zei tegen mij dat je dat niet had gedaan.'
'Ja. Dat was een leugen.'
Ik weet niet wat ik moet zeggen. 'En jij dacht…?'
Het dringt nu tot me door wat volgens haar de toedracht is geweest: ik had ontdekt dat ze donorsperma had gebruikt en werd gek. Ik dacht dat Matthew niet mijn kind was. *De woede, de wrok, de spanning.*
Bovendien het slaapwandelen. In haar gedachten heb ik het niet

met opzet gedaan. Op een of andere manier had mijn verborgen woede zich gemanifesteerd, ik had te veel gedronken, of het was een slechte mix van antidepressiva en alcohol geweest, of het was een trauma geweest dat plotseling weer was opgedoken in mijn beschadigde geest. Zonder me ervan bewust te zijn was ik opgestaan, had ik de honkbalknuppel gegrepen, was ik naar Matthews kamer gelopen en...

Ineens valt zo veel van wat er is gebeurd op zijn plaats. Cheryl geeft zichzelf de schuld. Al jarenlang. Ze heeft niet alleen haar zoon verloren. Ze gelooft dat ik het heb gedaan, en wat nog erger is, ze gelooft dat zij daarvoor verantwoordelijk is.

'Cheryl, luister naar me.'

Ze barst opnieuw in huilen uit. Haar knieën knikken. Ik kan haar niet domweg onderuit laten gaan, wat er verder ook gebeurt. Ik haast me naar haar toe, ze grijpt mijn shirt vast en snikt: 'Het spijt me zo, David.'

Dat hoef ik niet te horen. Dat wil ik niet horen. Concentreer je, zeg ik tegen mezelf. 'Het is allemaal niet belangrijk meer.'

'David...'

'Alsjeblieft,' zeg ik. 'Kijk naar de foto.'

'Dat kan ik niet,' zegt ze.

'Cheryl.'

'Ik kan mezelf die hoop niet geven. Als ik dat doe, ga ik kapot.'

Ik weet niet wat ik daarop moet zeggen.

'Ik wil dat zo graag geloven, David, maar als ik mezelf toesta...' Ze valt stil en schudt haar hoofd. 'Ik ben weer zwanger.'

'Dat weet ik,' zeg ik.

Op dat moment hoor ik een sleutel rammelen in het slot van de deur. Meteen daarop zwaait de deur open.

Ronald staat op de drempel.

Hij heeft een paar seconden nodig om me te herkennen. Bij die herkenning spert hij zijn ogen wijd open.

‘Wat is hier verdomme gaande?’

Ik heb geen tijd voor achterhoedegevechten met Ronald of wie dan ook. Ik kijk Cheryl aan.

‘Ga,’ zegt ze terwijl ze de tranen uit haar ogen veegt. ‘Hij zal zijn mond houden.’

Ik haast me naar de deur. Heel even denk ik dat Ronald me de weg zal versperren. Maar dat doet hij niet. Hij stapt opzij. Ik wil iets tegen hem zeggen in de trant van ‘Zorg goed voor haar’ of ‘Ik ben blij voor jullie beiden’, maar zo onzelfzuchtig ben ik niet en ik heb bovendien genoeg melodrama meegemaakt voor één middag.

Met een miniem knikje loop ik langs hem het vertrek uit.

33

Max zag dat hij werd gebeld vanuit het kantoor van Lauren Ford. Hij keek even om zich heen om zeker te weten dat hij alleen was voordat hij het gesprek aannam. Sarah zou er niet blij mee zijn. Zoals Lauren heel expliciet had duidelijk gemaakt, was het hun taak om David Burroughs te pakken, niet om bewijs te verzamelen om zijn onschuld te bepleiten.

'Hallo?'

'Ik heb iets,' zei Lauren.

'Is Burroughs de vader?'

'Daar weet ik het antwoord nog niet op. Je kunt me geloven of niet, het kostte nogal wat tijd om in de database met gedetineerden te komen. Maar ik heb met het DNA van het slachtoffer wel in de database met vermiste kinderen gezocht.'

'En?'

'En het leverde niets op.'

'Het was een gok, denk ik.'

'Nee, Max – mag ik Max zeggen?'

'Tuurlijk.'

'Nee Max, het was geen gok. De databases met vermiste kinderen zijn behoorlijk compleet. Als er een kind wordt vermist, wordt er in de meeste gevallen DNA opgeslagen. Niet altijd, maar meestal. En dat is niet het enige.'

'Hoezo niet het enige?'

'Ik heb het signalement door alle databases met vermiste kinderen gehaald. Niet alleen databases met DNA-materiaal. Alle databases. Ik ben heel nauwkeurig te werk gegaan om zeker te weten dat ik er niet een zou vergeten. Leeftijd, lengte, alles heb ik ingevoerd. Ik heb het naar het federale niveau getild. De hele Verenigde Staten. Ik heb er mijn beste mensen op gezet, want, nou ja, als het slachtoffer niet Matthew Burroughs is – jezus, wat klinkt het gek om dat te zeggen – is er die nacht een ander jongetje vreselijk wreed om het leven gebracht.'

'Ja,' zei Max. 'En?'

'En niets. Geen overeenkomsten. Nul komma nul. Niets wat zelfs maar in de buurt kwam.'

Max kreeg last van zenuwtrekjes.

'Hoor je wat ik zeg, Max?'

'Ik hoor het.'

'Er is verder niemand. Het moet wel Matthew Burroughs zijn geweest in dat bed.'

Max knaagde aan een vingernagel. 'Heb je verder nog iets?'

'Hoe bedoel je, "heb je verder nog iets"? Luister je wel naar me?'

'Ja.'

'Shit,' zei Lauren. 'Je wilt nog steeds dat ik die ouderschapstest doe.'

'Ja.'

'Dat hoef ik niet te doen,' zei Lauren.

'Dat weet ik.'

'Shit, oké, goed. En daarna zetten we er een punt achter, deal?'

'Deal.'

'De uitslag zal wel niet zo lang op zich laten wachten.'

Lauren verbrak de verbinding.

Achter zijn rug hoorde Max Sarah vragen: 'Wie was dat, Max?'

'Een andere zaak,' mompelde hij. 'Is er nog nieuws?'

'Welke andere zaak?'

Max wist dat ze er niet over op zou houden. 'Het was een man, oké?'

'Een man?'

'Iemand die ik op een datingsite ben tegengekomen. Het is nog maar net. Ik wilde er nog niets over zeggen.'

'Leuk voor je,' zei Sarah.

'Dank je.'

'Ik geloof er alleen geen snars van, maar daar kunnen we het later nog wel over hebben. Kom op, werk aan de winkel.'

'Hoezo, wat is er?'

'Burroughs is zojuist vertrokken uit het St. Barnabas-ziekenhuis in New Jersey. Daar werkt zijn ex.'

'Ik wilde gewoon eens een normale dag,' zei Hayden. 'Is dat te veel gevraagd? Je had hem moeten zien, Pixie. Gewoon een jochie in een pretpark. Ik geloof dat ik Theo nog nooit zo gelukkig heb gezien. Het was allemaal zo fantastisch en... normaal.' Bij dat laatste woord keek hij quasipeinzend naar het plafond alsof hij naar het woord moest zoeken.

Normaal, dacht Gertrude. Niets in dit geslacht, niets in het leven van de Paynes was normaal. Niemand wilde normaal zijn. Niet echt. Ze herinnerde zich dat ze Haydens vader en diens broertjes en zusjes ooit had meegenomen naar Disneyland. Ze had Disneyland een koffer met geld betaald, zodat ze speciaal voor hen de poort vroeg openden. De Paynes brachten twee uur alleen door in het park, twee uur waarin 'normale' mensen geen toegang hadden, en toen het pretpark daarna wel voor iedereen werd opengesteld, had een van de assistent-managers hen begeleid en steeds bij attracties voorbij de wachtrij geloodst.

Geen kind dat die dag in de Space Mountain wilde, wilde 'normaal' zijn.

'Had me maar verteld dat je er met hem naartoe wilde.'

'Dan had je er een stokje voor gestoken.'

'En nu weet je waarom.'

'Ik ben heel voorzichtig geweest. Ik had een honkbalpet op en een zonnebril. Ik heb niemand verteld dat ik ernaartoe ging. Ik heb hem bij alle bedrijfsfotografen uit de buurt gehouden. En, kom op, Pixie, hoe groot is nou helemaal de kans? Hij was een klein jongetje toen ik hem heb gered. Zelfs als je hem recht in de ogen kijkt, kun je niets weten. En hij wordt niet vermist of zo. De hele wereld is ervan overtuigd dat hij dood is.'

Gertrudes gedachten gingen terug naar die nacht vijf jaar gelden. Hayden had van tevoren niet met haar overlegd. Hij had haar ook niet gewaarschuwd, omdat hij wist dat zij hem nooit zijn gang zou laten gaan. Het was al bijna ochtend toen hij met de kleine jongen hier op het landgoed van de Paynes verscheen.

Pixie, ik moet je wat vertellen...

Het is verbijsterend wat de menselijke geest kan goedpraten. We zijn allemaal gevangen in een web van zelfrechtvaardiging en rationalisering van onze daden. Pixie was niet immuun. Moraliteit is subjectief. Die nacht had ze heel nobel kunnen doen wat gedaan had moeten worden, maar zoiets doen we alleen als we er niets voor hoeven op te offeren. Het deed haar denken aan de oude filosofische kwestie rond het eten van kip en het uitsterven van kippen. Er wordt gezegd dat kippen zouden uitsterven als wij geen kip meer zouden eten en dat het dus voor de kip niet goed zou zijn als we zouden stoppen met kip eten. Een veganistische vriend van Gertrude had gezegd dat die redenering flauwekul was, maar daar ging het niet om. Natuurlijk worden miljoenen kippen geboren, en leven ze daarna een uiterst kort en erbarmelijk leven, alleen om te worden geslacht voor consumptie door de mens. Is zo'n leven beter dan helemaal geen leven? Is het beter voor een kip om zes, zeven weken te leven dan helemaal niet te leven. Wie ben jij om die beslissing voor een kip te nemen? Kun je dan maar beter stoppen met kip eten en ze uit laten sterven? Is het wel een goede zaak dat we kip eten? Enzovoort, enzovoort.

Het punt is dat geen van beide zijden in de discussie gelijk of ongelijk heeft. Het punt is dat je om het even welk argument ook zult gebruiken om je keuze te rechtvaardigen als je kip wilt eten, ook als je helemaal geen snars geeft om kippen en het overleven van de soort. Gewoon omdat je nu eenmaal kip wilt eten.

Pas dat nu eens toe op families. Familiezaken. Jouw familie. Rijk, arm, tijden in het verleden, vandaag de dag – het is een constante. We weten het allemaal. Wie het ontkent houdt zichzelf voor de gek of liegt. We doen wel net of we in een hoger doel geloven, maar dat doen we alleen als het ons goed uitkomt. We geven niet echt om anderen, tenzij het ons goed uitkomt. Geloof je me niet? Stel jezelf eens de vraag hoeveel mensen je om het leven zou brengen om te voorkomen dat je eigen kind of kleinkind wordt vermoord.

Eén? Vijf? Tien?

Een miljoen?

Wees eerlijk tegen jezelf, dan begrijp je misschien wat Gertrude die vroege ochtend heeft gedaan.

Ze koos voor Hayden. Ze koos voor de familie. Het spreekwoord zegt: je kunt geen omelet maken zonder eieren te breken. Een waar spreekwoord, een open deur, maar net als meestal, en ook in dit geval, van toepassing nadat de eieren al gebroken zijn, zodat de enige vraag die nog resteert, is: maak je er een omelet van of blijf je met de rommel zitten?

Pixie spreidde haar armen. 'En toch,' zei ze, 'is dit gebeurd. Het wordt tijd voor vertrek, Hayden. Van jullie allebei.'

Hayden keek weg. 'De rode vlek,' zei hij zacht.

Gertrude sloot haar ogen. Ze wilde het niet opnieuw horen.

'Er is een reden waarom God hem die vlek op zijn gezicht heeft gegeven.'

'Het is gewoon een wijnvlek, Hayden.'

'Daaraan hebben ze hem herkend. Er is een reden.'

Ze wist dat dat niet waar was. Het had niets met het lot of Gods wil of iets dergelijks te maken. Neem een zebrapad bij een drukke weg. Miljoenen mensen steken er elk jaar over. Er gebeurt nooit iets, tot op de dag dat door een combinatie van factoren – een gladde weg, iemand die zit te bellen achter het stuur, een slok te veel – een voetganger wordt aangereden en overlijdt. Een geval met een kans van één op tien miljoen of nog veel meer, maar het is geen toeval. Het gebeurt. Als het niet gebeurt, is er geen verhaal.

Die foto was hun gebeurtenis met een kans van één op tien miljoen.

Of misschien had Hayden wel gelijk. Misschien was er een hoger wezen dat dit wilde laten gebeuren.

'Hoe dan ook,' zei Gertrude, 'het is tijd voor jullie vertrek.'

'Dat zal er verdacht uitzien,' zei Hayden. 'Rachel vraagt me om die foto's van het pretpark en plotseling ben ik in het buitenland?'

Pixie, ik moet je wat vertellen...

Die nacht had hij als een klein jongetje geklonken, maar zo klinken mannen altijd als ze zich in de nesten hebben gewerkt en gered moeten worden. Dus had ze hem gered. Ze had de familie gered. Ze had de Paynes gered. Allemaal. Opnieuw.

En had ze Theo ook gered?

Het maakte niet uit. Ze zou het geheim in stand houden. Opnieuw.

Ze had er een nieuw geheim aan toegevoegd, een geheim over de jongen, een geheim waar niemand, zelfs Hayden niet, van afwist.

Dat was nu niet belangrijk. Niets van dat alles was nu belangrijk. Weer was Gertrude Payne degene die optrad om de Paynes te redden. En dus zou ze dat doen, ongeacht de offers die anderen daarvoor moesten brengen.

Max en Sarah liepen het St. Barnabas Medical Center in toen Max' telefoon ging. Hij zag dat het Lauren was die hem belde.

'Moment,' zei hij tegen Sarah.

Hij liep bij haar weg, zodat ze het gesprek niet kon volgen. Sarah keek hem na. Hij hield de telefoon bij zijn oor en zei: 'Zeg het eens.'

'Ik heb het resultaat van de ouderschapstest,' zei Lauren.

Ze gaf het resultaat aan hem door en vroeg aansluitend: 'Zou je me nu willen vertellen wat er in hemelsnaam aan de hand is?'

'Misschien niets. Geef me een uur.'

Hij verbrak de verbinding en liep terug naar Sarah.

'Wie was dat?' vroeg ze.

'Eh, die nieuwe.'

'Alweer? Is hij een beetje tekortgekomen of zo?'

'Sarah...'

'Hebben jullie elkaar tijdens een kampeertrip ontmoet? Woont hij in Canada?'

'Hè?'

'Wie belde jou, Max?'

'Dat hoor je zo.'

'Wat is dat voor rare opmerking?'

'Waar is de ex van Burroughs?'

'In haar kantoor.'

'Mooi, dan gaan we.'

'Haar nieuwe echtgenoot is hier ook,' zei Sarah. 'Ronald Dreason.'

Max dacht na. 'Tijd voor verdeel en heers?'

'Nee, Max, ik denk dat we dit samen moeten doen. Ik heb hem in een aparte kamer gezet om af te koelen.'

Hij stribbelde niet tegen. Ze liepen de gang door naar het kantoor van Cheryl Dreason, voorheen Cheryl Burroughs. Ze groette hen professioneel, alsof ze patiënten waren. Ze zat achter haar bureau, zij zaten naast elkaar op stoelen voor het bureau. Het kantoor was spaarzaam ingericht. Max zocht naar diploma's aan de muur, maar die waren er niet.

Sarah liet Max beginnen. Hij draaide niet om de hete brij heen.

'Wat heeft je ex tegen je gezegd?'

'Niets.'

Net als Hilde Winslow. Max ging verzitten. 'Hij kwam jou hier opzoeken, toch?'

'Ik weet niet wat hij hier kwam doen,' zei ze.

'Jullie hebben niet gepraat?'

'Hij ging ervandoor voordat hij echt iets kon zeggen.'

Sarah en Max keken elkaar even aan. Sarah zuchtte en pakte de draad op. 'Er zijn beelden van beveiligingscamera's, dr. Burroughs.'

'Het is nu Dreason,' zei ze.

Sarah had een pesthumeur. 'Ja, het zal allemaal wel. Je ex, de ontsnapte bajesklant die je zoon heeft vermoord, is hier acht minuten bij je in dit kantoor geweest voordat je echtgenoot binnenkwam. En dan zeg jij dat hij al die tijd zijn mond niet heeft opengedaan?'

Cheryl nam de tijd. Ze keerde zich naar het raam. Bij het licht dat door het raam naar binnen viel, kon Max zien dat haar ogen roodomrand waren. Ze had gehuild. Geen twijfel mogelijk. 'Ik hoef niet met jullie te spreken, klopt dat?'

Sarah keek Max aan. Max keek Sarah aan.

'Waarom zou je niet met ons willen praten?' vroeg Sarah.

'Ik heb patiënten. Ik zou graag willen dat jullie vertrokken.'

Het leek Max tijd om de bom te laten barsten.

'Je ex,' zei hij, 'is niet Matthews vader, hè?'

Beide vrouwen keken hem verbijsterd aan.

'Waar heb je het over?' vroeg Cheryl.

Dezelfde vraag was op het gezicht van Sarah te lezen.

'Natuurlijk is David Matthews vader,' zei Cheryl.

'Weet je dat zeker?'

'Wat is je bedoeling, agent Bernstein?'

Sarah keek naar hem alsof ze ook benieuwd was naar het antwoord op die vraag.

'Toen Matthew werd vermoord,' zei Max, 'kende je je nieuwe echtgenoot Ronald Dreason al. Klopt dat?'

'We waren collega's.'

'Jullie gingen niet met elkaar naar bed?'

Cheryl hapte niet. Met een vlakke stem zei ze: 'Dat deden we niet.'

'Weet je dat zeker?'

'Heel zeker,' zei Cheryl. 'Wat is je bedoeling, special agent? Draai er alsjeblieft niet omheen.'

'Ik heb een bezoek gebracht aan het kantoor van de officier van justitie die de zaak van je zoon onder zijn hoede had. Ze hebben nog altijd het DNA van Matthew.'

Er veranderde iets in de uitdrukking op het gezicht van Cheryl. Hij kon het zien.

'Het DNA van je ex is ook opgeslagen. Iedereen die veroordeeld wordt tot een gevangenisstraf moet zijn DNA afstaan. Ik heb een ouderschapstest laten doen met beide monsters.'

Cheryl Dreason begon langzaam nee te schudden.

'Volgens de test is David Burroughs, de man die is veroordeeld voor de moord op Matthew Burroughs, niet de vader van het kind dat in het bedje is gevonden.'

Sarah zette grote ogen op. 'Max?'

Over Cheryls lippen kwam niet meer dan een amper hoorbaar gefluister. 'O, mijn god…'

Max' ogen waren aan Cheryl gekluisterd. 'Dr. Dreason?'

Cheryl schudde onophoudelijk haar hoofd. 'David was Matthews vader.'

'Het resultaat van de test is sluitend.'

'O, mijn god.' De tranen sprongen haar in de ogen. 'Dan had David gelijk.'

'Waarover?'

'Matthew leeft nog.'

34

Het is me eindelijk gelukt om toegang te krijgen tot mijn oude e-mailaccount op het moment dat Rachel het parkeerterrein op draait voor een golfwinkel van de PGA aan de Garden State Parkway. Ik zoek een oude e-mail van acht jaar geleden, die ik vind met behulp van de zoekfunctie. Ik lees de e-mail door om zeker te weten dat ik me niet vergis. Daarna lees ik hem een tweede keer.

'David?'

Het parkeerterrein van de PGA-store is gigantisch, veel te groot voor die winkel, en ik vraag me af wat ze hier nog meer zullen bouwen. Helemaal in de hoek, tegen de bosrand, staat een Toyota Highlander geparkeerd. Tussen de bomen door zie ik een golfbaan. Een handige plek waarschijnlijk.

'Hoe was het bij Cheryl?' vraagt Rachel.

'Ze is doorgegaan met die spermadonatie.'

Stilte.

'Wist jij dat?' vraag ik.

'Nee,' zegt ze zacht. 'David, het spijt me.'

'Het wordt er allemaal niet anders door.'

Daar reageert ze niet op.

'Zelfs als ik niet de biologische vader ben, blijft hij mijn zoon,' zeg ik.

'Ik weet het.'

'En hij is mijn kind. Dat maakt niet uit, maar ik weet het.'

'Ik weet het ook,' zegt Rachel als ze naast de Toyota Highlander parkeert.

Een man met een pet van de Yankees stapt uit de Highlander.

'Kom op,' zegt Rachel tegen me.

Ze laat de sleutels in het contactslot zitten. We lopen naar de Highlander. De man met de pet van de Yankees zegt: 'Rij van het parkeerterrein over de rijstrook langs de bosrand. Die ligt niet in het bereik van de camera's.'

We ruilen van auto. Zo eenvoudig is het. Rachels advocaat heeft het voor ons geregeld. We wisten beiden toen we het ziekenhuis verlieten dat we er niet op konden vertrouwen dat Ronald niet zou bellen of dat we niet op een andere manier tegen de lamp zouden lopen.

Rachel rijdt de snelweg op. De man met de pet van de Yankees heeft nieuwe wegwerptoestellen voor ons klaargelegd op de passagiersstoel. We stellen ze zo in dat alle gesprekken van onze oude wegwerptoestellen worden doorgestuurd naar de nieuwe. Er ligt ook een hamer in zo'n herbruikbare boodschappentas van een supermarkt. Bij een Burger King langs de snelweg spring ik de auto uit met de oude wegwerptoestellen en de hamer. Bij de toiletten sluit ik mezelf op in een wc-hokje, sla de wegwerptoestellen kapot met de hamer en gooi de resten in de prullenbak.

Rachel heeft ondertussen iets te eten gekocht bij de drive-thru. Ik heb altijd een hekel gehad aan fastfoodtenten, maar nu staat een Whopper met patat friet zo ongeveer gelijk aan een religieuze ervaring. Ik verslind alles tot en met de laatste kruimel.

'Wat doen we nu?' vraagt Rachel.

'We hebben nog maar twee sporen over,' zeg ik tussen twee happen door. 'Het pretpark en de vruchtbaarheidskliniek.'

'Ik heb Hayden om alle foto's van de bedrijfsfotografen gevraagd.' We moeten wachten voor een stoplicht dat op rood staat. Rachel kijkt op haar telefoon. 'En...'

'Wat?'

'Hayden heeft zijn woord gehouden.'

'Heeft hij de foto's gestuurd?'

Het stoplicht springt op groen. 'Ik zal even parkeren, dan kan ik kijken,' zegt Rachel.

Bij een Starbucks verlaat ze de weg en zet ze de auto stil. Ze doet van alles op het wegwerptoestel. 'Ze zitten in de cloud en daar moeten we eerst in. De bestanden zijn te groot om te downloaden.'

'Kan dat met een wegwerptoestel?'

'Ik denk dat we een laptop of zo nodig hebben. Ik heb die van mij wel, maar ik ben bang dat ze die kunnen traceren.'

'Ik denk dat we het risico moeten nemen.'

'Ik heb een VPN. Misschien is dat genoeg.'

Rachel haalt een superdunne laptop uit haar tas. Ze zet hem aan en roept de pagina die ze nodig heeft op in haar browser. We willen hier niet te lang stilstaan, dus gaan we razendsnel langs de foto's. Ze zijn allemaal gemaakt voor datzelfde spandoek met het bedrijfslogo.

'Hoelang kunnen we hier blijven staan om naar die foto's te kijken?' vraagt Rachel.

'Ik weet het niet. Misschien moet jij gewoon gaan rijden? Een doelwit in beweging is misschien moeilijker te traceren.'

'Dat vraag ik me af, maar het is goed, ik ga wel rijden.'

Ik blijf foto's bekijken. Ik ga snel door een hele reeks, maar het voelt aan als verspilde tijd. Als je naar een pretpark gaat met een ontvoerde jongen, ga je niet voor een spandoek met een hartelijk welkomstwoord staan. Of wel? Het is nu vijf jaar geleden. Hij is gegroeid. Iedereen denkt dat hij dood is. Daar twijfelt niemand aan. Misschien doe je het dan wel. Misschien denk je dat er genoeg tijd voorbijgegaan is. Niemand herkent een jongen die ze dood wanen. En zelfs als er al een zeker risico is, wat moet je anders? Moet je die jongen de rest zijn leven opsluiten in een donkere grot?

Ik bekijk lukraak foto's, het lijkt een zinloze onderneming. Ik zoom in op foto's en probeer ver op de achtergrond iets te ontwaren, want dat is waar iets te vinden valt, denk ik. De fotobestanden zijn zo groot dat ik na het inzoomen vrijwel elk detail scherp kan zien. Op een gegeven moment zie ik een kleine jongen die even oud zou kunnen zijn als Matthew, maar als ik inzoom blijken de overeenkomsten slechts oppervlakkig.

Ik hoor het zoemen van een telefoon. Het is het wegwerptoestel van Rachel. Ze kijkt op het scherm wie haar belt en neemt het gesprek aan. Ze gebaart naar mij dat ik dichterbij moet komen zodat ik kan meeluisteren.

'Hallo?'

'Kun je vrijuit praten?'

'Ja, Hester.'

Hester Crimstein is Rachels advocaat.

'Ben je alleen?' vraagt Hester. 'Alleen ja of nee zeggen. Geen namen noemen.'

Ze bedoelt natuurlijk mijn naam – voor het geval er iemand meeluistert.

'Ik ben niet alleen,' zegt Rachel. 'Maar we kunnen vrijuit praten. Is er nieuws?'

'Ik heb net bezoek gehad van de FBI,' zegt Hester. 'Drie keer raden wie nu hun interesse heeft gewekt.'

Rachel kijkt mij aan.

'Jij, Rachel,' zegt Hester. 'Jij.'

'Ja... zoiets vermoedde ik al.'

'Ze hebben videobeelden waarop te zien is dat je bij het ziekenhuis waar je zuster werkt in gezelschap verkeert van een ontsnapte gevangene, dus dat leuke nieuwe kapsel werkt niet meer als vermomming. Ik heb tegen de FBI gezegd dat jij het niet bent op die beelden. Ik heb gezegd dat ze gefotoshopt zijn. Ik heb ook gezegd dat je – als jij het zou zijn – duidelijk onder dwang liep. Ik heb ze nog veel meer verteld, maar dat kan ik me nu niet allemaal meer herinneren.'

'Heeft het geholpen?'

'Geen sikkepit. Ze hebben een opsporingsbevel voor je opgesteld. Een foto van hoe je er nu bij loopt, kan elk ogenblik in het nieuws te zien zijn. Eeuwige roem ligt op de loer.'

'Fantastisch,' zegt Rachel. 'Goed dat je even belde.'

'Nog een laatste wijze boodschap,' zegt Hester. 'Voor het grote publiek is jouw zwager een veroordeelde moordenaar. Een van de ergste soort. Een kindermoordenaar. Hij heeft een gevangenisdirecteur een pistool afhandig gemaakt. Hij heeft een politieagent toegetakeld die nu in het ziekenhuis ligt. Begrijp je wat ik bedoel?'

'Misschien wel.'

'Dan zal ik het toch even duidelijk zeggen. David Burroughs wordt beschouwd als uitzonderlijk vuurwapengevaarlijk. Zo zullen ze hem ook behandelen. Als ze hem ergens vinden, aarzelen ze geen moment, dan schieten ze. Jij bent mijn cliënt, Rachel. Ik wil niet dat mijn cliënten hun best moeten doen om kruisvuur te overleven. Dode cliënten betalen hun rekeningen niet.'

Hester verbreekt de verbinding. Ik staar naar het scherm van de laptop, waarop een foto staat met drie mannen bij een reuzenrad. Ze zijn net in de dertig. Ze glimlachen alle drie. Ze hebben blozende wangen en ik vraag me af of dat door de zon komt of door drank.

'Je moet het me verder alleen laten doen,' zeg ik.

'Sst,' zegt Rachel.

Ik moet glimlachen. Ze zal niet naar me luisteren en ik ga ook niet al te zeer mijn best doen, want ik heb haar nodig. Mijn vingers spelen nog steeds met het scherm om in te zoomen, als er plotseling een gedachte bij me opkomt.

'Die foto met Matthew,' zeg ik.

'Wat is daarmee?'

'Je zei dat je vriendin Irene je meer foto's had laten zien?'

'Ja.'

'Hoeveel?'

'Weet ik niet. Waarschijnlijk een stuk of tien, vijftien.'

'Ik neem aan dat je ze allemaal hebt bekeken toen je eenmaal Matthew had gezien?'

'Ja.'

'Hoe had ze die foto's genomen?'

'Hoe bedoel je?'

'Een ouderwets filmpje, digitaal, telefoon...?'

'O, juist, ik begrijp het. Haar man Tom is een enthousiaste amateurfotograaf. Maar ik weet het niet. Ik heb Irene gevraagd of ze nog andere foto's had, maar die waren er niet.'

Ik keer me naar Rachel. 'Kunnen we grappige Irene op een of andere manier bereiken?'

'Ik heb het vlak voordat ik jou opzocht geprobeerd, maar ze waren voor een bruiloft in Aspen. Ik geloof dat ze gisteravond weer thuisgekomen zijn. Hoezo?'

'Misschien kan zij, of anders Tom, de foto uitvergroten. Of andere foto's. Net zoals we hier doen. Zodat we beter kunnen kijken. Want het lijkt wel of degene die Matthew heeft meegenomen naar dat pretpark hem bewust uit de buurt van de fotografen heeft gehouden. De enige van wie vaststaat dat hij een foto van Matthew heeft gemaakt, is Tom.'

'Je wou zeggen dat we misschien een aanwijzing kunnen vinden op een van de andere foto's.'

'Precies.'

Rachel denkt na. 'Ik kan Irene niet domweg opbellen.'

'Waarom niet?'

'Als ik in het nieuws ben als persoon waarin het gezag geïnteresseerd is, en als Irene dat ziet...'

'... zou ze het kunnen aangeven,' maak ik de zin voor Rachel af.

'Dat lijkt me waarschijnlijk. Ze zal me in ieder geval niet met open armen ontvangen.'

'Misschien is ze er helemaal niet.'

'We kunnen het risico niet nemen, David.'

Ze heeft gelijk. 'Waar wonen de Longleys?' vraag ik.

'Stamford.'

'Dat is maar een uur hiervandaan.'

'Wat ben je van plan, David? Gewoon ernaartoe rijden en aanbellen en zeggen: ik wil de foto's zien?'

'Precies.'

'Dan kan ze nog altijd de politie bellen.'

'Als ze het nieuws heeft meegekregen, zul je dat aan haar gezicht zien. Dan kunnen we alsnog de benen nemen.'

Rachel fronst haar wenkbrauwen. 'Riskant.'

'Volgens mij moeten we gewoon een kans wagen. We rijden ernaartoe en dan nemen we een besluit.'

Het weeshuis in het kleine land op de Balkan noemde de baby Milo. Milo was voor dood achtergelaten in een openbaar toilet. Niemand wist wie de moeder was, dus brachten ze hem naar het weeshuis. Hij zag er gezond uit, maar hij huilde aldoor. Hij had pijn. Een arts stelde vast dat hij leed aan een zeldzame, maar dodelijke genetische afwijking. Kinderen met die diagnose werden zelden ouder dan vijf.

Onder de meeste omstandigheden zou een jongen als Milo binnen een paar weken overlijden. De leeftijd van vijf jaar bereiken en een min of meer acceptabel leven leiden zou kapitalen kosten, en zelfs dit weeshuis, een van de vele die werden gefinancierd door een rijke Amerikaanse familie, zou niet zo veel van de beperkte budgetten reserveren voor een kind zonder overlevingskansen op termijn. Er zouden uitzonderlijke maatregelen genomen moeten worden, die extreem duur waren, om een leven te rekken dat desondanks ellendig en pijnlijk zou zijn.

Het was beter om maatregelen te treffen voor een vredig heengaan. Iets wat zelfs als genadig zou kunnen worden opgevat.

Dat was echter niet wat er gebeurde.

Hayden Payne, telg uit het rijke Amerikaanse geslacht dat het weeshuis financierde, kwam het droevige lot van de jongen ter ore. Waarom hij überhaupt kennisnam van dit geval en waarom hij er vervolgens zo veel belang in stelde, was iedereen in het weeshuis een raadsel. Er werd natuurlijk geroddeld, maar wat de mensen op de werkvloer niet wisten, was dat Hayden een verzoek had gedaan om op de hoogte te worden gesteld als er een jongen van ongeveer deze lengte en bouw in een van de weeshuizen was opgenomen. Toen Hayden vernam dat de jongen bovendien een slechte gezondheid had, nam zijn interesse alleen maar toe. Niemand bij het weeshuis durfde de vraag te stellen wat zo iemand als Hayden bewoog om belang te stellen in een jongen met dit profiel.

Waarom ze dat niet durfden? Eenvoudigweg omdat de Paynes het weeshuis financierden.

Wat er ook aan mocht mankeren, feiten waren feiten: geen Paynes, geen geld, geen geredde kinderen, geen werk.

Voor iedereen die getuige was van de manier waarop Hayden met de kleine jongen omging – en dat waren maar weinig mensen – was het duidelijk dat Hayden een geschenk van God was. Hij deed alles wat hij maar kon voor Milo om het korte leven van de jongen zo plezierig mogelijk te maken. Hij spaarde kosten noch moeite. Bijna elke dag nam hij de jongen mee voor opwindende avonturen. Milo was een dag lang brandweerman op een grote brandweerauto. Hij was een dag lang politieagent en vond het prachtig op de knop te drukken waarmee hij de sirene liet loeien. Hayden nam de jongen mee naar voetbalwedstrijden, waar hij met de teams mee mocht in de kleedkamer. Hij mocht langs de zijlijn naar de wedstrijd kijken. Hayden nam hem mee naar paardenrennen, autoraces en braderieen, naar dierentuinen en aquariums.

Hayden maakte het korte leven van Milo fantastisch.

Dat hoefde hij natuurlijk niet te doen, maar het werd belangrijk voor Hayden. Als Hayden niet had ingegrepen, zou Milo al een hele tijd geleden een uiterst pijnlijke dood gestorven zijn. Dankzij Hayden – dankzij Haydens edelmoedigheid – waren de weinige dagen die de jongen gegund waren, vervuld van geluk en plezier. Hayden vond dat het prijzenswaardig was wat hij deed. Hij hoefde het niet op deze manier te doen. Hij had het veel pragmatischer kunnen aanpakken. Hij had een gezond kind kunnen uitkiezen dat niemand zou missen. Dat zou het voor hem, Hayden, veel gemakkelijker hebben gemaakt. Het zou ook veel beter hebben gewerkt, want dan had Hayden de daad veel eerder en met minder risico kunnen uitvoeren. Maar nee, Hayden wachtte geduldig af. Hij deed wat gedaan moest worden. Hij deed wat het geweten hem voorschreef. Hij zocht een leven dat sowieso verloren zou gaan en maakte dat tot een sprankelend feest. Het leven hier op aarde is voor ieder van ons eindig. Dat begrijpen we. Dat van Milo werd niet alleen verlengd, maar ook waardevoller dankzij Hayden Payne.

Tot de dag kwam dat de tijd rijp was, dat de jongen precies de juiste lengte en het juiste gewicht had, dat het plan tot in de puntjes was voorbereid, en dat de kleine Milo zelfs ondanks de medicatie weer ondraaglijke pijn begon te lijden. Op die dag vloog Hayden met hem in een privévliegtuig naar de Verenigde Staten. Hij bracht hem naar een huis in Massachusetts, gaf hem een licht slaapmiddel van een soort dat niet in het bloed te traceren is, net genoeg om geen pijn te voelen. Hij nam hem mee de trap op naar de slaapkamer van de andere jongen. Hij gaf de andere jongen hetzelfde slaapmiddel en bracht hem naar de auto. Hij had er al voor gezorgd dat de whiskey die de vader het liefst dronk was voorzien van een iets sterker slaapmiddel.

Toen trok Hayden Milo de pyjama met stripheIden van de andere jongen aan.

Milo lag in het bed te slapen toen Hayden de honkbalknuppel boven zijn hoofd hief. Hij sloot zijn ogen, dacht aan professor Tyler en die pestkop in groep acht en dat meisje dat maar niet ophield met gillen, aan alle keren dat hij zich in het verleden had laten gaan, altijd met een heel goede reden. Hij kanaliseerde al die woede en deed zijn ogen open.

Hayden hoopte en verwachtte dat de eerste klap Milo zou doden.

Hij hief de knuppel een tweede keer. En nog een keer. Nog een keer en nog een keer.

Toen hij met de andere jongen op het landgoed van de Paynes arriveerde, toen hij zich eindelijk veilig kon voelen, pas toen kwam, vreemd genoeg, de paniek.

Pixie, ik moet je wat vertellen...

Wat had hij gedaan? Na alle planning, na al die jaren van wachten op de kans om eindelijk dat onrecht recht te zetten, sloeg nu de twijfel toe? Veronderstel, zei hij tegen zijn grootmoeder, dat hij een verschrikkelijke fout had gemaakt. Veronderstel dat de jongen níét werkelijk zijn kind was. Kon hij nog terug in de tijd om alles ongedaan te maken?

Was het te laat?

Maar zoals altijd was Pixie de ingetogen, kalme, weldenkende grootmoeder geweest. Ze had Stephano op pad gestuurd om ervoor te zorgen dat Hayden geen fouten had gemaakt, dat hij geen sporen had achtergelaten die naar de Paynes zouden leiden. Daarna had ze, om aan alle twijfel een einde te maken, Hayden een ouderschapstest laten doen. Het duurde een hele dag voordat het resultaat bekend werd – een dag die Hayden een eeuwigheid toescheen – maar toen kon Pixie trots aankondigen dat de test bevestigde dat wat Haydens geweten hem had opgedragen te doen, juist was geweest.

Theo – ooit aangesproken als Matthew – was zijn zoon.

Pixies stem riep hem terug naar de werkelijkheid. 'Hayden?'

Hij schraapte zijn keel. 'Ja, Pixie?'

'Je hebt haar de foto's gestuurd,' zei Gertrude.

'Van twee van de vier fotografen,' zei Hayden. 'Die hadden een plek waar wij nooit in de buurt zijn geweest. Ik heb ze zelf ook allemaal bekeken.'

'Hoe dan ook, het wordt tijd voor Theo en jou om te vertrekken.'

'We vertrekken morgenvroeg,' zei Hayden.

35

We parkeren voor de vrijstaande woning met drie slaapkamers van Tom en Irene Longley aan Barclay Drive in North Stamford. Ik heb het huis opgezocht in een database voor onroerend goed op internet toen we onderweg waren. Het huis staat op een perceel van vierduizend vierkante meter op de hoek van de straat en wordt geschat op achthonderdzesentwintigduizend dollar. Het heeft tweeënhalve badkamer en een verzonken zwembad in de achtertuin.

Ik lig op de achterbank met een deken over me heen om uit het zicht te blijven. Barclay Drive is een straat zoals er dertien in een dozijn gaan in een buitenwijk. Een man die alleen in een auto zit trekt er de aandacht.

'Alles oké?' vraagt Rachel.

'Prima.'

Rachel pakt haar wegwerptoestel. Ze belt me. Ik neem op. We testen de verbinding even snel: zij praat, ik luister. Op deze manier kan ik het gesprek volgen dat zij voert met Irene of Tom of wie dan ook maar de deur opent, als er tenminste iemand thuis is. Het is primitief, maar we hopen dat het werkt.

'Ik laat de sleutels in het contactslot,' zegt ze. 'Ga ervandoor als er iets fout gaat.'

'Oké. Ik heb bovendien het pistool. Als ze jou pakken, moet je zeggen dat ik je gedwongen heb.'

Ze fronst haar wenkbrauwen en kijkt me aan. 'Juist... ik denk het niet.'

Ik begraaf me weer onder de deken en wacht. We hebben geen koptelefoons of iets dergelijks, dus druk ik de telefoon tegen mijn oor. Het voelt raar om me achter in een auto te verbergen, maar daar kan ik me nu niet druk om maken.

Over de telefoon hoor ik Rachels voetstappen en dan een zwakke echo van de deurbel.

Er gaan een paar seconden voorbij. Dan hoor ik Rachel zacht mompelen. 'Er komt iemand aan.'

De deur gaat open en ik hoor de stem van een vrouw. 'Rachel?'

'Hoi Irene.'

'Wat doe jij hier?'

Die toon bevalt me niet. Geen twijfel mogelijk, ze heeft weet van het opsporingsbevel. Ik vraag me af hoe Rachel het zal spelen.

'Die foto's die jij mij hebt laten zien van dat pretpark, weet je dat nog?'

Irene kan het niet zo snel volgen. 'Hè, wat?'

'Waren die digitaal gemaakt?'

'Ja. Wacht, ben je daarvoor gekomen?'

'Ik heb toen van een van die foto's met mijn camera een opname gemaakt.'

'Dat heb ik gezien.'

'Zou ik die andere foto's nog een keer mogen zien. Of zou ik de fotobestanden mogen hebben?'

Stilte. Geen stilte die ik aangenaam vind.

'Luister,' zegt Irene. 'Als je hier even wilt wachten. Een momentje.'

Ik weet dat het stom is wat ik ga doen, maar ik vertrouw opnieuw op mijn intuïtie. Aan intuïtie wordt veel te veel waarde gehecht.

Intuïtie, instinct, het gevoel in je onderbuik, dat is de drijfveer van iemand die te lui is om na te denken, om de voors en tegens tegen elkaar af te wegen, om al dan niet moeilijke beslissingen te nemen.

Maar ik heb geen tijd voor dergelijke filosofische gedachten.

Als ik me uit de auto laat rollen, heb ik het pistool al in mijn hand.

Ik ren naar de voordeur. Zelfs van een afstand zie ik Irene grote ogen opzetten van verbazing. Ze verstijft. Dat is goed voor mij. Mijn grootste angst is dat ze een stap achteruit zal doen en de deur zal dichtgooien. Maar ik heb het pistool in de aanslag.

'David?' zegt Rachel. Maar de tijd ontbreekt haar om er 'Wat doe je, godverdomme' aan toe te voegen, want ik sta al bij Irene en bijt haar half roepend, half fluisterend toe geen vin te verroeren.

'O, mijn god, alsjeblieft, doe me geen pijn.'

Rachel kijkt me woest aan. Ik kijk verontschuldigend terug en hoop dat de boodschap overkomt dat ik geen keus had.

'Luister, Irene,' zeg ik. 'Ik wil alleen voorkomen dat je de politie belt. Ik zal je niets doen.'

Maar ze steekt haar handen omhoog en haar ogen worden steeds groter.

'We moeten alleen die foto's zien,' zeg ik. Ik laat het pistool zakken en haal de foto uit mijn zak. 'Zie je die jongen? Die op de achtergrond.'

Ze is zo bang dat haar ogen alleen op mij gericht blijven.

'Kijk dan,' zeg ik iets te luid. 'Alsjeblieft?'

'Laten we naar binnen gaan,' zegt Rachel.

We gaan naar binnen. Irene ziet alleen het pistool. Dat geeft me een rotgevoel. Hoe dit ook allemaal afloopt, het leven zal voor Irene nooit meer hetzelfde zijn. Ze weet nu wat angst is. Ze zal last krijgen van slapeloosheid. Ze is vandaag iets verloren, ik heb haar iets afgepakt op het moment dat ik het pistool trok. Dat is wat bedreiging en geweld, in welke vorm dan ook, met iemand doen. Het blijft voorgoed bij hen.

'Ik zal je niets doen,' zeg ik, maar ik raaskal maar wat nu. 'Ik heb de afgelopen vijf jaar in de gevangenis gezeten voor de moord op mijn zoon. Ik heb het niet gedaan. Die jongen op de foto, dat is hem. Daarom ben ik ontsnapt. Daarom zijn Rachel en ik hier. We proberen mijn zoon te vinden. Help ons, alsjeblieft.'

Ze gelooft me niet. Of misschien maakt het haar niet uit. Ze handelt ook instinctmatig. In dit geval gaat het om het belangrijkste oerinstinct. Overleven.

'Wat hij zegt, is waar,' zegt Rachel.

Ook dat maakt niets uit, denk ik.

'Wat willen jullie van me?' vraagt Irene met een van paniek doordrenkte stem.

'De foto's,' zeg ik. 'Alleen de foto's.'

Drie minuten later zitten we in Irenes keuken. Op de koelkast zijn tientallen foto's geplakt van Irene en Tom en hun twee zonen. Irene zit aan de keukenbar en opent met trillende handen haar laptop. Het valt me op dat ze steeds even een blik in de richting van de koelkast werpt. Ik weet niet of ze steun zoekt bij de foto's van haar gezin, of mij erop attent wil maken dát ze een gezin heeft.

'Het komt allemaal weer goed,' zeg ik tegen Irene. 'Dat beloof ik je.'

Dat lijkt voor haar maar een schrale troost. Opnieuw voel ik me even rot, niet om mijn eigen lot, maar om wat ik haar aandoe. Ze is een onschuldige omstander in deze hele zaak. Ik zoek troost in de gedachte dat een eventueel eerherstel voor mij, voor haar misschien de vleug PTSS die ik haar bezorg zal oplossen.

'Wat moet ik doen?' vraagt Irene.

Rachel probeert een troostende hand op Irenes schouder te leggen, maar Irene schudt die hand van zich af.

'Wil je de foto's van die dag op het scherm zetten?' vraag ik.

Irene maakt een typefout, waarschijnlijk uit nervositeit. Ik heb het pistool weggestopt zodat ze het niet meer kan zien, maar het blijft natuurlijk de spreekwoordelijke olifant in het vertrek. Uiteindelijk lukt het haar een map te openen en vult een hele reeks miniaturen het beeld.

Ze gaat staan en gebaart dat een van ons tweeën haar plaats in kan nemen. Rachel gaat op Irenes kruk zitten en klikt op de eerste foto. Een van de twee zonen staat erop. Hij wijst grijnzend naar de gigantische achtbaan achter zich.

'Mag ik nu weg?' vraagt Irene met trillende stem.

'Het spijt me,' zeg ik zo kalm en beheerst als ik maar kan. 'Dan bel je de politie.'

'Dat doe ik niet. Dat beloof ik.'

'Blijf nog heel even bij ons, goed?'

Valt er wat te kiezen voor haar? Ik ben de man met het pistool. We klikken langs de foto's. Er zijn nog meer foto's van de achtbaan tussen opnamen met gekostumeerde acteurs, een soort show met dolfijnen en meer van die attracties. We speuren bij al die foto's naar mensen op de achtergrond.

Uiteindelijk komt de foto op het scherm die dit allemaal teweeg heeft gebracht. 'Zie je die jongen op de achtergrond? Kun je je hem herinneren?'

Ze kijkt me aan alsof op mijn gezicht het gewenste antwoord te lezen staat. 'Nee, het spijt me.'

'Hij heeft een wijnvlek op zijn gezicht. Helpt dat?'

'Nee, het spijt me. Ik... Hij staat alleen op de achtergrond. Ik kan me hem niet herinneren. Het spijt me.'

Rachel zoomt in en mijn hart gaat meteen als een razende tekeer. De kwaliteit van deze foto is uitstekend, zeker vergeleken met de versie die ik heb gezien in de bezoekersruimte van Briggs, het kiekje dat Rachel van de opname had gemaakt en afgedrukt. Ik weet de resolutie van deze foto niet, maar als ze steeds dichter in de buurt komt van het gezicht van de jongen, steeds op de plustoets drukkend om langzaam in te zoomen, loop ik vol. Ik riskeer een snelle blik op Rachel. Zij ziet het ook. Alle onscherpte is weg. Het gezicht van de jongen wordt schermvullend weergegeven.

We kijken elkaar aan. Er bestaat geen enkele twijfel meer.

Het is Matthew.

Of, misschien toch? Is het domweg projectie van onze kant? Is de wens de vader van de gedachte? Ik weet het niet. Het kan me niet schelen. Zo, twijfelend, met de vraag in gedachten of dit een doodlopend spoor is, zie ik dat Rachel haar vinger op de toets zet met de pijl naar rechts. Het gezicht van de jongen verdwijnt langzaam links van het scherm.

'Wat doe je?' vraag ik.

Rachel reageert niet. Ze blijft op de toets met de pijl naar rechts drukken, en op de toets met de pijl omhoog. We klimmen langs Matthews kleine arm naar zijn hand. En als we die bereiken, hoor ik Rachel luid naar adem happen.

'Rachel.'

'O, mijn god.'

'Wat is er?'

Ze wijst naar de hand van de man die de hand van mijn zoon vasthoudt. 'Die ring,' zegt ze.

Ik zie een paarse steen en een wapenschild van een universiteit. Ik knijp mijn ogen tot spleetjes om het beter te kunnen zien. 'Dat is een ring van een universiteit.'

'Dat is het,' zegt Rachel. Ze kijkt me aan. 'Dat is de ring van Lemhall University.'

36

'Wil je mij verdomme eens vertellen wat er allemaal aan de hand is, Max?'

Sarah reed, Max zat naast haar op de passagiersstoel. Ze hield haar ogen op de weg voor haar gericht, maar het voelde alsof haar ogen dwars door hem heen keken.

'Ik ben er niet van overtuigd dat Burroughs het heeft gedaan.'

'Dat hij wat heeft gedaan?'

'Zijn eigen zoon doodgeslagen.'

'Ben je tegenwoordig strafpleiter?'

'Nee,' zei Max. 'Ik probeer de wet te handhaven.'

'Met de opdracht een ontsnapte gedetineerde te arresteren,' zei Sarah. 'Als hij het niet heeft gedaan, zijn er rechtbanken en wetten en een heel juridisch systeem om dat recht te breien. Dat is niet jouw taak. Het is niet mijn taak. Onze taak is om hem weer op te sluiten.'

'Onze taak heeft met recht doen te maken.'

'Hij is uit de gevangenis ontsnapt.'

'Daar valt over te twisten.'

'Hè?'

'Hij had hulp. Dat weten we allebei.'

'Je bedoelt de gevangenisdirecteur.'

'Ja. Ik heb met hem gesproken.'

Max praatte haar bij. Sarah liep rood aan.

'Mijn god,' zei ze. 'We moeten Mackenzie arresteren.'

'Sarah...'

'Luister je wel naar wat je zelf zegt, Max? Ze manipuleren je.'

'De DNA-test...'

'... toont aan dat hij niet de vader is. Tsjongejonge. Dat maakt het alleen maar erger.'

'Hoezo dat?' vroeg Max.

'De vrouw die we net hebben bezocht vertelt niet alles. Ik hoop dat je dat ook doorhebt.'

'Ja.'

'Het is allemaal heel eenvoudig, Max. Ze heeft een verhouding gehad. Of een vriendje. Shit, waarschijnlijk haar huidige echtgenoot. Misschien was Matthew wel zijn kind. Een kind van die Dreason, en is David Burroughs daarachter gekomen.'

'En dus slaat Burroughs dat jongetje dood?'

'Tuurlijk, waarom niet? Hij zal niet de eerste bedrogen echtgenoot zijn die het nageslacht ombrengt. Maar hoe dan ook – en hier moet je goed naar luisteren, Max – we hebben een juridisch systeem om zoiets op te lossen. Is het systeem perfect? Nee. In je vrije tijd mag je alle gevangenissen afgaan en mensen die onschuldig gevangenzitten helpen bij hun pogingen om vrij te komen. Moet je doen. Ik zou je erom bewonderen. Maar dat is wat anders dan ze te helpen ontsnappen, Max. Geef ze geen wapens. Laat ze niet kapotmaken wat er nog over is van ons gehavende, haperende systeem. We moeten Burroughs arresteren. Daar gaat het om. Hij is een gewapende en vuurgevaarlijke veroordeelde. Zo moeten we hem ook behandelen. Heb je dat?'

'Ik wil weten of hij het heeft gedaan.'

'Dan ga ik dit rapporteren,' zei Sarah.

'Wat bedoel je?'

‘Ik laat jou van de zaak halen, Max. Je hoort hier niet aan te werken.’

‘Zou je me dat aandoen?’

‘Ik hou van je,’ zei Sarah. ‘Maar ik hou ook van onze eed van trouw en ons juridische systeem. Je bent de weg kwijt.’

Haar telefoon zoemde. Ze nam op. ‘Jablonski.’

Toen ze weer ophing, zei ze: ‘Burroughs heeft zich net toegang verschaft tot een woning in Connecticut. Hij gijzelde met getrokken pistool een vrouw.’

Wat kon ik anders doen?

Ik kon Irene Longley niet neerschieten. Ik kon haar ook niet vastbinden. Dat ziet er op tv misschien mooi uit, maar in praktisch opzicht is het onzin. Ik denk dat we haar telefoon hadden kunnen afpakken en haar hadden kunnen opsluiten in een kast als we meer tijd hadden gehad, maar zij deed haar best ons zo snel mogelijk de deur uit te krijgen omdat haar zoons over niet al te lange tijd thuis zouden komen en haar zouden vinden. Bovendien wilde ik deze arme vrouw niet meer psychische littekens bezorgen, om nog maar te zwijgen van wat het voor die jongens zou betekenen om hun moeder opgesloten in een kast te vinden.

Dus smeekten we haar om de politie niet te bellen. We legden zo duidelijk mogelijk uit dat we probeerden mijn zoon te redden. Ze knikte, maar zoals ik nu al een paar keer heb geprobeerd duidelijk te maken, alles wat ze deed, deed ze om mij niet tegen de haren in te strijken. Ze luisterde niet. Dus reden we na ons vertrek hard weg en hoopten we er maar het beste van.

Wat konden we anders doen?

De politie zou ons vinden. Het was slechts een kwestie van tijd. We overwogen of we weer ergens op een parkeerterrein nieuwe kentekenplaten zouden gaan zoeken, of Hester Crimstein zouden bellen om een andere auto te vragen. We overwogen zelfs gewoon een Uber te bestellen. Maar we besloten dat al die acties ons alleen maar zouden ophouden.

Uiteindelijk zou de rit van het huis van Irene naar het landgoed van de Paynes slechts een rit zijn van iets meer dan twee uur. De politie had geen flauw idee waar we heen zouden gaan. We waren het met elkaar eens dat we het beste domweg die kant op konden rijden.

Dit is de laatste ronde van het spel. Het heeft geen zin ons nog langer te verstoppen.

Ik heb het stuur overgenomen van Rachel. Ik rij harder dan is toegestaan, maar niet zo hard dat we zullen worden aangehouden. Het is vreemd om na vijf jaar weer auto te rijden. Het is niet zo dat ik het ben vergeten. Het oude gezegde dat je nooit verleert om te fietsen, geldt kennelijk ook voor autorijden. Maar achter het stuur zitten, nadat je vijf jaar opgesloten hebt gezeten in een kooi, is op een vreemde manier stimulerend. Ik concentreer me helemaal op het terugvinden van mijn zoon, op het redden van mijn zoon, op het boven water halen van wat er die vreselijke nacht werkelijk is gebeurd. Dat was de enige reden waarom ik wilde ontsnappen. Vrijheid voor mezelf interesseerde me niet, maar nu ik vrij ben, nu ik proef hoe het leven ooit was, kan ik er niets aan doen: ik wil zelf ook vrij zijn. Ik zal niet zeggen dat ik vrijheid iets vanzelfsprekends vond. Het was alleen onbelangrijk toen Matthew er niet meer was.

'Ik begrijp het niet,' zegt Rachel. 'Waarom zou Matthew bij Hayden Payne zijn?'

Ik heb een paar theorieën, die ik nu nog niet wil ventileren.

'Moet ik hem bellen?' vraagt ze.

'Hayden?'

'Ja.'

'Wat wil je dan zeggen?'

Ze denkt na. 'Ik weet het niet.'

'We moeten er gewoon naartoe rijden.'

'En wat dan, David? Ze hebben een poort. Ze hebben beveiliging.'

'Dan verstop ik me weer op de achterbank.'

'Echt?'

'We mogen geen slapende honden wakker maken, Rachel.'

'Dat snap ik, maar ik kan ook niet zomaar uit de lucht komen vallen. We weten niet eens of hij thuis is.'

In zekere zin maakt het niet uit. We kunnen maar één kant op. De Payne-estate in Newport on Easton Bay. Als Hayden Payne er niet is, zullen we ons ergens verschuilen om te wachten tot hij er wel is.

Hij heeft mijn zoon.

'Misschien moeten we de politie bellen,' zegt Rachel.

'En wat moeten we dan zeggen?'

'Dat Matthew leeft en dat we denken dat Hayden Payne hem heeft.'

'En wat denk je dat de politie met die informatie zal doen? Een opsporingsbevel uitvaardigen tegen een van de rijkste families van het land op grond van... op grond van die foto?'

Rachel zegt niets.

'En wat denk je dat ze doen als die jongen een bedreiging gaat vormen voor de Paynes? Zullen ze hem netjes afstaan of zullen ze zich ontdoen van het bewijsmateriaal?'

Ik rij en kijk veel te vaak in de achteruitkijkspiegel omdat ik ervan overtuigd ben dat ik elk moment flitsende zwaailichten van patrouillewagens zal zien. We schieten goed op.

'Kijk eens op mijn telefoon,' zeg ik.

'Wat?'

'Ik heb een screenshot gemaakt van een oude e mail. Lees die eens.'

Ze leest de e-mail. Dan legt ze de telefoon neer en vraagt: 'Wil je erover praten?'

'Daar hebben we geen tijd voor. We moeten ons eerst hierop concentreren.'

We maken een soort plan als we de RI-102 SOUTH op rijden. Rachel pakt haar mobiel en belt Hayden.

Ik hoor de telefoon overgaan. Mijn hart klopt in mijn keel.

'Rachel?'

Zijn stem. De stem van Hayden Payne. Ik hoor zijn stem en ik weet het. Hij heeft mijn zoon. Hij heeft mij mijn zoon afgepakt. Ik denk dat ik nu zelfs begrijp waarom, maar dat is nu allemaal niet belangrijk.

Rachel schraapt haar keel. 'Hoi Hayden.'

'Hoe gaat het met je?'

'Het gaat goed.'

'Heb je die foto's ontvangen die ik je heb gestuurd?'

'Ja, dank je. Daarvoor bel ik. Kan ik langskomen?'

'Wanneer?'

'Eh... Over een minuut of tien?'

'Ik ben op de Payne-estate.'

'Ja... Ik rij net Newport in. Kan ik langskomen?'

Het blijft een hele tijd stil. Rachel kijkt me aan. Ik probeer mijn ademhaling in toom te houden. Er gaat nog een seconde voorbij. Rachel kan zich niet meer inhouden.

'Ik wil met je over een paar van die foto's praten.'

'Denk je dat je dat mysterieuze jochie erop ziet?'

'Nee, ik denk dat je wat dat betreft gelijk had, Hayden.'

'O?'

'Ik denk niet dat Matthew op een van die foto's staat. Ik denk dat mijn neefje vijf jaar geleden is omgekomen. Maar ik denk ook dat iemand mijn zwager een loer probeert te draaien.'

'Een loer draaien? Hoe dan?'

'Ik heb je hulp nodig om een paar mensen op de foto's te identificeren.'

'Rachel, er waren duizenden van onze werknemers bij dat evenement. Ik ben tijden in het buitenland geweest. Ik ken werkelijk niet...'

‘Maar je kunt toch helpen, of niet? Ik hoef je alleen maar de mensen aan te wijzen die ik bedoel, dan kun jij misschien eens links en rechts vragen. Ik sta bijna voor de poort. Zou je me hiermee willen helpen?’

‘Is David daar bij jou?’

‘Hè? Nee.’

‘De politie denkt dat jij bij zijn ontsnapping betrokken bent. Het is op het nieuws.’

‘Hij is niet bij me,’ zegt ze.

‘Weet je waar hij is?’

Nu ziet Rachel de opening die ze nodig heeft. ‘Niet over de telefoon, Hayden. Ik ben over vijf minuten bij je.’

Ze verbreekt de verbinding. We zoeken een rustige plek om stil te staan en gaan zonder dralen te werk. Ik open de vijfde deur en vouw mezelf dubbel onder de plastic hoedenplank die alles wat je achterin meeneemt uit het zicht houdt. Ik ben nu niet meer te zien. We bellen elkaar zodat ik alles kan horen wat er wordt gezegd. Rachel gaat achter het stuur zitten.

Ik lig in het donker. Na vijf minuten zegt Rachel: ‘Ik ben nu bij de poort.’

Ik hoor mensen gedempt tegen elkaar praten. Ik hoor Rachel haar naam noemen. Ik weet natuurlijk niet wat er gaande is. Ik lig in een donkere bagageruimte. Ik probeer doodstil te liggen.

Rachel zegt ‘Dank je’ op een gemaakt opgewekte toon. We komen weer in beweging.

‘David, kun je me horen?’

Ik schakel de microfoon van de telefoon in. ‘Ik ben hier.’

‘Over ongeveer vijftien seconden rij ik door de bocht waarover ik je heb verteld. Ben je er klaar voor?’

‘Ja.’

We hebben dit overlegd. Langs de oprit naar het landhuis staan coniferen. Onderweg is er een soort blinde bocht waar ik uit de auto kan springen en kan wegduiken achter de coniferen, en misschien, heel misschien, zal niemand dat zien.

'Nu,' zegt ze.

De auto blijft stilstaan. Ik wurm me naar buiten en duw de vijfde deur dicht zodra ik op de grond sta. Het duurt niet langer dan drie seconden. Ik blijf laag bij de grond en rol achter een conifeer. Rachel rijdt door. Ik kruip om de conifeer heen en als ik ga staan, ontvouwt zich een wonderbaarlijk mooi panorama voor me. Het landhuis van de Paynes is op de klippen gebouwd. In de verte, over grazige weiden, kan ik de golven van de Atlantische Oceaan zien. In de gazons zijn bloemenperken aangelegd – door de goden, dat kan niet anders. Er zijn struiken in de vorm van dieren, mensen en zelfs in de vorm van wolkenkrabbers. De fontein in het midden is een beeldhouwwerk op grote schaal. Het is modern, een gigantisch hoofd dat ogenschijnlijk gemaakt is van spiegels. Uit de mond spuit water. Het doet me denken aan de *Metalmorphis* van David Cerny in North Carolina. Het huis staat verder naar rechts. Je zou een uitbundig meesterwerk verwachten, maar de Paynes hadden gekozen voor iets wits en kubistisch. Maar hoe modern ook, ik zie ook ranken van klimop. Links ligt denk ik een golfbaan. Ik kan maar twee holes zien, maar dit is een landgoed in particulier bezit op een A-locatie in Easton Bay, dus hoeveel holes mag je hier verwachten? Er zijn twee watervallen en tegen de oceaan lijkt een *infinity*-zwembad te zijn aangelegd.

Er is niemand buiten. Het is op het donderende geweld van golven na, die in de verte op de klippen te pletter slaan, doodstil.

En wat nu?

Ons plan is ronduit belachelijk armzalig: ik sluip om en door het huis, eigenlijk overal om eh... te zien wat ik te zien zal krijgen. In het gunstigste geval Matthew. Ik weet het, ik weet het, maar wat moet ik anders? Rachel gaat met Hayden praten. Zo nodig gaat ze zelfs de confrontatie met hem aan. En als dat allemaal niet werkt, als we Matthew niet kunnen vinden, en zelfs geen aanwijzingen...

Ik heb nog altijd het pistool.

Ik voel me op een vreemde manier heel veilig. Ik neem aan dat grappige Irene ondertussen de politie heeft gebeld. Op een gegeven moment zullen ze aan de hand van beelden van verkeerscamera's of zo wel ontdekken dat we in Newport zijn, maar zover is het nog niet. We hebben nog tijd. Dat denk ik tenminste.

Ik loop de oprit verder op, zo dicht mogelijk langs de coniferen. Als ik zo dichtbij ben dat ik de voordeur kan zien, duik ik in elkaar en blijf kijken van een meter of vijftig, zestig. Rachel loopt naar de deur van het imposante landhuis.

Als de deur opengaat, stapt Hayden Payne naar buiten.

37

Gertrude Payne zwom de laatste van haar baantjes in het overdekte zwembad. Ze had de afgelopen dertig jaar iedere dag drie kwartier lang baantjes gezwommen. Ze verbleef voornamelijk hier in Newport, maar er waren ook zwembaden binnen en buiten bij het landhuis in Palm Beach en de ranch in Jackson Hole. Zwemmen was belangrijk voor haar. De fysieke inspanning deed haar natuurlijk goed, al zwom ze langzamer dan vroeger, wat niet zo verwonderlijk was, gezien haar leeftijd. Toen ze klein was, had ze wedstrijdzwemmer willen worden, maar ze was het slachtoffer geworden van het feit dat ze was opgegroeid in een tijd waarin het heel gewoon was dat haar vader kon vinden dat 'meisjessporten' verspilde tijd waren. Toch hield ze van water, de rust ervan, de unieke stilte in je hoofd als het geluid dat alles overheerste het gestage ritme van je eigen ademhaling was.

Een van haar achterkleinkinderen noemde het 'Pixies geestelijke adempauze'.

Dat was een rake opmerking.

Toen ze uit het water klom, stond Stephano klaar met een badhanddoek.

'Is er iets?'

'Rachel Anderson is zojuist gearriveerd.'

Hij vertelde haar over het telefoongesprek van Hayden met de vriendin uit zijn studietijd. Ze hadden Haydens telefoongesprekken gevolgd vanaf het moment dat Burroughs uit de gevangenis was ontsnapt. Hayden kon soms onberekenbaar zijn en zich kinderlijk gedragen. Hij handelde vanuit zijn emoties en kon hopeloos onzeker zijn.

Toen hij uitgesproken was, vroeg Pixie: 'Wat zullen we doen?'

'Het loopt uit de hand,' zei Stephano.

'Jij gelooft niet dat ze zijn hulp inroept om de identiteit te achterhalen van iemand op een foto?'

Stephano fronste zijn wenkbrauwen. 'Jij wel?'

'Nee. Heb je een plan?'

'Volgens de nieuwsberichten is Rachel Anderson medeplichtig aan de ontsnapping van een voor kindermoord veroordeelde gedetineerde uit een federale gevangenis.' Stephano sprak op zijn gebruikelijke zakelijke toon. Hij verhief zijn stem nooit, hij fluisterde nooit. Hij bleef altijd kalm, bleef altijd meester over de situatie, raakte nooit uit zijn evenwicht, werd nooit zenuwachtig, raakte nooit in de war, hoe nijpend de situatie ook was. 'Ik zal er niet omheen draaien. We moeten haar pakken nu ze hier is. We zoeken uit waar David Burroughs zich schuilhoudt. Dat moet zij weten. We zoeken hem en laten ze allebei verdwijnen. Voorgoed. Ik zal een van mijn mensen opdracht geven haar auto weg te brengen, zodat we de politie, mocht die achterhalen dat ze hier is geweest, kunnen aantonen dat ze ook weer is vertrokken. Desgevraagd verklaren we dat ze had gevraagd of ze een paar foto's mocht zien.'

'Dus ze... verdwijnen gewoon?' vroeg Gertrude.

'Ja.'

'En de politie zal denken dat ze, eh... ontsnapt zijn?'

'Waarschijnlijk wel. Ze zullen natuurlijk eerst blijven zoeken.'

'Maar ze zullen ze nooit vinden.'

'Nooit,' zei Stephano.

'Veronderstel dat ze het al aan iemand hebben verteld.'

Stephano glimlachte. 'Niemand gelooft dat. En zelfs als iemand het zou geloven, met mijn werk en dat van jouw advocaten kunnen we een dergelijke bron van onrust snel monddood maken.'

Gertrude dacht na. In zekere zin was dit niet uniek. De beste manier om een probleem op te lossen, is het probleem wegwerken.

'Het kan niet op een andere manier, hè?'

Stephano gaf geen antwoord. Hij hoefde geen antwoord te geven.

'En Rachel is hier?'

'Ze is net gearriveerd,' zei Stephano. 'Het wachten is op jouw goedkeuring.'

'Die heb je bij dezen.'

Hayden kwam naar buiten en omhelsde Rachel. Ze liet hem zijn gang gaan en deed haar best zich niet los te wurmen of zelfs maar in elkaar te krimpen. Maar nu ze het wist, was er geen twijfel meer mogelijk. Ze voelde het nu in hem – de leugens, het bedrog, het kwaad. Hij had door de jaren heen vaak genoeg iets laten vallen over zijn neiging tot geweld en alle keren dat zijn familie het in de doofpot had gestopt. Dat had ze geaccepteerd, ze had het zelfs min of meer haar stempel van goedkeuring gegeven, omdat ze er zelf van had geprofiteerd. Het had haar die nacht gered. Dat wist ze. En dus was het een verwrongen beeld dat ze van hem had. Ook dat wist ze eigenlijk wel. Ze wist diep vanbinnen dat er iets fout was, maar ze had zichzelf toegestaan dat te negeren. Hij had haar geholpen. Hij was bovendien rijk en machtig en, het moest gezegd, het was aangenaam en opwindend om in zo'n omgeving te verkeren.

'Het voelt goed dat je er weer bent,' zei Hayden, die haar nog steeds tegen zich aan gedrukt hield. 'Het is veel te lang geleden dat je op de Payne-estate bent geweest.'

Toen hij een stap achteruit deed en haar gezicht bestudeerde, deed ze een verwoede poging zich erdoorheen te glimlachen.

'Wat is er?' vroeg Hayden.

'Kunnen we een eindje gaan lopen door de tuin?'

'Natuurlijk. Ik dacht dat je foto's had die je me wilde laten zien.'

'Die laat ik je straks zien. Ik wil eerst praten als je dat goedvindt.'

Hayden knikte. 'Dat zou ik fijn vinden.'

Ze liepen in stilte naar de tuin naast het huis. Verderop zag Rachel de fontein in de vorm van een spiegelhoofd. Op de achtergrond hoorde ze de oceaan.

'Is het niet prachtig?' zei Hayden.

'Ja.'

'Jij ziet het net zoals ik, toch?'

'Ik ben bang dat ik je niet kan volgen, Hayden.'

'We zien allebei de schoonheid. We ervaren allebei hetzelfde. We hebben hier ook personeel. We hebben mensen die binnen werken en mensen die buiten werken. Die hebben ogen, net als ik, die hetzelfde zien als ik. We ervaren het op dezelfde manier. Er is hier geen speciaal niveau voor de rijken. Dus waarom zijn ze zo jaloers? We zien hetzelfde. We kunnen van hetzelfde genieten.'

Ze wist dat Hayden hiervan hield – zijn recht op rijkdom rechtvaardigen. Dit was niet het konijnenhol waarin ze op dit moment wilde afdalen. Ze liet haar blik langs de hagen dwalen op zoek naar David, maar die hield zich goed verscholen of hij was niet hier.

'Hayden?'

'Ja?'

'Ik weet het.'

'Wat weet je?'

'Dat jij Matthew hebt.'

'Pardon?'

'Kunnen we alle ontkenningen gewoon overslaan? Ik weet het, oké? De Italiaanse actrice is een verzinsel. Je bent in het buitenland gaan wonen zodat niemand de jongen te zien zou krijgen. Jouw familie zwemt in het geld, maar jullie zitten niet in de roddelcircuits, dus staan de paparazzi niet te dringen om foto's te maken van die zogenaamde zoon die jij opvoedt.'

Hayden liep met zijn handen op zijn rug. Hij keek omhoog naar de lucht en kneep zijn ogen tot spleetjes.

'Ik heb het digitale bestand van die foto te pakken gekregen en toen kon ik de foto opblazen,' zei ze. 'De jongen op de foto houdt iemands hand vast. Dat is jouw hand, Hayden.'

'En hoe weet je dat?'

'Je ring.'

'Denk je dat ik de enige ben met een universiteitsring om zijn vinger?'

'Was jij in dat pretpark? Ja of nee.'

'En als ik nee zeg?'

'Dan geloof ik je niet,' zei Rachel. 'Wie lag er in het bed van Matthew?'

'Je klinkt doorgedraaid, Rachel.'

'Was dat maar waar. Dat meen ik. David heeft een theorie bedacht.'

'David Burroughs,' zei Hayden, moeizaam grinnikend. 'De ontsnapte gevangene die jij de helpende hand reikt.'

'Ja.'

'O, ik sterf van verlangen om die theorie te horen.'

'Hij denkt dat jij verliefd op mij was.'

'Ach, denkt hij dat?'

'Ik zag het wel ongeveer. Ik bedoel, dat je verliefd op me was, toen op de universiteit. Ik dacht dat het kwam omdat er na die afschuwelijke gebeurtenis een band tussen ons was ontstaan.'

'Met "die afschuwelijke gebeurtenis",' zei Hayden met een zweem van iets heel kouds in zijn stem, 'bedoel je toen ik je van die verkrachting heb gered?'

'Ja, Hayden, dat is precies wat ik bedoel.'

'Je zou dankbaar moeten zijn.'

'Dat was ik. Dat ben ik, maar we hebben het verkeerd afgehandeld. We hadden aangifte moeten doen, wat er ook van geworden was.'

'Ik was weggestuurd of erger.'

'Dan had dat misschien moeten gebeuren.'

'Omdat ik jou had gered?'

'Ja… Nou, als het dat was, hadden de autoriteiten dat wel begrepen. Maar dat zullen we nooit weten. We hebben het juist geheimgehouden. En dat gaat altijd zo bij de Paynes, toch, Hayden? Jouw familie gebruikt geld om iets in de doofpot te stoppen als ze niet willen dat iemand ervan weet.'

'O ja,' zei Hayden. 'De rijken zijn slecht. Wat een verrassend inzicht.'

'Het gaat niet om goed of slecht. Het gaat om het afleggen van verantwoording.'

'Geloof jij in God, Rachel?'

'Wat maakt dat uit?'

'Ik wel. Ik geloof in God. En kijk eens wat hij mij heeft gegeven.' Hij spreidde zijn armen en draaide een keer helemaal rond. 'Kijk eens, Rachel, wat God de Paynes heeft gegeven. Denk je dat dat maar gewoon toeval is?'

'Dat geloof ik eigenlijk wel, ja.'

'Onzin. Weet je waarom de rijken zich uitverkoren voelen? Omdat ze dat zíjn. Je gelooft in een rechtvaardige God die ons heeft beloond – of je gelooft dat de wereld één grote chaos is, waar het toeval regeert. Wat geloof jij?'

'Chaos en toeval,' zei Rachel. 'Waar is Matthew, Hayden?'

'Nee, nee, ik wil de theorie van David horen. Je zei dat hij dacht dat ik van jou hield. Dus ga daar eens verder.'

'Dat was zo, toch?'

Hij bleef staan, keerde zich naar haar en spreidde zijn armen. 'Wie zal zeggen dat het nu anders is?'

‘En toen ik Barb Matteson vroeg een afspraak te plannen voor Cheryl, heeft zij jou dat verteld, nietwaar?’

‘En wat als ze dat heeft gedaan?’

‘Je zult van streek zijn geweest. Je wilde mij voor jezelf. En nu zou ik plotseling een baby krijgen van donorsperma. Dat ging er bij jou niet in, of wel?’

Hayden grijnsde. ‘Heb je je telefoon bij je?’

‘Ja.’

‘Geef eens.’

‘Waarom?’

‘Ik wil er even zeker van zijn dat niemand dit opneemt.’

Ze aarzelde. Hij stond nog steeds als een gestoorde gek te grijnzen. Ze keek opnieuw om zich heen en probeerde zo subtiel mogelijk David te ontdekken, maar ze zag hem niet.

‘Je telefoon, Rachel.’

Zijn toon was nu hoorbaar gespannen. Ze had geen keus. Ze begon haar hand in haar zak te steken en hoopte dat ze de rode knop kon vinden om het gesprek met David af te breken voordat hij daar lucht van zou krijgen, maar hij greep haar hand om haar tegen te houden.

‘Au! Shit, Hayden?’

Hij stak op zijn beurt zijn hand in haar zak, haalde de telefoon eruit en keek naar het scherm.

‘Wat is dit voor ding?’

‘Het is een wegwerptoestel.’

Hij staarde naar de telefoon. ‘Ik wil graag de rest van je theorie horen, Rachel.’

‘Hoe voelde je je toen je hoorde dat ik donorsperma zou krijgen?’ vroeg ze.

‘Precies zoals al die keren dat je weer een nieuw verachtelijk, meelijwekkend vriendje had. Wat een verspilling.’

‘Jij had het moeten zijn,’ zei Rachel.

'Ik had het moeten zijn. Ik heb jou gered, Rachel. Je had van mij moeten zijn.'

'Jouw familie was eigenaar van de vruchtbaarheidskliniek.'

'Ga door.'

'Dus zou het heel gemakkelijk zijn om het te organiseren. Heb je mensen bedreigd of omgekocht?'

'Het is zelden nodig om dreigementen te uiten. Geld en geheimhoudingsclausules doen meestal wel het werk.'

'Je zorgde ervoor dat ze in dit geval jouw sperma gebruikten.'

Hayden sloot zijn ogen en glimlachte en keerde zijn gezicht naar de lucht.

'Hier zijn alleen wij tweeën, Hayden. Schroom niet om ermee voor de draad te komen.'

'Ik zou willen dat je dit niet had gedaan.'

'Dat ik wat niet had gedaan?'

Hij schudde zijn hoofd. De glimlach was van zijn gezicht verdwenen.

'Wat dacht je dat er zou gebeuren, Hayden?'

'Ik dacht dat je mijn zoon zou krijgen. Dat ik het je later zou vertellen.'

'En dan zou ik van jou gaan houden?'

'Misschien. Hoe dan ook, we zouden een gezin worden, toch? In het ergste geval zou je me van je af duwen en mijn kind opvoeden. Maar de kans bestond dat je me deel zou laten worden van je leven. Je bent niet immuun voor de invloed die mijn familie kan uitoefenen. Kun je je die voorjaarsvakantie nog herinneren dat we met het vliegtuig van de familie naar dat huis in Antigua vlogen? Jouw stralende gezicht, Rachel. Je vond het prachtig. Je hield van de feesten. Je hield van de macht. Dat is ook waarom we zo close zijn geworden. Dus ja, mijn plan was om je zwanger te maken. Waarom zou je terugvallen op het donorsperma van een onbekende als je dat van mij kunt krijgen?'

'Iemand die heel speciaal is in de ogen van God,' voegde Rachel eraan toe.

'Precies. Fantastische genen. Iemand die om je geeft. Het was heel logisch.'

'Behalve dan dat ik nooit naar de kliniek ben gegaan.'

'Inderdaad. Met jouw list hield je iedereen bij Berg voor de gek. Eigenlijk heel ironisch, als je er even over nadenkt. Moet je jou zien met al je praatjes over hoe destructief mijn familie te werk gaat met het in de doofpot stoppen van geheimen...'

'... terwijl mijn zuster en ik precies hetzelfde doen.'

'Ja, Rachel.'

'Wanneer kwam je erachter dat het Cheryl was en niet ik?'

'Toen je maar niet zwanger werd – en Cheryl wel. Dus ging ik naar de kliniek van Berg waar jij je zogenaamd liet behandelen. Ik liet de arts jouw foto zien. Ze herkende jou niet. Daarna liet ik haar Cheryls foto zien...'

Hij haalde zijn schouders op.

'En toen?'

'Toen wachtte ik. Ik plande. Ik keek. David ging sowieso kapot. Dat weet je toch? Dat huwelijk zou geen stand houden. Wat Cheryl had gedaan. Die leugen vrat hem vanbinnen op. Ik denk dat hij altijd heeft geweten dat het zijn zoon niet is. Dus hield ik ze in de gaten. Ik bleef geduldig.'

'Je hebt een ander kind vermoord.'

'Nee, Rachel.'

'Er is die nacht iemand vermoord.'

'Dat was een deel van het uitstel. Ik wachtte. Ik heb dat kind een fantastisch leven gegeven.'

'Wat moet dat in hemelsnaam betekenen?'

'Het is niet belangrijk.'

'Voor mij wel.'

'Nee, Rachel, het enige wat voor jou van belang is, is dat kleine jongetje dat ik die avond heb gered. Mijn zoon.'

'Je hebt David op laten draaien voor moord.'

'Niet echt. Toen die oude vrouw tijdens het proces getuigde dat ze hem met die honkbalknuppel had gezien, was ik geschokt, dat moet ik eerlijk bekennen. Weet je wat ik dacht?'

'Zeg het maar.'

'Dat hij was gaan geloven dat hij het had gedaan en dat hij daarom die knuppel zelf had begraven. Later heb ik begrepen dat zijn vader en rancunes een rol speelden. Maar nee, het was niet mijn bedoeling om David levenslang achter de tralies te stoppen. Het was allemaal niet zijn schuld. Hij had zijn best gedaan om mijn zoon op te voeden. Ik wilde hem niet meer pijn doen dan absoluut nodig was.'

'Waarom alles zo extreem?'

'Wat kon ik anders doen, Rachel? Ik kon niet toegeven dat ik de kliniek opdracht had gegeven om mijn sperma te gebruiken.' Hij stak zijn hand omhoog. 'En voordat je moralistische preken gaat houden, wil ik dat je je even afvraagt wie er zijn begonnen. Jij en je zuster. Jullie leugens.'

Daar school wel enige waarheid in. 'Wie weten ervan?'

'Pixie, natuurlijk. En Stephano. Meer niet. Ik heb mijn zoon meegenomen hiernaartoe, na de ruil. Ik moet bekennen dat ik in paniek raakte. Ik was bang dat ik een vreselijk grote fout had gemaakt. Pixie heeft een ouderschapstest laten doen. Daaruit bleek dat het mijn zoon was. We zijn bijna een half jaar hier op de Payne-estate gebleven. Ik ben het terrein niet af geweest. De jongen was eerst erg van streek. Hij huilde veel. Hij sliep niet. Hij miste zijn moeder en... David. Maar kinderen passen zich aan. We noemden hem Theo. We bedachten die dekmantel met de Italiaanse actrice. Na verloop van tijd heb ik hem meegenomen naar het buitenland. Ik heb hem ondergebracht op de meest exclusieve kostschool in Zwitserland. En ik heb eindeloos gewacht tot die verdomde wijnvlek zou wegtrekken. Volgens de dokter zou dat gebeuren, alleen gebeurde het niet. Hij bleef. En inderdaad, niemand ging op zoek naar Matthew.

Hij was dood. Hij werd niet vermist. Maar de overeenkomst tussen hem nu en de jongen toen…'

'Hayden?'

'Wat?'

'We kunnen dit nog steeds rechtzetten.'

'Hoe?'

'Geef Matthew terug.'

'Gewoon zo?'

'Niemand hoeft te weten waar hij is geweest en wie hem had.'

'O, kom op. Natuurlijk wil iedereen dat weten. En je kunt van dit hele verhaal niets bewijzen, Rachel. Dat weet je. Je zult de jongen nooit in handen krijgen, en als dat al zou gebeuren, denk je dat je het ooit voor elkaar zult krijgen om een Payne te dwingen mee te werken aan een DNA-test? Bovendien, wat zou een DNA-test uitwijzen? Dat ik de vader ben en Cheryl de moeder. Dan zal ik zeggen dat Cheryl en ik een verhouding hebben gehad.'

Op dat moment stapte David tevoorschijn van achter een conifeer. De twee mannen staarden elkaar aan.

'Waar is mijn zoon?' vroeg David.

38

'Waar is mijn zoon?' vraag ik.

Ik staar naar de man die mijn leven heeft verwoest. Ik tril over mijn hele lichaam.

'David,' zegt Rachel.

'Bel de politie, Rachel.'

'Dat kan ze niet,' zegt Hayden. 'Ik heb haar telefoon. Maar het zou ook niet helpen. De politie zou het terrein niet mogen betreden zonder huiszoekingsbevel.' Hij doet een stap in mijn richting. 'Maar, David, ik denk dat we hier wel uit komen.'

Ik kijk naar Rachel en dan terug naar hem. 'Waar is Matthew?'

'Er is geen Matthew. Die heb jij doodgeslagen. Als je Theo bedoelt...'

Dit hoef ik niet aan te horen. Ik begin naar het huis te lopen. Ik breek het tot op de laatste steen af, als dat nodig is. Het kan me allemaal niet meer schelen. Ik zal mijn zoon weerzien.

Ze volgen me allebei. 'Wil je mijn voorstel niet horen?' zegt Hayden.

Ik bal een vuist. De afstand tussen hem en mij is zo groot dat ik hem er niet mee kan raken. 'Nee.'

'Hij is jouw zoon niet. Dat moet je toch zo langzamerhand weten. Maar er is jou onrecht gedaan. Daar heb ik altijd een rotgevoel over gehad. Dat jij ervoor op moest draaien, dat jij in de gevangenis terechtkwam. Dus wil ik je helpen. Luister naar me, David. De Paynes hebben middelen. Wij kunnen je het land uit krijgen, wij kunnen je een nieuwe identiteit geven…'

'Jij bent knettergek.'

'Nee, luister naar me.'

Dan knapt er iets in me. Het is nog twintig meter naar de voordeur. Ik keer me om, sta in twee stappen voor hem en grijp hem met één hand bij de strot.

Ik hoor Rachel weer 'David' zeggen.

Het kan me niet meer schelen. Ik sta op het punt om Hayden Payne op de grond te gooien als een andere stem, een rustige mannenstem, zegt: 'Oké, zo is het genoeg.'

De man is zwaargebouwd. Hij heeft donker haar. Hij draagt een zwart pak.

Hij heeft een pistool in zijn hand.

'Laat los, David,' zegt hij.

De man spreekt gemoedelijk, zacht, maar iets in de toon zorgt ervoor dat je je oren spitst en goed luistert. Zijn ogen zijn koud en doods. Het zijn ogen die ik in de gevangenis vaak heb gezien.

Op dat moment gewordt mij een openbaring.

Ik weet niet of je dat zo moet zeggen, maar voor mij klinkt het goed. Het gebeurt allemaal in een fractie van een seconde. Ik ken mannen zoals hij. Ik ken de situatie. Ik weet dat hij gewapend is en dat hij zich op particulier grondgebied bevindt. Ik weet dat hij daar staat om mij dood te schieten. Ik weet dat het uiteindelijk aan mij is om Rachel en Matthew te beschermen en dat er voor mij geen gevolgen zijn.

Met dat alles in mijn gedachten, handel ik razendsnel.

Ik heb nog steeds mijn hand om Haydens keel. Ik trek hem voor me, zodat ik hem heel even als schild kan gebruiken.

Met mijn vrije hand trek ik mijn pistool.

Dit is niet de eerste keer dat ik een pistool in mijn handen houd. Mijn vader was agent. Hij had een veilige omgang met wapens hoog in het vaandel staan. Hij en oom Philip namen Adam en mij op zaterdagmiddag vaak mee naar de schietbaan in Everett. Ik leerde heel behoorlijk schieten, niet zozeer op statische doelen, maar juist op de kartonnen poppen die ze om beurten met willekeurige tussenpozen omhoog laten klappen, waarbij reactiesnelheid van belang is. Soms klapte er een schurk omhoog, op een ander moment een onschuldige burger. Ik was niet zo goed in het herkennen wie wat was, maar ik herinner me wat mijn vader me leerde.

Niet op het hoofd mikken. Niet op de benen schieten of alleen proberen iemand te verwonden. Mik op de borstkas, zodat de kans dat je raak schiet het grootst is.

De man ziet meteen wat ik van plan ben.

Hij richt zijn pistool, maar mijn doortastendheid, mijn plotselinge acties, en Hayden Payne als tijdelijk schild, geven me het voordeel.

Ik vuur drie keer.

De man gaat onderuit.

Hayden schreeuwt en rent naar de voordeur. Ik draai me om om hem te volgen, maar in mijn draai zie ik een tweede man die een pistool trekt.

Opnieuw geen aarzeling.

Weer schiet ik drie kogels af.

Ook deze man gaat neer.

Ik weet niet of beide mannen dood zijn of alleen gewond. Het kan me niet schelen. Hayden is binnen in huis.

Ik ren naar de eerste man die ik heb neergeschoten. Zijn ogen zijn dicht, maar ik denk dat hij nog ademhaalt. Ik heb geen tijd om het te checken. Ik buk me en wrik het pistool uit zijn hand. Dan draai ik me om naar Rachel.

'Kom mee!' schreeuw ik.

Rachel rent met me mee naar de voordeur. Ik ben bang dat hij op slot zit, maar dat is niet het geval. Niemand die op een landgoed als dit woont, hoeft zijn voordeur op slot te doen. We lopen de hal in. Ik doe de deur achter me dicht en geef Rachel een van de pistolen.

'David?'

'Om jezelf te beschermen, voor het geval iemand het huis in komt.'

'Waar ga jij naartoe?'

Maar dat weet ze al. Ik ben al op de eerste treden van de trap als ik haastige voetstappen hoor. Ik weet niet hoeveel man ze hebben met wapens. Ik heb er al twee neergeschoten. Het kan me niet schelen hoeveel ik er nog zal moeten neerschieten. Ik maak me alleen zorgen over de vraag of ik genoeg kogels heb.

Het hele huis is zuiver wit, steriel, bijna zo onpersoonlijk als een kantoorgebouw. Hier en daar is een kleurig accent, al zie ik daar niets van. Ik hoor geluiden echoën. Die volg ik.

'Theo!'

De stem van Hayden.

Ik klem mijn vuist steviger om de greep van het pistool en loop verder de gang in. Een oude vrouw komt een kamer uit en vraagt: 'Hayden, wat is er aan de hand?'

'Pixie, kijk uit!'

Als de oude vrouw zich omdraait, kijken we elkaar recht in de ogen. De hare sperren zich wijd open als ze me herkent. Ze weet wie ik ben. Ik ren door de gang naar waar ik Haydens stem heb gehoord. De oude vrouw verroert zich niet. Ze staat kaarsrecht en staart me uitdagend aan. Ik ben niet van zins een oude vrouw omver te kegelen, maar als het moet, zal ik het wel doen. Het blijkt niet nodig te zijn. Ik maak me smal, passeer haar en ren verder.

'Pixie?'

Het is opnieuw Hayden. Hij is voor me, in de slaapkamer links. Ik ren de kamer in en richt mijn pistool, want hij zal me vertellen waar mijn zoon is...

En daar staat Matthew.

Ik verstijf. Ik heb het pistool in mijn hand. Mijn zoon kijkt naar me op. We kijken elkaar aan en ik herken in zijn ogen de ogen van mijn zoon. Times Square ervoer ik als een aanslag op mijn zintuigen. Hier gebeurt iets vergelijkbaars, maar innerlijk. In mijn bloed, mijn aderen. Een roffel die door mijn lichaam gaat en nergens een uitweg vindt, geen ontsnapping. Misschien sta ik te trillen. Ik weet het niet.

Dan zie ik de handen op zijn schouders.

'Theo,' zegt Hayden. Hij doet zijn best om zijn stem rustig te laten klinken. 'Dit is mijn vriend David. We spelen een spelletje met pistolen, toch, David?'

Mijn eerste gedachte is: Matthew is acht, niet vier. Hij trapt er niet in, dat zie ik aan zijn gezicht. Diep vanbinnen wil ik nu een einde aan deze ellende maken, het pistool op de klootzak daar richten en hem aan flarden schieten en later de scherven opruimen. Maar mijn zoon staat hier. Of je het nu leuk vindt of niet, achter hem staat de man die hij als zijn vader beschouwt. Mijn zoon is niet bang voor hem. Dat kan ik zien. Hij is bang voor mij, hoeveel pijn me dat ook doet.

Ik kan Hayden niet neerschieten waar Matthew bij is.

'David, dit is mijn zoon Theo.'

Ik voel mijn vinger op de trekker. En nogmaals, ik heb al twee man neergeschoten, dus waarom geen derde?

In de verte hoor ik lawaai. Deze moderne kamer heeft net als de rest van het huis ramen van de vloer tot het plafond. Ik loop ernaartoe en kijk naar buiten. Een helikopter komt in het zicht. Hij landt op het gazon.

De oude vrouw die Hayden Pixie noemde, komt binnen en gaat naast me staan. 'Kom, Theo, het is tijd om te vertrekken.'

'Hij gaat nergens naartoe,' zeg ik.

Pixie kijkt me aan met een heel flauw glimlachje om haar mond.

'Wat zijn je plannen, David? We hebben de lokale politie gebeld. Freddy – dat is het hoofd van de politie hier – is onderweg met waarschijnlijk de helft van al zijn manschappen. Ze weten dat jij gewapend bent en gevaarlijk en al twee mannen hebt neergeschoten. Ik denk dat Stephano dood is. Freddy is dol op Stephano. Stephano en hij speelden iedere week poker. Als je geluk hebt – als je nu je pistool weglegt en op het gazon gaat staan met je armen hoog boven je hoofd – bestaat er een heel kleine kans dat ze je níét meteen doodschieten.'

'Ik weet wat jullie beiden hebben gedaan,' zeg ik.

'Maar dat zul je nooit kunnen aantonen. Welke bewijzen heb je?'

Ik kijk naar Theo. Hij ziet er niet erg bang meer uit. Hij lijkt eerder in de war, alsof hij zich van alles afvraagt, een uitdrukking op zijn gezicht die hartverscheurende herinneringen aan zijn moeder oproept.

'Wat dacht je?' gaat Pixie verder. 'Dat ze het DNA van die jongen zullen testen? Geen schijn van kans. Daar heb je een gerechtelijk bevel voor nodig. Je moet een rechter ervan overtuigen dat er een urgente reden is, en wij kennen elke rechter in het land. We beschikken over de beste advocaten. We werken nauw samen met alle politici. Theo is al lang en breed weer in het buitenland tegen de tijd dat jij weer wegrot in je cel in Briggs.'

'Bovendien,' zegt Hayden, 'ik heb het Rachel ook al verteld – wat verwacht je van een DNA-test?' Hij grinnikt. 'Wil jij een jongen opvoeden met het bloed van de Paynes in zijn aderen? Hij is mijn zoon.'

Ik zie op dat moment iets over het gezicht van de oude vrouw trekken.

'Nee, Hayden,' zeg ik. 'Hij is niet jouw zoon.'

Hayden kijkt verbaasd. Hij kijkt naar de oude vrouw die hij Pixie noemt. Zij staart naar de vloer.

'Ik heb mijn vrouw nooit geloofd toen ze zei dat ze er verder geen werk van had gemaakt,' zeg ik. 'Dat was denk ik het laatste duwtje dat ons huwelijk in de afgrond stortte. We hebben het geprobeerd met Matthew, maar ik denk dat we het als stel niet hadden gered.'

Hayden kijkt naar Pixie. 'Waar heeft hij het over?'

Ik haal mijn telefoon tevoorschijn. 'Het is me gelukt toegang te krijgen tot mijn oude e-mail. Hier, deze e-mails zijn acht jaar oud. Toen ik ontdekte dat Cheryl naar een vruchtbaarheidskliniek was geweest, heb ik een ouderschapstest laten doen. Twee, in feite. Om het zeker te weten. Ze bevestigen dat ik Matthews vader ben.'

Haydens ogen puilen bijna uit hun kassen. 'Dat is onmogelijk,' zegt hij. 'Pixie.'

Ze negeert hem. 'Kom mee, Theo.'

'Niet doen,' zeg ik.

'Jij schiet mij niet neer,' zegt ze.

'Maar ik wel.'

Het is Rachel. Ze stapt de kamer in met een pistool in haar hand. 'Hayden?'

Hij schudt zijn hoofd.

'Laat mij eens raden,' zegt Rachel. 'Je nam Matthew mee hiernaartoe. Je raakte in paniek. Je vroeg je af of je wel het juiste gedaan had. Dat is wat je me vertelde, toch?'

Hij schudt nog steeds zijn hoofd. Ik hoor naderende sirenes.

'Als de ouderschapstest had aangetoond dat jij niet de vader was, wat had je dan gedaan? Waarschijnlijk had je de waarheid verteld. Waarschijnlijk had je bekend.' Rachel keek naar Pixie. 'Dat mocht zij niet laten gebeuren. Ze loog, Hayden. Jij bent de vader niet. Het zou niet belangrijk moeten zijn. Een vader is geen kwestie van biologie. Maar hij is Davids zoon. Hij is de zoon van David en Cheryl.'

Haydens stem klinkt als de stem van een klein jongetje. 'Pixie?'

De sirenes klinken luider. Even lijkt het of ze het zal ontkennen, maar ze lijkt dat gevecht niet aan te willen of kunnen gaan. 'Je zou hem teruggegeven hebben,' zegt ze. 'Of erger. Je zou hoe dan ook de familie kapotgemaakt hebben. Dus, ja, ik heb je verteld wat je wilde, wat je moest weten.'

Patrouillewagens, het zijn er minstens tien, racen over de oprit naar het huis en parkeren in slagorde voor de voordeur.

'Het maakt niet uit, Hayden,' zegt Pixie. 'Jullie tweeën moeten nu naar de helikopter.'

'Nee.'

Deze keer is het mijn zoon die spreekt.

'Ik wil weten wat hier allemaal aan de hand is,' zegt Matthew.

'Het hoort allemaal bij een spel, Theo,' zegt Pixie.

'Hoe dom denkt u dat ik ben?' Hij kijkt naar mij. 'U bent mijn vader.'

Ik kan niet uitmaken of het een vraag dan wel het vaststellen van een feit is. Politieagenten rennen de trap op en schreeuwen allerlei commando's door elkaar die erop neerkomen dat ik met mijn handen omhoog naar buiten moet komen. Maar ik hoor dat amper. Ik negeer het allemaal. Ik zie alleen mijn zoon.

Mijn zoon.

Ik heb de neiging om me op een knie te laten zakken, maar voor de goede orde, Matthew is een jongen van acht, geen peuter. Ik kijk hem aan en zeg: 'Ja, ik ben jouw vader. Hij heeft je ontvoerd toen je drie was.'

Mijn zoon kijkt me aan. We kijken elkaar in de ogen. Hij wendt zijn blik niet af. Hij knippert niet met zijn oogleden. Ik ook niet. Dit is het zuiverste moment van mijn leven. Mijn zoon en ik. Samen. Ik weet dat hij het snapt. Ik weet dat hij het begrijpt.

Op het moment dat ik overspoeld word door die wetenschap, slaat de eerste kogel een gat in mijn lichaam.

ACHT MAANDEN LATER

Ik sta links naast mijn tante Sophie als ze de kist van mijn vader, een eenvoudige vurenhouten kist, in het graf laten zakken. Philip en Adam hebben beiden de kist gedragen. Er zijn veel politieagenten, jong, oud, gepensioneerd. Mijn vader had veel vrienden. Hij had met een aantal maar een klein deel van zijn leven gedeeld, maar ze kwamen allemaal om afscheid te nemen.

Ik voel dat oom Philip naar me kijkt. Hij gunt me een miniem hoofdknikje, maar het betekent heel veel voor me. Hij was er toen ik hem nodig had en hij zal er altijd zijn.

In het landhuis van de Paynes ben ik door drie kogels geraakt.

Het zouden er meer zijn geweest, hebben ze me verteld, maar Matthew rende naar me toe. Toen de agenten dat zagen, hielden ze op met schieten. Ik heb dat allemaal niet meegekregen, ik was bewusteloos.

Ik voel een kleine hand die in mijn rechterhand glipt. Dat is troostend. Ik keer me naar hem toe en glimlach omlaag naar Matthew. Ik kijk over Matthew heen naar Rachel, die Matthews andere hand vasthoudt. Ze glimlacht even naar me en mijn gemoed loopt vol. Ik kijk haar even aan en laat haar weten dat ik het wel red.

Mijn vader is lange tijd ziek geweest. Hij was meer dan bereid om te sterven. Ik denk dat hij het zo lang heeft volgehouden omdat hij mijn eerherstel wilde meemaken – en omdat hij zijn kleinzoon wilde weerzien.

Ik kan je niet uitleggen hoe dankbaar ik daarvoor ben.

We buigen allemaal het hoofd voor de kaddisj. Ik ben de eerste die een handje ceremoniële aarde op de kist van mijn vader gooit. Dan volgt tante Sophie. Ik pak haar arm om haar te ondersteunen, maar eigenlijk doe ik het meer om zelf mijn evenwicht niet te verliezen. Ik heb twee maanden in het ziekenhuis gelegen en ben zes keer geopereerd. Men heeft gezegd dat de kans erg klein is dat ik ooit nog weer zonder stok zal lopen, maar ik ga me uit de naad werken bij de fysiotherapeut.

Ik hou ervan tegen de bierkaai te vechten. Kennelijk ben ik daar goed in.

Na de begrafenis gaan we naar het oude huis in Revere voor de sjivve. De geesten zijn er ook, maar ze lijken vandaag rustig, uit respect. Geen van ons is religieus, maar het ritueel is troostrijk. Vrienden hebben ons genoeg eten gestuurd om heel Fenway Park mee vol te zetten. Ik zit in de lage stoel zoals de traditie vereist en luister naar de verhalen over mijn vader. Het is troostend.

Tante Sophie blijft hier nu alleen achter.

'Deze buurt,' zei ze, 'is het enige wat ik ken.'

Dat begrijp ik natuurlijk.

Als de stroom rouwende bezoekers even luwt, stoot tante Sophie me aan en maakt ze een gebaar naar Rachel. Rachel helpt een zoveelste schotel sandwiches klaar te zetten.

'Dus jij en Rachel...?' vraagt ze.

'Het is nog pril,' zeg ik.

Tante Sophie glimlacht. Daar wil ze niets van weten. 'Niet zó pril. Het maakt me gelukkig. dat gold ook voor je vader.'

Ik slik en staar naar die vrouw van wie ik zo veel hou. 'Ze maakt me gelukkig,' zeg ik. Ik zou niet kunnen zeggen of ik ooit in mijn leven iets zo uit de grond van mijn hart heb gemeend.

De laatsten in de rij met rouwenden zijn special agent Max Bernstein en zijn partner Sarah Jablonski. Ze schudden me de hand en condoleren me. Bernsteins ogen schieten heen en weer door het vertrek.

'Ik weet niet of dit het juiste moment is,' zegt hij.

'Voor wat?'

'Voor een update.'

Ik kijk naar zijn partner en dan terug naar hem. 'Dit is het juiste moment,' zeg ik.

Jablonski pikt de draad op. 'Misschien hebben we een spoor naar de identiteit van het slachtoffer.'

Het jongetje in Matthews bed. Ik kijk Bernstein aan.

'Er is een weeshuis in het buitenland dat door de Paynes wordt gerund,' zegt hij. 'Dat is voorlopig alles wat we weten.'

'Maar daar blijft het niet bij,' voegt Jablonski eraan toe.

Ik geloof hen, al denk ik niet dat het genoeg zal zijn.

Het duurde drie maanden voordat ik op vrije voeten werd gesteld. Philip en Adam raakten allebei hun baan kwijt. Er wordt nog steeds over gedelibereerd of ze al dan niet vervolgd moeten worden. Dat geldt ook voor Rachel, die medeplichtig kan worden geacht aan alles wat ik na mijn ontsnapping heb gedaan. Dan wordt er nog moeilijk gedaan over de twee 'beveiligingsbeambten' die ik op de Payne-estate heb neergeschoten. Maar onze advocaat Hester Crimstein lijkt van mening te zijn dat het allemaal tot niets zal leiden. Ik hoop dat ze gelijk krijgt.

Ik moet mijn benen strekken, met name het been waarin ik door een kogel ben geraakt, en kom overeind. Ik wil even naar de keuken lopen, maar blijf verrast staan.

In de hoek van de kamer staat Nicky Fisher met de armen over elkaar geslagen. Hij kijkt naar me.

De vorige avond is Nicky vanuit Florida komen vliegen en meteen na de landing naar dit huis gekomen. Hij vroeg me even mee naar buiten te lopen, zodat we op de stoep onder vier ogen met elkaar konden praten. Mijn beide kaalhoofdige schurkenvrienden stonden op het trottoir bij een zwarte SUV. Ze zwaaiden naar me. Ik zwaaide terug.

Nicky Fisher staarde omhoog naar de sterreloze zwarte hemel en zei: 'Gecondoleerd met je ouweheer.'

'Dank je.'

'Vertel me alles, David. Verzwijg niets.'

Dat heb ik gedaan.

Jij wilt waarschijnlijk net als Nicky Fisher horen dat Gertrude en Hayden Payne allebei lange gevangenisstraffen uitzitten. Dat is niet het geval. Nadat ik neergeschoten was, dook Max op het landgoed op. Oom Philip had hem in vertrouwen genomen, zodat hij veel van de situatie begreep. Dat hielp. Maar toch werd ik, toen mijn toestand stabiel was, weer teruggebracht naar de ziekenboeg in Briggs. De raderen van justitie malen langzaam rond. Er bleek, zoals de Paynes me al hadden verteld, verrassend weinig bewijsmateriaal voor een vermeend misdrijf, gepleegd door Hayden of zijn grootmoeder. Er was geen enkele aanwijzing dat Hayden betrokken was geweest bij een moord of een ontvoering, anders dan, nou ja, dat hij Matthew had. Er was geen enkele aanwijzing dat Gertrude Payne iets anders wist dan wat Hayden haar had verteld, namelijk dat Matthew zijn zoon was. Hoe Hayden aan die jongen gekomen was? Hij had haar een verhaal verteld over een Italiaanse actrice die de moeder was. Ja, dat waren leugens. Sommige lagen er zo dik bovenop dat ze niet te ontkennen vielen. Maar als je kunt terugvallen op een team van machtige advocaten, rechters en politici die het manipuleren tot een kunst hebben verheven, komt de machinerie van justitie krakend tot stilstand.

Geld smeert de raderen. Geld zet ze ook stil.

Dat legde ik gisteravond op de stoep allemaal uit aan Nicky Fisher. Hij luisterde zonder me in de rede te vallen. Toen ik uitgesproken was, zei hij: 'Dat kan niet.'

'Wat kan niet?'

'Dat ze ermee wegkomen.'

Daarna liep Nicky Fisher naar de SUV, die in de nacht verdween.

Nu is hij terug. We kijken elkaar aan en hij knikt me toe. Maar dit is een andere hoofdknik dan die van oom Philip. Deze hoofdknik doet een rilling over mijn rug gaan. Een koude vinger die van mijn nek naar mijn middel glijdt en twee dingen kan betekenen, iets goeds en iets slechts.

Ik besluit: iets goeds voor mij, iets slechts voor de Paynes.

Ik baan me langzaam een weg tussen de rouwenden door, links en rechts knikkend, glimlachend en handenschuddend. Als ik de keuken in kom, zie ik Ronald Dreason, Cheryls echtgenoot. Hij staat uit het raam onze oude achtertuin in te kijken. Ik ga naast hem staan.

'Gaat alles goed met je?' vraagt Ronald.

Ik knik. 'Bedankt dat je er bent.'

'Natuurlijk,' zegt hij.

We staan naast elkaar uit het raam te kijken. Daar is Cheryl. Ze heeft haar vier maanden oude dochter Ellie op de arm. Ik werp een steelse blik op Ronald, de trotse vader en zie dat hij naar hen glimlacht. Hij houdt van Cheryl. Dat geeft mij een goed gevoel.

'Je hebt een mooie dochter,' zeg ik tegen hem.

'Ja...' Ronald barst bijna van trots. 'Ja, een prachtkind.'

En daar staat ook in mijn oude tuin, naast zijn moeder, Matthew.

Dit is allemaal nieuw, maar voorlopig delen Cheryl en ik het voogdijschap over onze zoon. Hij woont de ene week bij Cheryl en Ronald, de andere week bij Rachel en mij. Voorlopig lijkt het te werken.

En hoe het gaat met Matthew?

Hij heeft nachtmerries, maar minder dan je zou verwachten. Kinderen zijn veerkrachtig, en Matthew in het bijzonder. Zullen er nadelige gevolgen op lange termijn opduiken? Iedereen zegt dat de kans daarop groot is, maar ik ben optimistischer. Acht jaar is een merkwaardige leeftijd. Hij is oud genoeg om het meeste te begrijpen. Je kunt niet liegen over wat er is gebeurd, je kunt het ook niet mooier maken dan het is. Godzijdank heeft Hayden Matthew goed behandeld, maar de jongen heeft het grootste deel van zijn leven zonder ouders doorgebracht op een chique Zwitserse kostschool. Hij lijkt zijn vrienden en de leerkrachten meer te missen dan de man van wie hij heel lang heeft gedacht dat hij zijn vader was. Maar toch heeft hij fijne herinneringen aan Hayden. Hij vraagt me ernaar, hoe een man die zoiets in- en ingemeens kan doen, tegelijkertijd zo aardig kan zijn. Ik probeer hem uit te leggen dat mensen ingewikkelder in elkaar zitten dan we weten, maar eigenlijk heb ik geen antwoord op die vraag.

Ik kijk toe hoe Cheryl kleine Ellie aan haar broer geeft.

Matthew is dol op zijn zusje. Hij houdt haar liefdevol vast, voorzichtig, alsof ze van glas is, maar hij straalt. Als ik naar buiten sta te kijken, naar Matthew, voel ik hoe Rachels arm om mijn middel glijdt. Ze staat bij me en kijkt ook. We kijken allemaal, ieder van ons die probeert samen een leven op te bouwen, en misschien kijkt ook mijn vader ergens mee.

Dankwoord

De auteur (die bij tijd en wijle graag naar zichzelf verwijst in de derde persoon) wil graag zijn dank uitspreken tegenover de volgende personen, in willekeurige volgorde:

Ben Sevier, Michael Pietsch, Wes Miller, Kirsiah Depp, Beth de Guzman, Karen Kosztolnyik, Lauren Bello, Jonathan Valuckas, Matthew Ballast, Brian McLendon, Staci Burt, Andrew Duncan, Alexis Gilbert, Janine Perez, Joseph Benincase, Albert Tang, Liz Connor, Rena Kornbluh, Mari Okuda, Rick Ball, Selina Walker, Charlotte Bush, Becke Parker, Sarah Ridley, Glenn O'Neill, Mat Watterson, Richard Rowlands, Fred Friedman, Diane Discepolo, Charlotte Coben, Anne Armstrong-Coben, Lisa Erbach Vance, Cole Galvin en Robby Hull.

Dit is de passage waarin auteurs altijd opmerken dat zij en niemand anders verantwoordelijk zijn voor fouten, maar eh… zij zijn de experts. Waarom zou ik overal voor op moeten draaien?

Ik wil ook nog graag George Belbey, Kathy Cobrera, Tom Florio, Lauren Ford, Hans Laaspere, Barb Matteson en Wayne Semsey noemen. Zij (of degenen die hun dierbaar zijn) hebben genereus bijgedragen aan goede doelen die ik had aangewezen in ruil voor een rolletje in dit boek. Mocht u in de toekomst ook graag op die manier willen meewerken, stuur dan een mailtje naar giving@harlancoben.com.